ANDRÉ KAMINSKI

NÄCHSTES JAHR IN JERUSALEM

ROMAN

INSEL VERLAG

7. Auflage 1986

Druck: May & Co., Darmstadt
Printed in Germany

NÄCHSTES JAHR IN JERUSALEM

1.

Mein Onkel Henner Rosenbach war erstens ein Psychopath und zweitens der prächtigste Lügner der österreichisch-ungarischen Doppelmonarchie. Theoretisch war er mein Großonkel, was ich jedoch bezweifle, da er mir unvergleichlich ähnlicher war als sein Bruder Leo, von dem es heißt, er sei mein Großvater gewesen. Jedenfalls stammte Onkel Henner vom berühmten Rabbi Schloime Rosenbach ab, der vor dreihundert Jahren in der Bukowina seine Traktate schrieb und auf dessen Grabstein der folgende Sinnspruch steht: »Wahrheit ist das wertvollste aller Güter und soll gehandhabt werden mit Sparsamkeit und Zurückhaltung.« Meine Familie war und ist bestrebt, dieser Devise nachzuleben. Seit Generationen pilgern wir alljährlich am heiligen Jom Kippur nach Tschernowitz und beten für die Seele des großen Vorfahren. Dieser Brauch wurde unterbunden, als Tschernowitz hinter den Eisernen Vorhang zu liegen kam – doch zum Trost der Nachfahren wurde der Sinnspruch des alten Gelehrten zur Maxime des kommunistischen Weltsystems von der Elbe bis zur Küste des japanischen Meers.

Man fragt mich immer wieder, was für einen Beruf mein Onkel Henner eigentlich ausübte. Darauf antworte ich mit einem verlegenen Hüsteln: »Verstehen Sie, er war – wie soll ich sagen – ein Phantast.« Ich weiß, daß dies keine befriedigende Antwort ist. Ein Phantast ist kein Beruf, und davon kann man auch nicht leben, aber Onkel Henner lebt ja auch nicht mehr. Er ist vor sechzig Jahren gestorben. Im grauen Elend und von seiner Familie geächtet. Sogar von meinen nächsten Verwandten, die keine Spur besser waren und sind als er. Trotzdem muß ich erklären, womit er sein Brot verdiente. Er war ein Schnorrer, was bei uns Juden soviel wie ein Gewerbe ist und in jedem Fall eine Einnahmequelle. Er sagte von sich, er sei ein Erfinder, was nicht ganz unwahr ist. Er lebte nämlich von seinen Erfindungen, doch in all den Jahren machte er nur eine einzige – und auch über diese kann man verschiedener Ansicht sein. Er erfand nämlich die Farbfotografie. Pausenlos, ununterbrochen.

Sowohl Onkel Henner als auch sein Bruder Leo, mein angeblicher Großvater, widmeten ihr Leben der naturgetreuen Abbildung der Wirklichkeit auf lichtempfindlichem Material; damals auf lichtempfindlichen Glasplatten. Das ist kein Zufall, nehme ich an. In meiner Familie hat man seit jeher ein gestörtes Verhältnis zu Tatsachen. Die Widerspiegelung der Gegenstände bereitet uns ein größeres Vergnügen als die Gegenstände selbst. Nichts fasziniert uns mehr als eine gelungene Täuschung. Wenn sich jedoch mein Großvater darauf beschränkte, die Formen des Allmächtigen nachzugestalten, befleißigte sich Onkel Henner, auch die Farben zu imitieren, und zwar so vollkommen, daß niemand den Unterschied zwischen Schein und Sein erkennen sollte. Sein Ziel war die Verzweifachung der Welt, die totale Schizophrenie durch die Schaffung einer Sekundärrealität, die man beliebig aufbewahren, retouchieren oder nötigenfalls vernichten konnte.

Die Gebrüder Rosenbach lebten und starben also für die Fotografie, jene merkwürdige Schwarzkunst zwischen Optik, Chemie und Malerei, welche der unheilvolle Louis Daguerre in den dreißiger Jahren des vergangenen Säkulums zusammengezaubert hatte. Sie waren Schwarzkünstler im wahren Sinn dieses Wortes, wobei Onkel Henner die schwarze Komponente des Handwerks durch die hundert Nuancen des Spektrums zu bereichern suchte. Doch will ich den Ereignissen nicht vorauseilen – und beginne meinen Bericht...

Leo Rosenbach, der Mensch, der mein Großvater gewesen sein soll, kam nach Stanislau, um zu heiraten. Er war bereits über vierzig und immer noch Junggeselle, obwohl er auf eine erfolgreiche Karriere zurückblicken durfte. Zwanzig Jahre hatte er in München verbracht, und zwar als Hoffotograf Ludwigs des Zweiten von Bayern. Er kannte – zumindest von fern – die Köstlichkeiten des Daseins, die er unzählige Male durchs Objektiv seiner Kamera hatte bewundern können. Merkwürdig, daß er trotzdem noch unbeweibt durchs Leben irrte. Warum mein späterer Großvater das lebensfrohe München verließ, um sein Glück in der schläfrigen Provinz zu suchen, habe, sagt man, an seinem Naturell gelegen. Er sei nämlich trotz übertriebener Schüchternheit von einer sackgroben Veranlagung gewesen und habe die Gewohnheit gehabt, die Dinge rücksichtslos beim Namen zu nennen. Eines Tages soll sich die etwas schiefwinklige Fürstin von Fürstenberg beklagt haben, Leo Rosenbach hätte von ihr ein unvorteilhaftes Porträt verfertigt. Der König ließ den Hoffotografen zu sich rufen und fragte, was er zur Klage der hochwohlgeborenen Person zu sagen habe. Mein Großvater verneigte sich tief und erklärte, das Porträt sei das perfekte Spiegelbild der Dame. Wenn es ihr nicht gefalle, möge sie mit ihren Erzeugern hadern und nicht mit ihm. Seine Majestät konnte ein leichtes Schmunzeln nicht verkneifen, doch Leo Rosenbachs

Karriere am Münchner Hof war mit diesem Tag beendet. Er mußte seine Koffer packen und sich auf den Weg machen. Ins Land seiner Vorfahren.
Am Bahnhof von Stanislau entschied sich das Schicksal meines Großvaters und folglich auch das meine. Die Vorsehung wollte, daß ein Gepäckträger namens Simche Pilnik die Bagage Leo Rosenbachs in Empfang nahm, um sie ins Hotel Bristol zu transportieren, welches sich an der ulica Jagiellonska befand und, wie es hieß, das vornehmste Quartier der Stadt war. Auf dem Weg stellte sich heraus, daß Simche Pilnik nicht nur Gepäckträger, sondern auch Heiratsvermittler, ein sogenannter Schadchen, war, der den Hauptberuf dazu mißbrauchte, Kunden für sein Nebengeschäft zu werben.
Es war ein naßkalter Apriltag, die Stadt versank in Schneematsch. Aus zerbröckelnden Fassaden glotzten verdrießliche Fenster hervor. Dahinter räkelten sich verschlafene Bürger und gähnten. In den Gassen stank es nach Urin und billigem Fusel, den die Polen Bimber nennen. Roßgespanne schepperten vorbei. Hinter ihnen spritzte es nach allen Seiten. Die Passanten stießen Verwünschungen aus, klappten die Mantelkragen hoch und verdrückten sich in finstere Torbögen. Schon nach wenigen Schritten spürte Leo Rosenbach, daß ihm dieser Ort kein Glück bringen würde. Er sagte Simche Pilnik, er möge umkehren und das Gepäck zum Bahnhof zurücktragen. Der Träger blieb einen Moment stehen. Dann ging er auf den Fremdling zu und flüsterte ihm etwas ins Ohr. Zehn Minuten später schrieb sich mein Großvater beim Hotelportier ein, und zwar als Leo Rosenbach, königlicher Hoffotograf aus München. Er bekam das nobelste Zimmer, das gemeinhin nur für Prominenzen bereitstand. Am Abend desselben

Tages wußte man in Stanislau, daß eine Zelebrität angekommen war.
Schon am folgenden Donnerstag stattete Leo Rosenbach dem heiratsvermittelnden Gepäckträger eine Visite ab und führte mit ihm eine Unterredung, die einschneidende Konsequenzen haben sollte. Simche Pilnik präsentierte ein Dutzend Bilder von überaus wohlgestalteten Damen und nannte beiläufig die Mitgift, die eine jede in die Ehe bringen würde. Ein Bild nach dem anderen warf er auf den Tisch. Mit theatralischer Geste, wie ein Kartenspieler, der seine Trümpfe zeigt. Mein Großvater schien gelangweilt. Bei jeder weiteren Fotografie gab er grunzende Laute von sich, die ausdrücken sollten, daß er – draußen in der Welt – schon Besseres gesehen hatte. Bei der zwölften sprang er auf: »Wer ist das?« Der Schadchen rümpfte die Nase und sagte geringschätzig: »Die Tochter eines Gerbergesellen. Aussehn tut sie nicht übel, aber haben tut sie gar nichts.« Da erhob sich Leo Rosenbach von seinem Sessel und sagte spitz: »Diese, Herr Pilnik, oder keine!«
Am Sonntag schien die Vorfrühlingssonne, und der Hoffotograf machte dem Gerbergesellen seine feierliche Aufwartung. Bei dieser Gelegenheit muß erklärt werden, daß er klein – um nicht zu sagen: zwergwüchsig – war. Deshalb trug er kalbslederne Spangenschuhe auf hohen Absätzen, gelbbraun gestreifte Flanellhosen, eine enganliegende Samtjacke und einen hohen Zylinder, was ihn etwas größer erscheinen ließ. Das alles änderte aber wenig an der Lächerlichkeit seiner Gestalt, und verzagten Mutes schritt Leo Rosenbach durch die Gassen der Arbeitervorstadt, in der die Wertheimers ihre Jammerhütte bewohnten. Die bildschöne Jana, von der Simche Pilnik gesagt hatte, sie sehe nicht übel aus, stand ungeduldig hinter einem Tüllvorhang und

spähte zur Straßenbiegung, hinter welcher der geheimnisvolle Anwärter bald auftauchen mußte. Sie wußte so wenig über ihn wie ihre Eltern. Nur daß er eben eine Berühmtheit war, der Hoffotograf aus München, der in der elegantesten Suite des Hotels Bristol logierte und sie zu heiraten beabsichtigte. Heute würde er um ihre Hand anhalten, dieser Märchenprinz, der beim Anblick ihres Bildes erbleicht sei und ausgerufen habe: »Diese, Herr Pilnik, oder keine!« Einen Tamino aus der Zauberflöte stellte sie sich vor, und da sie nicht nur schön, sondern auch reichlich überspannt war, erwartete sie einen Halbgott, einen David von Michelangelo.
Bei den Juden sagt man, jede Enttäuschung sei der Zinseszins eines Selbstbetrugs. Wenn ich sage, Jana Wertheimer sei enttäuscht gewesen, schwatze ich an der Wahrheit vorbei. Sie war nicht enttäuscht, sondern in höchstem Maße empört. Sie war, gelinde gesagt, angewidert und außer sich vor Entrüstung, daß man ihr »so etwas« zumutete. Sie gewahrte den aufgeputzten Liliputaner – »Zwergpinscher« nannte sie ihn –, wie er zögernden Schrittes auf ihre Behausung zusteuerte und schließlich vorsichtig an der Hausglocke zog. So behutsam, als wollte er sich entschuldigen, überhaupt gekommen zu sein, und so vermessen, bei seiner Hoheit, dem Gerbergesellen, vorzusprechen. Ekel schüttelte das Mädchen und unsägliche Wut über ihre Eltern, die diesen »Mikroorganismus« hergerufen hatten. Wo war nun der Märchenprinz, der Tamino, der marmorne David? Die Träume waren zerplatzt, und Jana ergriff die Flucht. Sie wußte nicht, wohin. Sie war nur entschlossen, diesem »Wicht« auf keinen Fall zu begegnen. Daß sie sterben müßte, schrie sie, wenn er ihre Hand küssen würde oder gar ihren Mund. Jana verlor den Kopf, und was weiter geschah, wird nie-

mand glauben, obwohl es wahr ist. Sie rannte in den Hinterhof, der von allen Seiten durch eine Palisade umzäunt war. Sie befand sich in einer Falle und konnte dem Schicksal nicht entrinnen. Weit und breit gab es nur einen Pflaumenbaum mit knorrigem Stamm und splitternackten Zweigen. Das Mädchen kletterte mit Todesmut hinauf, und als sie nicht mehr weiter konnte, klammerte sie sich an einen Ast, als müßte sie ertrinken. Plötzlich wurde die Pforte zum Hinterhof aufgerissen. Der alte Wertheimer keuchte herbei. Schimmelgrün vor Zorn und unfähig, einen vernünftigen Satz hervorzubringen: »Jana, du zerbrichst mir den Kark. Schande wirfst du mir ins Ponem. Die Hand wird mir wachsen aus dem Grab, und die Galle wird mir zerspringen, wenn du nicht heruntersteigst.«

»Soll sie zerspringen, ich will nicht leben.«

Aaron Wertheimer zerraufte sich das spärliche Haar und kreischte: »Der Hoffotograf ist gekommen aus München. Das is dreimal so weit wie von Berditschew, und gedient hat er beim König von Bayern. Aber du sitzt auf dem Baum ohne Schuhe, mitten im Winter, und frierst dir die Füße ab.«

»Sollen sie abfrieren. Ist mir egal.«

Der Gerbergeselle verlor nun den Rest des Verstandes: »Aus München kommt er, express wegen dir, aber du machst aus deinem Vater einen Schmock, denn er is nur ein dreckiger Arbeiter und hat rote Hände, weil er kein Advokat is, sondern ein Kuhmist, was muß rackern von früh bis spät, damit das Fräulein auf dem Klavier spielt und Bücher liest auf lateinisch. Es trifft mich der Schlag.«

»Soll er dich treffen. Ich bleibe, wo ich bin.«

Das war zuviel. Er rannte ins Haus zurück und kehrte wieder mit einer Axt in der Faust. Fluchend und

röchelnd fing er an, auf den Stamm einzuhauen. Er hoffte, der Baum würde zu Boden krachen, mitsamt seiner Tochter, und ihn unter sich begraben. Da eilte ein Zwerg herbei, der entschlossen schien, den Ereignissen eine neue Wendung zu geben. Es war der Hoffotograf, der dem rasenden Vater entgegenstürzte und befahl, unverzüglich einzuhalten: »Wahnsinn ist kein Argument, Herr Wertheimer. So erreichen Sie nichts.«
Das hatte der Gerbergeselle nicht erwartet. Er war so verblüfft, daß er die Axt auf den Boden legte und sich ratlos den Schweiß von der Stirn wischte. Leo Rosenbach holte drei Silberröhren aus der Tasche und setzte sie kunstgerecht zusammen. Dann begann er, nachdem er die Lippen gerüsselt und sie gefühlvoll ans Mundstück gedrückt hatte, eine wehmütige Melodie zu improvisieren. Sie klang so zärtlich und so fremdartig, daß es unvermittelt vom Baum heruntertönte: »Mein Gott, ist das schön! Von wem ist das?«
Der Zwerg blickte hinauf, gewahrte zum ersten Mal die Prinzessin seiner Träume und flüsterte wie an jenem Abend bei Simche Pilnik: »Diese oder keine!«
Sie war in der Tat noch hundert Mal reizender als auf dem Bild, das ihm der Schadchen gezeigt hatte, obwohl noch immer der Zorn aus ihren Augen blitzte. Ihr schwarzes Haar ringelte sich über Hals und Schultern wie ein Knäuel wütender Nattern. Nur um ihre Mundwinkel huschte kaum merklich ein Lächeln. Leo Rosenbach antwortete so sanft wie nie zuvor und nie danach: »Die Melodie ist von niemandem. Sie ist ein Tautropfen, der vom Himmel fiel. Übrigens, ich bin Ihr Bräutigam und bringe Ihnen das Brautgeschenk.«
»Was für ein Brautgeschenk?«
»Klettern Sie herunter, Fräulein Wertheimer! So kann ich es Ihnen nicht überreichen.«

Das Wunder geschah. Das einzige Wunder im Leben meines Großvaters. Jana stieg vom Baum und stellte sich mit königlicher Pose vor den »Mikroorganismus«: »Sie behaupten, mein Bräutigam zu sein. Das ist sonderbar. Ich wußte gar nicht, daß ich verlobt bin.«
Da nahm Leo Rosenbach ein schwarzes Etui aus der Weste und öffnete es. Darin lag eine Perlenkette von schimmernder Schönheit. Jana traute ihren Augen nicht. Sie betastete das Kollier mit ihren Fingerspitzen, nahm es dann behutsam heraus und legte es um ihren Hals. Daneben stand der alte Wertheimer, der überhaupt nichts mehr verstand und schrie: »Jana, bist du meschugge?«
»Ja.«
»Und?«
»Ich werde ihn heiraten.«
»Gefällt er dir?«
»Nein, aber heiraten werd ich ihn trotzdem.«
Die Hochzeit war so fad wie die meisten Hochzeiten. Diese war noch fader, weil die Wertheimers zu den Liberalen gehörten: weder eine Kerze für den lieben Gott noch eine Mistgabel für den Teufel. Man stand irgendwo zwischendrin, also, genau gesagt, nirgendwo. Man hielt sich für aufgeklärt, aber glücklich war man nicht. Leo Rosenbach war von derselben Sorte. Er konnte weder hebräisch noch jiddisch, behauptete er wenigstens, sprach deutsch mit betont bayrischem Akzent, betupfte sich mit französischem Parfum und trug englische Anzüge. In seinen Kreisen bekannte man sich lauthals zu den exakten Wissenschaften. Man dilettierte in Physik und Biologie. Man meinte die Welt zu durchschauen, weil man ein paar Formeln auswendig wußte. Wunder gab es natürlich keine, man belächelte sie. Und wenn etwas Unbegreif-

liches geschah, schüttelte man belustigt den Kopf. Dabei verhielt man sich äußerst unwissenschaftlich. Man raste, tobte und zerriß sich die Hemden über irgendeinen dummen Unsinn. Auch hörte man nicht auf, Jude zu sein, aber weniger aus Treue zu den Traditionen als aus Angst vor dem Tod. Man machte sich lustig über den Rabbiner, doch anerkannte man seine Autorität in nichtmateriellen Angelegenheiten. Ein Reisepaß ins Jenseits konnte nützlich sein, früher oder später. Darum fand die Hochzeit nach jüdischem Ritus statt.

Herr Kobryner, der Oberrabbiner von Stanislau, sollte die Festrede halten. Simche Pilnik kümmerte sich um die praktischen Details und vor allem um die Tischordnung. Nur *er* wußte, wer wieviel besaß und deshalb unten sitzen mußte oder oben. Das Hauptproblem war jedoch optischer Natur. Wie sollte das Brautpaar plaziert werden, damit man nicht sah, daß die zierliche Jana größer war als Leo Rosenbach, ihr prominenter Hoffotograf aus München? Schließlich sollten sie abgelichtet werden, verewigt für künftige Generationen. Simche Pilnik wußte Rat. Er ließ einen Thron zimmern, von dem aus der Bräutigam in majestätischer Höhe die ganze Tischgesellschaft dominieren konnte. Ein chassidisches Orchester spielte ausgelassene Weisen, und alles wartete auf die Rede des Oberrabbiners, der mitfeierte, obwohl Aaron Wertheimer nur ein ungehobelter Gerbergeselle war. Aber er besaß eine Tochter, die unvergleichliche Jana, und kein Jude in Galizien hätte sich die Gelegenheit entgehen lassen, das funkelnde Mädchen aus der Nähe zu betrachten. Außerdem gab es einen Mann zu bestaunen, der den König von Bayern kannte, den berühmten Ludwig den Zweiten, den weltbekannten Kunstmäzen und persönlichen Freund Richard

Wagners. Leo Rosenbach war jahrelang sein Intimus gewesen, wenn man so sagen darf.
Kurz und gut, der Oberrabbiner hatte die Einladung angenommen und hielt eine Ansprache über das Mysterium der Fotografie als Sinnbild des unsterblichen Lebens: »Es heißt wohl in der Schrift, meine hochverehrte Hochzeitsgesellschaft, du sollst dir kein Bildnis machen. Darum gibt es Leute, welche die Fotografie für eine Sünde anschauen. Sie irren sich. Die Bedeutung des Gebots liegt nämlich tiefer. Du sollst dir kein falsches, ich unterstreiche, kein falsches Bildnis machen. Du sollst dem Herrgott nicht ins Handwerk pfuschen! Er weiß nämlich, was er tut, und tut es gut. Das Gebot betrifft die Malerei und besonders die schlechte Malerei, wie sie heute in Paris betrieben wird und in Wien. Der Allmächtige wollte uns warnen vor all den Kleckseern und Kritzelbrüdern, die in ihrer Vermessenheit die Schöpfung zu verändern suchen. Von ihnen ist die Rede im heiligen Buch, nicht von der naturgetreuen Abbildung des göttlichen Werks. Ein Spiegel ist ohne Sünde, lehrte Maimonides, und der Frevel beginnt erst bei der Verzerrung der Wirklichkeit, denn es heißt, du sollst kein falsches Zeugnis ablegen. Du sollst nicht lügen! Der Spiegel lügt nicht. Er gibt nur wieder, was er sieht. Die Fotografie desgleichen. Was schön ist, ist schön. Was häßlich ist, bleibt häßlich. Die Fotografie lobt die Vollkommenheit Gottes. Sie verewigt, was dauern soll. Sie hält fest, was über den Tod hinaus Bestand zu haben verdient. Wer wollte unseren Bräutigam, den ehrenwerten Herrn Rosenbach, daran hindern, die unvergleichliche Ebenmäßigkeit und den einmaligen Glanz seiner jungen Braut Jana aus dem Hause Wertheimer für immer und ewig auf einer Glasplatte zu fixieren? Ist das nicht die Schuldigkeit, die eigentliche Pflicht des Men-

schen, das Wunderwerk Gottes zu rühmen? Ist es nicht der Ausdruck wahrer Liebe, den geliebten Gegenstand in seiner Blüte abzubilden? Ist jemand da in diesem Festsaal, der etwas Besseres wüßte, die Jugend dieses jüdischen Mädchens zu glorifizieren als mit dem Behelf des fotografischen Apparates?«

»Ich, Herr Oberrabbiner. Ich wüßte etwas viel Besseres...«

Da war jemand verrückt geworden. Den Oberrabbiner von Stanislau zu unterbrechen, das hatte noch niemand gewagt. Es trifft zwar zu, daß er eine Frage gestellt hatte, doch gewiß nicht in der Absicht, eine Antwort zu erhalten. Aber da stand einer auf, einer, der offensichtlich hereingeschneit war, ein Fremder, ein Kerl ohne Einladung, von dem Simche Pilnik nicht einmal wußte, daß es ihn gab; und diese Unperson erdreistete sich, das Wort zu ergreifen: »Jawohl, Herr Oberrabbiner. In wenigen Wochen werde ich eine Maschine herstellen, den Prismatografen, der die knospende Jugend dieser jungen Frau noch tausendmal vollkommener festhalten wird, als Leo Rosenbach es vermag. Für Leo Rosenbach sind die Lippen dieses Mädchens schwarz. Für mich sind sie rot. Für Leo Rosenbach sind die Perlen ihres Halsbandes grau. Für mich sind sie rosa wie die Morgenröte. Auch Leo Rosenbach pfuscht dem Schöpfer ins Handwerk, denn er verhunzt – jawohl, meine Damen und Herren –, er verhunzt das Werk Gottes und reduziert die unzähligen Farben der Wirklichkeit auf schwarz, grau und weiß...«

Ein erzürntes Raunen ging durch die Festgesellschaft. Der alte Wertheimer schritt auf den Störenfried zu und machte Anstalten, ihn kurzerhand hinauszuschmeißen. Da hob der Hoffotograf besänftigend die Hand und sagte versöhnlich: »Lassen Sie diesen Menschen in

Frieden, Herr Wertheimer! Er ist mein Bruder und weiß nicht, was er tut.«
Das war der Höhepunkt jener Feier, von der die Teilnehmer wahrscheinlich alles vergessen hätten, wenn nicht der verrückte Henner seine Nummer abgezogen hätte. Nach den edlen Worten Leo Rosenbachs erhob er sich von seinem Stuhl und begab sich zum Ehrentisch der Jungvermählten, an dem er einen zweiten Auftritt inszenierte. Er sank vor Jana in die Knie, ergriff ihre Hand und küßte lange und genußvoll ihre Fingerspitzen. Jana ließ es sich gerne gefallen, denn der Schwager gefiel ihr ausnehmend gut. Er entsprach ihrem Traumbild vom Tamino aus der Zauberflöte und war das genaue Gegenteil des Mannes, den sie geheiratet hatte. Als Henner sich wieder erhob, blickte sie ihm tief in die Augen und fragte ihn leicht errötend: »Sie wollen die Farbfotografie erfinden, Herr Rosenbach? Ich finde das vortrefflich und freue mich schon darauf. Wann sind Sie soweit?«
»Du kannst mich duzen, schönes Kind. Wir sind jetzt verwandt und haben noch viel vor miteinander, oder nicht?«
Typisch Henner! Die Frage nach dem Termin seiner Erfindung umging er mit einer Antwort, die Jana in eine lebenslängliche Verwirrung stürzen sollte.

Seit dem Hochzeitstag wohnte Onkel Henner bei seinem Bruder, der sich an der Mitzkiewitscha ein Haus und darin ein Atelier eingerichtet hatte. Dieses Haus war geräumig und dennoch zu klein für seine drei Bewohner. Alles in ihm war so konzipiert, daß die sich darin bewegenden Personen übergroß und beinahe majestätisch erscheinen mußten. Miniaturmöbel standen herum, winzige Tischchen und zerbrechliche Fauteuils, die mit gelber und himmelblauer Seide überzogen waren. An den Wänden hingen zierliche Gemälde österreichischer Kleinmeister. Das Wohnzimmer wurde von einer goldverschnörkelten Pendüle überragt, die jede volle Stunde ein Menuett klimperte. Auf dem Himmelbett im Schlafzimmer des oberen Stocks lagen silberbestickte Kissen in Form und Größe von Lebkuchenherzen. Es war das Puppenhaus, das Leo für seine Prinzessin gebaut und das Henner als vorübergehende Zuflucht gewählt hatte. Letzterer versprach zwar hoch und heilig, sein Zimmer in spätestens einem Monat wieder zu räumen, doch vorläufig sei es ihm unmöglich, bei sich zu Hause zu logieren: »Meine Frau ist eine Kokotte, Leo. Nicht mehr und nicht weniger.«

»Sarah ist eine Künstlerin, nur hat sie keine Geduld, deine Überspitztheiten zu ertragen.«

»Wenn ich sage, sie ist eine Kokotte, dann weiß ich, wovon ich rede.«

»Sarah ist überempfindlich. Ihr Leben gehört der Musik. Darum kann sie nicht leben mit dir.«

»Umgekehrt, Leo. Ich kann nicht leben mit *ihr*. Sie kokettiert mit ihren Schülern. Sie flirtet mit der Bohème von ganz Galizien, und in meiner Abwesenheit empfängt sie Männerbesuche.«

»Das bildest du dir ein, Henner. Du hast eine krankhafte Phantasie!«

»Und außerdem hackt sie rücksichtslos auf dem Klavier herum. Wagner vom Frühstück bis zum Nachtessen – und sie weiß, daß ich Wagner nicht ertrage. Dazu kommt noch mein Sohn Nathan. Ein Wunderkind, einverstanden, aber er geigt stundenlang diese Etüden von Paganini – eine Katzenmusik zum Davonlaufen. Unter solchen Bedingungen kann ich meine Erfindung

nicht vollenden. Unmöglich. Ich stehe an der Schwelle. Es ist eine Frage von Wochen, vielleicht nur von Tagen, bis der Prismatograf funktioniert und wir alle im Reichtum schwimmen. Glaube mir, Jana! Meine Idee stellt alles in den Schatten, was die Wissenschaft je erdacht hat. Ich war bei Lumière in Lyon, dem größten Unternehmen Frankreichs dieser Art, und zeigte meine Skizzen. Der Mensch schloß mich in seine Arme. Er küßte mich auf beide Wangen. Tränen hatte er in den Augen und wollte mir zehn Millionen Goldfranken bezahlen. In bar, auf den Tisch. Aber der Mann ist verrückt. Ich verkaufe doch nicht die größte Erfindung des Jahrhunderts für ein Almosen von zehn Millionen. Darum ging ich nach New Jersey. Zu Thomas Edison, dem Glühlampenkönig Amerikas. Weißt du, was der gesagt hat? Im Vergleich mit ihm sei ich ein Gigant, hat er gesagt, und er beteilige sich mit 15 Millionen Golddollars an meinem Prismatografen. Auch dieses Angebot habe ich ausgeschlagen, ich brauche keine Teilhaber. Ich will allein sein am Firmament. Wie Napoleon in der Weltgeschichte. In einigen Wochen seid ihr mich los, und ich bezahle euch rückwirkend eine Miete, die so hoch ist, daß ihr das Geld nicht werdet zählen können. Zehntausend Kronen pro Tag! Dreihunderttausend Kronen pro Monat! Nicht, weil ihr es verdient, sondern weil ich euch gern habe – und dich, du Paradiesvogel, ganz besonders. In dreißig Tagen verlasse ich dieses Haus für immer, und ihr werdet aufatmen.«
»Aber Henner«, erwiderte Jana, die dem Schwager mit offenem Mund zugehört hatte, »ich will dich doch nicht loswerden. Im Gegenteil. Ich will, daß du dableibst. Immer. Weil du so große Augen hast und darin eine Glut, die mich wärmt.«

Ich weiß nicht, wie eng die Beziehung zwischen Henner Rosenbach und der unvergleichlichen Jana wirklich war. Mir ist nur bekannt, daß der Erfinder sein Zimmer nicht räumte und nach neun Monaten noch immer da war. Die Ehe zwischen Leo und seiner jungen Frau wollte unter diesen Umständen nicht recht grünen. Dafür sproß Jana in die Weite. Sie war in ihrem achten Monat und glich einem glänzenden Harztropfen, der satt und prall am Zweige hing und bald bersten mußte. Sie erwartete das Kind, das, viele Jahre später, meine Mutter werden sollte. Ob der ihr angetraute Ehegatte mein Großvater ist, bleibe dahingestellt. Mit Sicherheit weiß man nur, daß am Allerseelentag des Jahres 1891 die Farbfotografie noch immer nicht erfunden war – und daß der königliche Hoffotograf Leo Rosenbach wieder eine seiner hämischen Bemerkungen fallen ließ: »Die Menschheit wartet nach wie vor auf den Prismatografen. Aber mein Bruder sitzt in meinem Haus, kratzt sich am Hintern und hofiert meine Frau.«
Darauf entgegnete der geniale Henner, die Farbfotografie sei bereits Wirklichkeit – in seinem Kopf –, aber es fehle noch ein lächerlicher Bestandteil für die Entwicklerlösung: quellreines Wasser aus der Bistschitza. Da aber eine dicke Eiskruste den Fluß überdecke, müsse man warten bis zum Frühjahr. Worauf Jana mit einem bösblitzenden Seitenblick auf Leo bemerkte: »Die Menschheit braucht nicht länger zu warten. Ich werde das Wasser beschaffen.«
Am folgenden Morgen lag kristallener Rauhreif über der Stadt. Die Leute liefen, in Pelze gehüllt, durch die Gassen oder blieben – wenn möglich – zu Hause. Jana ging zu Bojtschuk, dem Fuhrhalter hinter der Marienkirche, und fragte, ob er sie mit dem Schlitten zur Bistschitza bringen könne.

»Können kann ich, prosche pani, aber ob ich will, weiß ich nicht.«
»Und was muß geschehen, panie Bojtschuk, damit Sie wollen?«
»Bis zum Fluß sind es fünfzehn Meilen, prosche pani. Zurück noch einmal fünfzehn Meilen. Es ist hundekalt, und das kostet Geld.«
»Wieviel, panie Bojtschuk?«
»Zwanzig Kreuzer die Meile, prosche pani, und für Juden dreißig.«
»Warum der Unterschied?« fragte Jana empört.
»Wegen dem Herrn Jesus, prosche pani. Und außerdem sind Sie in anderen Umständen.«
»Haben Sie getrunken, panie Bojtschuk?«
»Wenn es nicht beliebt, prosche pani, können Sie ja zu Fuß gehen ...«
Kurz darauf spannte der Fuhrhalter zwei Klepper vor den Schlitten, lud eine Hacke auf den Bock, schwang die Peitsche, und los ging es. Durch die Vorstädte. Hinaus in die Ebene. Jana saß hinten, fast unsichtbar in ihrem Zobelhut, den sie tief ins Gesicht gezogen hatte. Ein schneidender Wind pfiff über die Felder, der Harsch knirschte unter den Kufen, und Bojtschuk jagte sein Gespann durch trübsinnig erstarrte Birkenhaine, an einsamen Gehöften vorbei. Die Sonne stand im Zenit, melancholisch und gelb, als sie endlich beim Fluß ankamen. Jana stieg vom Sitz und bat den Fuhrhalter, ein Loch ins Eis zu hacken. Bojtschuk rührte sich nicht. Er warf nur die Hacke in den Schnee und grunzte: »Ich warte hier, prosche pani. Sie wissen besser, was Sie brauchen.«
»Aber ich kann doch nicht, panie Bojtschuk.«
»Dann fahren wir zurück und holen Leute. Zwanzig Kreuzer die Meile.«

Jana biß sich in die Unterlippe. Sie nahm die Hacke und stelzte aufs Eis hinaus. Sie begann zu pickeln, beharrlich und von grimmiger Wut erfüllt. Der Alte hatte sich eine Pfeife angezündet, und vor ihm brannte ein Feuerchen, an dem er sich die Hände wärmte. Jana haute in die weiße Kruste. Das Loch wurde größer, und als die Sonne bereits über dem Horizont stand, quoll endlich Wasser hervor. Jetzt nahm sie einen Zuber vom Wagen, dann einen zweiten und flehte: »Ich bitte Sie, panie Bojtschuk, helfen Sie mir!«
»Ich fahre ins nächste Dorf und hole einen Knecht. Zusätzlich 2 Kronen.«
Jana liefen die Tränen übers Gesicht. Tapfer schöpfte sie das Wasser aus dem Fluß und stemmte die Behälter in den Schlitten. Was weiter geschah, weiß keiner mehr. Jedenfalls erwachte Jana zwei Tage später in ihrem Bett, und neben ihr winselte ein Kind, das blau angelaufen war. Doktor Lichtenbaum prophezeite, es werde den dritten Tag nicht überleben, aber gegen alle Gesetze der Medizin überlebte es und bekam den Namen Malwa. Dieser Name ist weder jüdisch noch katholisch. Kein Mensch begreift, warum das armselige Häufchen so genannt wurde. Vielleicht nach der sogenannten Malva Neglecta, der Käsepappel, die an Mauern und Schuttplätzen wuchert und allgemein als Unkraut betrachtet wird. Sei es, wie es wolle. Das Kind überstand die kritischen Tage und wuchs zu einem bezaubernden Wesen heran. Aber nicht darüber wollte ich eigentlich berichten, sondern über das Wasser, das die überspannte Jana aus der Bistschitza geholt hatte, um ihrem kleinmütigen Gatten zu beweisen, daß der Schwager ein Genie sei und daß sie nicht zögere, alles aufs Spiel zu setzen, um einer epochalen Idee zum Durchbruch zu verhelfen. Um ein Haar wäre sie dabei zugrunde gegan-

gen und die kleine Malwa dazu – doch die Farbfotografie ließ vorläufig auf sich warten.
Henner Rosenbach saß am Lager der genesenden Mutter und erklärte den Grund des Mißerfolgs: »Ich sagte doch *quellreines Wasser,* du törichtes Kind. Von der Quelle bis nach Lipa, wo du das Eis aufgehackt hast, sind es zweihundert Meilen. Unterwegs wird Kot mitgerissen. Dreck und Schlamm. Das ist längst kein Wasser mehr. Ich kann doch nicht mit Exkrementen die Erfindung des Jahrhunderts verwirklichen. Ich weiß, wie hingebungsvoll du für meine Belange einstehst, aber das war völlig zwecklos, um nicht zu sagen hirnverbrannt, verzeih mir den Ausdruck. Entweder man geht bis zur Quelle oder man bleibt hinterm Ofen. Solche Höhenflüge sind rührend, aber für die Wissenschaft vollkommen untauglich ...«
Bei diesen Worten war Leo eingetreten und konnte gerade noch mitbekommen, wie sein Bruder Jana eine verstiegene Person schimpfte. Da ging ihm die Galle hoch und er schrie mit dünner Stimme, Henner habe nun neun Monate zu lang in seinem Haus parasitiert und möge unverzüglich verschwinden, sonst lasse er ihn polizeilich evakuieren. Jana wurde bleich und erwiderte: »Wenn dein Bruder dieses Haus verläßt, verlasse ich es ebenfalls. Tu, was du willst! Suche dir eine andere Frau, falls du eine findest; aber ich erlaube nicht, daß man einen gottbegnadeten Erfinder einfach hinausschmeißt, nur weil man neidisch ist auf ihn.«
»Woher weißt du, daß dieser Erfinder gottbegnadet ist? Bis jetzt ist er nichts anderes als ein Hochstapler. Erfunden hat er noch gar nichts. Ein Schwadroneur ist er, ein unverbesserlicher Schwätzer. Das ist alles.«
»Nimm das zurück, Leo, und entschuldige dich bei ihm!«

»Ich denke nicht daran.«
»Nimm das zurück, sonst hast du mich hier zum letzten Mal gesehen.«
»Ich nehme nichts zurück. Henner, verschwinde!«
Als Leo das gesagt hatte, erhob sich Jana von ihrem Krankenbett. Sie war in ein durchsichtiges Hemd gehüllt. Man sah ihren Marmorkörper, und sie schien schöner als je zuvor. Es war ein stürmischer Dezembermorgen, und Jana rannte barfuß die Treppe hinunter – kein Zweifel, daß sie in diesem Aufzug auf die Straße eilen würde. Sie mußte sich den Tod holen, und Leo wußte, daß er sie nicht zurückhalten konnte. Da lief er ihr nach und warf sich ihr zu Füßen. Er weinte. Händeringend flehte er sie an dazubleiben. Er nehme seine Worte zurück. Henner möge dableiben, wenn er wolle. Er sei schließlich sein Bruder. »Und du, Jana, tu nichts Unbesonnenes! Ich bete dich an.«

Leo Rosenbach spielte um Geld und hoffte auf ein Wunder – aber ein Spieler war er nicht. Spieler haben Format. Leo hatte keines. Spieler wagen alles und gewinnen hin und wieder. Leo wagte Kleinigkeiten und verlor immer. Mit einer Ausnahme, als er sich nämlich zum ersten Mal an den Roulettetisch setzte. Hinter ihm stand sein Bruder und flüsterte ihm ins Ohr, auf alle Primzahlen zu spielen. Leo gehorchte und gewann ein Vermögen. Von jenem Tag an konnte er den Bruder nicht mehr aus dem Haus werfen, denn er war ihm verpflichtet. Henner hatte ihm dazu verholfen, achtundneunzigtausend Kronen einzukassieren. Das war sein erster und letzter Erfolg, danach gab es nur noch Niederlagen. Im Verlauf der ersten zwölf Ehejahre verspielte Leo alles, was er hatte. Die achtundneunzigtausend Kronen, seine Einnahmen und die Münchner Ersparnisse. Nur Henner blieb ihm, der an seiner Substanz schmarotzte. Dieser Mensch hatte einen Geheimtrick, ein System, irgendetwas Übernatürliches, das ihm alle Türen öffnete. Leo hatte kein System und hätte doch so gern eines gehabt. Er hatte Sehnsucht nach einer Ordnung, aber er konnte sie nicht finden. Er glaubte nicht an Gott, er belächelte den Rabbiner und die Synagoge, aber irgendeinen Sinn mußte es doch geben, eine versteckte Idee in den Dingen. Wenn es diese nicht gab, konnte man hingehen und sich aufhängen. Vielleicht war es der Weltgeist am Ende aller Wege. Vielleicht etwas anderes. Der Alltag war so trostlos, daß ein System nötig war, um überhaupt schnaufen zu können.

Leos Beziehung zu Jana war eine einzige, nicht enden wollende Demütigung. Er besaß sie, wie man so sagt. Er nannte sie sein eigen. Er schlief mit ihr und zeugte ihr wahrscheinlich auch ein Kind, aber von Liebe war keine Rede. Jana war von einer grausamen Ehrlichkeit. Wenn er sie manchmal fragte, ob er ihr etwas bedeute, konnte sie antworten: »Nein, Leo. Du bedeutest mir nichts. Gib mir die Schere, die auf der Kommode liegt!« Wie konnte man so etwas ertragen ohne ein System? Man konnte es nicht. Hinter diesen Qualen mußte es doch eine Verheißung geben, aber welche? Leo mußte ihr auf die Spur kommen. Dann würde sich alles wenden. Das Glück würde einziehen in sein Haus und möglicherweise auch die Liebe. Wenn er reich wäre, spekulierte er, wenn er seine Frau beschenken könnte mit Gold und mit Edelsteinen, würde er ihr etwas bedeuten. Vielleicht. Vielleicht aber auch nicht. Sein Bruder war ein Habenichts. Noch nie hatte er Jana etwas geschenkt außer seiner Aufmerksamkeit. Er war ein Hochstapler,

ein Gauner, eine Null. Er mogelte sich durch die Familie, schnorrte unbekannte Leute um Zigaretten an, aber Jana vergötterte ihn, was sie unumwunden und in aller Öffentlichkeit betonte. Henner sei ihre große Liebe, der Sinn ihres Daseins. Sogar Malwa lag ihm schon zu Füßen. Sie war inzwischen eine junge Dame geworden und überzeugt, daß Henner sie einmal heiraten würde. Das alles war Leo unerträglich, er blieb ein Fremder in seinem Haus. Den größten Teil des Tages verbrachte er im Atelier, in das die Elite von Stanislau kam, um sich porträtieren zu lassen. Die Frauen umschmeichelten ihn, damit er sie möglichst vorteilhaft verewigte. Er war der unbestrittene Meister der fotografischen Kunst, aber sein Erfolg ließ ihn kalt. Für andere Frauen war er blind, und er sah nur immer das kapriziöse Wesen, das vor ihm auf den Pflaumenbaum geflohen war, die herzlose Aphrodite, zu der er gesagt hatte: »Diese oder keine«, und die von allem Anfang an erklärt hatte, daß sie ihn nicht mochte. So kam es, daß er abends immer seltener in seinem Hause und immer häufiger bei Glowatzky weilte, wo die reichen Juden an ihren angestammten Marmortischchen saßen und bei Kuchen und Kaffee um hohe Einsätze spielten. Die Gespräche drehten sich meist um dasselbe Thema:
»Hier ist es mir zu riskant, Löwenthal. Ich verzieh mich nach Amerika.«
»Und ich lege zweihundert dazu, Doktor Lichtenbaum. Was heißt zu riskant?«
»Daß ich gerne tanze, aber nicht auf dem Vulkan.«
»In Österreich gibt es keine Vulkane, meine Herren. Hier sind wir sicher wie im Tresor einer Bank.«
»Aber Kischinew liegt ein paar Schritte von hier. Gleich über der Grenze. Was von uns dort am Leben blieb, flüchtet ans Ende der Welt.«

»Spielen Sie, Wassermann, oder spielen Sie nicht?«
»Sicher ist man nur in Australien, Magierkowitsch. Hier wird man uns vertilgen wie die Fliegen.«
»Ich lege dreihundert dazu, Löwenthal. Man gibt uns die Schuld für alle Katastrophen der Welt. Für die Pleite von Port Arthur und den Generalstreik in Petersburg.«
»Sie sind ein Schwarzseher, Wassermann. Wir sind hier in Österreich, nicht in Rußland.«
»Ich lege fünfhundert dazu, Doktor Lichtenbaum, und ich wette, daß der Zar und der Kaiser sich arrangieren. Die Opfer, meine Herren, sind wir.«
»Ich lege siebenhundert auf den Tisch, Löwenthal, und will sehen, was Sie haben. Vorläufig sagt der Kaiser, wir seien seine lieben Juden.«
»Vorläufig, Wassermann, aber was sagt er nachher? Das ist die große... Ja, wer kommt denn da schon wieder? Unser Hoffotograf.«
»Habe die Ehre, meine Herren. Darf man mitspielen?«
»Theoretisch darf man. Praktisch darf man nicht, denn man schuldet uns elftausend Kronen.«
»Aber...«
»Kein Aber, Rosenbach. Wir haben Ihnen gestern erklärt, daß Sie zahlen müssen. In solchen Zeiten begleicht man seine Schulden oder man verschwindet.«
»Was für Zeiten, Herr Doktor? Ist etwas passiert?«
»Ob etwas passiert sei, fragt er. Die Russen verlieren den Krieg gegen Japan. Der Pöbel erhebt sich gegen den Zar, und aus uns macht man den Sündenbock.«
»In Österreich?«
»In ganz Europa. Wir müssen auswandern, wenn uns das Leben lieb ist.«
»Ich glaube nicht dran, Herr Doktor.«
»Aber ich, Herr Rosenbach, und darum bestehen wir darauf, daß sie zahlen.«

»Dann geben Sie mir eine Chance«, antwortete Leo mit flehender Stimme. »Lassen Sie mich gewinnen. Ein einziges Mal, und ich zahle sofort.«
»Seit vierzehn Jahren geben wir Ihnen eine Chance, Sie Blindgänger. Früher waren Sie ein Ehrenmann, aber seither verlieren Sie permanent. Was sind Sie für ein Mensch, daß Sie immer verlieren?«
»Die Frage stell ich mir selbst«, entgegnete Leo und verließ fluchtartig das Lokal.
Wahrhaftig, dachte er. Was bin ich für ein Mensch, daß ich immer verliere? Meine Frau verachtet mich. Meine Tochter kennt mich kaum. Mein Atelier steht vor der Pfändung. Die gute Gesellschaft zeigt mit Fingern auf mich. Im Spiel bin ich eine Niete. Ich ersaufe in den Schulden. An welchem Baum soll ich mich aufknüpfen?
»An keinem, Leo. Noch ein paar Tage, und wir haben das große Geld. Noch ein paar Tage, und die Farbfotografie ist Realität. Ich schwöre es bei der Ehre unserer Eltern.«
»Schwöre nicht, Henner! Seit vierzehn Jahren ist deine Erfindung Realität. Seit vierzehn Jahren versprichst du uns das große Geld, doch was haben wir? Gehackte Zores und einen Sack voll Flöhe.«
»Ich sage dir die Wahrheit, Leo. Ich brauche nichts als einen Edelstein. Keinen Quarz, kein Steinsalz, kein Stück Glas, sondern einen Edelstein mit vierundzwanzig Facetten, der das Licht in die Spektralfarben zerlegt: rot, grün, blau und die übrigen Töne der großen Skala. Gebt mir einen Diamant, und wir sind reich.«
»Man mordet die Juden, Henner. In Kischinew, Lodz und Berditschew. Sie verbrennen uns bei lebendigem Leib. Unser Volk geht unter, aber du brauchst einen Edelstein. Oj Henner, mein meschuggener Bruder. Weißt du, was los ist auf der Welt?«

2.

Es heißt, daß Revolutionen vorwiegend bei schlechtem Wetter stattfinden. Wenn es kalt ist und feucht. Wenn Mißmut von den Dächern trieft. Der Petersburger Blutsonntag zum Beispiel wurde Ende Januar abgehalten, im kältesten Winter des Jahrhunderts, im Jahr 1905, als das Klima so streng war, daß manchen Leuten die Zunge am Gaumen festfror. Unter Führung des falschen Popen Georgi Gapon bewegte sich eine Massendeputation von annähernd dreißigtausend Habenichtsen zum Zarenpalast, um dem Kaiser aller Reußen eine Bittschrift zu überreichen. Der Zar ließ in die Menge schießen, weil er nichts hören wollte von Bittschriften und Deputationen. Dabei mußten über tausend Menschen ins Gras oder, genauer gesagt, in den Schnee beißen. Was darauf folgte, war eine Kettenreaktion von historischen Erdbeben, die bis heute nicht aufhören, unseren Planeten zu erschüttern. Der Zorn des Volkes loderte zum Himmel. Die Temperatur sank auf neununddreißig Grad unter Null, und die Revolution breitete sich aus wie die Beulenpest. Wenige Tage nach dem Massaker von Petersburg brannte Warschau, dann Lodz und zuletzt ganz Russisch-Polen.

Unter den Aufständischen in Warschau befanden sich auch die Söhne eines gewissen Jankl Kaminski, der es jahrelang verstanden hatte, sich aus den Wirrnissen der Zeit herauszuhalten. Er frönte dem Schnaps und den Weibern, obwohl er verheiratet und Vater von sechzehn Kindern war. Seine Geschäfte florierten wie nie zuvor, und wenn an jenem denkwürdigen 3. Februar nicht die Vorhänge aus seinem Eßzimmer verschwunden wären,

hätte er kaum bemerkt, daß Warschau auf dem Kopf stand. Fela, die hysterische Köchin, tobte kurz vor dem Familienfrühstück durchs Haus und veranstaltete ein Höllengezeter: »Heilige Maria Mutter Gottes. Die Welt geht unter, und der Jüngste Tag...«
Im oberen Stock wurde eine Türe aufgerissen. Jankl Kaminski erschien im Halbdunkel. Er hatte eine Wollmütze auf dem Kopf und rieb sich verschlafen die Augen: »Was geschieht sich, do jasnej cholery? Warum schreist du?«
»Die Welt zerplatzt, panie Kaminski, in tausend Stücke...«
Der Patriarch blickte streng zur Wanduhr und von der Wanduhr zur händeringenden Köchin: »Es ist halb acht, Fela, und du hast schon gesoffen. Sag mir endlich, was sich geschieht!«
»Es ist verschwunden die Gabardine, panie kochany.«
»Was für eine Gabardine? Ich verstehe kein Wort, was du redest, und du riechst nach Bimber.«
»Die rote Gabardine ist weg. Vom Fenster verschwunden mit den gelben Franzosen.«
»Die rote Gardine meinst du. Mit den gelben Fransen. Wie konnte das passieren?«
»Weil die Welt untergeht, panie Kaminski. Die Ruski kommen...«
»Was heißt, sie kommen? Sie sind schon da. Seit hundert Jahren.«
»Aber jetzt schlagen wir sie kaputt, sagen die Leute...«

Es war ein klirrend kalter Morgen. Die Straßen waren vereist, Nebel kroch durch die Häuserzeilen. Eine Kompanie Kosaken sprengte von der Zitadelle zur Weichsel hinunter und von dort durch die Mostowa zur

Kathedrale hinauf. Jankl Kaminski stand an seinem vorhanglosen Fenster, schaute hinaus und schüttelte den Kopf. Was wollen die Leute? Wozu die Aufregung? Es ist doch alles in Ordnung. Oder vielleicht nicht? Vielleicht bin ich zu alt, dachte er, um das zu verstehen. Aus der Ferne dröhnten Schüsse herüber. Jankl ahnte nicht, wem sie galten.

In der Altstadt wurden Barrikaden errichtet, aus Steinen, eisernen Bettgestellen und zerbeulten Kinderwagen. An der Piwna steckten elf Kerle eine Fahne auf den Schutzwall, den sie soeben gebaut hatten. Der älteste war vierundzwanzig, der jüngste vierzehn, er hieß Hersch oder Herschele, wie ihn seine Brüder nannten. Kugeln blitzten durch die Luft. Projektile schlugen ein. Zertrümmerte Ziegel flogen von den Dächern, aber Herschele hörte nicht auf, in sich hinein zu kichern: »Unser Seidenvorhang auf den Barrikaden der proletarischen Revolution! Masltow, meine Herrschaften! Der Alte verliert den Verstand, wenn er das erfährt.«

Die Gassen waren menschenleer. Jetzt nahte Getrampel von Pferdehufen, und auf dem Schloßplatz erschienen die Kosaken. Sie standen kaum fünfzig Schritte von den elf Kerlen entfernt. Da schmetterte ein Schuß übers Pflaster. Ein Volltreffer durchlöcherte die Gardine, und Herschele stimmte den »czerwony sztandar« an, das Lied von der roten Fahne. Er sang mit dröhnender Stimme, aber voller Hingabe, und die Brüder grölten mit, als wollten sie die Angst überbrüllen, die ihnen die Kehle zusammenschnürte. Nicht ohne Grund, kann man sagen, denn noch am gleichen Tag standen sie vor dem Verhörrichter. Barfuß, mit kahlgeschorenen Schädeln. Im Arrestantensaal der Warschauer Zitadelle. Sie waren aneinandergekettet, und der russische Polizeihauptmann stellte ihnen die üblichen Fragen, wobei er

mißmutig graue Härchen aus seinem Schnurrbart zupfte und sich argwöhnisch in einem Kippspiegel betrachtete. In der gegenüberliegenden Ecke des Raums standen, ebenfalls gefesselt, ein paar Dutzend Fabrikarbeiter sowie eine Gruppe halbwüchsiger Gymnasiasten. Der Verhörrichter vermied es, mit den Festgenommenen persönliche Gespräche zu führen. Er richtete die Fragen an seinen Adjunkten, der mit milchigen Augen zum Zarenbild glotzte, das an der Wand prangte: »Wie heißen denn die feinen Herren?«
»Melde gehorsamst, Herr Hauptmann. Die Herren heißen alle gleich.«
Der Offizier kippte nun den Spiegel zur Wand und konzentrierte sich auf die Fingernägel: »Heißen gleich, scheißen gleich. Aber in Sibirien kommen sie zur Vernunft. Dafür bürge ich persönlich.«
»Zu Befehl, Herr Hauptmann. In Sibirien kommen sie zur Vernunft und tragen folgende Namen: Kaminski Ber, geboren 1881. Kaminski Schloime, geboren 1882. Kaminski Itzchak, geboren 1883. Kaminski Mordechai, geboren 1884. Kaminski Moische, geboren 1885. Kaminski Adam, geboren 1886. Kaminski Lasik, geboren 1887. Kaminski Benzion, geboren 1888. Kaminski Menachem, geboren 1889. Kaminski Aaron, geboren 1890. Kaminski Hersch, geboren 1891.«
Der Verhörrichter ließ den Blick über die elf Judenbengel schweifen. Sie waren alle gesund und kräftig. Er zupfte sich ein weiteres Haar aus dem Schnurrbart und knurrte mit böser Stimme: »Wir brauchen Leute für unsere Bleigruben. Eine Menge Leute und besonders solche mit Rauch im Dachstock.« Er ging auf den ältesten Kaminski zu und fragte den Adjunkten: »Der Vater von diesem Judenschwein, was ist er?«
»Ebenfalls ein Judenschwein, Herr Hauptmann.«

»Versteht sich, aber was macht er?«
»Geschäfte.«
»Das machen sie alle, diese Würmer. Hat er Geld?«
»Wie Sand am Fluß, Herr Hauptmann.«
»Und seine Söhne?«
»Ich muß sie fragen, Herr Hauptmann«, und er wandte sich an den Ältesten, »was macht ihr alle miteinander?«
»Revolution, gegenwärtig. In Friedenszeiten sind wir Studenten und wünschen nicht mit Judenschwein betitelt zu werden. Wir sind Polen ...«
»So, Polen seid ihr«, und der Offizier zwickte dem vorwitzigen Ber einen Peitschenhieb über den Kopf und schrie: »Es gibt keine Polen, du Judenschwein. Wir haben euch ausgelöscht von der Landkarte. Russen seid ihr, panjemajesch, obwohl ihr gar nicht verdient, in Rußland zu leben.«
»Nein, Herr Hauptmann«, antwortete Schloime, der zweitälteste.
»Was heißt nein«, keuchte der Offizier.
»Wir verdienen wirklich nicht, in Rußland zu leben, denn Warschau liegt in Polen.«
Bei diesen Worten ging ein zustimmendes Gemurmel durch den Raum. Der Hauptmann spürte, daß er etwas unternehmen mußte. Darum schwang er bedrohlich die Peitsche und brüllte: »Warschau liegt in Polen, sagst du? Das wußte ich gar nicht. Dafür weiß ich, wo Sibirien liegt. Sibirien liegt nämlich in Rußland, panjemajesch, und jetzt ziehst du die Hosen runter, sonst wirst du kastriert.«
»Nein, Herr Hauptmann, meine Hände sind gefesselt.«
»In Sibirien werdet ihr lernen, ob Warschau in Rußland liegt oder nicht«, und der Offizier ließ den Peitschenstock über Schloimes Rücken sausen, »wißt ihr jetzt, wo Warschau liegt?«

»Nein, Herr Hauptmann. Warschau liegt nicht, es steht.« Das war der jüngste, der vierzehnjährige Herschele, der zugeschaut hatte, wie man seinen Bruder peinigte, und jetzt den Hauptmann angrinste. Der Offizier traute seinen Ohren nicht. Zum ersten Mal im Leben kamen ihm Zweifel an seiner Methode und er japste: »Was fällt dir ein, du beschnittene Sau? Hast du keinen Respekt?«

»Nein, Herr Hauptmann.«

»Kannst du nicht ja sagen?«

»Nein, Herr Hauptmann.«

»Was kannst du überhaupt?«

»Singen, Herr Hauptmann.«

Herscheles Hände waren in Ketten. So konnte er sich nicht wehren, als die Peitschenhiebe über seinen Nakken schlugen – aber seine Stimme, die das Lied von der roten Fahne schmetterte, klang klar wie Kristall. Jetzt verlor der Hauptmann endgültig seine Fassung. Blindlings haute er auf die elf Brüder ein und tobte: »In Werchojansk werdet ihr singen, bis euch die Stimmbänder einfrieren, bis euch die Eier klirren zwischen den Beinen, bis ihr krepiert, und je früher, desto besser. Verstanden?«

Keine Antwort.

»Ob ihr mich verstanden habt?«

Es wurde ganz still im Verhörraum. »Antworten, sonst reiß ich euch die Gedärme aus dem Leib!«

Da erschallte es aus der anderen Ecke, aus vielen Kehlen: »Denn unsre purpurrote Fahne
ist rot vom Proletarierblut.«

Der Hauptmann hatte sie spalten wollen. Hier die Polen, dort die Juden. Und hatte das Gegenteil erreicht. Alle sangen sie jetzt das gleiche Lied.

Die Weichsel war zugefroren, dicker Nebel hing über dem Pflaster. Jankl Kaminski stieg an einem gläsernen Februarmorgen die Granittreppe zur Eisenpforte der Zitadelle hinauf, die von zwölf Schwerbewaffneten bewacht wurde. Neben dem Tor stand eine Holzbaracke für Besucher, an der Seitenfront war ein Schalter. Jankl meldete sich an. Er deponierte den Paß und erklärte, daß Garnisonsgeneral Kalugin ihn erwarte. Das machte Eindruck, die Pforte ging auf, und ein Kosakenmajor erschien. Er schlug die Stiefel zusammen und bedeutete Jankl zu folgen. Er führte ihn über den Exerzierplatz zur inneren Festung. Jetzt schritten sie durch endlose Gänge, über steile Treppen, an Hunderten von Türen vorbei. Da und dort blieb der Major stehen und gab kurze Erklärungen ab: »Hier sitzen die Anarchisten. Die meisten lebenslänglich ...«
Jankl blieb unbewegt, als hätte er gar nicht hingehört. Vor ihm ging ein Eisengitter in die Höhe, und der Weg führte über eine Stahlbrücke. »Da beginnt der Nordflügel. Der ist für die Roten, auch Sibirjaken genannt. Die werden verschickt. Hinter den Polarkreis, von wo nur selten jemand zurückkommt ...«
Jankl verstand die Anspielung. Er schwieg aber hartnäckig und folgte dem Offizier zu einem Gitter, das einen düsteren Innenhof verschloß. Durch die Stäbe sah man einen Galgen aus grobem Föhrenholz. »Das ist die Endstation. Diese Abteilung funktioniert nur einmal am Tag. Um sechs Uhr morgens, wenn der Hahn kräht. Sie untersteht direkt unserem Garnisonsgeneral.«
»So?« sagte Jankl, als ob ihn die Mitteilung nicht weiter interessierte.
»Jawohl. Direkt dem Garnisonsgeneral Kalugin. Er ist ein reizender Mensch, mit dem man reden kann. Nur

jeder zehnte kommt an den Strick, soviel ich weiß. Wie viele Söhne haben Sie?«
Jankl gab keine Antwort. Der Major führte ihn jetzt durch einen erleuchteten Korridor und stellte erfreut fest, daß der Patriarch zitterte. Sie kamen zur Türe des Allmächtigen. Der Major wiederholte: »Ich fragte Sie, wie viele Söhne Sie haben.«
»Elf, Herr Major«, erwiderte Jankl und zog die Pelzmütze vom Kopf.
Der Garnisonsgeneral beleckte seinen Zeigefinger und drehte ein Aktenblatt um. Er blickte aber nicht in die Kartei, sondern durch die zwei Männer hindurch, die gerade eingetreten waren. Jetzt fixierte er eine Spinne, die sich an ihrem Faden herunterließ. Spinne am Morgen, dachte der Würdenträger, und erbleichte. Dann sagte er leise, beinahe flüsternd, um das Schicksal nicht herauszufordern: »Wie heißt der Jude?«
»Kaminski. Zum Vornamen Jankl.«
»Wohnhaft?«
»Ulica Mostowa, Nummer drei. In Warschau.«
»Er hat elf Söhne, steht da geschrieben.«
»Und fünf Töchter, mit Verlaub zu sagen.«
»Seine Söhne sind bei uns zu Besuch, wie ich höre«, und indem er sich an den Kosakenmajor wandte, fragte er gelangweilt: »Das stimmt doch, oder irre ich mich?«
»Zu Befehl, Herr General. Alle elf mit Vollpension.«
Kalugin lächelte fein und sagte: »Bei uns kann sich niemand beklagen. Was meint der Jude?«
»Ich meine«, antwortete Jankl vorsichtig, »daß Ihre Gastfreundschaft eine große Ehre ist für uns. Trotzdem würde ich mich freuen, die Kerle wieder mitzunehmen.«
»Das kann ich begreifen. Herr Major, Sie können abtreten.«

»Zu Befehl, Herr General«, und damit verschwand der Offizier von der Bildfläche. Kalugin legte eine Pistole vor sich auf den Tisch und bedeutete Jankl näherzutreten: »Meine Gastfreundschaft ist eine Ehre für Sie. Sehr gut, aber die Hotelrechnung ist noch nicht bezahlt.«
Jankl merkte, worauf der Gottvater hinauswollte. Er zog ein Wechselbuch aus der Brusttasche und fragte sachlich: »Was sind wir schuldig, Herr Kommandant?«
»Die gegenwärtige Temperatur in Zentralsibirien beträgt über fünfzig Grad unter Null.«
Jankl ahnte Böses und lächelte unverbindlich: »Ein Land der unbegrenzten Möglichkeiten. Rußlands Zukunft ist in Sibirien.«
Der General verstand die Anspielung und entgegnete scharf: »Von denen, die überleben, erkranken zwei Drittel an Skorbut.«
Jankl bot dem General eine Zigarre an, holte Streichhölzer aus der Manteltasche und gab dem Allmächtigen Feuer: »Wieviel, Herr Kommandant?«
»Zehntausend pro Stück, Herr Kaminski. Das sind hundertzehntausend Rubel für die ganze Lieferung.«
Jankls Stimme bröckelte: »Ich habe nicht richtig gehört, Herr General.«
»Keine Kopeke weniger, panie Kaminski.« Der Gouverneur beleckte zum zweiten Mal seinen Zeigefinger. Er drehte wieder ein Aktenblatt um und sprach nun mit geschlossenen Augen: »Die Kerle sind noch nicht abgeurteilt. Was da geschrieben steht, riecht nach lebenslänglich. Wenn es gut geht...«
»Und wenn es schlecht geht, Herr Kommandant?«
»Der Jude versteht mich, will ich hoffen.«
»Also fünfzigtausend haben Sie gesagt?«
»Jetzt ist Revolution. Darum strafen wir härter.«
»Sechzigtausend ist eine horrende Summe.«

»Wir müssen abschrecken, sonst greift das um sich.«
»Wo nehme ich siebzigtausend Rubel her, um Gottes willen?«
»Wenn der Staatsanwalt die Todesstrafe verlangt, bin ich machtlos.«
»Und wenn er sie nicht verlangt?«
Kalugin schlug das Aktenbündel zu und stand auf: »Hunderttausend Rubel, Herr Kaminski, und Sie können sie mitnehmen.«
»Alle elf?«
Der General gähnte in seine Hand hinein: »Die ganze Lieferung, hab ich gesagt.«
Jankl Kaminski schrieb einen Wechsel auf hunderttausend Rubel, langsam und grimmig. Dann seufzte er, indem er Kalugin den Schein überreichte: »Elf Töchter müßte man haben!«

Vor der Ostmauer der Zitadelle warteten drei Droschken. Drei Kutscher hockten auf ihren Böcken. In zottigen Pelzen erstarrt, Eisnadeln an den Bärten, pafften sie an ihren Pfeifen und bewegten sich auch nicht, als zwölf Männer im Gänsemarsch die Treppe herunterstiegen. Zuvorderst Jankl Kaminski. Dann seine Söhne. Als letzter Herschele, der jüngste, der so vergnügt in die Welt blickte, als käme er geradewegs aus Paris. Der Nebel hatte sich aufgelöst. Die Weichsel glitzerte, die Birkenzweige am Ufer waren mit goldblitzendem Puder überstreut, und man konnte spüren, daß Schwaden von Hoffnung über der Stadt lagen. Nur der Alte war wütend. Vielmehr, er kochte vor Zorn. Wortlos stieß er die Kerle in die Kutschen und befahl den Fuhrknechten loszufahren. Der Zug setzte sich in Bewegung. Niemand wagte zu sprechen. Ein schreckliches Gewitter hing in der Luft. Die Droschken holperten den Fluß entlang, über Schwellen und Schlaglöcher bis zur Schloßbrücke. Von dort ging es bergauf, Richtung Altstadt. Jetzt waren sie am Ziel. Ulica Mostowa, Nummer drei. Aber die elf wußten, daß die Katastrophe erst kommen würde. Jankl sprang als erster vom Trittbrett und zahlte das Fahrgeld. Dann sperrte er die Haustüre auf. Er polterte die Treppe empor und befahl seine Frau herbei: »Noemi, komm ins Eßzimmer! Es geht los.«

Die Bühne, auf der sich das folgende Ereignis abspielte, war zehn Meter lang und sechs Meter breit. Ein langer Eichentisch und achtzehn Sessel waren die einzigen Requisiten. Am nackten Fenster stand die Mutter und weinte. Beim Tisch, hinter ihren angestammten Sitzen, harrten die elf Helden der weiteren Begebenheiten. Vor dem Spiegel stand – wie ein doppelköpfiger Höllenhund – der Herr und Meister des Hauses. Bedrohlich löste er den Gürtel aus den Schlaufen seiner Hose und begann den Monolog, den er nicht für die Söhne, sondern für seine Frau sprach: »Dieses Gesindel, Noemi, sollen sein meine Kinder? Das sind deine Kinder. Mit mir haben sie nichts zu tun ...«

»Das sind *deine* Kinder, Jankl. Alle so meschugge wie ihr Tatte. Maßlos und unbesonnen.«

»Wenn sie wären *meine* Kinder, würden sie nicht bankrott machen meine Firma.«

»Diese Welt gefällt ihnen nicht, Jankele. Sie wollen sie verbessern. Ist das ein Verbrechen?«

»Schlimmer als ein Verbrechen, Noemi. Ein schlechtes Geschäft, und Jankl Kaminski muß schwitzen dafür. Die letzten Vorhänge reißen sie von meinen Fenstern. Hunderttausend Rubel zahle ich diesem Ganef von einem General, der Schlag soll ihn treffen, damit er sie nicht zerhackt auf der Guillotine. Ber, zieh die Hosen runter und leg dich auf den Tisch!«

»Ich bin vierundzwanzig, Vater.«

»Und ich sechzig, du Potz, und weiß, was ich tue. Die Hosen runter und auf den Tisch, mit dem Bauch nach unten!«

Ber fügte sich in sein Schicksal und gehorchte. Die elf Söhne wußten, daß man mit dem Garnisonsgeneral feilschen konnte – mit dem Patriarchen jedoch nicht. Jankl verabreichte Ber zehn Hiebe. Allen anderen ebenfalls, und bei jedem Schlag faßte er seinen Zorn in neue Worte: »Hunderttausend Rubel für ein bekacktes Ideal. Für den Sozialismus, für Karl Marx, für die Arbeiterklasse, für die Frauenemanzipation, für die Negerbefreiung. Schloime, nimm die Hände aus den Taschen! Für das alles soll ich zahlen mein schwer verdientes Geld. Ein alter Jud rackert sich ab. Grad sollst du liegen, Moische. Das ganze Leben lang vom Morgen bis zum Abend, daß meine Söhne etwas lernen. Daß sie gebildeter werden als ihr Vater, und was? Anstatt zur Schule, gehn sie auf die Straße; auf den Bauch, hab ich gesagt, Menachem. Randalieren und belästigen anständige Leute …«

Jankl verschnaufte einen Augenblick lang. Dann ging er auf seine Frau zu und röchelte: »Was hast du geboren für Mißgeburten, Noemi? Elf Banditen, was sich amüsieren und spielen Weltgeschichte auf Kosten von ihren Eltern. Sie sollen büßen für ihren Schwachsinn! Es gibt keine Revolution mehr in Warschau. Ich kann sie mir nicht leisten …«

Dabei wischte er sich den Schweiß von der Stirn und prügelte weiter.

Die Weltgeschichte ist phantasielos. Sie wiederholt sich. Es gibt kleine Varianten, einverstanden, aber im Grunde genommen ist es immer dasselbe. Im Oktober 1905 ereignete sich zum zweiten Mal, was im Januar bereits über die Bretter gegangen war. Die hektische Fela keuchte – wie jeden Morgen – mit dem Frühstücksgeschirr und einer dampfenden Kaffeekanne ins Eßzimmer hinauf, doch als sie eintrat, wurde sie grün wie eine Gurke und ließ ihre Ladung zu Boden stürzen. Es folgte ein Scherbengetöse, dann ein herzzerreißendes Gezeter. Noemi eilte herbei. Hinter ihr Jankl und schließlich die fünf Töchter. Fela produzierte einen ihrer hysterischen Anfälle: »Heilige Mutter von Tschenstochau. Stehe uns bei, der Himmel springt auseinander.«
Noemi holte einen Besen und reichte ihn der Köchin: »Nicht der Himmel, Fela, sondern mein Porzellan. Was gibt es denn schon wieder?«
»Im Januar haben wir ein neues Tischtuch animiert...«
»Akquiriert«, korrigierte Jankl, »rede polnisch. Dann machst du keine Fehler!«
»... ein neues Tischtuch gekauft, jak Boga kocham, als der Fluß gefroren war, im Kaufhaus von Wokulski, ich kann mich genau erinnern, an der Targowastraße, drüben auf Praga, und wir sind zu Fuß über das Eis geschlittert.«
»Sie hat schon wieder gesoffen, das Luder. Was geschieht sich?« Und Jankl begann Böses zu ahnen.
»Es geschieht sich«, krähte die Köchin, »daß es jetzt Herbst ist, und die Blätter zwirbeln schon von den Bäumen. Ich schau auf den Tisch, jak Boga kocham, aber was sieht mein blaues Auge?«
»Komm zur Sache, Fela, sonst werf ich dich aus dem Fenster. Was sieht dein blaues Auge?«

»Die neue Tischdecke. Aus roter Seide. Von Wokulski an der Targowastraße. Weg ist sie. Verduftet und verschwunden.«
»Und wo sind meine Söhne?«
»Verduftet und verschwunden, panie Kaminski. Abgezwitschert. Ihre Zimmer sind leer und die Türen stehen offen.«

Auf dem Schloßplatz wurde wieder geschossen. Kosaken trieben eine Menschenmenge in die Piwnagasse hinein. Blut floß über das Pflaster. Von den Zinnen flogen Ziegelsteine auf die Ruski herunter, und Hausrat stürzte von den Dächern. Nachttöpfe, Messingkessel und Wagenräder. Auf dem Dach eines Bürgerhauses wurde eine rotseidene Fahne gehißt: die Kaminskigarde war wieder in Aktion. Das Tischtuch flatterte im Herbstwind. Der Kerl, der es hochzog, war kaum fünfzehn Jahre alt. Sein Kopf war kahlgeschoren und von einer Arbeitermütze bedeckt. Er hatte eine grelle Stimme und brüllte voll mitreißender Begeisterung: »Proletarier aller Länder, vereinigt euch!«
An diesem Oktobermorgen vereinigten sie sich nicht. Der Elan der Februartage war verflogen. Die Menge war kleiner geworden und zaghafter, Angst beherrschte die Stadt. Hersch und seine zehn Brüder wurden festgenommen und zum zweiten Mal auf die Zitadelle gebracht. Sie bekamen die Zelle 13, gleich neben der »Endstation« hinter dem finsteren Gitter. Von der Fensterluke aus sah man den Galgen. Ob das ein Zufall war, läßt sich im nachhinein nicht mehr feststellen. Wahrscheinlich war es ein Kniff, um Jankl Kaminski weichzukriegen. Um ihn reifzumachen für die zweite Zahlung von noch einmal hunderttausend Rubel.

Kalugin hatte Erkundigungen eingezogen. Jankls Firma prosperierte. In den schwarzen Tagen des japanischen Krieges mehr denn je zuvor. Im Jahr 1905, als die erste Revolution das Land heimsuchte, verdreifachte Jankl seine Umsätze, denn er stellte Uniformstoffe her. Je ungestümer die Japaner gegen die zaristischen Bastionen anrannten, je furchtloser das Volk seine Rechte forderte, um so unentbehrlicher wurde die Armee, um so besser gingen die Geschäfte. Wenn der alte Kaminski fähig gewesen wäre, über seine Säufernase hinauszusehen, hätte er seine Söhne in ihrer revolutionären Tätigkeit unterstützt, denn sie nützte seinem Unternehmen. Aber das wäre von einem sechzigjährigen Patriarchen zuviel verlangt gewesen. Er war ein listiges Männlein und im kleinen ein großer Geschäftsmann. Er hatte es fertiggebracht, Textilien sozusagen ohne Rohstoffe herzustellen. Aus Lumpen, Säcken, Stoffresten und weggeworfenen Kleidungsstücken machte er sein Vermögen. Besonders aber die Monturen gefallener Soldaten kaufte er zu Schleuderpreisen auf und zerlegte sie in Wollfasern, um daraus neue Uniformstoffe zu weben. Die größten Gewinne zog er jedoch aus seiner Vorliebe für Frauen, deren Emanzipation er unentwegt förderte. Er stellte prinzipiell nur weibliche Arbeitskräfte ein und verkündete in aller Öffentlichkeit, daß Frauen besser, billiger und fleißiger arbeiteten als Männer. Darüber hinaus seien sie bereit, ihre Einkünfte, solange sie jung seien, durch die verschiedensten Gefälligkeiten aufzubessern, was ebenfalls nicht zu verachten sei.

An diesem Oktobernachmittag nun saß der Patriarch in seinem Kontor und überwachte durch eine Scheibe die mechanischen Webstühle, an denen ein paar hundert Mädchen ihre Arbeit verrichteten. Fasziniert blickte er

auf die Schwungräder und Schußspulen, Schlagriemen, Schaftrollen und Zettelbäume, die in wildgewordenen Synkopen die Halle durchknatterten. Er merkte nicht oder wollte nicht merken, daß zwei Männer in sichtlich dringender Angelegenheit eingetreten waren. Der eine hieß Chaim Lewin, Jankls Prokurist und rechte Hand, der andere, Sokolow, trug die Epauletten eines hohen Polizeioffiziers. Er blieb unter der Türe stehen und wartete, vom Prinzipal gebührend empfangen zu werden. Lewin räusperte sich mehrere Male, ohne allerdings Jankls Aufmerksamkeit auf sich lenken zu können. Dann flehte er mit beschwörender Stimme: »Wir haben das Vergnügen, ich will sagen, die seltene Ehre, den Gendarmerieoffizier Timofei Sokolow bei uns zu begrüßen ...« Aber seine Stimme erstarb, denn Jankl starrte in die Halle hinunter, aus der ein gleichmäßiges Getöse heraufbrandete. Er regte sich auch nicht, als Lewin ihm ins Ohr brüllte: »Es hat ihn hergeschickt Seine Exzellenz, der Garnisonsgeneral Kalugin persönlich. Hören Sie mich, panie Kaminski? Der starke Mann von Warschau hat ihn abkommandiert ...«
Der Patriarch nahm eine Flasche vom Tisch. Dann füllte er sich ein Gläschen und stürzte es hinunter, ohne den Russen mittrinken zu lassen. In Polen ist das eine Brüskierung, in Rußland eine Provokation, weshalb der Polizeigewaltige Jankl am Kragen packte und zischte: »Ich nehme an, daß Sie der Jude Kaminski sind, ja oder nein?«
»Lassen Sie mich los!«
»Ob Sie der Jude Kaminski sind, habe ich gefragt. Ich stehe hier im Auftrag des Garnisonsgenerals Kalugin und verstehe keinen Spaß.«
»Ich verstehe auch keinen Spaß. Lassen Sie mich los, oder Sie hören auf, ein Gendarmerieoffizier zu sein.«

Das war eine mysteriöse Drohung, die alles mögliche beinhalten konnte. Da Sokolow nicht wußte, was dahintersteckte, nahm er seine Finger von Jankls Nakken, wobei er feststellte, daß der Patriarch noch immer bewegungslos durchs Fenster blickte. Jetzt änderte er die Taktik und sprach mit einer etwas versöhnlicheren Stimme: »Es tut mir leid, Ihnen mitteilen zu müssen, daß Ihre Söhne Ber, Schloime, Itzchak, Mordechai, Moische, Lasik, Aaron, Adam, Menachem, Benzion und Hersch hinter Schloß und Riegel sitzen. Auf der Warschauer Zitadelle...«
Jankl griff zum zweiten Mal nach der Flasche und schenkte sich ein Glas ein, ohne den beiden Männern etwas anzubieten.
Lewin fand, daß Jankl noch nie so unausstehlich war wie heute, und versuchte, die Spannung irgendwie zu lösen: »Wollen Sie sich nicht setzen, Herr Oberleutnant?«
Sokolow blieb stehen und fuhr mit dürrer Stimme fort, Jankl einzuschüchtern: »Ihre Söhne haben sich schuldig gemacht erstens staatsfeindlicher Wühlarbeit, zweitens bewaffneten Widerstands gegen die russische Armee, drittens umstürzlerischer Propaganda an mittleren und höheren Lehranstalten sowie viertens hartnäckigen Ungehorsams dritten Grades...«
Lewin war außer sich und wollte hilfreich eingreifen. Er zog ein Zigarrenetui hervor und bot dem Offizier an, sich zu bedienen, doch dieser würdigte ihn keines Blickes, sondern sprach mit bedrohlich schleppender Stimme: »Die auf vorliegendem Dokument aufgeführten Personen Ber, Schloime, Itzchak, Mordechai, Moische, Lasik, Adam, Benzion, Menachem, Aaron und Hersch wurden verurteilt zu achtzehnjähriger Zwangsarbeit in den Bleigruben des hohen Nordens...«

Jankl stürzte ein drittes Glas herunter und begann, mit zusammengekniffenen Lippen im Kontor auf- und abzugehen, während der Offizier weiterfuhr: »Es steht jedoch dem Vater der elf Delinquenten frei, Rekurs einzulegen bei Seiner Exzellenz, Garnisonsgeneral Kalugin.«

Jankl blieb stehen und sagte kaum hörbar: »Sagen Sie Kalugin einen schönen Gruß vom Juden Kaminski und teilen Sie ihm mit, daß er nicht weiß, was er redet.«

»Geben Sie acht, Sie Durak! Schon Ältere als Sie haben wir nach Sibirien verschickt!«

»Den Durak nehmen Sie zurück, und wenn einer von uns beiden nach Sibirien fährt, dann sicher nicht ich. Sagen Sie also Ihrem Kommandanten, daß er nicht weiß, was er redet, weil ich keine Söhne habe. Ich habe keine gehabt und werde auch keine haben.«

»Ich warne Sie zum letzten Mal, panie Kaminski. Laut Zivilstandsregister haben Sie elf Söhne.«

»Und laut Jankl Kaminski habe ich keine. Guten Tag, Herr Oberleutnant!« Mit diesen Worten drehte sich der Patriarch wieder zum Fenster und erachtete das Gespräch für beendet. Der Polizist blieb sprachlos. So etwas war ihm noch nie vorgekommen. Entgeistert wandte er sich zum Ausgang, gefolgt von Chaim Lewin, der wieder einmal nicht weiterwußte.

3.

In meiner Familie gibt es ein Geheimnis. Einen weißen Fleck in der Chronik. Einen wunden Punkt, von dem man nicht spricht. Es handelt sich um eine Begebenheit, bei der es offensichtlich mit merkwürdigen Dingen zugegangen ist. Die elf Weltverbesserer, die im Dezember 1905 am Warschauer Ostbahnhof in einen Viehwagen verfrachtet wurden, sind nie an ihrem Bestimmungsort angelangt. Aneinandergekettet, durchrollten sie in gestreiften Sträflingsanzügen ganz Rußland von West nach Ost. Irgendwann im Frühsommer 1906 hätten sie normalerweise in den Bleigruben von Werchojansk eintreffen müssen. Daraus wurde aber nichts, denn sonst hätte ich keinen Vater und mein Vater keinen Sohn, und diese Geschichte wäre niemals geschrieben worden. Der Viehwagen mit den elf Brüdern ist, so unwahrscheinlich das klingen mag, verlorengegangen. Einfach so. Wie eine Stecknadel im Heu.

Neunhundert Kilometer im Osten von Nowosibirsk liegt der Eisenbahnknotenpunkt Atschimsk, wo ein Teil des Zuges abgekoppelt und auf die Linie nach Abalakowa umgeleitet wurde. Die Abkoppelung fand ordnungsgemäß statt, die Umleitung ebenfalls, aber nach dieser Aktion fehlte ein Viehwagen. Dafür stieg in Irkutsk eine neue Garnitur von Eisenbahnern aus einem Waggon, die allesamt bedeutend jünger waren als die bisherigen und in der Mehrzahl Brillen trugen, was beim Zugpersonal eher selten vorkommt. Auf der fast zehntausend Kilometer langen Reise durch die Flechtensteppe, die Tundrawälder und schließlich durch das endlose Ödland der Taiga hatte etwas stattgefunden, das von keinem Mitglied meiner Familie väterlicherseits je erwähnt wurde. Wie es passierte, wird man nie wissen. Ob mit oder ohne die Komplizenschaft von Genossen, ob mit Gewalt oder mit Geld, ist heute nicht mehr auszumachen. Ganz ohne Druck ging es bestimmt nicht. Schließlich waren zwei Wachtsoldaten und neun Männer der transsibirischen Eisenbahn verschwunden, die ihrer Uniformen entledigt wurden, um sich in der Folge in Luft aufzulösen. An ihrer Statt fuhren elf Bolschewiken in russischer Amtsbekleidung nach Wladiwostok, und niemand schien sich darüber zu wundern. Man wird sagen, das klinge nach Kriminalroman. Das stimmt, aber dieser Kriminalroman ist wahr. Der Beweis dafür ist, daß die elf Söhne des Jankl Kaminski unversehrt und lebenslustig an der Küste des japanischen Meers eintrafen, um von nun an ein neues Kapitel ihres Daseins zu beginnen.

4.

Am 12. Juli des Jahres 1906 saß die inzwischen bald fünfzehnjährige Malwa Rosenbach in ihrem Zimmer und betrachtete sich im Spiegel. Das Fenster stand offen. Ein lauer Wind wehte aus dem Garten herein, und süße Düfte verwirrten die Sinne des reizenden Mädchens. Es war kein besonderer Tag, und dennoch spürte Malwa eine sonderbare Unruhe in sich, ein undeutliches Gefühl, als entscheide sich irgendwo ihr Schicksal, als bewege sich ein Boot auf sie zu. Sie öffnete ihr samtgebundenes Tagebuch und brachte ihre Gedanken zu Papier:

Ich weiß, daß er existiert, aber ich frage mich, wo er jetzt sein mag. Nicht in Stanislau, das weiß ich mit Gewißheit. Hier hat er nichts verloren, und wenn er hier etwas verloren hätte, wäre er nicht der Paradiesvogel meiner Nächte. Er ist ein Herakles, ein Halbgott aus weißem Alabaster. Er reitet auf den Wellen der Weltgeschichte, doch ich weiß nicht einmal, wie er aussieht. Vielleicht ähnelt er Onkel Henner. Mit veilchenblauen Augen, die immer sprudeln und quirlen wie feuchte Muscheln am Meeresgrund. Ich möchte, daß er ihm gleicht, diesem rasenden Erfinder. Warum kann es nicht Onkel Henner sein? Es ist zum Heulen. Er ist dreimal so alt wie ich. Und dreimal so schön. Er sieht mich nicht einmal. Er sieht nur sich selbst und möglicherweise meine Mutter. Ich bin ein Kind für ihn. Er hat ja keine Ahnung, daß ich längst eine Frau bin. Eine heiße Blüte mit süßem Honig im Kelch. Aber es gibt einen anderen, und der wird mich sehen. Gleich. Auf den ersten Blick. Er soll voll sein von Sehnsucht. Das Unmögliche soll er suchen. Ich werde niemals einen Mann lieben, der, wie man sagt, mit den Füßen auf dem Boden steht. Liebermann rühmt sich, mit beiden Füßen auf dem Boden zu stehen, aber er ist eine Null. Eine vollgestopfte, aufgeblasene Null. Er will mir eintrichtern, Leben sei die Kunst des Möglichen. So ein Idiot! Schon diese Wortverknüpfung bringt mich zur Raserei: die Kunst des Möglichen. Was Kunst ist, kann nicht möglich sein. Und was möglich ist, ist keine Kunst. Kunst ist doch die Flucht ins Unmögliche. Nur ein vergilbter Lateinlehrer kann solchen Unsinn behaupten. Und er heißt Liebermann. Daß ich nicht lache. So ein Knacker will mir beibringen, was Kunst ist. Allein schon sein Name ist ein Widersinn. Weder Liebe noch Mann. Ein Neutrum ist er. Weder Fisch noch Fleisch. Und klebt auf der Erde. Mein Napoleon fliegt durch die Lüfte. Er sucht mich auf den Pfeilen der Windrose. Er sehnt sich nach dem Kometen am dämmernden Osthimmel. Ich kenne ihn nicht. Ich weiß nicht, wie er heißt, aber ich zweifle keinen Augenblick, daß er die Naturgesetze verabscheut, denn sie sind ihm zu eng. Mathematik ist eine Folter. Für ihn wie auch für mich. Eine Zwangsjacke der Phantasie. Ein Käfig mit runden Zahlen darin. Wo gibt es runde Zahlen auf der Welt? Schon am Anfang steht eine Lüge: zwei mal zwei sind vier. Warum nicht dreikommaneun oder vierkommaeins? Zwei mal zwei Menschen. Alle grundverschieden. Nicht einmal Zwillinge sind einander gleich. Was sind vier Menschen? Drei Henker und ein Philosoph. Sind das vier Menschen? Vier Inseln vielleicht. Vier Rätsel. Ich verabscheue die Zahlen. Nur das Unzählbare ist wahr. Das Unmeßbare. Ich liebe Onkel Henner, weil er jenseits der Zahlen steht. Weil er immer scheitert. Er ist ein Scheiterhaufen. Ein loderndes Feuer, das seinem Ziel entgegenzüngelt und es nie erreichen wird. Du einzigartiger Henner. Warum bist du verwandt mit mir und nicht mein Geliebter?

An jenem ereignislosen 12. Juli 1906 ereigneten sich drei Merkwürdigkeiten, die für das Schicksal der heranblühenden Malwa schwerwiegende Folgen haben sollten. Zehntausend Kilometer östlich von Stanislau verließen elf als Eisenbahner verkleidete Brüder den Transsibirischen Expreß und wagten den Husarenstreich ihres Lebens. Fünfzehntausend Kilometer westlich von Stanislau – in der grünen Hölle von Französisch-Guyana – betrat ein Gefängniswärter die Zelle des Sträflings Alfred Dreyfus und teilte diesem mit, der Kassationshof in Paris habe das Urteil des Kriegsgerichts von Rennes aufgehoben, der als deutscher Spion verurteilte Hauptmann sei rehabilitiert und zum Major der französischen Armee befördert worden. In Stanislau selbst brachte Leo Rosenbach einen Menschen nach Hause, der Baltyr hieß, kein Jude war, aber einen Zauber ausstrahlte, dem sich niemand verschließen konnte – nicht einmal der königliche Hoffotograf, der sich immer gelobt hatte, keiner Faszination zum Opfer zu fallen. Baltyr war ein russischer Flüchtling, der an revolutionären Anschlägen teilgenommen hatte und im vergangenen Dezember zum Tod verurteilt worden war. Am Vortag seiner Hinrichtung war es einer geheimnisvollen Frau gelungen, ihn aus der berüchtigten Festung von Petropawlowsk herauszuschmuggeln und durch die ukrainischen Sümpfe nach Österreich zu bringen.
An jenem Julitag erschien Baltyr im Atelier meines Großvaters. Er sagte unumwunden, er sei Anarchist,

die zaristische Ochrana verfolge ihn, und er müsse irgendwo untertauchen. Da er von Beruf gelernter Fotograf sei, könne er sich, wenn Leo Rosenbach nichts dagegen hätte, für einige Zeit hier einnisten und sich nützlich machen. Mein Großvater war alles, nur kein Freund gewaltsamer Machenschaften. Er war der loyalste Jude der österreichisch-ungarischen Doppelmonarchie. Beim Wort Anarchist lief ihm ein kalter Schauer den Rücken hinunter, doch die Erklärung Baltyrs, er sei von den russischen Barbaren zum Galgen verurteilt worden, genügte, um Leos Anteilnahme zu gewinnen. Außerdem war Baltyr von ungewöhnlicher Anmut. Er war blond, hatte hervorstehende Backenknochen, tiefliegende Augen, die ständig zu flackern schienen, und einen melancholisch lächelnden Mund. Er gefiel nicht nur Leo. Er gefiel allen und wurde in der Familie aufgenommen, als sei er ein Bruder. Am Abend jenes Tages schrieb Malwa in ihr Tagebuch:

Er hat eine tiefe Stimme. Ich zähle ihn zur Familie der Streichinstrumente. Eine Bratsche, würde ich sagen. Er hat uns ein russisches Lied vorgesungen, und ich bekam Gänsehaut. Ich spürte, daß er die Wahrheit sang. Ich verstand fast nichts, aber es war uns allen klar, daß er an etwas glaubt. Bei uns glaubt man an nichts. Nur Onkel Henner glaubt – an sich selbst, allerdings –, und man lacht ihn aus. Diesen Baltyr nehmen wir ernst. Wahrscheinlich, weil er zum Tod verurteilt ist. Und weil wir wissen, daß seine Verfolger wilde Bestien sind. Ich frage mich, woran er glaubt. Er sei Anarchist, sagt er. Den Staat wolle er abschaffen. Ob das einen Sinn hat? Wenn er dafür sein Leben aufs Spiel setzt, muß es einen haben. Wenn man für eine Sache zu sterben bereit ist, muß sie gerecht sein. Eine geheimnisvolle Frau soll ihn befreit haben. Tollkühn sei sie. Natürlich ist sie es. Ob ich wohl den Mut hätte, mein Leben zu riskieren? Ich weiß es nicht. Für Baltyr wahrscheinlich schon. Er ist so zart und verletzlich, daß man ihn ständig streicheln möchte. Weich und samtig wie ein Streichinstrument. Für ihn würde ich mich opfern. Nicht eigentlich für ihn, sondern für seine Sache. Für die Lieder, die er singt, und von denen ich weiß, daß sie wahr sind. Sonderbar. Für mich ist Baltyr kein Mann. Eher ein Bruder. Und Onkel Henner ist für mich kein Onkel, sondern ein Mann.

Baltyr war es, der die Nachricht gebracht hatte, daß Dreyfus rehabilitiert sei. Er war so erregt, als ginge ihn das Ereignis persönlich an, als sei er ein Zwilling des französischen Stabsoffiziers.

»Wie kommt es«, fragte ihn höhnisch Onkel Henner, »daß Sie so betroffen sind? Sie kennen ihn ja gar nicht.«

»Sie kennen ihn auch nicht«, entgegnete Baltyr, »aber Sie haben geweint, als Sie die Nachricht erfuhren.«

»Das ist nicht das gleiche. Dreyfus ist ein Jude. Ich auch. Seine Ehrenrettung ist auch die meine.«

»Die meine ebenfalls, obwohl ich kein Jude bin. Es sind die gleichen Schurken, die *ihn* auf die Teufelsinsel schickten und *mich* nach Petropawlowsk.«

»Da gibt es einen Unterschied«, mischte sich Leo ins Gespräch, »Dreyfus war unschuldig.«

»Das werfe ich ihm vor, lieber Herr Rosenbach. Man hat nicht das Recht, unschuldig zu sein. An unserer Unschuld wird die Welt zerbrechen.«

»Mit solchen Sachen verstehe ich keinen Spaß, Herr Baltyr. In meinem Haus ist man für Ruhe und Ordnung. Auch ich würde Dreyfus verurteilen, wenn er tatsächlich Militärgeheimnisse verraten hätte.«

»Ich nicht. Ganz im Gegenteil. Die Auslieferung von

Militärgeheimnissen dient dem Frieden. Staatsgeheimnisse führen zum Krieg. Wenn es keine mehr gäbe, wäre es aus mit dem Völkermord. Glauben Sie mir...«

»Sie gehen zu weit, verehrter Gast«, schrie Leo. »Sie rechtfertigen den Hochverrat. Das kann und will ich nicht dulden.«

»Ich rechtfertige überhaupt nichts. Ich verabscheue nur jede Form von Gehorsam. Gehorsam widerspricht der individuellen Selbstbestimmung. Dreyfus ist ein Bourgeois. Ein Offizier der herrschenden Kaste. Eine Marionette der Banken und der Schwerindustrie. Wenn er den Befehl bekommt, Deutschland zu überfallen oder England oder Italien, dann gehorcht er und metzelt Tausende von Menschen nieder, die ihm nie etwas getan haben. Er ist unschuldig. Er ist kein Landesverräter, und das ist sein Verbrechen.«

»Und Sie, Baltyr«, fragte plötzlich Jana, die bis dahin wortlos zugehört hatte, »sind Sie ein Landesverräter?«

»Ja«, gab der Russe lächelnd zurück. »Nach dem russischen Strafgesetzbuch bin ich einer, und ich bin stolz darauf. Ich bin jederzeit bereit, gegen meine Obrigkeit aufzustehen, gegen den Zaren, die Regierung, die Generalität. Ich bin sogar bereit, gegen mein eigenes Volk zu kämpfen, wenn es sich von Gauklern verführen läßt. Wenn der Pöbel in Kischinew oder Bialystol durch die Straßen grölt und die Juden niedermordet, bin ich ein Landesverräter. Dann erhebe ich mich gegen die Leute, die meine Sprache sprechen und meinem Stamm angehören. Dreyfus hat das leider nicht getan und ist darum unschuldig.«

»Was freuen Sie sich also«, fragte nun Henner mit fistligem Spott in der Stimme, »daß er rehabilitiert wurde?«

»Nicht um seinetwillen, Herr Henner. Um der Herren

Frankreichs willen, die eine Schlappe einstecken mußten. Mit Hilfe von Judenhaß wollten sie das Volk zusammenschweißen. Einen nationalen Taumel wollten sie anheizen, um bei der nächsten Gelegenheit Deutschland anzugreifen und Österreich. Das ist ihnen mißlungen. Das ist ein Signal für die ganze Welt, daß man den herrschenden Klassen nicht glauben darf, und die Welt hat verstanden. Darüber freue ich mich.«

Zwischen Baltyr und Henner schwelte eine unfaßbare Feindseligkeit. Sie waren in ihrer Lebensauffassung einander zu ähnlich. Einer Anarchist, der andere Erfinder. Beide sehnten sich nach der Überwindung der Schwerkraft, nach dem Unmöglichen, wie Malwa zu sagen pflegte. Beide ahnten auch, daß sie die Erfüllung ihrer Träume kaum je erleben würden. Vielleicht waren sie eifersüchtig aufeinander, denn sowohl Jana als auch ihre Tochter Malwa begannen, die zwei Männer miteinander zu vergleichen. Tatsächlich buhlten die beiden, bewußt oder unbewußt, um die Herzen der zwei Frauen.

Am 24. November 1906 schrieb Malwa in ihr Tagebuch:

Ich habe meinen fünfzehnten Geburtstag. Bis jetzt war ich ein Kind oder wurde wenigstens als solches behandelt. Da scheint sich etwas geändert zu haben. Gegen fünf Uhr nachmittags – es war schon dunkel im Haus – nahm mich Henner beiseite. Er schaute mich lange an, als blicke er durch meine Kleider hindurch auf die nackte Haut, und zu meinem Erstaunen fand ich das unerhört erquicklich. Prickelnd und berauschend wie kühler Champagner. Ich war ganz betrunken davon, und er griff nach meiner Hand, die er innen küßte. Da geschah etwas, das ich kaum zu beschreiben vermag. Etwas ganz Neues, das ich nur mit einem Feuerwerk vergleichen kann. Mein Blut wurde siedend heiß. Es schoß aus Hals und Hüften, aus Brüsten und Schenkeln auf meinen Mittelpunkt zu. Ich spürte ein Erdbeben im ganzen Körper, eine Krise, die mich schüttelte, ein rasendes Fieber, das höher stieg und höher. Meine Kehle schnürte sich zusammen, die Hüften verkrampften sich, ich biß die Kiefer aufeinander, mein Herz blieb stehen, und dann zerbarst ich. Meine Seele flog in die Luft, und eine Kaskade von Wollust durchfloß mein Fleisch. Henner stand noch immer vor mir und küßte das Innere meiner Hand. Mit der Spitze seiner Zunge kitzelte er meine Haut zwischen Daumen und Zeigefinger. Ich wurde ganz schwach in den Knien und wußte, daß ich gleich umfallen müßte. In seine Arme, nach denen ich mich schon immer gesehnt habe. Das wollte er wahrscheinlich, denn er trat so nahe auf mich zu, daß ich sein Herz klopfen hörte. Da schrillte eine Stimme durchs Treppenhaus: »Malwa, wo steckst du?« Ich hasse Mama für ihre Taktlosigkeit. Wo steckst du? Das sollte heißen: was für einen Unfug treibst du schon wieder? Sie ist ja nur mißgünstig, weil ich jung bin und sie alt. Sie ist neidisch, weil Henner anfängt, mich zu bemerken. Nein. Ich gehe zu weit. Sie ist gar nicht alt. Sie ist schön wie ein Pfau. Alle Männer drehen sich nach ihr um, wenn sie vorbeigeht. Und Henner ist schon lange nicht mehr der Hahn in ihrem Korb ... Jetzt ist es Baltyr. In Baltyr ist sie verliebt, davon bin ich überzeugt, aber ich kann es nicht verstehen. Gut, Baltyr ist ein Mensch. Durch und durch ein Mensch, aber Henner ... Wie soll ich das nur sagen? Ein Mann ist er, ein Ritter, ein Märchenprinz. Ich weiß natürlich, daß Baltyr besser ist. Papa würde sagen »wertvoller«. Er hat ja sein Leben aufs Spiel gesetzt. Für die Freiheit. Für seine Idee von der Selbstbestimmung. Er ist kein Jude, aber er wäre bereit, für uns zu sterben, weil man uns verfolgt. Weil man uns verachtet. Er ist selbstlos bis zur äußersten Konsequenz. Henner nicht. Im Gegenteil. Er denkt nur an sich. Er schenkt mir Beachtung, um Mama eifersüchtig zu machen. Dabei liegt es ihm gar nicht an Mama. Es ärgert ihn nur, daß sie jetzt für diesen Baltyr schwärmt. Henner ist ein Egoist, wie er im Buche steht... Er sucht nicht die Farbfotografie, sondern den Ruhm, und trotzdem bin ich sicher, daß er seine Erfindung machen wird. Papa glaubt nicht daran. Papa hält ihn für einen Nichtsnutz und Betrüger. Aber ich bin überzeugt, daß Henner triumphieren wird. Henner will, daß ihm die Menschheit zujubelt. Er will geliebt werden und vergöttert. Er ist eigennützig und rücksichtslos. Solche Menschen erreichen ihr Ziel. Oh, Henner! Warum liebe ich dich so sehr?

Das Duell zwischen Henner und Baltyr war nicht mehr zu vermeiden. Es fand am ersten Mai 1907 statt und endete unentschieden. Jana, Malwa und die beiden Rivalen saßen beim Frühstückstisch und sprachen über die Kundgebung, die um elf Uhr am Bahnhofsplatz beginnen sollte. Henner strich sich Honig aufs Brot und schielte verächtlich zu dem Russen hinüber: »Sie werden wohl dabeisein, nehme ich an.«
»Selbstverständlich, warum fragen Sie?«
»Weil Sie sich wohlfühlen in der Herde, oder nicht?«
»Warum fragen Sie, möchte ich wissen?«
»Ich wundere mich nur, daß man so hartnäckig sein kann. Seit zwanzig Jahren kämpfen Sie gegen kapitalistische Windmühlen, aber nichts schaut dabei heraus.«

»Und Sie, Herr Henner, erfinden seit sechzehn Jahren die Farbfotografie, hat man mir erzählt, doch Sie sind nicht erfolgreicher als ich.«
»Ich stehe einen Schritt vor dem Triumph, Herr Baltyr, was Sie von sich nicht sagen können.«
»Sei nicht so eingebildet«, mischte sich Jana ins Gespräch. »Herr Baltyr hat den Kopf riskiert für seine Idee. Er war zum Tode verurteilt. Trotzdem kämpft er weiter, ganz gleich, ob er gewinnt oder verliert.«
»Ich nehme Ihnen nicht übel, daß Sie Ihr Ziel nicht erreichen, Herr Henner. Es fällt mir nur schwer zu begreifen, warum Sie tatenlos herumsitzen und nichts unternehmen. Tatenlosigkeit ist der Anfang vom Ende.«
»Nehmen Sie das zurück, Herr Baltyr!«
»Ich kenne Sie seit bald einem Jahr. Wollen Sie behaupten, daß Sie seither auch nur den kleinen Finger gerührt haben für Ihre fixe Idee?«
»Nehmen Sie zurück, was Sie da schwafeln«, schrie Henner, indem er das Brotmesser vom Tisch riß und drohend auf den Rivalen zuging, »ich werde gleich den kleinen Finger rühren für meine fixe Idee. Ich werde Sie auslöschen, Sie russischer Barbar.«
»Du beleidigst meinen Gast, Henner«, schrie Jana außer sich vor Entrüstung, »er ist vielleicht ein russischer Barbar, aber er setzt sich für uns Juden ein, was du scheinbar nicht zu schätzen weißt. Schäme dich, du Großmaul!«
»Ich bringe ihn um!«
»Weil er dir die Wahrheit sagt«, und mit diesen Worten wand Jana dem tobenden Schwager das Messer aus der Hand.
»Er sagt nicht die Wahrheit«, schluchzte jetzt Henner, der plötzlich ganz klein wurde und am ganzen Körper

zu zittern begann, »noch in diesem Sommer, wenn das Korn reift, kaufe ich euch eine Goldkutsche mit vier arabischen Hengsten.«

»Wir brauchen keine Kutsche, Henner, und Pferde schon gar nicht.«

»Doch, Jana. Dein Mann ist bankrott, falls du es noch nicht weißt. Er ist verschuldet bis über beide Ohren. Jetzt, am frühen Morgen, sitzt er bereits im Kaffeehaus und verspielt die Knöpfe von seinem Rock. Bald kommen die Beitreibungsbeamten und jagen euch aus diesem Haus – aber Henner Rosenbach wird euch retten. Meine Erfindung ist keine fixe Idee. Sie ist praktisch fertig.«

»Was heißt praktisch fertig, Henner? Vor fünfzehn Jahren hab ich dir das Wasser geholt. Aus der gefrorenen Bistschitza. Und?«

»Wir werden Goldfasane essen, du Zweiflerin. Den Wein dazu lassen wir aus Paris kommen.«

»Praktisch fertig, schwörst du. Einen Schritt vor dem Triumph. Was fehlt dir denn jetzt noch?«

»Der Punkt fehlt mir. Die Kropka aufs i, Jana.« Henner hatte noch Tränen in den Augen, aber nun fing er an zu strahlen, und seine Stimme wurde seidenweich: »Es fehlt mir eine Bagatelle, denn das weiße Licht ist eine Täuschung. Es gibt kein weißes Licht. Es ist zusammengesetzt aus rot und blau und gelb. Schaut euch einmal das Licht an, wie es durchs Fenster blinkt. Es lügt.«

»Sie wollen andeuten, Herr Henner, wir seien farbenblind?«

»Natürlich sind Sie farbenblind, Sie erbärmlicher Spießer. Für Sie ist die Welt nur schwarz oder weiß. Gut oder schlecht. Schön oder häßlich. Graue Filter haben Sie vor den Augen, Herr Baltyr, doch ich mache euch sehend. Ich zerlege das weiße Licht in seine Komponenten, aber dazu«, er starrte Jana an, als wollte er sie hypnotisieren, »brauche ich ...«

»Was, Henner? Ein Prisma?«

»Das verlogene weiße Licht soll ich auflösen. In seine bunten Bestandteile. In die duftigen Farben der Natur, und du bringst mir ein Prisma? Ein jämmerliches Stück Glas. Wir brauchen einen Diamanten, Jana. Einen echten, schillernden Diamanten.«

»Von welchem Geld, du Kindskopf?«

»Er ist kein Kindskopf, Mama«, platzte Malwa heraus, die dabeisaß und Henner anhimmelte, »er ist ein Genie. Er ist jung geblieben im Gegensatz zu dir und euch allen.«

»Ich danke fürs Kompliment, Malwa, doch frage ich nüchtern und sachlich, woher mein Schwager das Geld nehmen will, um seinen Diamanten zu erwerben.«

»Ich weiß nicht, aber ich schwöre dir bei allem, was mir teuer ist. Bei meinem Sohn, bei meiner Familie ...«

»Du hast sie ruiniert. Sie haben nichts zu essen.«

»Seid ihr denn so kleingläubig, daß ihr immer zweifeln müßt? Seht ihr nicht, daß meine Sache triumphieren wird?«

»Meine Sache auch, Herr Rosenbach«, erwiderte Baltyr mit einem müden Lächeln, »meine Sache muß triumphieren. Die historischen Gesetze wollen es, nur weiß ich nicht, wann. Ich mache mir auch keine Gedanken darüber, denn ich beabsichtige nicht, jemandem Goldfasan auf den Tisch zu stellen oder erlesene Weine aus Paris. Vorläufig empfehle ich mich. In einer Stunde beginnt die Kundgebung ...« Mit diesen Worten erhob sich Baltyr und ging zur Türe. Da rief ihm Malwa nach:

»Warten Sie, bitte! Ich komme mit.«

1. Mai 1907

Das darf nicht wahr sein. Es ist unglaublich. Sie haben Baltyr verhaftet. Von der Straße weg. Mitten auf dem Bahnhofsplatz. Ich kann mir zusammenreimen, warum. Er hat wahrscheinlich die Bombe gelegt, mit der Stolypin in die Luft fliegen sollte. Der Massenmörder von Petersburg. Dieser Ministerpräsident aller Strafexpeditionen und Judenpogrome. Er sollte büßen für seine Bluttaten, aber der Anschlag ist mißlungen. Jetzt geht es nicht Stolypin an den Kragen, sondern Baltyr. Als man ihn festnahm, flüsterte er mir zu: »Die Bestie wird trotzdem sterben, ich zähle auf dich.« Dann führten sie ihn ab. Was konnte ich tun? Heute noch nichts, aber morgen. Ich habe gelobt, seinen Weg zu gehen, denn er zählt auf mich. Was wird sein, wenn sie ihn ausliefern? Er wird gehängt, das ist klar. Und wenn sie ihn hängen, muß ich ihn rächen. Er zählt auf mich. Ich weiß zwar nicht, wie man Rache übt, aber etwas wird mir schon einfallen. »Die Bestie wird trotzdem sterben«, hat er gesagt. Er sagte das so innig, als gäbe er mir einen Auftrag. Jetzt habe ich ein Ziel. Ich liebe nicht Henner, sondern Baltyr. Henner ist ein Wrack. Schön und verführerisch, aber ein Wrack. Wie Papa, der im Kaffeehaus sitzt und sein Leben verspielt. Alle verspielen sie ihre Tage und werden alt. Heute abend kam er nach Hause und weinte. Ich fragte ihn, was passiert sei – ob er wegen Baltyr weine. Da sagte er schluchzend, und das ist bezeichnend für meine Familie: »Ich weine wegen mir, denn ich bin bankrott. Soll Baltyr für sich selber weinen!« Da nahm ihn Henner in seine Arme und schwor ihm beim Gott der Juden – ausgerechnet Henner, der an nichts glaubt außer an sich –, er schwor also, daß er am nächsten Sonntag der Welt seine Erfindung vorführen würde, den Prismatografen, der endlich Wirklichkeit sei. Papa glaubte ihm. Aus lauter Verzweiflung. *Ich* glaube ihm nicht. Heute früh sagte er wieder, es fehle ihm *nur* ein Diamant, aber woher wird er ihn nehmen? Kutschen will er uns schenken und arabische Hengste. Er ist ein Narr. Ich glaube wirklich, daß mein Herz nur noch für Baltyr schlägt. Er zählt auf mich. Das ist eine Verpflichtung.

Es war ein warmer Tag im Mai. Jana huschte durch das Gedränge der Innenstadt. Elegant gekleidet wie immer, trug sie heute einen besonders schicken Hut auf dem Kopf. Immer wieder blickte sie argwöhnisch zurück, als hätte sie Angst, beobachtet zu werden. Als sie sicher war, daß ihr niemand folgte, verschwand sie in einer finsteren Passage und trat ins Juweliergeschäft des Leonidas Kornetzky, der als Lebemann und Frauenheld bekannt war. Kornetzky saß hinter seiner Theke und las eine polnische Zeitung. Als er Jana eintreten sah, erhob er sich und verbeugte sich ehrerbietig: »Womit kann ich dienen?«
»Ich habe ein Anliegen, gewissermaßen, aber streng vertraulich.«
»Je vertraulicher, Sie reizende Dame, desto erwünschter«, flüsterte Kornetzky und küßte Jana die Hand.
»Können Sie mir, unter dem Siegel der Verschwiegenheit...«
»Je suis la discrétion même, piekna pani.«
»Es geht um die Schätzung einer Perlenkette, Herr Kornetzky.«
Dabei zog sie ein schwarzes Etui aus ihrer Handtasche. Sie öffnete es zögernd und fragte: »Legen Sie Wert...«
»Das hängt von einigen Kleinigkeiten ab, schöne Frau.«
»Dann wende ich mich an jemand anderen«, erwiderte

Jana trotzig und wollte die Kette wieder einpacken. »Sie scheinen sich nicht besonders zu interessieren.«
»Sogar sehr«, sagte Kornetzky, indem er das Kollier in seine Hände nahm und es behutsam durch die Finger gleiten ließ. »Ich müßte nur wissen, wem dieser Schmuck gehört ...«
»Er gehört mir«, erwiderte Jana errötend. »Ein Brautgeschenk meines Gemahls, aber gewisse Umstände lassen mich mit dem Gedanken spielen, es feilzubieten, doch nicht zu jedem Preis, selbstverständlich. Wieviel schätzen Sie ...«
»Ich würde sagen, weil Sie es sind, laskawa pani, plus minus und vollkommen unverbindlich, ungefähr dreitausend Kronen.«
»Und der Diamant in Ihrer Vitrine, ist er verkäuflich?«
»Ein Prachtexemplar aus Zentralafrika. Ein makelloser Yukunkun. Dreitausendfünfhundert Kronen, und das ist schon ein Spezialpreis für charmante Frauen. Ein einmaliger Stein von strahlendem Glanz. Farblos und wasserklar. An Ihrem Hals, laskawa pani, oder zwischen Ihren Brüsten wäre er im eigentlichen Sinn dieses Wortes königlich.«
Jana nahm die Kette aus Kornetzkys Händen und legte sie ins Etui zurück: »Wir werden nicht handelseinig, panie Kornetzky. Entweder Sie tauschen Ihren Diamanten gegen meine Perlenkette, und wir sind quitt ..., oder aus dem Geschäft wird nichts.«
»Wenn Sie abends noch einmal vorbeikommen möchten, würden wir die Frage in aller Muße besprechen. Bei einem Gläschen Likör, vous comprenez, und Kerzenlicht, wenn Sie nichts dagegen haben. Sie begreifen doch: ein reicher Mann und eine reizende Dame werden immer handelseinig.«
»Wie meinen Sie das, panie Kornetzky?«

»Sie sind doch kein Kind mehr, Madame...«
»Um wieviel Uhr?«
»Nach Geschäftsschluß«, schmunzelte Kornetzky vergnügt in sich hinein.

Die Ereignisse überstürzten sich. Es kam der schreckliche erste Juni. Am heiligen Erasmus, also 24 Stunden danach, sollte Leo Rosenbach gepfändet werden. Nicht nur die Möbel würde er verlieren, sondern auch das Haus. Matte Niedergeschlagenheit lähmte die Familie. Malwa saß den ganzen Morgen in ihrem Zimmer und kritzelte Eintragungen in ihr Tagebuch:
Jetzt ist es soweit. Ich habe keine Wahl mehr. Seit dreißig Tagen bin ich ohne Nachricht von Baltyr. Vielleicht ist er tot. Das spielt aber keine Rolle. Für mich ist er lebendiger denn je. Ich liebe ihn, und er zählt auf mich. Er hat mir einen Auftrag gegeben, und den Auftrag muß ich ausführen. »Die Bestie wird trotzdem sterben«, hat er gesagt. Dafür muß ich jetzt sorgen. Ich werde lernen, mit Sprengstoff umzugehen und keine Angst zu haben. Das schlimmste ist die Angst. Warum erzieht man uns Mädchen immer nur zur Angst und nicht zur Rücksichtslosigkeit? Ich will rücksichtslos werden und hart wie Granit. Morgen wirft man uns aus dem Haus. Das ist gut so. Nun muß ich handeln, ob es mir paßt oder nicht. Besitz verweichlicht, sagt Baltyr, und er hat recht. Henner schwört, er werde uns helfen. Es ist zum Heulen. Ausgerechnet dieser Hanswurst, dem selbst nicht zu helfen ist. Er schwört beim Leben seines Sohnes, daß es diesmal so weit sei. Dabei wissen wir alle, daß er aufs Leben seines Sohnes pfeift und ihn verkommen läßt. Heute sei alles ganz anders, da er nun endlich den Diamanten habe, der ihm jahrelang fehlte.

Heute abend um sechs beginne – so behauptet er wenigstens – eine neue Zeitrechnung. Das Jahr eins nach der Erfindung der Farbfotografie. Er halluziniert, der arme Onkel. Er hat Fieberphantasien, doch wir glauben ihm. Wieso eigentlich? Er muß uns hypnotisiert haben. Wir erliegen seinem Charme und beten ihn an. Wir klammern uns an seine Lügen, weil er unser einziger Strohhalm ist: Morgen sind wir reich, beschwört er Mama. Ich werde euch zeigen, wozu ich imstande bin. Meine Frau soll man kommen lassen und meinen geliebten Nathan. Seit sechzehn Jahren halten mich alle für verrückt. Jetzt sollt ihr dabei sein, wenn es passiert. Alle miteinander. Stolz sollt ihr auf mich sein, denn ich bin der Begründer einer neuen Ära. Millionen werden wir haben. Im Gold werden wir schwimmen. Die Pfändungsbeamten schmeißen wir raus. Die ganze Welt wird uns zu Füßen liegen. So flunkert er, und wir hängen an seinen Lippen. Seine Lippen sind bezaubernd, das muß ich gestehen. Wie ein Halbgott sieht er aus. Er ist unsere letzte Hoffnung, obwohl wir genau wissen, daß er mogelt, und keine Ahnung haben, wie er zu seinem Edelstein gekommen ist. Vielleicht hat er ihn gestohlen. Er wäre wohl fähig dazu. Ein gewöhnlicher Dieb ist er zwar kaum. Dafür hat er zuviel Format. Im schlimmsten Fall ist er ein Hochstapler. Ein genialer Gauner, dem die gebratenen Tauben in den Mund und die Frauen in die Arme fliegen. Und trotzdem möchte ich wissen, woher der Diamant stammt. So ein Juwel soll ein paar tausend Kronen kosten. Wie kam Henner zu diesem Geld? Wir können das Brot nicht bezahlen, der Milchmann macht einen Bogen um unser Haus, aber mein Onkel verschafft sich einen Yukunkun. Man kann sagen, was man will, aber dieser Mensch ist ein Phänomen. Ein wahrhaftiger Zauberer. Mitten im

Ozean unserer Misere findet er ein paar tausend Kronen und erklärt, er werde uns retten. Vielleicht ist er ein Schwarzkünstler. Wir werden sehen, was er ist. Zum hundertsten Mal wird er uns an der Nase herumführen, aber wir hoffen weiter. Heute abend um sechs!

Die Crème von Stanislau war erschienen. Alle wollten dabeisein und sehen, wie Henner Rosenbach das neue Zeitalter aus der Taufe hob: die Juden aus dem Kaffeehaus »Glowatzki«, die Ärzte und Advokaten, denen Leo Geld schuldete. Der elegante Magierkowitsch im weißen Smoking. Der millionenschwere Wassermann im schwarzen Frack. Der glatzköpfige Löwenthal mit Silberstock und gelben Handschuhen. Der Oberrabbiner und Simche Pilnik, der Heiratsvermittler, der alles einmal eingefädelt hatte. Sogar Henners unglückliche Ehefrau Sarah war gekommen und ihr Sohn, der bereits achtzehnjährige Nathan, der so schön war, daß alle Anwesenden verstummten, als er das Atelier betrat. Das war also Henners Sohn, von dem man wußte, daß er ein begnadeter Geiger war, ein Wunderknabe mit schneeweißer Haut und schwermütigen Augen. Und das war die zerbrechliche Frau, die er mit seiner Eifersucht so lange verfolgt hatte, bis sie ihn schließlich aus der Wohnung jagte.
Das Atelier war doppelt so groß wie das Haus, das die Rosenbachs bewohnten. An den mit Seidengobelins tapezierten Wänden standen elegante Fauteuils. Auf einem blumengeschmückten Tisch glänzten Silberplatten mit Bergen von belegten Brötchen. Malwa trug ein enggeschnittenes Kleid aus rosarotem Brokat. Sie ging von einem Gast zum anderen, führte unverbindliche Gespräche und offerierte Köstlichkeiten, die man spe-

ziell aus Lemberg hatte kommen lassen: Hummer mit Mayonnaise, Salm mit Kapern, Truthahn in Kaviarsauce. Jana bot kalte Getränke an: Tokaier, Wodka, verschiedene Schnäpse und exquisite Liköre. In einer Ecke stand Leo mit seinem Fotoapparat, der auf ein schweres Stativ montiert war. Über der Kamera lag das obligate schwarze Tuch. In der Hand hielt Leo einen Becher mit Magnesiumpulver, die Blitzlichtvorrichtung, die damals verwendet wurde. Er zog seine Uhr aus der Tasche und stellte fest, daß es fünf Minuten vor sechs war. Noch einige Augenblicke, und die Würfel würden fallen. Nur Henner fehlte noch.

Leo spürte, daß er einige Worte an die Anwesenden richten mußte. Darum räusperte er sich und sprach mit einer Stimme, die vom Sopran in den Bariton kippte und umgekehrt. Zuerst redete er überheblich und spitz, dann plötzlich verzweifelt und unterwürfig: »Sie können stolz sein, verehrte Tischgesellschaft, die einzigartige Gelegenheit zu haben, Augenzeugen zu sein eines historischen Ereignisses. Sie können sich etwas einbilden darauf, später einmal sagen zu dürfen, *ich war dabei.*«

Noch immer allerdings fehlte der Held des Abends, was von den Anwesenden als schlechtes Omen gewertet wurde, doch Leo ließ sich nicht beirren: »Sie waren nicht dabei, meine verehrten Damen und Herren, als Galilei mit seinem Fernrohr die Jupitermonde entdeckte. Sie sahen auch nicht, wie James Watt die erste Dampfmaschine in Bewegung setzte. Niemand von uns konnte die Gebrüder Lilienthal bestaunen, als sie die Schwerkraft überwanden und frei wie die Vögel das Himmelszelt durchsegelten. Aber in wenigen Momenten«, Leo zog zum zweiten Mal die Taschenuhr hervor und sah kummervoll auf das Zifferblatt, »werden Sie

erleben, wie mein Bruder Henner Rosenbach die erste Farbfotografie der Weltgeschichte entwickelt.«
»Wenn Gott will«, gluckste der stets mißtrauische Herr Wassermann, »aber meistens will er nicht.«
Ein höhnisches Gelächter erschütterte den Raum, und Leo sprach nun plötzlich mit flehender Stimme: »Ich bitte Sie um ein Quentchen Wohlwollen, meine Damen und Herren. Um ein Staubkorn Geduld. Geben Sie dem Erfinder eine Chance, bevor Sie ihn verspotten.«
»Die Chance soll er haben«, dröhnte Magierkowitsch, »nur ist er leider nicht da.«
»Sie werden staunen«, ertönte eine Stimme aus dem Korridor. »Ich bin da und werde Ihnen beweisen, daß Gott auf meiner Seite steht. Denn er hilft jenen, die ihm vertrauen.«
Henner trat ein, eine schwarze Kassette in der Hand, einen Zylinder auf dem Kopf. Vom Scheitel bis zum Fuß ein Fakir, der die Gäste hochmütig eines kurzen Blicks würdigte und dann sprach: »Ich werde Ihnen etwas zeigen, was Sie vielleicht überrascht ...« Indem er das sagte, zog er mit der Handbewegung eines Zauberers einen Edelstein aus seinem Taschentuch, hob ihn empor und ließ ihn im Lichte des Kronleuchters erglitzern: »Gott schenkte mir dieses Juwel, und mit seiner Hilfe wird das Unmögliche möglich.«
»Sie wollen uns einreden, daß Sie Ihren Diamanten von da oben haben«, rief der glatzköpfige Herr Löwenthal, »vom Allmächtigen persönlich?«
»Nicht persönlich, teurer Freund, sondern durch die gnädige Vermittlung einer mir ergebenen Person, deren Namen ich nicht preisgeben werde.«
»In diesem Haus gibt es also hochkarätige Juwelen«, schrie Wassermann, »aber man schuldet uns Tausende von Kronen.«

»Sie werden bald stolz sein, unser Gläubiger zu sein, Sie phantasieloser Mensch.«
»Nebbich.«
»Auf den Knien werden Sie uns bitten, noch mehr Geld bei uns anlegen zu dürfen.«
»Nebbich, habe ich gesagt. Zeigen Sie Ihre Erfindung und wir reden weiter.«
»Erlauben Sie mir bitte, mich jetzt ins Labor begeben zu dürfen. Mein Sohn Nathan hat, wie ich sehe, seine Geige mitgebracht. Er wird Ihnen inzwischen etwas vorspielen. Sarah, seine in jeder Hinsicht erfolgreiche Mutter, begleitet ihn auf dem Klavier. Ich empfehle mich.«
Mit diesen Worten verschwand Henner in der Dunkelkammer, die er von innen abschloß. Der Wunderknabe packte sein Instrument aus und teilte mit, er werde die Follia von Archangelo Corelli spielen. Er stimmte die Geige. Da plötzlich ertönte die sonore Stimme des Oberrabbiners: »Es steht geschrieben im Heiligen Buch, daß die Trauer um die Toten sieben Tage währen soll. Die Trauer um die Narren hingegen alle Tage des Lebens!«
Darauf hörte man aus dem Labor die Stimme des Hexenmeisters, der Herrn Kobryner eine unerwartete Antwort erteilte: »Im Heiligen Buch heißt es auch: ihr Kleingläubigen, was zweifelt ihr an mir?«
Jetzt entgegnete der Oberrabbiner mit zorniger Stimme: »Nehmen Sie sich in acht, Herr Henner. Das ist nicht aus dem Alten Testament, sondern aus dem Neuen...«, worauf der Erfinder zurückgab: »Testament ist Testament. Je neuer, desto besser.«
Mit diesen Worten war das Geplänkel beendet, und Henner löschte im Labor das Licht aus. Der große Moment konnte beginnen.

Es war mäuschenstill geworden, und Nathan spielte das berühmte Thema mit Variationen. Die schöne Sarah saß am Klavier, und während sie ihren Sohn begleitete, huschte ihr Blick argwöhnisch vom Notenblatt zur Türe der Dunkelkammer. Sie wußte selbst nicht, ob sie hoffen oder zweifeln sollte. Immer wieder griff sie nach einer falschen Taste, was außer dem schwermütigen Cherub niemand zu bemerken schien. Die Aufmerksamkeit der Gäste galt nicht der Kunst, sondern eher der Wissenschaft oder, besser gesagt, dem Geschäft, und Sarah konnte spielen, was sie wollte. Es störte niemanden.

Um achtzehn Uhr sechzehn beendete Nathan sein Konzert, und die Anwesenden klatschten erleichtert Beifall, denn jetzt durfte man endlich wieder reden. Jetzt mußte es passieren. Leo Rosenbach hatte sich unter das schwarze Tuch begeben. Gleich würde die Türe aufgehen. Der Fakir würde erscheinen – mit der ersten Farbfotografie aller Zeiten in der Hand. Er würde sich verbeugen und ein geflügeltes Wort sprechen. Die Festgesellschaft würde von den Stühlen springen. Um zu sehen. Mit den eigenen Augen. Er, Leo, der Bruder des Genies, würde das Magnesiumpulver entzünden und abdrücken. Das Dokument des Jahrhunderts. Leider nur in Schwarz und Weiß, aber es würde beweisen, daß im Hause Rosenbach ein epochales Ereignis stattgefunden hatte. Ein Bild für die Zukunft. Für die Geschichtsbücher kommender Generationen.

Unter den Anwesenden befand sich, wie bereits mitgeteilt, auch der lebemännische Doktor Löwenthal, der gleich neben dem Klavier saß. Jetzt drehte er sich zu Sarah und flüsterte so laut, daß alle es hören konnten: »Sie kennen mich als Gynäkologen, gnädige Frau. Von

Männern verstehe ich wenig, aber dieser Erfinder ist ein Fall für den Psychiater.«
»Das ist das mindeste, was man sagen kann, Herr Doktor. Er ist nämlich mein Mann ...«
»Unmöglich!«
»Gewesen. Vor bald sechzehn Jahren. Kennen Sie ihn persönlich?«
»Ich habe ihn beobachtet. Jetzt, als er sich vorstellte. Es bleibt mir ein Rätsel, wie so schöne Frauen zu solchen Männern kommen.«
»Viele Leute halten ihn für ein Genie.«
»Ich halte ihn für hochgradig meschugge. Dieser Mensch ist, gelinde gesagt, gemeingefährlich.«
Als Löwenthal dies bemerkt hatte, rief Leo unter seinem Tuch hervor: »Henner, wie lange sollen wir noch warten?«, und der Hexenmeister rief zurück: »Noch genau eine Minute.«
Jetzt warf Leo das schwarze Tuch von seinem Kopf, schaute auf die Uhr und verkündete feierlich: »Noch fünfzig Sekunden, meine hochgeschätzten Freunde. Sie werden sich an dieses Datum erinnern. Merken Sie es sich! Erster Juni, sechs Uhr und neunzehn Minuten mitteleuropäischer Zeit, in der galizischen Garnisonsstadt Stanislau, unter der Regierung des Kaisers Franz Joseph von Österreich. Gleich wird es sich herausstellen, Doktor Löwenthal, wer hier meschugge ist und wer nicht...« Leo nahm den Auslöser in eine Hand und das Magnesiumpulver in die andere: »Wenn sich die Türe dieser Dunkelkammer öffnet, beginnt eine neue Zeitrechnung. Was ich gleich fotografieren werde, ist eine beispiellose Sensation. Blicken Sie bitte auf die Türklinke! Noch zehn Sekunden, noch fünf... Achtung!«
Jetzt konnte man hören, wie die Leute atmeten. Die

Spannung wurde unerträglich, aber noch geschah nichts. Leo war so nervös, daß ihm der Schweiß von der Nase perlte. »Henner, ist es soweit? Antworte mit ja oder nein!« Von Henner kam keine Antwort, aber dafür hörte man Wassermann, wie er Sarah zuwisperte: »Nu, was hab ich gesagt?«
»Ich bin etwas nervös«, erwiderte die kreidebleiche Frau. »Ich kann mich nicht erinnern, was Sie gesagt haben.«
»Dann will ich's Ihnen wiederholen, Gnädigste. *Nebbich* habe ich gesagt. Nicht mehr und nicht weniger.«
Damit erreichte der Abend seinen Höhepunkt. Leo stürzte mit hochrotem Kopf auf den befrackten Wassermann, um ihn zu erwürgen. Im letzten Moment jedoch hielt er inne und flitzte statt dessen zur Türe seines Labors, wo er mit wilder Stimme zu kreischen anhob: »Sperr auf, Henner, sonst schlag ich die Tür ein!«
Aber auch diesmal bekam er keine Antwort. Da vernahm man ein tränenersticktes Schluchzen aus dem Hintergrund. Es war Jana, die man merkwürdigerweise an jenem Abend kaum bemerkt hatte: »Er hat sich etwas angetan, der Unglückliche. Niemand will an ihn glauben. Alle seid ihr herzlos und kleinmütig. Ihr habt ihn ermordet. Ich spüre es, und du, Leo, ganz besonders. Aus Eifersucht, weil *er* groß ist und *du* klein.«
Das schlug dem Faß den Boden aus. Leo raste. Er trommelte mit beiden Fäusten auf die Türe und schrie: »Zum letzten Mal, Henner. Ich zähle auf drei, und das Unglück wird passieren.«
Und wieder kam keine Antwort.
»Ich hab jetzt genug, Henner. Eins ... zwei ... und ...« Auf drei rammte er mit seiner rechten Schulter die Türe ein. Sie krachte in Stücke, und Leo stolperte in die Dunkelkammer. Er keuchte, schnaubte und rang

nach Luft. Er blickte sich um, doch da war niemand. Die Kabine war leer. Das Lüftungsfenster stand offen. Davor ein Schemel. Von Henner keine Spur.
Nach einem Moment der Konsternation ergriff Simche Pilnik das Wort. Seit bald zwanzig Jahren sann er auf Vergeltung, weil ihm Henner Leos Hochzeit verhunzt hatte. Jetzt kam die Gelegenheit, und er sprach mit ätzendem Sarkasmus: »Glückwünsche, Herr Hoffotograf! A historischer Augenblick für unsere Garnisonsstadt. Der Erfinder is verduftet wie a Dampf aus der Pfanne. Und mitgenommen hat er den Diamant, was wert war plus minus dreitausend Kronen. Gott allein weiß, von wem er ihn hatte ...«
Da ging Jana stolz auf den Schadchen zu und fauchte ihn an wie eine tollwütige Katze: »Von mir, Herr Pilnik. Genügt Ihnen diese Antwort?«
Leo glaubte ersticken zu müssen und schrie: »Von dir? Und von wem hattest ihn du?«
»Das geht dich einen Knarz an. Gute Nacht!«
Jana verließ das Atelier, und Magierkowitsch höhnte: »Fotografieren Sie uns trotzdem, Herr Rosenbach! Vielleicht gibt es doch noch ein Bild fürs Geschichtsbuch. Die Geschichte ist nämlich klassisch.«
Da meldete sich Sarah voll beißenden Spotts: »Ein Bild fürs Geschichtsbuch, meine Herrschaften. Es fragt sich nur, was wir darunter schreiben ...«
Jetzt erhob sich Löwenthal von seinem Fauteuil, setzte den Hut auf und murmelte, indem er zur Tür ging: »Was wir darunter schreiben, gnädige Frau? Wir schreiben darunter: *Eine beschissene Gesellschaft.*« Und mit diesen Worten verließ er das Atelier.

1. Juni 1908
Morgen werden wir gepfändet. Der heutige Tag war ein Mordsspaß. Onkel Henner hat die ganze Stadt hinters Licht geführt. Das finde ich phantastisch. Sie alle sind gekommen, obwohl sie ihm nicht glaubten. Aber wenn sie ihm nicht glaubten, warum sind sie dann gekommen? Vielleicht einfach, weil sie schadenfreudige Schurken sind. Sie wollten sehen, wie ein Mensch an seiner Phantasie zugrunde geht. Selbst sind sie vollkommen phantasielos. Sie sehen nur das Sichtbare. Das Unsichtbare erschreckt sie. Sie wiederholen das Altbekannte zum hundertsten Mal. Sie sagen das Plattgesagte. Sie hören das Sattgehörte. Was neu ist, scheint ihnen häßlich oder hassenswert. Neue Malerei, neue Musik, neue Poesie erfüllt sie mit Mißbehagen. Mehr als das. Mit Abscheu. Sie verabscheuen alles, was entsteht. Sie hassen die Jugend, weil sie steinalt sind. Mit Moos am Kopf kommen sie schon zur Welt. Der einzige, der sich vom gestrigen Abend etwas erhoffte, war mein Papa. Aber seine Hoffnung war eigennützig. Es blieb ihm nichts anderes übrig. Es ging ja um seine Haut. Um sein Überleben, denn er ist bankrott bis zur Gurgel. Morgen kommen die Männer und nehmen uns alles weg. Unter solchen Umständen ist es keine Kunst zu hoffen. Wenn er nur wüßte, wie egal mir das alles ist. Was *ich* im Sinn habe, erfordert weder Gold noch Edelsteine. Nur Mut, und Mut ist erlernbar. Baltyr lächelte, als man ihm die Handschellen anlegte. Baltyr hat keine Angst, weil er nichts besitzt. Weil er nichts braucht und nichts zu verlieren hat. Morgen kommen die Männer... Sonderbar. Man könnte nicht sagen, »morgen kommen die Frauen«. Frauen kommen nicht, um zu nehmen. Sie kommen, um zu geben. Jetzt wissen wir, daß es Mama war, die den Diamanten beschafft

hatte. Ich ahnte, daß sie die Finger im Spiel hat, denn sie liebt Henner. Das streitet sie gar nicht ab. Warum sollte sie ihn nicht lieben? Nur spüre ich, daß ihre Liebe nicht rein ist. Genau wie Papas Hoffnung nicht rein war. Sie verspricht sich etwas von Henner. Seinen Körper, nehme ich an. Ich sage nicht, daß das schlecht sei. Aber *ich* bin anders. Ich liebe Baltyr und verspreche mir nichts von ihm. Es wäre auch aussichtslos. Wir haben keine Nachrichten von ihm. Wahrscheinlich ist er tot. Ich liebe Baltyr für seinen Mut. Weil er uneigennützig ist. Das ist die höchste Form von Phantasie. Das Leben riskieren und nichts dafür verlangen. Er spielt um seine Person und verliert. Ein Spieler im wahrsten Sinn dieses Wortes ... Papa tut mir leid ... Von ihm redet man nie. Er weiß, daß Mama für den Diamanten ... Aber Papa würde niemals fragen. Er hat nicht die Kraft dazu ... *Ich* würde mich gradeheraus erkundigen, woher das Geld kam. Auf welchen Wegen und Abwegen sie es beschafft hat. Aber *er* darf nichts sagen. Er muß froh sein, daß man ihn duldet in seinem Haus, das morgen nicht mehr sein Haus sein wird. Wie kommt es, daß er sie so liebt? Was bekommt er dafür? Nichts. Sie sieht ihn gar nicht. Für sie ist er Luft. Obwohl er schuftet für sie. Obwohl er ihr Geschenke bringt, wenn er Geld hat. Mama bedankt sich nicht einmal. Sie kann nicht danke sagen. Sie findet es in Ordnung, daß er zu ihren Füßen liegt wie ein Hund. Schrecklich ist das. Ich muß weg von hier. Sonst werde ich wie die anderen. Morgen fährt Mama nach Radautz. Um Hilfe zu erbetteln. Beim strengen Onkel David, der uns verachtet. Er sei ein Wucherer, heißt es, aber verachten darf er uns trotzdem. Weil er Geld hat und wir nicht. Er kann haben, was er will und wann er will. Nicht einmal lächeln muß er. Die Leute haben Angst vor ihm und sind ihm zu

Diensten. Mit Ausnahme meiner Mama. Sie hat keine Angst und behauptet sogar, sie werde ihn »knacken«. Gut, dieser Ausdruck, oder nicht? Mit zehntausend Kronen werde sie zurückkehren, hat sie gesagt, und wir seien gerettet. Man läßt uns das Haus, und wir dürfen dableiben. Dabei will ich weg von hier ... Wie wird sie ihn knacken, möchte ich wissen. Sie hat wahrscheinlich eine Methode, mit der sie auch den Diamanten »beschafft« hat. Auch so ein Wort. Beschaffen. Knakken. Sie kennt einen Trick, davon bin ich überzeugt, aber welchen? Nie hat sie ihn verraten. Über solche Sachen schweigt man bei uns. Schade, aber ich werde es herausfinden. So schwer kann es nicht sein ... Ich weiß es von Liebermann, meinem Lateinlehrer. Er spielt den gelehrten Professor, aber wenn ich ihm in die Augen schaue, wird er rot und bebt mit den Nasenflügeln. Dann weiß ich, daß ich mit ihm machen könnte, was ich will. Er vergöttert mich mit seinen Ochsenaugen. Seine Hände werden feucht, und er riecht nach nassen Stoffresten. Den würde ich todsicher knacken, was immer das bedeuten mag. Er würde sich eine Hand abhacken, um mich zu haben. Was heißt das eigentlich, »jemanden haben«? Ich glaube, man zieht sich aus voreinander und dann küßt man sich, wobei die Männer angeblich die Initiative ergreifen. Bei mir hat es noch keiner versucht. Warum eigentlich? Dem Liebermann würde ich es nicht erlauben, das ist klar. Eine runterhauen würde ich ihm. Aber einem, der mir gefällt, warum nicht? Dem Henner zum Beispiel. Aber der ist jetzt fort. Oder seinem Sohn, dem unwirklichen Nathan. Der ist auch weg. Vom Erdboden verschwunden, wie sein Vater. Er sieht aus wie ein Engel, und Engel können fliegen. Wenn er mich streicheln würde, an meinen Brüsten oder Schenkeln, ich würde vergehen vor Lust. Davongeflogen ist er mit seiner Geige. Dem Vater nachgeflattert, und zusammen sind sie über alle Berge. Morgen entscheidet sich alles. Mama fährt nach Radautz, um den alten Blutsauger zu »knacken«. »Weichmachen«, hat sie auch gesagt, also kann er nicht so hart sein. Vielleicht hat er trotz allem ein Herz in der Brust. Wer weiß. Vielleicht geht es gar nicht ums Herz, sondern um andere Organe. Aber darüber schweigt man ebenfalls. Wenn Mama das Geld bekommt, bleiben wir. Wenn nicht, stehen wir auf der Straße. Ich hoffe nichts sehnlicher, als endlich auf der Straße zu stehen. Dann mache ich, was Henner gemacht hat und Nathan. Ich verschwinde. Nach Osten. Durch die Sümpfe und Wälder. Immer dem Sonnenaufgang entgegen. Ich komme zu dir, Baltyr. Ob du tot bist oder lebendig. Du zählst auf mich. Als sie dich wegführten, hast du gelächelt...

5.

Wladiwostok ist ein Krebsgeschwür. Es wurde zwar erst 1860 gegründet, doch schon zu Beginn des neuen Jahrhunderts war es zur bedeutendsten Hafenstadt des russischen Ostens herangewachsen. Es entwickelte sich zum Versorgungszentrum für die gesamte Pazifikküste, und nicht von ungefähr bedeutet sein Name »Beherrscherin des Ostens«. Die Petersburger Regierung baute die Metropole zu einem befestigten Marinestützpunkt aus. Sie wurde auch Heimathafen großer Robben- und Walfangflottillen. Um den Hafen herum schoßen Fabriken und ganze Industriezweige aus dem Boden. Werften entstanden, Walzwerke und Hochöfen. Ihrer Lage als Endpunkt der Transsibirischen Eisenbahn verdankte die Stadt schließlich sowohl ihre Macht als auch ihre imposante Häßlichkeit.

Ich erzählte bereits, daß die elf Söhne des Jankl Kaminski am 12. Juli 1906 in Wladiwostok eintrafen. Gleich am Bahnhof, der von Salzwind zerfressen und von Kohlenstaub verunstaltet war, erstanden sie eine Zeitung. Darin fanden sie die Nachricht, daß Dreyfus rehabilitiert, zum Major befördert und aus seinem Kerker auf der Teufelsinsel befreit worden sei. Da stand es schwarz auf weiß: befreit aus dem Kerker der Teufelsinsel. Es gab also keine Gefängnisse, aus denen man nicht entrinnen konnte. Diese Nachricht war ungeheuer. Daß in der Folge Unmögliches möglich wurde, daß es den elf Wolkenschiebern gelang, aus dem zaristischen Völkergefängnis zu entkommen, war nicht zuletzt dieser Neuigkeit zuzuschreiben. Ber, der älteste, wandte sich an seine Brüder und sagte: »Die

Schwerkraft ist aufgehoben, Genossen. Die Äpfel fallen nicht mehr vom Baum auf die Erde, sondern von der Erde auf den Baum. Was in Frankreich recht war, ist in Rußland billig. Die Gerechtigkeit ist unteilbar. Sie hat an einem Ort gesiegt und wird überall siegen, wenn wir es wollen. Von uns hängt es ab und von niemand anderem. Wir werden hinauffliegen zu den Sternen, und ich frage euch: wollt ihr mitfliegen?«
Alle antworteten: »Wir wollen mitfliegen.«
»Wer Zweifel hegt, soll es jetzt sagen! Morgen ist es zu spät ...«
Und als keiner sich meldete: »Also geloben wir: Mit Dreyfus vorwärts in die neue Welt!«, und alle wiederholten: »Mit Dreyfus vorwärts in die neue Welt!«

Die elf waren, wie schon gesagt, als Eisenbahner verkleidet. Sie fielen durch nichts auf, obwohl ihre Drahtbrillen etwas ungewöhnlich waren. Aber Gott sei Dank befanden sie sich im Fernen Osten, wo man schon Ungewöhnlicheres gesehen hatte. Um den weiteren Verlauf des Geschehens zu begreifen, muß man wissen, daß damals noch alle niederen Dienstgrade die gleiche Uniform trugen. Darum fiel es schwer, einen Fahrkartenkontrolleur beispielsweise von einem Zöllner oder einem anderen Beamten der russischen Reichsverwaltung zu unterscheiden. Es wunderte sich daher niemand, als an jenem Sommertag elf Männer im Hafen erschienen und angaben, sie müßten die Ladung der Abraham Lincoln inspizieren, eines amerikanischen Pelzfrachters, der nach Westalaska auslaufen sollte. Die Sonne stand hoch im Zenit, es war kurz nach elf Uhr. Die angeblichen Zöllner begaben sich unbehelligt an Bord, wo sie von einem Captain Fairchild empfangen

und übers Achterdeck zu den unteren Laderäumen geführt wurden. Alles verlief höflich und reibungslos, bis plötzlich – neben der Hubbrücke, kaum hundert Meter von der Ausgucktonne – eine Sprengladung explodierte, die das Lastschiff in den Grundfesten erschütterte. Die elf Genossen und der Kommandant wurden zu Boden geschleudert. Auf dem Frachter und im umliegenden Hafen entstand ein unbeschreiblicher Wirrwarr. Die Besatzung der Abraham Lincoln sprang an Land. Jeder wollte sehen, was passiert und wie es zur Katastrophe gekommen war. Die Mole wimmelte von Neugierigen, die in allen Sprachen des Erdballs durcheinanderschrien. Jeder gestikulierte, jeder hatte seine Theorie über die Ursache des Unglücks. Der Captain war der einzige, der Haltung bewahrte. Er stand auf, rückte seine Mütze zurecht und verabschiedete sich, indem er den elf Beamten sagte, sie sollten sich bitte bei ihrer Arbeit nicht stören lassen.
Bald stellte sich heraus, daß weder Inventar noch Menschen zu Schaden gekommen waren. Man staunte, doch nach und nach kehrten die Leute auf ihre Schiffe zurück, und niemandem fiel es ein, sich nach dem Verbleib der elf Zöllner zu erkundigen. Man hatte sie in der Aufregung vergessen. Zwanzig Minuten später heulten die Schiffssirenen, und der Pelzfrachter stach in See. Kein Mensch wußte, daß sich elf blinde Passagiere an Bord befanden und unter ihnen ein gewisser Moische Kaminski, der noch vor kurzem Chemie studiert hatte.

Die elf Ausbrecher hockten benommen zwischen Türmen von Pelzkisten. Sie hatten jetzt Zeit, über ihr Schicksal nachzudenken und über die Gefahren, die ihnen auf der Reise über das Beringmeer begegnen konnten. Menachem sah schwarz wie immer: »Wir werden gesucht. In allen russischen Häfen hängt unser Steckbrief. Wenn ein Sturm losbricht, irgendwo zwischen Sachalin und Kamtschatka, dann behüte uns Gott! Dieser verdammte Amerikaner geht an Land, in Tilitschiki oder Anadyr. Gendarmen klettern an Bord, und unser Abenteuer ist zu Ende...«

»Nichts ist zu Ende«, maulte der baumstarke Mordechai, »wir sind in der Mehrzahl. Wir haben uns als Eisenbahner verkleidet, wir können uns auch als Matrosen verkleiden. In Irkutsk ist alles glatt gegangen, oder nicht? Mit der bloßen Hand habe ich...«

»Laß mich in Ruh mit deiner bloßen Hand!« erwiderte Ber. »Irkutsk war die Erbsünde unseres Lebens. Gewalt anstelle des Geistes. Schämen sollten wir uns. Wir sind nicht besser als unsere Feinde.«

»Was hätten wir denn tun sollen?« höhnte der Zweitälteste. »Mit ihnen tanzen, oder was?«

»Nicht tanzen, sondern reden. Wie Menschen zu Menschen. Aber dazu sind wir zu primitiv.«

»Mit russischen Gendarmen willst du reden? Mit professionellen Totschlägern, mit unseren blutigen Feinden? Wenn wir sie nicht vernichten, vernichten sie uns...«

Schloime erhitzte sich immer mehr. Die Rivalität mit dem Ältesten quoll aus ihm hervor, und er hetzte: »Sie werden uns ersäufen in den Fluten des Ochotzkischen Meers. Nichts wird von uns bleiben als ein jämmerlicher Polizeirapport. Jemand hat uns in eine Falle gestoßen. Dieser Jemand heißt Ber. Mein ältester Bruder Ber, der uns einreden will, daß wir hier herauskommen, wenn wir liebenswürdig mit unseren Henkern ins Gespräch kommen. Von Mensch zu Mensch, bis sie Hackfleisch machen aus uns...«

Ber lächelte überlegen: »Dreyfus steckte tiefer im Dreck als wir. Er ist lebend herausgekommen. Die Falle, vor der sich Schloime fürchtet, dampft zielsicher nach Alaska hinüber. Alaska gehört zu den Vereinigten Staaten von Amerika. Dort werden wir frei sein und ein neues Leben beginnen. Oder hätten wir bleiben sollen? Verfolgt von tausend Spitzeln, um zuletzt doch noch in Werchojansk zu landen?«
»Bis wir ankommen, sind wir verhungert. Wir haben nichts zu beißen.«
»Dann plündern wir eben die Küche.«
»Damit sie merken, daß wir da sind, und uns ausliefern?«
»Amerikanische Matrosen? Vierundzwanzigkarätige Proletarier, die auf unserer Seite stehn! Ich wette, daß es Genossen gibt unter ihnen.«
»Wie willst du sie herausfinden? Mit Lackmuspapier?«
Lasik hatte bisher kein Wort gesagt. Er war auf dem Rücken gelegen und hatte vor sich hingeträumt. Plötzlich schnalzte er mit den Fingern und jubilierte: »Ich locke sie her.«
»Wen?«
»Die Genossen, selbstverständlich.«
»Wie willst du das machen?«
»Das werdet ihr sehen.«
Lasik war ein moderner Orpheus. Die Frauen liefen ihm nach und die Männer, denn er verzauberte sie alle. Er spielte die verschiedensten Musikinstrumente und war ein Meister in der Nachahmung von Tierlauten. Am Abend – als sich die Matrosen in ihre Kajüten verzogen hatten – perlte ein süßes Gezwitscher über das Zwischendeck. Wer genau hinhörte, konnte feststellen, daß da ein verschlüsseltes Zeichen geträllert wurde, ein Geheimcode, den nur entziffern konnte, wer die Revo-

lutionshymne kannte: »Völker hört die Signale – auf zum letzten Gefecht!« Und auf dem Pelzfrachter gab es Leute, welche die Signale hörten. Zwei Matrosen vernahmen den Ruf des Rattenfängers und verstanden ihn sofort. Sie stiegen hinunter in die Laderäume und entdeckten die blinden Passagiere, die von jetzt an ihre Beschützer hatten und nichts mehr befürchten mußten.

Drei Wochen später brachte ein Provinzblatt, die einzige Tageszeitung Alaskas, »The Ketchikan Tribune«, eine Schlagzeile, die von sämtlichen Sensationsblättern der neuen Welt nachgedruckt wurde: »Todeskandidaten des Zaren flüchten nach Amerika«. Darunter war zu lesen: »Auf mysteriöse Weise ist es elf zum Tode verurteilten Revolutionären aus Rußland – das heißt: aus Warschau – gelungen, unbemerkt an Bord der Abraham Lincoln zu kommen und von Wladiwostok aus über die Beringstraße das amerikanische Festland zu erreichen. Ohne die Komplizenschaft amerikanischer Gesinnungsfreunde wäre solch ein Husarenstreich niemals gelungen, was für unsere Behörden und Schiffahrtslinien eine Warnung sein sollte. Die elf Umstürzler besitzen keine Papiere, behaupten aber, Brüder zu sein, und machen einen relativ zivilisierten Eindruck, obwohl sie sich seit einem Monat weder gewaschen noch rasiert haben. Unser Chefreporter Bob Ferguson konnte mit den Flüchtlingen ein Gespräch führen und stellte ihnen die naheliegende Frage, was sie eigentlich veranlasse, ihr Leben der Zerstörung unserer Zivilisation zu opfern. Darauf erhielt er eine Reihe von Antworten, die wir ungekürzt wiedergeben:
Ber Kaminski, 24, mittelgroße, kompakte Statur und Führerpersönlichkeit: »Wenn jemand die Zivilisation

zerstört, sind es nicht wir, sondern die Großmächte, die ganze Erdteile unterjochen, Völker ausrotten und Kriege vorbereiten, die – wenn wir dagegen nichts tun – zum Ende der Menschheit führen werden.«
Schloime Kaminski, 23, Brillenträger, äußerst kurzsichtig, rechthaberisch und sarkastisch: »Die heutige Industriegesellschaft beruht auf der freien Konkurrenz, das heißt, auf der Zermalmung des Schwächeren durch den Stärkeren. Da aber die Schwächeren in der Mehrzahl sind, werden sie eines Tages die bestehende Zivilisation zusammenschlagen und vernichten.«
Itzchak Kaminski, 22, Brillenträger, gelbliche Haut, Spaßvogel mit Neigung zum Zynismus: »Die Zivilisation, die Sie meinen, ist doch ganz offensichtlich der Kampf aller gegen alle. Völlig im Sinne Satans, der uns lehrt, unsere Nächsten zu verachten wie uns selbst. Dieser Kampf wird weiterdauern – wenn Gott es will – bis zur Selbstausrottung des Menschengeschlechts.«
Mordechai Kaminski, 21, Schwergewichtler, plumpknochiger Körperbau, kleine Äuglein: »Ich habe nicht die Gewohnheit, viel zu reden. Ich bin ein Mann der Tat und teile die Meinung meiner Brüder.«
Moische Kaminski, 20, Typus des scharfsinnigen Intellektuellen: »Fürchten Sie nicht, daß wir Ihre Zivilisation gewaltsam vernichten! Sie geht auch ohne uns zugrunde. An ihren eigenen Widersprüchen. Am Gegensatz zwischen der kleinen Gruppe allmächtiger Kapitalisten und den Millionen erniedrigter Proletarier.«
Lasik Kaminski, 19, der zerbrechlichste der elf Brüder, wirklichkeitsfremder Künstlertyp: »Natürlich bin ich ein Umstürzler. Weil ich diese Welt verabscheue. Ich will sie verändern, aber nicht aus Zerstörungswut, sondern aus Notwehr. Wir sind nämlich Juden. Seit

2000 Jahren werden wir geschlagen, gefoltert, massakriert. Seit zwei Jahrtausenden hetzt man uns von Ort zu Ort, von Land zu Land, und wenn einer den Kopf erhebt, haut man ihn ab. Dagegen lehne ich mich auf und werde es tun bis zu meinem letzten Atemzug.«
Adam Kaminski, 18, sachlich und vernünftig, Typus des jungen Managers: »Was ich nicht leiden kann, sind schlechte Geschäfte. Schlechte Geschäfte müssen liquidiert werden, und zwar je schneller, desto besser. Was man heute Zivilisation nennt, ist doch nichts anderes als ein untergehendes Schiff.«
Benzion Kaminski, 17, ausgeprägt jüdische Gesichtszüge, mißmutiger Neurastheniker: »Wovon reden Sie eigentlich? Von der Zivilisation des Zaren? Des preußischen Kaiserreichs? Des Sultans von Konstantinopel? Wenn Sie einen einzigen Tag auf der Warschauer Festung verbracht hätten, würden auch Sie Ihr Leben einsetzen für die Zerstörung dieser Zivilisation.«
Menachem Kaminski, 16, fanatischer Blick, prophetische Gesten: »Alles entsteht aus Krämpfen und Zukkungen. Alle modernen Staaten sind Produkte von Bürgerkriegen und Revolutionen. Die Vereinigten Staaten von Amerika zum Beispiel. Oder Frankreich. Oder Großbritannien. Ein gescheiter Jude hat geschrieben – Sie kennen ihn wahrscheinlich nicht: er heißt Karl Marx –, alle bisherige Geschichte sei die Geschichte von Klassenkämpfen. Er hätte hinzufügen können, auch die zukünftige Geschichte werde die Geschichte von Klassenkämpfen sein. Warten Sie zehn Jahre, und in Rußland wird es keinen Zaren mehr geben. In Deutschland keinen Kaiser, und vom türkischen Sultan bleibt nicht einmal der Name.«
Aaron Kaminski, 15, diesseitig und sympathisch, könnte ein Arbeiter sein oder Handwerker: »Es kommt

immer auf den Blickwinkel an. Sie sprechen mit Abscheu von der Zerstörung des Alten. Ich hingegen mit Lust vom Aufbau des Neuen. Ihr könnt mir vorwerfen, daß ich einen Baum fälle, um einen Tisch daraus zu zimmern. Ist der Tisch schlechter als der Baum? Für mich nicht. Für mich ist er eine höhere Form des Baumes. Eine Synthese zwischen Natur und Intelligenz. Ein Werk der menschlichen Erfindungskunst.«

Hersch Kaminski, 14, quicklebendiger Kobold, komödiantisches Wesen: »Erlauben Sie eine Gegenfrage: Glauben Sie, man würde Christus ans Kreuz geschlagen haben, wenn ihm unsere Zivilisation gefallen hätte? Er wollte doch eine bessere Welt, eine andere Welt, und darum mußte er sterben. Wenn er heute hier ankäme, würde man ihn vielleicht nicht kreuzigen, aber unschädlich machen würde man ihn bestimmt.«

Gestern nacht wurden elf Umstürzler aus dem Gewahrsam des Sheriffs von Ketchikan entlassen. Sie traten die Weiterreise nach New York an, wo sie angeblich Verwandte haben. Auch werden sie sich um die Erteilung einer Aufenthaltsbewilligung bemühen.«

6.

Seit bald zwei Jahren nun war Jankl Kaminski ohne Nachricht von seinen Söhnen. Das war ihm so gleich wie eine leere Flasche – pflegte er zu sagen –, denn er hatte ja gar keine Söhne. Laut und deutlich verkündete er, er habe nie welche gehabt und werde auch in Zukunft keine haben. Wenn jemand auf die elf Kerle zu sprechen kam, befahl er, das Thema zu wechseln. Nicht einmal Noemi, seine Frau, durfte den heiklen Gegenstand berühren. Nächtelang lag sie wach und weinte. Jankl wußte genau, wie ihr zumute war, aber er tat, als bemerke er nichts. Auch er konnte nicht schlafen. Er litt Höllenqualen, doch sagte er kein Wort. Ein gottloser Heide war er. Mit dem Allmächtigen war er genauso verkracht wie mit den Söhnen, aber das Gewissen folterte ihn. Auch er war einmal in der Synagoge gewesen, und wenn er gegen alle Gewohnheit an den Tod dachte, kamen ihm Worte in den Sinn, die er längst vergessen hatte: »Falle nicht der Herzlosigkeit anheim, denn sie würde deine Kraft aufzehren wie ein Stier, deine Blätter würde sie fressen, deine Früchte vernichten und dich zurücklassen als einen dürren Baum!« Er, ein dürrer Baum? Lächerlich. Er war stark wie ein Büffel. Klein und rund. Cholerisch aufbrausend, wenn ihn etwas störte, wenn ihm etwas nicht in den Kram paßte. Er hatte Weiber, so viele er wollte. In jeder Kneipe kannte man ihn, weil er saufen konnte bis zum frühen Morgen. Er war der beliebteste Spaßmacher weit und breit, aber geliebt wurde er nicht. Das war ihm klar, und darum brütete er stundenlang in seinem Kontor, ohne ein Wort zu sagen. Er starrte durchs

Fenster in die Maschinenhalle und nagte an seinen Gedanken: egal wie eine leere Flasche. Hunderttausend Rubel haben sie mich gekostet. Sie haben mich ruiniert. Sie machen sich lustig über ihren Vater. Wer ist da herzlos? Ich? Und was ist das überhaupt, Herzlosigkeit? So etwas wird nicht gehandelt an der Börse. Hart muß man sein in Warschau, sonst wird man zertreten. Jankl Kaminski läßt sich nicht zertreten, und schon gar nicht von den eigenen Söhnen. Noch einmal hunderttausend Rubel? Bin ich ein Narr? Ich hätte sie rausgeholt aus der Zitadelle, und paar Tage später wären sie wieder dringesessen. Jetzt sind sie in Sibirien. In Werchojansk, heißt es. Niemand ist je von dort zurückgekommen. In die Bleigruben fährt man hinein, aber aus den Bleigruben fährt man nicht heraus. Oj, Jankl Kaminski, was ist das für ein Leben! Schmeck und Schmock und gehackte Zores...

Da klopfte es an der Türe. Aber Jankl hörte nichts. Es klopfte zum zweiten Mal, und da schaute er auf: »Man will mich stören, do jasnej cholery. Wer klopft?«

»Ich bin es, der Briefträger.«

»Dann mach keinen Lärm und komm herein! Was geschieht sich?«

»Nichts Neues, panie Kaminski. Der deutsche Kaiser ist in Marokko gelandet. Es gibt Krieg mit den Franzosen.«

»Hast du Sauerkraut im Kopf?«

»Als ich sagte, vor drei Jahren, daß es Krieg gibt mit Japan, haben Sie mich rausgeschmissen!«

»Ich hab dich die Treppe runtergeschmissen. Aber nicht, weil du gesagt hast, daß es Krieg gibt.«

»Sondern?«

»Weil ich nicht wissen will, was du erzählst. Deine Stimme macht mich krank.«

»Soll ich wieder gehn, panie Kaminski?«
»Zuerst gib mir den Brief und dann mach dich aus dem Staub.«
»Welchen Brief, prosche pana? Ich bringe Ihnen Dutzende von Briefen ...«
»Ich will nicht Dutzende von Briefen, aber einen. Du weißt genau, welchen ich meine, aber gerade den bringst du mir nicht, um mich zu ärgern.«
»Woher soll er denn kommen, Ihr Brief?«, und der Briefträger kniff schadenfroh die Mundwinkel zusammen.
»Aus Sibirien, du Holzkopf. Was fragst du, wenn du es weißt?«
»Ich weiß gar nichts. Ich wußte nicht einmal, daß Sie in Sibirien Geschäfte machen.«
»Schlechte Geschäfte mach ich in Sibirien. Beschissene Geschäfte, und geh jetzt! Komme nicht wieder, bevor du den Brief hast!«

Am Abend desselben Tages ging der Alte in die Schenke des Chaskl Sonnenschajn und soff. Das Lokal war in dichten Dunst gehüllt, es roch nach Bimber und Tabak. An den Tischen hockten die Gewohnheitstrinker mit schwarzen Hüten auf dem Kopf. Nur Jankl Kaminski trug keinen. Er war so reich, daß er weder Gebote noch Verbote berücksichtigen mußte. Man saß herum und philosophierte, wie man sagt, in die Gläser hinein. Der bucklige Grabyk stand vor der Theke und klimperte auf seiner Balalaika. Jankl war mißmutig und finster: »Die Rewolucja ist begraben, weil sie war defizitär. Ein schlechtes Geschäft, eine ganz gewöhnliche Fehlrechnung, o!«
Darauf erwiderte der knochige Pinkus: »Es stirbt die

Schlange, sagen die Ukrainer – aus ihrem Ei kriecht ein Schwan.«
Jankl ließ sich ein Glas füllen und brummte: »Der Schwan ist auch schon krepiert. Die Hoffnung war ein Hirngespinst. Der Fortschritt ist tot.«
Da unterbrach Grabyk sein Geklimper und seufzte: »Die Deutschen haben erfunden eine Glühbirne, was brennt zehn Jahre, ohne zu erlöschen.«
»Nu?«
»Jeder kann sich schrauben ein Licht in die Lampe und Bücher lesen die ganze Nacht.«
»Und?«
»Der Mensch wird gescheiter, wenn er liest.«
Jetzt blickte der schlitzäugige Schajchet von seinem Glas auf: »Gescheiter, vielleicht, aber unzufrieden.«
»Wer sagt, er soll sein zufrieden?« fragte Grabyk, »soll er wedeln mit dem Schwanz, wenn man ihn schlägt ins Gesicht? Im Gegenteil. Zornig soll er sein. Wehren soll er sich, sonst ist er kein Mensch, sondern ein Hund.«
»Ihr werdet sehn: aus dem Ei kriecht ein Schwan.«
»Und aus dem Schwan kriecht ein Furz, o!«
Jetzt wackelte Schajchet grimmig mit dem Kopf: »Gute Reise nach Sibirien! Dort werdet ihr weiterschwatzen. Im Bleibergwerk von Werchojansk gibt es Platz für euch alle. Dort werdet ihr lesen in der Nacht und klugscheißen am Tag. Übrigens, was hört man von deinen Söhnen, Jankl Kaminski?«
»Man hört, daß du bist eine Filzlaus, und ich werde dich zertreten, wenn du weiterfragst.«
Grabyk spürte, daß es eine Schlägerei geben würde, und versuchte, zu besänftigen: »Im Leben wie im Kartenspiel, sagen die Goim. Einmal auf dem Wagen, einmal darunter. Zum Beispiel dieser Dreyfus. Zuerst macht man aus ihm einen Spion. Man degradiert ihn,

verschickt ihn auf die Teufelsinsel, verurteilt ihn als jüdischer Verräter ...«
»Da hast du die Glühlampe.«
»... aber zehn Jahre später spricht man ihn frei. Man bringt ihn zurück nach Frankreich und befördert ihn zum Major.«
»Und was sagen die Goim? Verzeihen Sie, sagen sie, wir haben uns geirrt.«
»Aus dem Ei kriecht ein Schwan, aber mit gestutzten Flügeln.«
»Ich möchte wissen, Jankl Kaminski, was man hört von deinen Söhnen.«
»Ich weiß nicht, wovon du fackelst, Mendel Schajchet. Ich habe fünf Töchter, und das ist alles. Bevor du eine davon heiratest, hack ich mir beide Beine ab, o!«
»Ich frage nicht nach den Töchtern, sondern nach den Söhnen. Glaubst du, wir wissen nicht, daß du sie auf dem Gewissen hast, du alter Geizhals?«
»Halte dein Maul, Mendel Schajchet, oder du wirst es bereuen.«
»Du kennst die Geschichte vom Pferdehändler aus Kalisch? Jeder kennt sie, denn er hat seine Mischpoche verschachert an den Teufel. Und was hat er gemacht mit dem Erlös?«
»Ich rate dir zum letzten Mal: du sollst schweigen!«
»Er ist gegangen in die Kartschme, legt das Geld auf den Tisch und hat alles versoffen ...«
Bei diesen Worten verlor Jankl die Geduld. Er packte die Flasche, die vor ihm stand, und haute sie Schajchet über den Kopf. Und was geschah? Ein Wunder. Die Flasche ging in Scherben, doch Schajchet blieb unversehrt.
Der Schlitzäugige lächelte nur kühl: »Jawohl, Jankl Kaminski. Die Mischpoche hat er verkauft, das Geld

hat er versoffen. Dann ging er nach Haus, und es traf ihn der Schlag.«

Alle schauten Jankl an und waren neugierig, was er machen würde. Und was machte er? Den Mantel zog er sich an und rief: »Chaskl Sonnenschajn, zahlen!«

7.

Als Jankl Kaminski das Lokal verließ, war es auf der westlichen Hemisphäre – in New York zum Beispiel – drei Uhr nachmittag. Wer jetzt die Lexington Avenue durchquerte oder die dritte Straße der Lower Eastside, konnte meinen, er sei in Schitomir oder sonst einem jüdischen Stetele Osteuropas. Die gleichen Textilgeschäfte, die gleichen koscheren Restaurants, Wägelchen mit Kischkes oder Beigeles, verstaubte Bücher und kandierte Früchte. Die gleichen Patriarchen, die mit langen Bärten und runden Hüten über den Gehsteig stelzten. An einer Straßenecke spielten Musikanten. Daneben hielt ein Fanatiker aufrührerische Reden, und im Hintergrund standen rote Backsteinhäuser. Eines davon beherbergte Jim Weissplatts Herrensalon. Von den dreißig Frisörsesseln waren nur die Hälfte besetzt, doch wurde hier ebenso eifrig diskutiert wie bei Sonnenschajn in Warschau oder bei Glowatzki in Galizien:
»Zwanzig Mal soviele Einwanderer wie letztes Jahr, Boy. Amerika wird platzen vor lauter Immigrants.«
»Soll es platzen. Es kann nur besser werden.«
»Was haben Sie gegen die Immigrants? Sie sind auch einer. Jeder ist hier ein Immigrant. Nur die Indianer sind keine, aber schlecht geht es ihnen trotzdem.«
»Die Indianer und die Niggers sind unser Unglück. Sie können weder lesen noch schreiben. Steuern bezahlen sie auch keine, weil sie nichts haben. Der Teufel soll sie holen!«
»Dafür sind sie gesund, im Gegensatz zu uns, was wir absterben an der Schwindsucht. Von Buchstaben wird man nicht reich in Amerika.«

»Der Teufel soll sie holen, hab ich gesagt. Jeden Job nehmen sie an for a lousy pay und wenn die Unions beschließen a Strike ...«

»Wir brauchen weder Unions noch Strikes, sondern Ordnung und einen Kanal zwischen der Ost- und der Westküste.«

»Und Sie glauben, daß uns ein Kanal retten kann? Ich spucke auf den Kanal.«

»Also spucken Sie auf Teddy Roosevelt, Mister. Teddy Roosevelt ist der beste Präsident, was die Jidden jemals gehabt haben. Mit Scheitel oder ohne?«

»Mit Scheitel, wenn ich bitten darf, und a bissl Brillantine, aber Teddy Roosevelt ist mir zu teuer. Seine Wahlkampagne hat uns gekostet eine Million und sechshunderttausend Dollars. Das können wir uns nicht leisten. Vielleicht ist er gut for the Jidden, aber was sucht er in Lateinamerika?«

»Teddy Roosevelt hat gesagt, wir haben a heiliges Recht, you understand, a heiliges Recht haben wir, dort für Law and Order zu sorgen.«

»Und ich, Mister, habe ein heiliges Recht, Ihnen mit meiner Schere ein Ohr abzuschneiden.«

»Das ist nicht das gleiche, Sir.«

»Das ist genau das gleiche. Weil ich hab a Schere, und Sie haben keine. Das ist mein heiliges Recht, und Sie sollten sich schämen als a jewish Immigrant, was man noch vor paar Jahren hat geprügelt in Lodsch oder Kischinew, und jetzt gehn Sie selber nach Lateinamerika und prügeln die Indios ...«

Bei diesen Worten des Frisörs ging die Türe auf, und herein traten elf Kunden, die durch ihr verwahrlostes Aussehen alle Anwesenden verstummen ließen. Der Filialleiter, der bisher ein jiddisches Revolverblatt verschlungen hatte, erhob sich von seinem Stuhl und fragte

mit tranig gelangweilter Stimme: »Haar schneiden oder rasieren?«
Der Anführer der Kerle antwortete im Namen seiner Brüder: »Danke schön, weder noch.«
»Etwas Drittes gibt es hier nicht, meine Herrschaften, auf Wiedersehen.«
»Dann bitten wir um das Vierte.«
»Das ist ein Frisörladen, wie Sie sehen. Die Toiletten sind im nächsten Block, auf Wiedersehen.«
»Wir wollen den Boß sprechen, Mister. Sein Name ist Weissplatt.«
»Darf ich Sie bitten, das Geschäft zu verlassen.«
»Sie sollen den Boß rufen, aber schnell! Sind Sie taub oder was ist mit Ihnen?«
»Wenn ich jemanden rufe, ist es die Polizei. Verschwinden Sie unverzüglich!«
»Jim Weissplatt ist der Besitzer dieses Unternehmens, ja oder nein?«
»Jim Weissplatt ist der Besitzer von siebenundfünfzig Frisörsalons und einigen anderen Enterprises. Machen Sie sich aus dem Staub, aber sofort!«
Und damit zog er an der Alarmglocke, die draußen aufschrillte und Dutzende von Schaulustigen herbeilockte: »Und jetzt laß ich Sie rausschmeißen!«
»Oder auch umgekehrt, Sir, denn Jim Weissplatt ist unser Onkel.«
»Und Teddy Roosevelt ist meine Tante. Halten Sie mich für einen Dummkopf?«
»Ja!«
Normalerweise wäre es in diesem Augenblick sofort zu einer Keilerei gekommen, doch da stürzten drei Ordnungshüter herein.

Im Vergleich mit der Warschauer Zitadelle ist jedes andere Gefängnis der Welt ein Lunapark. Der Polizeiposten an der dritten Avenue sogar ein Vergnügungslokal. Unter freizügiger Bewachung von zwei Cobs saßen die Kaminskiboys auf einer Polsterbank und lauschten schmunzelnd dem Gespräch, das ihr Onkel mit dem Polizeichef führte: »Ihr Wunsch, Mister Weissplatt, ist nicht zu erfüllen.«

»Es sind aber die Söhne meiner Schwester, was lebt in Warschau und ist verheiratet mit meinem Schwager Jankl Kaminski an der Mostowastreet Nummer drei.«

»Die Herren verlassen die Vereinigten Staaten von Amerika im Verlauf von achtundvierzig Stunden. Das ist mein letztes Wort.«

»Wenn das Ihr letztes Wort ist, werden meine Neffen aufgehängt. Die Flucht aus der Verbannung ist ein Kapitalverbrechen.«

»Das geht mich nichts an, Mister. Sie haben kein Permit for the Immigration und sind trotzdem hier. Also verstoßen sie gegen das Gesetz und werden abgeschoben. Wir sind ein Rechtsstaat, Mister Weissplatt.«

Bei diesen Worten mischte sich Herschele ins Gespräch: »Ich möchte etwas fragen, Herr Polizeichef.«

»Wer keine Papiere besitzt, hat nichts zu fragen. Was möchten Sie wissen, young Man?«

»Wie die Figur heißt im Hafen von New York. Ich habe sie zum ersten Mal gesehen und weiß nicht, was sie bedeutet.«

»Das ist die Freiheitsstatue. Das weiß doch jeder ...«

»Außer Ihnen, Herr Polizeipräsident.«

»Ohne Documents gibt es keine Freiheit bei uns, you understand?«

»No, I don't understand«, entgegnete Onkel Weiss-

platt. »Sie wollen meine Neffen in den Tod schicken. Warum?«
»Weil ich ein Beamter bin. Ich tue meine Pflicht und sonst gar nichts. Aber es steht Ihnen frei, eine Kaution zu zahlen.«
»In Höhe von?«
»Zehntausend Dollar, und Sie können sie mitnehmen.«
»Hier haben Sie das Geld«, seufzte Jim Weissplatt und stellte einen Scheck aus. Dann ging er zur Tür und drehte sich noch einmal um: »Auf dem Magen soll es Ihnen brennen, Sir, wie ein ranziger Fisch.«
Und damit wollte er das Lokal verlassen, doch der Chef rief ihn zurück: »Und was machen wir mit den Kerlen?«
»Desinfizieren, Mister. Auf Kosten des Staates!«

Die elf Boys waren bald zur Sensation geworden. Die halbe Lower Eastside sprach von ihnen. Im Herrensalon Jim Weissplatts an der Lexington Avenue redete man von nichts anderem, und der Filialleiter erzählte einem staunenden Publikum: »Elf Cowboys mit Brillen auf der Nase. Das hat es nie gegeben in der Weltgeschichte. Stinken wie die Gelbsucht und drohen, kreuz und kurz zu schlagen das ganze Geschäft.«
»Der Boß will Sie feuern, hab ich gehört. Ist das wahr?«
»Natürlich. Weil ich getan hab meine Pflicht und gerufen die Polizei.«
»Sie haben gehandelt in Notwehr, steht in der Zeitung.«
»Natürlich in Notwehr, was denn sonst? Elf Riesenkerle. Papiere haben sie keine, hängen herum, reden kein Wort und sagen, Jim Weissplatt ist ihr Onkel. Was tut der Mensch in dieser Situation? Ich reiß an der Glocke. Die Glocke klingelt. Drei Cobs kommen rein,

verhaften die Jungens, und was stellt sich heraus?«
»Daß Jim Weissplatt ist wirklich ihr Onkel. So steht es in der Zeitung.«
»Und blechen mußte er zehntausend Bucks für den Polizeichef persönlich. Das steht nicht in der Zeitung, aber wahr ist es trotzdem.«
»A Kaution ist a Kaution, Mister. Man bekommt sie zurück, und nichts ist passiert.«
»Jim Weissplatt hat geblecht zehntausend Dollars, nur a Quittung bekommen hat er nicht. Also ist die Kaution keine Kaution, sondern a Trinkgeld. Jawohl, a Tip for the Police, und ich soll büßen dafür. A Hundeleben und gehackte Zores ...«

Über Geschmack läßt sich nicht streiten. Über den Geschmack Jim Weissplatts schon gar nicht, denn seine ästhetischen Normen entsprachen den Vorstellungen von etwa fünfzig Millionen Amerikanern. Gegen solche Mehrheiten gibt es keine Argumente. Soll ich einen von vornherein verlorenen Kampf führen gegen jenen indischen Seidenteppich, der mit zwei Kokospalmen und einem schlafenden Löwen bestickt war und von dem es etwa zwanzig Millionen Exemplare gab, die alle von derselben Fabrik in Singapure maschinengeknüpft und vom gleichen Möbelgrossisten in Brooklyn importiert worden waren? Was mache ich gegen das lebensgroße Porzellanreh, das in sämtlichen Eßzimmern zwischen Manhattan und San Francisco stand? Hat es auch nur den geringsten Sinn, die plumpen Lederfauteuils in Frage zu stellen, die von Samuel Finkelstein in einer Auflage von zwölf Millionen zu zweihundert Dollar das Stück auf den Markt geschleudert worden waren? Nein, denn die ganze Auflage war nach drei Wochen

ausverkauft, was ausreichend für die Vollkommenheit der genannten Möbel spricht. Die Wohnung Onkel Weissplatts war also ein Spitzenmodell des amerikanischen Spitzengeschmacks, denn es gab kaum etwas darin, das man nicht in jedem anständigen Versandkatalog hätte bestellen können. Der lange Eßtisch mit den vierundzwanzig Stühlen war von Lippmann & Ferber ins Haus geliefert worden. Die Kredenz sowie die dazugehörigen Kristallgläser, das Silberbesteck und das elegante Wedgewoodgeschirr erkannte man als Jubiläumsangebot des Großwarenhauses Hajnotzky am Washington Square. Sogar Sally Weissplatt, die dritte Frau des millionenschweren Onkels, entsprach hundertprozentig dem Ideal von fünfzig Millionen Amerikanern. Sie war das American Dreamgirl mit der schnurrenden Stimme einer Angorakatze und dem strahlenden Lächeln einer Mundwasserreklame. Sie hatte die untadelige Durchschnittsfigur eines Mannequins und ein Gesicht, das sämtlichen Gesichtern aus sämtlichen Sonntagszeitschriften täuschend ähnlich sah. Sie war genau neun Monate nach dem Ableben der zweiten Frau Weissplatt eingezogen und beteuerte auf dementsprechende Fragen, sie sei in ihrem ganzen Leben noch nie so glücklich gewesen. Sie liebte ihren Mann mit derselben Zärtlichkeit wie ihr Automobil, ihre Privatjacht und das Sparbuch der Bank of Boston, das sie stets bei sich führte.
Mit anmutiger Handbewegung bedeutete sie den elf jungen Männern, sich zu setzen, wobei sie bemerkte, daß sogar der vierschrötige Mordechai noch appetitlicher war als ihr korpulenter Herr Gemahl, den sie durch das vornehme Eheanbahnungsinstitut »Makkabi« an der Second Avenue kennengelernt hatte. Sie spürte instinktiv, daß der Besuch der elf Verwandten

das wohlige Gleichgewicht des Hauses stören könnte. Darum demonstrierte sie den Boys ihre kritische Distanz, indem sie ununterbrochen Konfekt knabberte und durchs Fenster starrte, während Onkel Weissplatt alles daransetzte, seinen Neffen klaren Wein einzuschenken: »Ich bin kein Philanthrop, Boys. Ich hab für euch bezahlt schon zehntausend Dollars, weil ihr seid die Söhne meiner einzigen Schwester Noemi, was ich liebe wie meine eigene Frau. Versteh mich nicht falsch, Sally! Dich liebe ich anders und du weißt genau, wie. Aber das Geld will ich zurück mit den üblichen Zinsen ...«

»Ich glaube kaum«, warf Adam dazwischen, »daß unser Vater bezahlen wird. Er ist breuges und verzeihen wird er uns nie.«

»Euer Vater? Was hat Jankl Kaminski mit euren Schulden zu tun? Einen Dreck hat er damit zu tun. Ihr werdet hier arbeiten, und *ich* bekomme zurück mein Geld.«

»Was willst du an uns verdienen?« fragte der Älteste mit einem belustigten Unterton in der Stimme.

»Zweihundert Prozent, Boys, sonst seid ihr a Klumpfuß an meinem Bein.«

»Und wenn wir ablehnen, Onkel Weissplatt?«

»Ihr habt keine Papiere, Boys. Darum werdet ihr annehmen. Was habt ihr gelernt?«

»Ich bin Kandidat der Philosophie.«

»Nebbich, und?«

»Itzchak war an der Kunstakademie.«

»Nebbich, weiter.«

»Schloime schreibt eine Dissertation über römisches Recht.«

»A Hungerberuf, der Nächste.«

»Mordechai ist Sportlehrer.«

»Endlich a Mensch. Und?«

»Moische studiert Chemie.«
»Auch nicht schlecht, weiter.«
»Lasik war am Konservatorium und wird Musiker.«
»A Nachtigall, wenn ich recht verstehe. Singt den ganzen Sommer und im Winter hat er nichts zu beißen.«
»Adam lernt Mathematik.«
»A Beruf für Schnorrer.«
»Benzion studiert assyrische Grammatik.«
»Davon wird man Millionär.«
»Menachem befaßt sich mit okkulten Wissenschaften.«
»A Fakir, heißt das in Amerika. Er soll werden a Zauberer und auftreten im Zirkus.«
»Aaron macht eine Lehre als Uhrmacher.«
»Gott sei Dank. A dritter Mensch in the family. Und?«
»Herschele will Schauspieler werden, aber vorläufig geht er noch zur Schule ...«
»Boys!« stöhnte Jim Weissplatt und stopfte sich verzweifelt eine Handvoll Erdnüsse in den Mund, »ich bin a glücklicher Mann. Ich habe die schönste Frau von Lower Eastside. Ich besitze mehr als fünfzig Frisörsalons in New York und ein Dutzend Spielkasinos an der Westküste, aber morgen früh bin ich a nackte Pleite, wenn ich euch finanziere. Wir sind nicht in Rußland, meine Lieben, sondern in Amerika. Hier hat man keine Zeit für römisches Recht und assyrische Grammatik. Hier muß man kämpfen, sonst geht man unter. Wißt ihr, was das heißt?«
»Man hat uns nach Sibirien geschickt, weil wir gekämpft haben.«
»Es genügt nicht zu kämpfen, Boys. Man muß etwas erreichen. Was wollt ihr erreichen auf dieser Welt?«
»Gerechtigkeit für alle, Onkel Weissplatt.«
»Und zweitens?«

»Was heißt zweitens? Gerechtigkeit ist die Hauptsache.«
»Aber leben kann man nicht davon.«
»Vielleicht werden wir nicht leben davon. Vielleicht werden wir untergehen im Kampf, aber eines ist sicher: Wir werden siegen oder sterben.«
»Seid ihr sicher?«
»Todsicher.«
»Und ihr werdet nicht aufgeben, um keinen Preis?«
»Um keinen Preis.«
»That's a deal«, sagte der Millionär mit einem listigen Lächeln in den Mundwinkeln. »Ich schlage euch vor a big Business.«
»Schlag vor, Onkel Weissplatt. Wir werden sehn.«
»Ihr seid elf gesunde Kerle. Habe ich recht?«
»Hast du.«
»Ihr laßt euch nicht unterkriegen, ist das richtig?«
»Richtig.«
»Ausgezeichnet. Ich mache aus euch eine Fußballmannschaft. Unter einer Bedingung.«
»Unter welcher?«
»Ihr dürft nicht verlieren. Auf keinen Fall!«

8.

Malwa war jetzt achtzehn Jahre alt und so etwas wie ein magnetischer Nordpol, dem sämtliche Kompaßnadeln sämtlicher Hochseekapitäne entgegenpendelten: »Unser Kind ist eine Fliegenfalle«, pflegte Leo zu sagen, »halb Stanislau bleibt daran kleben. Man kann sie nicht allein auf die Straße lassen, sonst passiert ein Malheur.« Darum begleitete er das Mädchen auf allen seinen Gängen. Mit dem Stolz eines alten Stutzers – er war jetzt sechzig Jahre alt –, der seine junge Mätresse spazierenführt und hochmütig-säuerlich die Blicke registriert, die ihr zugezwinkert werden.

An jenem Sommertag saß er mit seiner schönen Frau und der noch schöneren Tochter im Gartenkaffee des Stadtparks, wo die Kurkapelle ein Potpourri süßlicher Militärmelodien dudelte. Die drei Rosenbachs waren mit einer sahnegeschmückten Himbeertorte beschäftigt und tranken dazu eisgekühlte Schokolade. An einem der benachbarten Tische herrschte Hochstimmung. Ein Dutzend schmißverzierter Korpsstudenten schunkelte im Takt und grölte dazu in strammer Bierseligkeit:

»Graf Radetzky, edler Degen
schwur des Kaisers Feind zu fegen
aus der falschen Lombardei
in Verona langes Hoffen
als mehr Truppen eingetroffen
fühlt und rührt der Held sich frei.«

Leo Rosenbach glühte vor Begeisterung. Als die musikalisch-patriotische Kundgebung verklungen war, stand er auf und flüsterte Jana zu: »Ich muß die Herren beglückwünschen.«

»Um Gottes willen, laß das!«
Aber Leo ließ sich nicht zurückhalten. Er ging auf den nächstsitzenden Korporanten zu, ergriff dessen Hand, drückte sie hingebungsvoll und sprach voll diensteifriger Ergriffenheit: »Ich bin stolz, daß es noch Männer gibt in Österreich.«
Der Student sprang vom Stuhl, salutierte und brüllte: »Es lebe unser Kaiser Franz Joseph!«
Darauf erwiderte Leo ebenso stramm, doch weniger laut: »Sie machen dem Vaterland Ehre, meine Herren«, wobei er sich kurz und respektvoll verneigte, »ich habe die Ehre, mich vorzustellen: Leo Rosenbach.«
Da entstand eine um einen Deut zu lange Pause, und der Student gab zurück: »Aber Ihr Deutsch ist tadellos. Auch wir haben die Ehre.«
Leo spürte sehr wohl, was mit diesen Worten gemeint war, doch entgegnete er voll falscher Demut: »Ehemaliger Hoffotograf des Königs Ludwig von Bayern.«
Die Burschen erhoben sich wie ein Mann von ihren Plätzen, stießen mit ihren Gläsern an und donnerten höhnisch:

»Wir wollen ihn feiern
den König von Bayern.«

Da unternahm Leo den letzten Versuch, die Wand poltriger Feindseligkeit zu durchbrechen, und sagte: »Es wäre uns ein Vergnügen, meine Herren, der forschen Elite des Kaiserreichs einen Sonderrabatt zu gewähren, und zwar auf Fotoarbeiten jeglicher Art.«
Jetzt schlug der nächststehende Student die Hacken zusammen und näselte unter dem Beifall der besoffenen Kommilitonen: »Die forsche Elite des Kaiserreichs verneigt sich vor Ihrem akzentfreien Deutsch, vor Ihrer geschäftstüchtigen Offerte und vor allem vor dem unvergleichlichen Fräulein, das bei Ihnen sitzt und

unsere Herzen höher schlagen läßt. Sie lebe hoch, hoch, hoch!«
»Dieses Fräulein ist unsere Tochter und Empfangsdame im Atelier, das sich an der Mitzkiewitscha Nummer elf befindet.«
»Auf die Empfangsdame, hipp, hipp, hurra!«
In diesem Augenblick platzte die Kurkapelle wieder los. Jana kochte vor Wut. Mit hochrotem Kopf stand sie auf und sagte laut genug, daß es die Korporanten hören konnten: »Hier ist es mir in jeder Hinsicht zu lärmig. Reich mir den Sonnenschirm, Leo!«

Am nächsten Morgen überquerten Jana und Malwa die Bahnhofsbrücke. Sie beabsichtigten, den gerüchteumwitterten Doktor Daschynski aufzusuchen. Er bewohnte, gleich hinter den Geleisen, das Dachgeschoß eines sechsstöckigen Mietshauses, wo er seinen Junggesellenhaushalt führte, Nachhilfestunden erteilte und abends kleine Sitzungen abhielt. Die beiden Frauen waren erregt und aufgeräumt, als gingen sie zu einem verbotenen Abenteuer. Jana warf immer wieder flüchtige Blicke in die Schaufensterscheiben, um ihren Hut zurechtzurücken oder zu prüfen, ob sie korrekt gepudert sei. Da fragte Malwa unvermittelt: »Wie sieht er aus, Mama? Wie Henner oder eher wie Baltyr?«
»Vor allem kein Wort zu Papa. Ich bitte dich!«
»Ich bin unheimlich gespannt. Ist er klein oder groß? Ich kann ihn mir gar nicht vorstellen.«
»Ein schöner Mensch ist er, du wirst sehen, aber Papa darf nicht erfahren, daß wir hier waren.«
»Warum eigentlich?«
»Daschynski ist ein Sozialist. Ein Führer der Partei, und du kennst ja die Ansichten deines Vaters.«

»Ein Führer der Partei, sagst du, aber weiter als zum Privatlehrer hat er's auch nicht gebracht.«
»Weil sein Ehrgeiz woanders liegt.«
»Warum ist er nicht verheiratet, wenn er so schön ist?«
»Ich bin verheiratet, Malwa. Und?«
»Du bist die schönste Frau der Welt, Mama. Ich hab dich lieb.«
»Ich dich auch, mein Kind.«
Sie kletterten die steilen Treppen hinauf. Es roch nach Bürgerhaus und Bodenwichse. Auf dem zweiten Stockwerk wohnte ein Professor Kwiatkowski – Dekan an der medizinischen Fakultät –, und Jana flüsterte: »Daschynski wollte ebenfalls Professor werden, aber sie haben ihn abgewiesen. Weil er gefährlich sei für die Jugend, hat es geheißen.«
»Ich hätte ihn nicht abgewiesen. Gefährliche Männer faszinieren mich. Und dich?«
»Ich weiß es nicht, Malwa. Papa ist kein gefährlicher Mann. Und übrigens: Sei nicht so vorwitzig!«
Endlich waren sie oben. Sechste Etage. Malwa krauste die Lippen und sagte leise: »Ich bin enttäuscht, Mama. Ich habe mir vorgestellt, er sei ein junger Gott. Aber da steht Altphilologe.«
»Du sollst nicht so vorwitzig sein, hab ich gesagt.« Jana zog an der Klingel.
Die Tür ging auf. Vor den beiden Frauen stand ein Mann, der allen Vorstellungen widersprach, die sich Malwa von ihm gemacht hatte. Er mochte etwa 45 Jahre alt sein, war weder klein noch groß, aber ungeheuer kompakt, als wäre hier ein Maximum von Mensch in einem Minimum von Körper verstaut. Schön war er nicht. Vielleicht sogar häßlich, mit den vorstehenden Backenknochen und der spitzen Nase. Seine Augen pulsierten und strahlten ein fast kindliches Vertrauen

aus. Über seine Schläfen huschten winzige Fältchen, die sowohl Freundlichkeit als auch wachsame Zurückhaltung ausdrückten. Ein typischer Pole, stolz und impulsiv. Doch blitzte in seinen Zügen jener kritische Argwohn, der Distanz und Autorität verschafft. Er warf einen prüfenden Blick auf die zwei Damen und lächelte: »Frau und Fräulein Rosenbach, nehme ich an. Sie haben mir geschrieben. Welche von Ihnen ist die Mutter?«
Jana errötete und erwiderte verwirrt: »Ich kenne Sie, Herr Doktor, und bewundere Sie. Darum habe ich mir erlaubt, mich bei Ihnen anzumelden. Ich hoffe, daß Sie meine Tochter unterrichten wollen.«
»Ich kenne Sie ebenfalls«, gab Daschynski zurück, indem er die Gäste in sein Arbeitszimmer führte. »Sie sind mir aufgefallen bei einer unserer Kundgebungen.«
»Du gehst zu Kundgebungen, Mama?« wunderte sich Malwa, die sich neugierig in den Bücherschränken umsah.
»Es genügt mir nicht, die Haushälterin deines Vaters zu sein. Das solltest du begreifen.«
»Und was erzählst du, wenn er dir Fragen stellt? Flunkerst du ihm etwas vor?«
»Es gibt Dinge, mein Kind, die man tut«, entgegnete Jana mit einem vielsagenden Seitenblick zu Daschynski, »aber man behält sie für sich. Man muß ja nicht alles sagen. Man hat seine Privatsphäre, die einem alleine gehört, doch flunkern mag ich nicht.«
Da umhalste Malwa ihre schöne Mutter und flüsterte ihr ins Ohr: »Mama, ich bete dich an.«
Daschynski hatte die Szene beobachtet und sagte, indem er sich eine Pfeife anzündete: »Die Athener waren der Ansicht, setzen Sie sich doch bitte, der Bürger höre lieber sieben süße Lügen als eine bittere Wahrheit. Was halten Sie davon?«

Jana antwortete nach einer verlegenen Pause: »Ich finde, die Athener waren kluge Leute. Aber ich halte nichts von süßen Lügen. Ich schweige lieber.«
»Und Sie, Fräulein Rosenbach?«
»Mein Papa ist ein braver Mensch, aber er hat keine Ahnung von der Zeit, in der wir leben.«
»Haben *Sie* eine Ahnung von der Zeit, in der wir leben?«
»Ich bin achtzehn, Herr Doktor, und stehe mit beiden Füßen im zwanzigsten Jahrhundert.«
»In dem Fall möchte ich wissen, warum Sie griechisch lernen wollen. Und dazu noch bei mir.«
»Erstens will ich nicht, sondern ich muß, um mein Abitur zu bestehen. Ich will nämlich studieren, an der Universität, und wenn ich die erste Frau der Welt wäre, die es versucht. Und zweitens habe ich gehört, daß Sie die Jugend gefährden. Ich möchte von Ihnen gefährdet werden.«
Jana zuckte zusammen und flüsterte: »Stell dich nicht verrückter, Malwa, als du bist!«
»Griechisch ist eine tote Sprache, Mama. Ich will leben, solange es nur möglich ist.«
Da nahm Daschynski eine rostbraune Fotografie vom Schreibtisch und zeigte sie dem Mädchen: »Das dürfte Sie kaum interessieren, nehme ich an.«
»Warum denn nicht? Ich finde sie wundervoll. Die Venus von Milo. Sie steht im Louvre. In Paris. Ich werde einmal nach Paris fahren, um sie zu sehen.«
»Der Bildhauer, der sie schuf, Fräulein Rosenbach, liegt im Grab. Seit mehr als zweitausend Jahren. Das Mädchen, das ihm Modell stand, ebenfalls.«
»Wünschen Sie mich zu bekehren, Herr Doktor?« entgegnete Malwa, die gemerkt hatte, worauf der Mann hinauswollte.

»Ich wollte nur sagen, daß die Toten unter Umständen lebendiger sind als die Lebenden.«
»Das heißt aber nicht, daß ich mit Lust ans Studium griechischer Vokabeln gehen werde.«
»Wenn nicht, würde ich Ihnen raten, es bleiben zu lassen. Man kann auch ohne das leben.«
Die Unbekümmertheit der Tochter machte Jana nervös, und sie sagte: »Du hast doch gewünscht, daß ich dich herbringe, oder nicht?«
»Zum Sozialisten und Jugendverführer, Mama. Nicht zum Altphilologen. Seine Grammatik ödet mich an. Oder soll ich lügen und sagen, es mache mir Spaß?«
»Sozialismus und antike Kultur müssen einander nicht ausschließen«, entgegnete Daschynski, wobei er seine Pfeife ausklopfte und von neuem zu stopfen begann, »die Forderung nach Gleichheit aller Menschen entstand in Athen.«
»Was habe ich davon, wenn sie eine Forderung bleibt und nie verwirklicht wird? Wo ist die Gleichheit der Juden, zum Beispiel? Man demütigt uns seit Jahrtausenden, und nichts hat sich geändert.«
»Weil ihr euch demütigen laßt, ganz einfach. Auch die Frauen werden gedemütigt. Die Arbeiter werden gedemütigt und die Habenichtse aller Länder, weil sie sich nicht vereinigen. Weil sie sich immer wieder entzweien lassen. Wenn sie sich zusammenrotten würden, alle Erniedrigten und Beleidigten, alle Juden und Neger und Indianer, alle Frauen und Proletarier, dann würde aus der Forderung Wirklichkeit.«
»Wenn Sie mir das schriftlich geben, büffle ich griechische Vokabeln. Aber das können Sie nicht.«
»Sie wünschen eine gedruckte Garantie, Fräulein Rosenbach? Wie beim Kauf einer Kuckucksuhr oder Musikdose...«

Malwa wurde rot über beide Ohren und stammelte: »Es tut... Es tut mir leid. Ich... Ich glaube Ihnen.«
»Ich auch«, fügte die Mutter hinzu, »ich möchte hin und wieder dabeisein. Darf ich?«
»Sie sind immer willkommen bei mir«, entgegnete der Mann und schaute Jana tief in die Augen.

1. Oktober 1909
Ich liebe Mama, obwohl sie mir alle Männer wegstibitzt. Dabei bemüht sie sich gar nicht darum. Sie ist nur da, und schon fliegen ihr die gebratenen Tauben in den Mund. Sogar Daschynski, dieser Verstandesmensch, verliert den Verstand, wenn er sie sieht. Ich frage mich, was ich lernen muß, um ihren Erfolg zu haben. Bestimmt keine griechischen Vokabeln. Das imponiert niemandem, und schon gar nicht diesem Altphilologen. Was ist das nur für ein Mensch? Ein Pole, wie er im Buche steht. Aber dennoch ganz anders. Die Polen verachten uns und verpassen keine Gelegenheit, uns zu erniedrigen. Dabei sehen sie aus wie besoffene Frösche. Daschynski erniedrigt niemanden. Das kann man sich gar nicht vorstellen, daß er jemanden demütigen würde. Nicht einmal seine Todfeinde, hat er gesagt. Er ist wirklich ganz anders. Baltyr glaubt an den einsamen Helden und die einsame Rache. Ein gutgezielter Schuß, und Stolypin ist tot. Daschynski lächelt über solche Ideen. Er hält die Anarchisten für Kindsköpfe. Sie erschießen einen Bluthund, doch hundert Bluthunde drängen sich an seine Stelle. Nicht Stolypin müsse man liquidieren, behauptet er, sondern den ganzen Sumpf von Gemeinheit. Vielleicht hat er recht. Er gefällt mir eigentlich. Oder nein. Er beunruhigt mich. Heute nacht habe ich von ihm geträumt. Er stand in einem

herbstlichen Park. Bunte Ahornblätter lagen auf der Erde, und er bestaunte eine Marmorstatue. Ich glaube, es war die Venus von Milo. Ich lag daneben, auf einem basaltenen Grabstein, und weinte. Er ging behutsam auf die Statue zu und schlang die Arme um ihren Leib, ohne meine Anwesenheit zu bemerken. Er küßte sie auf die Spitzen ihrer Brüste und flüsterte: »Die Toten sind unter Umständen lebendiger als die Lebenden.« Ich sagte nichts. Heiße Tränen flossen über meine Wangen, und ich dachte, daß ich sterben möchte oder versteinern. Dann würde er mich umarmen und seine Lippen auf die Knospen meines Leibes drücken. Meine Brüste sind nicht weniger schön als die der Liebesgöttin, aber ich bin zu jung für ihn. Er sieht nicht einmal, daß ich eine Frau bin. Oder doch? Manchmal, zwischen zwei grammatischen Regeln, mustert er mich, und ich habe das Gefühl, daß Goldstaub aus seinen Pupillen sprüht. Aber ich kann mir nicht vorstellen, daß er mich wirklich begehrt. Er nicht. Auf der Straße drehen sich die Männer um und blicken mir nach. Mit öligen Augen. Sie ekeln mich an, und es läuft mir ganz kalt den Rücken hinunter. Oder die Kunden im Atelier. Ihre Stimme zerbröckelt, wenn sie mir ihre Fadheiten sagen. Immer das gleiche. Dieselben Floskeln, die nichts bedeuten und nur verdecken sollen, daß sie Lust haben auf meinen Körper: »Ich küsse Ihre Hand, hochverehrtes Fräulein.« Dabei ist von Verehrung keine Spur, und wenn sie etwas küssen möchten, dann gewiß nicht meine Hand. Das alles ist mir grenzenlos zuwider, aber trotzdem bin ich voller Sehnsucht und weiß nicht, wonach. Ich sehne mich nach Henner, der verschwunden ist, und von dem niemand weiß, wo er sein mag. Ich sehne mich nach Baltyr, der mir einen Auftrag erteilt hat. Auch er ist weg, und ich spüre, daß er schon im

Grab liegt: »Die Toten sind unter Umständen lebendiger als die Lebenden.« Ach Gott. Hilf mir und gib mir die Kraft, an dich zu glauben!

Das Volkshaus war zum Bersten voll, die Zeichen der Weltpolitik standen auf Sturm. Hunderte standen in der Vorhalle, weil sie keinen Platz gefunden hatten. Alle wollten hören, was Daschynski auf der heutigen Kundgebung zu den neuesten Ereignissen sagen würde. Als er die Tribüne bestieg, wurde er stürmisch begrüßt. Zweitausend Menschen erhoben sich von ihren Plätzen und sangen das Lied von der Roten Fahne. Dann sprach er. Mit greller, aufreizender Stimme: »Mitbürger und Genossen . . .«

Wie er das sagte, erblickte er in der vordersten Reihe eine zierliche Frau, die ihm geheimnisvoll entgegenblinzelte. Darum korrigierte er sich und sprach: »Liebe Mitbürgerinnen und Mitbürger, Genossinnen und Genossen. Schlechte Nachrichten stehen in der Zeitung. Schrecknisse kommen auf uns zu. Das bedeutet aber nicht, daß wir uns fürchten. Im Gegenteil. Je hoffnungsloser die Lage der Herren, um so hoffnungsvoller die Lage der Knechte. Die gekrönten Häupter können nicht mehr herrschen, wie sie möchten. Die Völker fangen an aufzumucken. Die Namenlosen pochen an die Tore der Paläste. Die Habenichtse verlangen ihre Rechte, und die Monarchen fangen an zu zittern. Der deutsche Kaiser hat dieser Tage den verfassungsmäßig gewählten Reichstag aufgelöst, weil ihm die Sozialisten die Rüstungskredite verweigerten. Der Zar von Rußland hat die demokratisch gewählte Reichsduma auseinandergejagt, weil die Volksvertreter den hungernden Bauern Land und den ausgemergelten

Arbeitern Brot geben wollten. Und was macht der Amtsbruder in Wien? Ihr wißt, von wem ich rede, aber ich darf seinen erlauchten Namen nicht in den Mund nehmen, denn es wäre Majestätsbeleidigung, und nichts liegt mir ferner als die Beleidigung unserer lieben Majestät...«
Bei diesen Worten brach der Saal in ein höhnisches Gelächter aus, doch der Volkstribun fuhr unbeirrt fort: »Der Amtsbruder in Wien befürchtet den Zerfall des Reiches, weil sich seine Völker seit einiger Zeit selber regieren möchten. Er braucht dringend einen Taumel patriotischer Raserei und einen Sündenbock für die Unzufriedenheit der Massen. Er hat ihn gefunden. Gestern ist er in zwei slawischen Staaten einmarschiert. In Bosnien und der Herzegowina. Jetzt kann es losgehn. Jetzt wird es losgehn, denn Rußland spielt sich als Beschützer aller Slawen auf, und Rußland wird uns den Krieg erklären. Nicht uns, natürlich, denn wir sind ja ebenfalls Slawen. Wir sind aber gleichzeitig Österreicher, und so wird er uns trotzdem den Krieg erklären. Rußland ist bekanntlich mit Frankreich verbündet. Und mit England, weshalb wir über kurz oder lang mit der ganzen Welt im Krieg stehen werden. Als Polen lieben wir die Franzosen. Als Österreicher müssen wir lernen, sie zu hassen. Als Polen bewundern wir England. Als Österreicher müssen wir es verachten. Freut euch, polnische Genossen! Beglückwünscht euch zu eurem Vaterland, denn das Vaterland der Südpolen heißt Österreich. Das Vaterland der Nordpolen heißt Deutschland. Das Vaterland der Ostpolen heißt Rußland. So haben wir es in der Schule gelernt, also muß es wahr sein. Wir werden seit mehr als hundert Jahren von drei Großmächten beherrscht. Wenn sich die drei Kaiser in die Haare geraten, wird man uns dazu zwingen,

auf polnische Brüder zu schießen. Ist das nicht herrlich? Das polnische Problem löst sich von selbst. Die Polen rotten sich gegenseitig aus, und als Sieger bleiben die drei Majestäten in Wien, Berlin und Petersburg. Das wollt ihr doch, Genossinnen und Genossen. Ja oder nein?«

Der ganze Saal erhob sich wie ein Mann. Wie aus einer Kehle donnerte es tausendfach: »Nie, nigdy, niech żyje Polska, es lebe Polen!«

»Das wollt ihr nicht? Ihr wollt weder den Untergang unserer Heimat noch die Vernichtung dieser Welt durch die Großmächte?«

»Nie, nigdy, niech żyje Polska«, dröhnte es erneut.

»Dann seid ihr bereit, den Beschluß der Sozialistischen Internationale zu unterstützen, das heißt, den drohenden Weltkrieg mit allen Mitteln zu verhindern?«

»Mit allen Mitteln, wir schwören es, lang lebe Polen!«

»Und falls uns das nicht gelingt, die Gegensätze der Großmächte zu benutzen, die herrschende kapitalistische Ordnung zu stürzen und für alle Ewigkeit eine Welt der sozialen Gerechtigkeit zu errichten ...«

Bei diesen letzten Worten des Redners erhob sich die zerbrechliche Frau von ihrem Sitz und rief mit leidenschaftlicher Stimme: »Ich bin bereit, Genossen. Auf mich könnt ihr zählen!«

Jetzt brach der Saal in einen Beifallssturm aus. Alle standen auf und stimmten die Internationale an, doch einige unauffällige Herren nahmen Jana aufs Korn und gaben einander Zeichen, die schöne Frau genauer zu beobachten.

Da setzte Daschynski zur Apotheose an. Bescheiden winkte er ab und erklärte: »Der Krieg der Monarchen wäre der letzte Krieg, der unseren Planeten erschüttert. Er wäre der Anbeginn einer Epoche des Friedens. Aus

den Trümmern des letzten Krieges, Genossinnen und Genossen, würde auch unser Vaterland neu erstehen, unsere geliebte, polnische Heimat...«
Daschynski konnte nicht weiterreden. Alle Anwesenden, Frauen und Männer, standen auf ihren Stühlen und stimmten die Nationalhymne an:

»Jeszcze Polska nie zginęla
póki my zyjemy...
Noch ist Polen nicht verloren
denn wir kämpfen weiter...«

Es regnete in Strömen. Ein einsames Paar schlenderte gemächlich durch die fahl erleuchteten Gassen. Beide schienen sie nicht zu bemerken, daß eine Sintflut über die Stadt niederging. Sie hatten einen riesigen Regenschirm aufgespannt und unter seinem Schutz schritten sie durch die Nacht: »Was suchen Sie auf meinen Versammlungen, Frau Rosenbach?«
»Nennen Sie mich Jana!«
»Eine Kirschblüte wie Sie hat doch nichts verloren bei uns.«
»Vielleicht bin ich eine Kirschblüte, aber gerade deswegen bewegt mich das alles.«
»Sie kommen also nicht nur ... meinetwegen?«
»Doch, Ihretwegen. Weil Sie klug sind und viel zu sagen haben.«
»Ich sage viel, weil ich wenig weiß. Was ich erzähle, sind schöne Träume.«
»Ich weiß. Sie träumen von Dingen, die es nicht gibt, die es noch nicht gibt. Die es einmal geben wird, wenn wir nicht mehr auf der Welt sind. Das fasziniert mich über alle Maßen.«
»Ich träume auch von Dingen, die es schon jetzt gibt.

Das wird Sie enttäuschen, nehme ich an ...«
»Zum Beispiel?«
»Jetzt, unter diesem Regenschirm, träume ich von Ihrem Mund, Jana. Aber von solchen Träumen sollte man nicht reden.«
»Finden Sie?«
»Nicht auf öffentlichen Versammlungen jedenfalls. Die Genossen wären dagegen.«
»Ich bin eine Genossin und wäre dafür.«
Daschynski blieb unter einer Gaslaterne stehen und staunte Jana an. Dabei bemerkte er plötzlich, daß er in eine Pfütze getreten war und bis über die Knöchel im Wasser stand. Er lächelte und sprach: »Genossinnen und Genossen. Wir versinken im Morast, und mehr denn je gilt es, den Tatsachen in die Augen zu schauen. Gefällt Ihnen meine Rede?«
»Sprechen Sie weiter, wir werden sehn!«
»Und diese Augen verwirren mich sehr, denn sie sind geheimnisvoll wie die Nacht und darin funkeln honiggelbe Sterne ... Soll ich auch über die Wimpern reden?«
»Das ist Ihre Rede, nicht meine. Aber wozu über die Wimpern?«
»Gut, dann rede ich über die Hände. In solchen Zeiten, Genossinnen und Genossen, müssen wir uns die Hände reichen«, dabei ergriff Daschynski Janas Hände, zog behutsam die Handschuhe aus und küßte die Spitzen ihrer Finger, »denn diese Hände duften wie Veilchen im Walde ... oder sind es Vergißmeinnicht?«
»Ich kenne mich nicht aus, Herr Doktor, aber meine Hände sind eiskalt.«
»Es werden wärmere Tage kommen, meine Brüder und Schwestern. Die Sonne wird scheinen. Das Herz wird uns überlaufen und der Mund. Jetzt rede ich von Ihrem Mund und Ihren Lippen, Jana.«

»Nicht hier, bitte.«
»Dann komm doch zu mir. In meine Wohnung!«
»Ein anderes Mal, sei so gut!«
»Warum nicht heute?«
»Am nächsten Donnerstag, wenn nichts dazwischenkommt.«
»Und wenn etwas dazwischenkommt, Jana? Wer weiß, ob wir uns wiedersehen.«
»Dann gib mir ein Pfand. Etwas, das ich dir zurückgeben muß.«
»Hier hast du mein Amulett. Ein Andenken an meine Mutter.«

Die Gebrüder Balitzki waren Zwillinge von edlem Geblüt und einfältiger Wesensart. Der eine hieß Gustav, der andere August. Seit ihrer Geburt traten sie doppelt auf und glichen einander wie die Backen eines Gesäßes. Sowohl der eine als auch der andere glänzten durch eine unübertreffliche Humorlosigkeit. Es versteht sich von selbst, daß sie die gleichen Anzüge, Socken, Schuhe und Hüte trugen. Außerdem standen sie auch immer gleichzeitig auf, setzten sich im gleichen Augenblick und schneuzten sich simultan. Sie husteten, niesten und rülpsten gemeinsam. Wenn ein Witz erzählt wurde, was in ihrer Gesellschaft begreiflicherweise nur selten geschah, brauchten sie genau die gleiche Zeit, um ihn zu verstehen. Sie waren offensichtlich ein Wunder der Natur, und da sie im Leben meiner Familie eine schicksalhafte Rolle spielten, erzähle ich etwas mehr über sie, als eigentlich nötig wäre. Ach ja: Gustav Balitzki hatte die idiotische Gewohnheit, Sätze anzufangen, aber nicht zu beenden. August hingegen setzte dort ein, wo sein Bruder nicht mehr weiterwußte.

An einem fatalen Novembertag betraten die Zwillinge Leos Atelier und wünschten, fotografiert zu werden. Wie zwei frischgeschniegelte Wachsoldaten schlugen sie die Hacken zusammen und ratterten eine Begrüßungsformel, die ausschließlich an die schöne Malwa gerichtet und, wie gewöhnlich, in zwei Teile gespalten war: »Empfangen Sie, hochgeschätztes Fräulein...«
»...den Ausdruck unserer vorzüglichen Hochachtung.«
Die beiden Herren schnappten kurz nach Luft und knatterten weiter: »Es ist uns ein Vergnügen und beispielloses Privileg...«
»...Ihrer Schönheit die gebührende Reverenz zu erweisen.«
Als nun die zwei Dummköpfe in tiefer Verbeugung erstarrten, erwiderte Malwa mit einem boshaften Lächeln in den Mundwinkeln: »Wie wünschen denn die Herren fotografiert zu werden? Zusammen, separat, oder einer für beide?«
»Es würde darauf ankommen, Sie einzigartige Dame...«
»...welche Variante am preiswertesten wäre.«
»Einer für beide, selbstverständlich.«
»Wir sind aber Zwillinge«, protestierte Gustav, und August fügte hinzu: »...weshalb man uns seit unserer Geburt nur gemeinsam fotografiert. Darum wünschen wir, zusammen aufgenommen und pauschal berechnet zu werden.«
»Bitte schön, meine Herren, aber dann machen wir Halbformat. Das ist doch logisch, oder nicht?«
Die Gebrüder Balitzki furchten die Stirn und suchten nach einer schlagfertigen Entgegnung. Da platzte Gustav heraus: »Mag sein, daß es logisch ist, aber Ihr Herr Papa hatte die unsägliche Freundlichkeit...«

»... der Elite der Nation einen Sonderrabatt anzubieten.«
Darauf fragte Malwa unverschämt zurück: »Gehören die Herren zur Elite der Nation? Haben Sie einen diesbezüglichen Ausweis?«
Da schlugen die Zwillinge erneut ihre Hacken zusammen und erwiderten soldatisch: »Balitzki Gustav ...«
»... Balitzki August.«
»Das drittälteste Adelsgeschlecht Galiziens ...«
»... und Studenten der beiden Rechte an der Universität von Lemberg.«
»Sowie Angehörige der schlagenden Verbindung Habsburgia ...«
»... Sie lebe hoch, hoch, hoch.«
Malwa war glücklicherweise so jung, ihre Haut so schwanenweiß und ihre Lippen so himbeerrot, daß sie es sich leisten konnte, unbeeindruckt zu bleiben: »Ich bitte das drittälteste Adelsgeschlecht Galiziens, sich auf die Chaiselongue zu setzen und nicht so deppert dreinzuschaun. Sonst heißt es nachher, mein Papa sei schuld oder das Bild sei verwackelt.«
Da mischte sich Leo, der inzwischen das Atelier betreten hatte, in die Affäre. Er gab den Zwillingen Schützenhilfe, denn er befand, daß Malwa zu weit gegangen und also geschäftsschädigend sei. Deshalb entschuldigte er sich mit der Demut eines Erbuntertanen und sagte beschwichtigend: »Das Kind ist noch nicht neunzehn, meine durchlauchtigsten Herren. Sie hat keine Ahnung, mit wem sie es zu tun hat.«
»Ich weiß es genau, Papa«, entgegnete Malwa, »ich spreche mit der Elite der Nation. Sie lebe hoch, höher, am höchsten.«
»Jetzt hältst du endlich den Mund, Malwa, und machst, daß du rauskommst!«

Die Studenten waren anderer Meinung und erwiderten in gewohnter Zweistimmigkeit: »Die Anwesenheit dieser entzückenden Person ...«

»... ist der eigentliche Grund unseres Herkommens, Herr Rosenbach.«

Leo wußte darauf keine Antwort und hielt es für besser, die hohen Kunden jetzt mit den Kulissen bekanntzumachen: »Sie sehen hier die Hintergrundrollen, die man an Schnüren beliebig herunterziehen kann. Sie sind das Werk des bekannten Bühnenmalers Slawomir Schantzer aus Krakau, der auch die Ausstattung des ganzen Ateliers besorgte. Da sehen Sie zum Beispiel das Schloß Schönbrunn. Hier die Akropolis. Dann das Kolosseum und schließlich die Cheopspyramide mit einer Karawane von trefflich konterfeiten Kamelen. Vor welcher Kulisse wünschen sich die Herren ablichten zu lassen?«

»Vor keiner«, erwiderte Gustav trocken, und August vollendete den Satz: »Denn wir wünschen etwas Militärisches.«

»Vielleicht ein Pferd, meine Herren?«

»Am liebsten eine Kanone, Herr Hoffotograf.«

»Es tut mir leid, aber ich habe keine Kanonen auf Lager.«

»Dann bringen Sie eine Uniform, das heißt zwei ...«

»... Eine für mich und eine für meinen Zwillingsbruder.«

Da lächelte Leo dienstfertig und befahl seiner Tochter, den Kostümschrank zu durchsuchen und zwei Monturröcke zu bringen, »aber identisch, wenn möglich!«

21. November.

In drei Tagen werde ich neunzehn. Noch ein Jahr, und ich gelte offiziell als erwachsen. Eigentlich bin ich es schon längst, aber für die Leute bin ich nach wie vor ein Kind. Ich verstehe alles. Ich durchschaue alles, nur will mich niemand ernstnehmen. Papa behandelt mich herablassend. Von oben, mit einem nachsichtigen Lächeln, das mich maßlos erniedrigt. In Wirklichkeit vergöttert er mich, doch mag er nicht zugeben, daß ich eine Insel bin. Eine Welt für sich im Ozean der Menschheit. Heute kamen zwei Seifenblasen ins Atelier. Zwei absolute Nichtse aus vornehmem Haus. Zwillinge, deren einziger Spaß darin besteht, sich verwechseln zu lassen. Sie sind stolz darauf, daß man sie nicht unterscheiden kann. Ist das nicht bezeichnend? Es müßte doch der eigentliche Sinn des Lebens sein, zur Besonderheit heranzureifen. Aber nein. Sie sehnen sich nach dem Gegenteil. Die Kerle haben mir den Hof gemacht. Köstlich war das. Papa war ganz benebelt vor Einbildung. »Weißt du, was das heißt?« hat er gesagt, »die Herren Balitzki bemühen sich um deine Wenigkeit.« Ein lieber Trottel. Ein alter Hornochse, der mich für eine Wenigkeit hält. Mein kleiner Finger ist interessanter als beide dieser Nullen zusammengenommen. Schlagende Studenten mit Schmissen über Mund und Nase. Kandidaten der Rechtswissenschaft. Da muß ja ein Roß lachen! Nur dank ihrer Narben kann man erraten, wer Gustav ist und wer August. Sonst sind sie ähnlich wie zwei Leberknödel. Sie reden in einem fort, aber ihre Worte sind taube Nüsse an einem vertrockneten Zweig. Papa hat Illusionen, wenn er meint, sie würden sich um meine Wenigkeit bemühen. Übrigens, wenn ich etwas bin, dann eine Vieligkeit. Ich bin eine differenzierte organische Verbindung aus sämtlichen Elementen des periodischen Systems. Ein Kaleidoskop aus allen Farben des Spektrums. Für diese Herren jedoch bin ich ein Wellensittich, den man einfängt und in den Käfig sperrt. Sie möchten eindringen in meinen Kreis. In mich hineinstechen mit ihrem Stachel, bis ich unterliege oder, genauer gesagt, unten liege, ohne mich zu wehren. Aber sie täuschen sich gewaltig. Mich werden sie nicht haben, obwohl ich Rosenbach heiße und sie Balitzki. Papa bewundert sie, weil sie zur drittbesten Familie gehören. Weil sie studieren. An der Universität. Wenn Papa »Universität« sagt, bekommt er feuche Augen. Er will, daß auch ich studiere. Ganz egal an welcher Fakultät. Nur aufsteigen soll ich. In die oberen Etagen der Gesellschaft. Er ist ein armer Teufel. Er hat es nicht geschafft. Man hat ihn rausgeschmissen, wie man früher oder später alle Juden rausschmeißt. Er hat am eigenen Körper erfahren, wie vergänglich Titel sind und Würden, Hab und Gut, Rang und Ehre. »Nur das Wissen kann dir niemand nehmen«, pflegt er zu seufzen, und darum soll ich studieren. Hinaufklettern, so hoch wie möglich. Papa verwechselt höher mit besser und beteuert, er wolle nur mein Bestes. Dabei macht er alles verkehrt. Heute zum Beispiel. Die zwei Wichte verlassen das Haus, und er ruft mich zum Ankleidetisch. Er hält einen Bügel in der Hand. Auf dem Bügel die zwei Uniformen. Er nimmt eine davon, hält sie mir entgegen und flüstert feierlich: »Zieh das an, mein Kind. Ich möchte schaun, wie du darin aussiehst.« Ich fand das albern und sagte, dieser Rock habe nichts mit der Universität zu tun. Die Balitzkis tragen ihn zu ihren Mensuren und Zechgelagen, aber unter ihm sind sie nur hundsgewöhnliche Einzeller. Darauf sagt Papa, ich solle tun, was er mir befiehlt, und ich habe mich in die Maskerade gefügt. Ich zog mich um und stellte mich vor den Spiegel. Erbärmlich war das. Ich sah aus wie ein kostümierter Affe. Ich schämte mich in Grund und Boden, aber Papa war überglücklich. Malwa Rosenbach mit Säbel, Quaste und goldenem Griff. »Meine Tochter wird sich immatrikulieren. Die erste Studentin an der Universität. Die werden staunen, mein Kind. Komm näher, mein Engel! So muß ich dich fotografieren. Genau so. Als Korporantin der Habsburgia...« Ich ließ ihn geschehen, obwohl es mich anwiderte. Ein halbes Dutzend Posen wollte er. Von rechts und von links. Von nah und aus der Ferne. Mit dem Säbel und ohne. »Ja, so ist es gut...« Es war überhaupt nicht gut, um die Wahrheit zu sagen, sondern ausgesprochen lächerlich.

Mit dieser Bemerkung befand sich Malwa allerdings auf dem Holzweg. Es gab da nichts zu lächeln, im Gegenteil. Leos Ausläufer, der senile Herr Serotzki – man nannte ihn Sklerotzki, weil er alles vergaß und durcheinanderbrachte –, beging einen Fehler, der den Rosenbachs zum Verhängnis werden sollte. Auf dem Speditionsgestell lagen links die Bilder für die hochwohlgeborenen Herren Gustav und August, auf der rechten Seite hingegen ein halbes Dutzend Fotografien der hinreißenden Malwa Rosenbach als Couleurstudentin mit Säbel, Seidenband und Mütze. Serotzki verpackte irrtümlicherweise die falschen Bilder und brachte sie ins Haus der Balitzkis. Was weiter geschah, war eine Komödie der Irrungen oder, genauer gesagt, ein Melodrama mit tragischem Ausgang. Am darauffolgenden Morgen wurde die Türe des Ateliers aufgerissen, und die Zwillinge stürzten herein. Der eine hielt einen gelben Briefumschlag in der Hand, der andere sechs Bilder im Halbformat: »Wir finden keine Worte, Herr Hoffotograf...«
»... um unsere Empörung auszudrücken.«

»Wir protestieren gegen diese Blasphemie ...«
»... und fordern Rückerstattung des Geldes.«
Leo wurde kreidebleich. Seine Augen quollen entsetzt aus den Höhlen. Er stotterte: »Ist etwas nicht ... Ich meine, nicht ganz nach Ihren Wünschen?«
»Das kann man wohl sagen, Sie erbärmlicher Schmutzfink ...«
»... denn die Bilder sind eine Provokation. Wir sind nämlich Österreicher und Katholiken.«
Leo sank in sich zusammen. Das war ein Tiefschlag, gegen den er sich nicht zu wehren wußte: »Sie wären die ersten Kunden, meine Herren, die sich über meine Arbeit beschweren.«
»Wer redet denn von beschweren? Sie werden sich verantworten für Ihren Dreck.«
Leo versuchte sich zu rechtfertigen und setzte zu einem hilflosen Gegenangriff an: »Ich bin aufs höchste überrascht, meine Herren. Ihr Verhalten beleidigt mich.«
»Ha, der Jude ist beleidigt. Dabei sind es wir ...«
»... die beleidigt wurden.«
Mit diesen Worten warf August Balitzki das Corpus delicti auf den Fußboden. Sechs Fotografien von Malwa Rosenbach lagen vor Leo ausgebreitet. Der Hoffotograf wurde krebsrot im Gesicht: »Ich bitte ... Begreifen Sie doch ... Ich flehe Sie um Verzeihung an, meine durchlauchtigsten Herren. Es handelt sich um ein unerfreuliches Mißverständnis, wenn ich das so nennen darf.«
»Nein, das dürfen Sie nicht. Das ist viel mehr als ein unerfreuliches Mißverständnis ...«
»... das ist eine Beschimpfung unserer Verbindung und eine Bespuckung unseres Vaterlandes.«
Leo rann jetzt der Schweiß von der Stirn. Er wußte nicht mehr, wie er das Erbarmen seiner Kunden wecken

sollte, und flüsterte ganz leise: »Ist es denn nicht möglich, meine lieben Herren Balitzki...«
»Wir sind nicht Ihre lieben Herren Balitzki. Passen Sie auf, was Sie sagen!«
»Wollen Sie nicht verstehen, daß hier ein Irrtum vorgekommen ist, den ich selbst nicht ... nicht erklären kann.«
Nun beugte sich der erzürnte Herr Gustav zu Boden, nahm eine der Fotografien zwischen Daumen und Zeigefinger, als berührte er einen verseuchten Gegenstand, und schrie: »Ist das Ihre Tochter, ja oder nein?«
»Ich versuchte doch zu erklären...«
»Da gibt es nichts zu erklären. In Österreich ist es untersagt...«
»... beziehungsweise streng verboten, daß Personen weiblichen Geschlechts unsere Farben tragen.«
»Aber das war doch nur ein Scherz, meine Herren. In der Intimität meines Ateliers.«
»Wir verbitten uns solche Scherze...«
»... und erlauben uns mitzuteilen, daß die Habsburgia nicht bereit ist, solchen Schimpf auf sich sitzen zu lassen, Herr Rosenbach.«
»Außerdem müssen wir Sie davon in Kenntnis setzen...«
»... daß wir über das Doppelleben Ihrer Frau genau informiert sind, Genosse Rosenbach.«
Leo wurde kreidebleich und stotterte: »Von Doppelleben kann keine Rede sein und ...«
»Man hat Ihre Frau auf einer subversiven Kundgebung gesehen. Unsere Sicherheitsbehörden wissen alles. Es dürfte Ihnen klar sein, was das bedeutet.«
»Meine Familie steht rückhaltlos zu unserem Kaiser, meine Herren. Was Sie behaupten, ist hochgradig ehrverletzend.«

»Was Sie Ihrer Frau erlauben, ist noch ehrverletzender. Die Ehre des Vaterlandes wird verletzt, und Sie haben daraus die Konsequenzen zu ziehen. In Stanislau sind Sie erledigt.«

Leo setzte sich und hielt die Hand auf sein schwer pochendes Herz: »Was verlangen Sie von mir, meine Herren?«

»Wenn Sie Ihr dreckiges Geld meinen, können Sie es behalten.«

»Sagen Sie mir bitte, was ich tun soll!«

»Es gibt nur zwei Möglichkeiten, Herr Rosenbach. Entweder Sie nennen uns Ihre Sekundanten und schlagen sich mit uns ...«

»... oder Sie verschwinden aus dieser Stadt. Wir geben Ihnen drei Tage.«

Wenn Juden den Wohnsitz wechseln, haben sie ihre Gründe, und zwar zwingende, denn theoretisch sind sie von einer geradezu religiösen Seßhaftigkeit. Es stimmt zwar, daß sie ein Nomadenvolk sind. Es heißt auch, daß sie rastlos durch die Welt wandern. Das ist ein bekanntes Klischee, aber mit der Erbsubstanz der Juden hat das wenig zu tun. Sie ziehen von einem Ort zum anderen, weil sie gejagt werden, weil man ihnen immer wieder den Boden unter den Füßen heiß macht. Das ist ihr historisches Unglück einerseits, ihre schicksalhafte Chance andererseits. Ob sie es wollen oder nicht. Sie müssen vergleichen. Sie sehen die Welt von hinten und von vorne. Zuerst aus der Perspektive des hoffnungsvoll Ankommenden und dann des enttäuscht Wegreisenden. Sie haben nicht die Zeit, sich an etwas zu gewöhnen – geistig träge zu werden. Sie sind stets auf der Flucht. Man nötigt sie, die Gegenstände aneinander

zu messen, abzuwägen. Auch Begriffe und Ideen haben keine Gelegenheit, kalt zu werden und zu erstarren. Immer wieder müssen sie in Frage gestellt werden, denn was an einem Ort richtig war, wird am anderen falsch. Was gestern gut schien, ist heute schlecht. Unsere Wanderschaft zwingt uns zum Nachdenken, unsere Furcht macht uns schlau. Schauen Sie uns einmal genau an! Wir haben eine besondere Art, mit dem Kopf zu wackeln, womit wir ausdrücken, daß man zu einem Problem ja sagen kann und nein. Wir reden mit den Händen. Wir pflegen die Handfläche einmal nach oben zu drehen und einmal nach unten. Dabei ziehen wir die Augenbrauen hoch, als wollten wir sagen, daß es so schlecht und anders auch nicht gut sei.
Ich sagte, wir seien von einer geradezu religiösen Seßhaftigkeit. Damit wollte ich andeuten, daß Bewegung unser Weg und Ruhe unser Ziel ist. Sie wissen vielleicht, daß wir uns beim Abschied hoffnungsvoll zuwünschen: »Nächstes Jahr in Jerusalem!« Damit bitten wir den Allmächtigen um das Ende unserer qualvollen Reise. Um den Schluß unserer Flucht und die Ankunft im sicheren Hafen der Bewegungslosigkeit.

Es war ein eisiger Dezembertag. In der Nacht hatte es geschneit, und das sonst schmutzgraue Stanislau hatte einen Hermelinmantel umgelegt. Der Kutscher hockte auf dem Bock und suckelte an der Pfeife, die vor Kälte längst ausgegangen war. Auf dem Wagen lag, zusammengepfercht, der gesamte Hausrat der Rosenbachs. Neben dem Fuhrmann saßen Jana, Malwa und Leo, der ein Holzstativ zwischen den Beinen hielt. Darauf war die Kamera montiert. Der Hoffotograf klemmte grimmig die Kiefer zusammen: »Wär ich doch damals in München geblieben«, zischte er durch die Zähne, »was sucht ein vernünftiger Mensch in Stanislau?«

»Das hab ich auch immer gedacht«, kommentierte Jana erbarmungslos, »wärst du in München geblieben, hättest du mich nicht geheiratet. Aber dort hat man dich auch nicht gebraucht.«

Malwa schien die Boshaftigkeit ihrer Mutter zu überhören und gab zurück: »Ich hasse dieses Kaff aus ganzem Herzen, aber am Freitag sind wir in Wien, und am Samstag hab ich das alles vergessen.«

»Du bist hier zur Welt gekommen, Malwa«, erwiderte Jana traurig, »ich auch.«

Der Wagen holperte über die Bahnhofsbrücke und an Daschynskis Haus vorbei. Jana blickte verstohlen zum sechsten Stock hinauf und seufzte: »Ich lasse viel zurück in dieser Stadt.«

»Spuren im Schnee«, höhnte Leo ahnungslos, »und auch die werden verschwinden, wenn es taut.«

Jana schwieg. Sie schaute ihren Mann feindselig aus den Augenwinkeln an. Malwa spürte die Spannung zwischen den Eltern und versuchte, den Vater etwas aufzuheitern: »Siehst du den Balkon dort oben? Den mit der grünen Verglasung und den rostigen Gitterstäben?«

»Soll mir gestohlen werden.«

»Dort wohnt Daschynski, mein Griechischlehrer.«

»Soll mir auch gestohlen werden.«

»Um neun war ich verabredet mit ihm. Jetzt wartet er und weiß nicht einmal, daß wir wegfahren.«

»Er soll weiter warten, dieser Hornochs.«

»Was fällt dir ein«, zischte Jana, »du kennst ihn doch gar nicht.«

»Ich kenne diese Stadt und ihre Bewohner. Banditen ohne Ausnahme.«

»Ist Wien besser, Papa?«
»Eine Millionenstadt, mein Kind. Mozart hat dort gelebt und Schubert.«
»Du redest immer nur von den Toten. Mich interessieren die Lebenden, Papa. Wer lebt dort überhaupt?«
»Die Spitzen der Monarchie. Alles, was Rang hat und Namen. Und vor allem natürlich unser Kaiser.«
Jana verzog das Gesicht zu einer verächtlichen Grimasse, suchte etwas in der Handtasche und schnödete: »Seine Majestät wird am Bahnhof stehen, nehme ich an, um uns zu empfangen. Mit einem Blasorchester und dem Thronfolger in Person.«
»Er ist das einzige Staatsoberhaupt der Welt, das schützend die Hand über uns hält. Meine lieben Juden, nennt er uns.«
»Ich fühle mich geehrt, Leo. Und wenn du wieder Schulden machst, beim Kartenspiel, wird er sie bezahlen, stell ich mir vor.«
»In Wien beginnt ein neues Leben, das weißt du.«
»Ich weiß, Leo, aber du hast schon viele neue Leben angefangen.«
»Was bist du plötzlich so kleinmütig, Mama?« fragte Malwa, die bemerkt hatte, daß Jana die Tränen in die Augen stiegen.
»Ich kleinmütig? Wer ist denn hier davongelaufen? Doch sicher nicht ich. Wer hatte Angst vor dem Studentenpack?«
»Hätt ich mich schlagen sollen mit ihnen?« erwiderte Leo kleinlaut. »Das möcht euch so passen. Daß sie mir das Gesicht zersäbeln. Mich umbringen, weil ich meine Tochter in ihren Lumpen fotografiert habe. Ich bin doch nicht verrückt. Sie hätten mich gevierteilt, die Bluthunde, und dann? Wer hätte meine Familie ernährt?«

Jana kehrte noch immer ihre Handtasche von unten nach oben. Endlich fand sie, was sie suchte. Es war das Amulett, das ihr Daschynski als Pfand hinterlassen hatte. Sie drückte es krampfhaft in ihre Faust und weinte leise vor sich hin. Sie hörte kaum, wie sich Leo weiterhin rechtfertigte: »Ich bin doch kein Raufbold, oder was meint ihr? Um meine Ehre soll ich mich duellieren? Sekundanten suchen? Eine Waffe beschaffen? Ich pfeife auf diese Ehre. Meine Ehre ist nicht die ihrige und umgekehrt. Ein Lumpengesindel, diese feinen Leute. Diese besten, zweitbesten und drittbesten Familien. Gewöhnliche Ganoven sind das. Hab ich recht?«

»Natürlich hast du recht, Papa, aber mit Verspätung. Bis gestern bist du ihnen in den Hintern gekrochen, diesen Luftblasen. Jetzt siehst du, daß deine Welt aus Illusionen bestand.«

»Was hätt ich denn tun sollen, um Gottes willen?«

»Dableiben und kämpfen«, sagte Jana, indem sie sich schneuzte und die Tränen abtrocknete. »Nicht mit dem Säbel natürlich. Es gibt andere Waffen.«

Da klopfte der Kutscher seine Pfeife aus und knurrte: »Sie sind am Bahnhof, prosche Pajnstwa. Bitte aussteigen!«

9.

Jim Weissplatt hatte beschlossen, die elf Kaminskiboys zur ersten Fußballmannschaft Amerikas zu machen. Seine Konkurrenten lachten sich ins Fäustchen und sagten, er sei verrückt. Seine Freunde schüttelten verständnislos den Kopf und fragten sich, was wohl mit ihm passiert sei. Seine Angestellten strahlten vor Schadenfreude, doch enthielten sie sich wohlweislich jeglichen Kommentars. Seine junge Frau hingegen rang die Hände überm Kopf und wehklagte: »Du wirst uns ins Unglück stürzen, James. Wenn du so weiterdrehst, bring ich mich um.«

Aber Jim ließ sich nicht aus dem Konzept bringen. Er wußte, was er tat. Er hatte die Bibel gelesen, obwohl er mit der Religion nichts anzufangen wußte. Er ging nur einmal jährlich in die Synagoge und fluchte wie ein Roßkutscher. Nicht einmal richtig beten konnte er, doch die Bibel gefiel ihm. »A sensational Book«, pflegte er zu sagen. »A Bestseller, aus was man kann lernen fürs Leben, denn in der Schrift steht geschrieben, daß wir ein Volk von Champions waren und die mächtigsten Feinde zermalmten, solang wir von unserer Sache überzeugt waren.«

»Von welcher Sache?« fragte man ihn hin und wieder, und dann antwortete er: »Ganz gleich, was für eine, aber a Sache muß es sein!«

Um ganz sicher zu sein, stattete Jim Weissplatt Mister Goldbloom einen Besuch ab. Das war, gelinde gesagt, außerordentlich, denn Mister Goldbloom war der Rabbiner von der vierzehnten Straße und berühmt für seine Unduldsamkeit gegen die Lauwarmen und Halbko-

scheren, wie er sie nannte. Und Jim Weissplatt war nicht einmal ein Halbkoscherer, sondern ein Heide. Ein Sünder vor dem Herrn, der Schinken fraß, wenn er Lust hatte, und sich keinen Pfifferling kümmerte um die Vorschriften. Trotzdem ging er zum Rabbiner und wollte wissen, ob es a good Business sei, eine jüdische Fußballmannschaft zu gründen, und was der heilige Mann davon hielte. Der heilige Mann, der Reklame für sein Geschäft witterte, zeigte sich erstaunlich entgegenkommend. Er blickte durch Weissplatt hindurch, rieb sich mit dem Zeigefinger den rechten Nasenflügel und gab zu verstehen, daß er intensiv nachdachte: »Es ist erstens a bad Business, weil man dabei kann verlieren. Aber es ist zweitens a good Business, weil man vielleicht kann gewinnen. Die Goim denken, Gott soll sie strafen, daß wir zwar stark sind im Kopf, aber schwach in den Füßen. Darum werden sie unterschätzen unsere Muskeln und rechnen, daß sie uns umstoßen mit dem kleinen Finger. That is a Chance, Mister Weissplatt. Wir können sie kaputtschlagen, sowohl mit dem Kopf als auch mit den Füßen. Was hat fertiggebracht Simson aus dem Geschlecht Dan? Er hat zerrissen einen Löwen, was zehnmal so stark war wie er selbst. Und little David sah aus wie ein Schmockele, aber gewonnen hat er die Burg Zion. Er hat geschlagen die Moabiter, zermalmt hat er die Syrer und getötet den Goliath, was ihn verhöhnte und zweimal so stark war wie er. Oder Deborah. A zerbrechliche Frau, ist gezogen gegen die Kanaaniter, was hatten neunhundert eiserne Wagen und so gewaltige Heerhaufen, daß der Himmel schwarz wurde von ihren Speeren, aber sie hat gewonnen, weil sie gedient hat der guten Sache...«
»Konkret, Mister Goldbloom! Was wird sein mit meinen Neffen?«

»Deine Neffen werden gewinnen, wenn sie dienen einer guten Sache, aber...«
»Aber was?« fragte Weissplatt verunsichert.
»Aber werden verlieren, wenn sie so verdammte Sünder sind wie du. Sie werden liegen auf dem Fußballplatz wie Pferdemist, wenn sie solche Götzendiener werden wie ihr Onkel, wenn sie zu Mammon beten und zu Baal...«
»Sie beten weder zu Mammon noch zu Baal, aber zur proletarischen Revolution. Sie wollen nicht Reichtum, sondern Armut. Sie glauben an den Socialism, und daß alle gleich sind auf der Erde und im Himmel. Ist das a gute Sache oder a schlechte?«
»Wenn sie glauben, ist es a gute Sache. Wenn sie wissen, a schlechte. Glauben muß der Mensch ans Unmögliche, und das hebt ihn hinauf zu unserem Herrn. Wissen tut der Mensch nur, was er sieht, was er hat, was er kann anfassen, den armseligen Dreck des Alltags, und das zieht ihn hinunter in die Kloake. Du sagst, sie glauben an die Armut, an den Sieg der Schwachen über die Starken, der Guten über die Bösen wie Samson und David und Deborah. Sie fragen nicht nach der Belohnung, sondern kämpfen wie die Juden in der heiligen Schrift. Sie führen tapfer einen aussichtslosen Kampf. Das ist gut. Sie werden gewinnen.«
»Und wenn ihre Gegner ebenfalls glauben? Wenn sie einen noch aussichtsloseren Kampf führen als meine Boys? Was geschieht dann?«
»Dann werden die anderen gewinnen, Mister Weissplatt, und jetzt geh nach Hause, du verlorene Seele. Ich hab zu tun...«
»Okay«, gab Weissplatt zurück. »Ich mache die Fußballmannschaft. Meine Neffen sind completely meschugge, die größten Phantasten zwischen Alaska und

Brasilien. Ich werde viel Geld verdienen mit ihnen, und das ist die Hauptsache.«

Uri Taubenschlag war der teuerste Trainer von New York und darum, so urteilten die Amerikaner, auch der beste. Er besaß eine Turnhalle am Grammercy Park, wo er die Sportelite der Vereinigten Staaten heranzüchtete oder, genauer gesagt, heranschlauchte, denn er trieb seine Zöglinge bis aufs Blut zu Spitzenleistungen an. Die bekanntesten Athleten waren durch seine Hände gegangen. James Rector, Olympiazweiter über hundert Meter. Martin Sheridan, Goldmedaille im Diskuswerfen, antiker Stil. George Dole, Weltmeister im Freistilringen. Harry Porter, Olympiasieger im Hochsprung. Kurz: Es gab keinen Florettfechter, keinen Schwimmer und keinen Hürdenläufer, der nicht am Grammercy Park seine Sporen abverdient hätte. Uri Taubenschlag nannte seine Schule Manhattan Academy of Athletics, und schon der Name bürgte für Qualität. Jim Weissplatt ließ sich von ihm empfangen und fragte, wieviel Geld Uri verlangen würde, um die elf Neffen zu Meisterspielern zu drillen. Darauf erwiderte Taubenschlag, er wünsche kein Bargeld, sondern einen Anteil an den Einnahmen.
»An den Einnahmen?« fragte Weissplatt. »Woher wissen Sie, daß sie gewinnen werden?«
»Weil meine Studenten immer gewinnen. Erstens. Und zweitens sind Sie ein bekannter Geizhals. Sie würden kein Geld in die Boys stecken, wenn Sie die geringsten Zweifel hätten.«
»Bitte schön. Ich biete zehn Prozent.«
»Gehn Sie zur Konkurrenz, Mister Weissplatt!«
»Zwölf Prozent, aber Sie übertreiben.«

»Nehmen Sie O'Brian. Der ist billiger als ich.«
»Fünfzehn, aber das ist mein letztes Wort.«
»Fünfzig, Mister Weissplatt, und keinen Strich weniger!«
Weissplatt unterschrieb den Vertrag, weil er keine Wahl hatte. Er war so beeindruckt von der Gewinnmarge, die Taubenschlag herausgeschunden hatte, daß er nun selbst glaubte, die Kaminskiboys würden siegen.

Genau ein Jahr später erschien Jim Weissplatt in der Turnhalle am Grammercy Park und war überwältigt. Aus den eierköpfigen Intelligenzlern waren innerhalb von zwölf Monaten muskulöse Kraftmenschen geworden. Das imponierte ihm über alle Maßen, denn er war ein Amerikaner und glaubte an die primitiven Tugenden des Körpers. Da waren sie, seine Neffen. Sie turnten am Langpferd und am Barren, am Reck und am Klettertau, an der Sprossenwand und der Gitterleiter. Da stand ein steinharter Herschele, der zum Salto ansetzte. Dort hechtete ein kraftstrotzender Ber über das Sprungpferd. Aus dem zartgliedrigen Benzion war ein Gewichtheber geworden. Aus dem haarspalterischen Schloime ein herkulischer Boxer, der unermüdlich auf den Punchingball hämmerte. Der Onkel bekam glänzende Augen und sagte: »Die Boys sind Spitzenklasse, Mister Taubenschlag.«
»In einem Jahr werden sie Spitzenklasse sein.«
»Ich nehme sie mit. Für mich sind sie okay.«
»In zwölf Monaten frühestens.«
»Ich habe Ihnen bereits hundertsiebzigtausend Dollar bezahlt, Sir. Ich hab den Jungens eine Wohnung gemietet, unten in Bronx. Sie verköstigen sich bei Woolf's an der fünften Avenue. Heute brauchen sie einen Doktor.

Morgen einen Zahnarzt. In drei Monaten müssen sie spielen, sonst geh ich bankrott.«

»In zwölf Monaten, hab ich gesagt. Keinen Tag vorher.«

»In drei, und wenn es nicht geht, wechseln Sie die Methode!«

»Meine Methode ist berühmt auf der ganzen Welt.«

»Für Goim, Mister Taubenschlag, aber nicht für die Neffen von Jim Weissplatt. Meine Boys sind große Nummern. Es genügt nicht, mit ihnen zu turnen.«

»Aber was? Soll ich beten mit ihnen?«

»Sie sollen sie motivieren. Verstehen Sie?«

»Nein.«

»Wenn Sie die Jungens motivieren, gewinnen sie in drei Monaten ihr erstes Spiel und in einem halben Jahr das Viertelfinale.«

»Wie würden Sie das machen, Mister Weissplatt?«

»Ich bin kein Athlet, Mister Taubenschlag, aber ich würde ihnen erklären, daß sie nicht Fußball spielen, sondern Klassenkampf. Ich würde beweisen, daß die Gegner einen, was weiß ich, imperialistischen Komplott drehen. Ich würde sagen, die anderen sind reaktionäre Schweine, und daß es nicht um den Pokal geht, sondern um die Weltrevolution.«

»Und das soll ich erzählen for eine Gewinnmarge von fünfzig Prozent? Solcher Quatsch kostet einen Zuschlag von fünf Punkten.«

»Zwei Punkte, Mister Taubenschlag, und tun Sie, was ich verlange! Ich geb Ihnen drei Monate.«

1908 war ein ereignisreiches Jahr. Paul Ehrlich stellte das berühmte Salvarsan her, das erste chemotherapeutische Medikament gegen die Syphilis. Frederick Cook erreichte als erster den Nordpol. Rockefeller stiftete eine halbe Milliarde Dollar zur Förderung der Wissenschaft, Weissplatt unterzeichnete einen Zusatzvertrag über die politische Motivierung der ersten jüdischen Fußballmannschaft Amerikas, und Jankl Kaminski ging zum ersten Mal in seinem Leben ins Theater. Das sage ich so, als sei dies vollkommen natürlich, dabei war es ein Schnitt in der Familiengeschichte. Ein totaler Knick, von dem man gar nicht reden möchte. Eine Abkehr von Jehowa, gewissermaßen, denn Theater ist ein Frevel. Das steht nicht in der heiligen Schrift, aber es ist trotzdem ein Frevel. Theater ist eine nachahmende Kunst und darum eine Sünde, weil es versucht, den Schöpfer zu imitieren, oder noch schlimmer: ihn zu korrigieren. Der erstbeste Rabbiner wird Ihnen erklären, daß Schauspiel eine Vermessenheit ist, daß es sich nicht geziemt, dem Allmächtigen ins Geschäft zu pfuschen oder ihm gar zu zeigen, wie seine Welt aussehen sollte. Das spürt jeder Jude und muß nicht darüber reden oder nachdenken. Man muß uns nicht beweisen, daß Komödianten ein dubioses Volk sind. Wir wissen es – und damit basta. Auch für Jankl war das selbstverständlich, obwohl er sich nie die Mühe genommen hatte, die Sache zu prüfen oder sich eine Meinung darüber zu bilden. Er war einfach der subkutanen Überzeugung, auf der Bühne könne nichts Ernsthaftes passieren. Jedenfalls nichts Nützliches, und was nicht nützlich ist, mißfällt der Vorsehung. O!

10.

Man kann nicht behaupten, Jankls Leben sei bis zu jenem Theaterbesuch von allzu großer Nützlichkeit gewesen. Was er in den Kneipen trieb oder bei leichten Mädchen, war weder nützlich noch gottgefällig. Doch zu diesem Thema machte er sich keine Gedanken. Er verachtete die Theaterleute, obwohl er sie gar nicht kannte, als Gaukler, Possenreißer und Taschenspieler. Sie waren ein Überschuß der Gesellschaft und paßten weder in seine Lebensmaximen noch in seinen Geschmack. Er war ein alter Ketzer. Alle Sünden reizten ihn und übten eine wilde Faszination auf ihn aus. Er spottete über die Gebote und ging nur selten in die Synagoge. Nichtsdestoweniger fand er Theaterbesuche unschicklich und hatte es sechzig Jahre lang fertiggebracht, einen großen Bogen um alles zu machen, was irgendwie mit der Bühne zusammenhing. Diesmal ging er trotzdem hin, und das aus dem trivialen Grunde, daß dort ein Mädchen auftrat, von dem es hieß, sie sei »die hinreißendste Schauspielerin aller Zeiten«. Das war natürlich eine Übertreibung, so wie alles übertrieben ist, was mit dem Schaugeschäft zusammenhängt. Ich muß übrigens hinzufügen, daß man allen Sprößlingen meiner Familie nachsagt, theatralisch veranlagt und von einer unheilbaren Übertreibungssucht gekennzeichnet zu sein. Ich sehe darin nichts Böses, um die Wahrheit zu sagen. Im Gegenteil. Im Übertreiben sitzt eine Tendenz, das Wesentliche hervorzustreichen und in den Kern der Dinge vorzustoßen. Ist Dichtung nicht auch eine Form der Übertreibung? Oder Malerei? Mit der Behauptung also, jene blauadrige Orchidee sei die hinreißendste Schauspielerin aller Zeiten, wurde nichts anderes ausgedrückt, als daß sie eben unvergleichlich war und eine außergewöhnliche Faszination ausstrahlte. Das ist wahr, und darin liegt keine Verfälschung der Tatsachen. Ganz und gar nicht. Sie war ein Phänomen, und niemand stellte das in Frage. Sie besaß smaragdgrüne Augen, feuerrotes Haar und eine Stimme, die sehnsüchtig durch die Nacht perlte wie der Ruf einer Amsel im Mai. Die Zeitungen übertrafen sich in Superlativen: sie ahme nicht das Leben nach, sondern schaffe es in neuer Dimension. Sie hebe jede Rolle ins Übernatürliche und Mystische. Sie scheine an den Worten zu verbrennen, die wie Glut aus ihrem Mund sprühten. Sie verbreite eine süße Unruhe, eine fieberhafte Rastlosigkeit in den Menschen, die ihr zuhörten, und so weiter und so fort. Ganz Warschau sprach von ihr, obwohl nur verhältnismäßig wenige die Gelegenheit hatten, sie zu bewundern. Tausende von Männern waren in sie verliebt. Rahel Feigenbaum, so ihr bürgerlicher Name, wurde zum konkurrenzlosen Schlager der Saison.

Mit Ausnahme der Prominentenlogen waren sämtliche Plätze ausverkauft, und zwar auf Monate hinaus. Für den Patriarchen war das ein ausreichender Grund hinzugehen. Wenn es keine Eintrittskarten mehr gibt, überlegte er, muß Jankl Kaminski beweisen, daß er welche bekommt. Es gibt nichts, was Jankl Kaminski nicht bekommen kann: »Eine Loge, sagen Sie? Bitte schön, es kann auch eine Loge sein. Wieviel? Hundert Rubel? Seit wann kostet ein Theaterplatz hundert Rubel? Was? Weizmann hat hundertdreißig bezahlt? Dann geben Sie mir eine Karte für hundertvierzig. Es kann auch mehr sein, aber sagen Sie mir, was man spielt! Romeo und Julia? Keine Ahnung. Nie davon gehört.

Kenne weder ihn noch sie. Meinen Namen wollen Sie wissen? Wozu brauchen Sie meinen Namen? Ach so. Dann schicken Sie die Karte ins Geschäft, aber diskret, wenn man bitten darf. Ja, an Jankl Kaminski, ulica Freta 14.«

Das Teatr Warschawski befand sich am Nowy Swiat und war eines der vornehmsten Gebäude im Stadtinnern. Sowohl die Fassade mit den hohen Barockfenstern als auch die schwarzflimmernden Marmorsäulen strahlten Würde aus und edle Gesittung. Als Jankl Kaminski trat man ins Spiegelrund des Foyers, und als Mensch gab man den Mantel an der Garderobe ab. Ein Feuerwerk von Düften strömte einem entgegen, wenn man die Freitreppe emporstieg. Es roch nach Jasmin und Mandelblüten. Nach Veilchen, Rosen und decolletierten Frauen. Auf schlanken Granitsockeln prangten die Standbilder imposanter Männer, deren Namen allein schon Respekt einflößten: Aristophanes, Aeschylos, Shakespeare, Molière, Puschkin. Seltsame Namen waren das, die man weder an der Börse kannte noch im Handelsregister der Stadt. Es war einfach nicht möglich, in solcher Umgebung ein Barbar zu sein, und der Alte nahm eine Haltung ein, die ihn selbst überraschte. Er kaufte ein Programmheft, und als er schließlich in seiner Loge Platz nahm, fing er an, gegen seinen Willen darin zu blättern ...

So begann jener denkwürdige Abend, der für meine Familie die unglaublichsten Folgen zeitigte. Als Punkt acht der Vorhang aufging, schien es Jankl, als sei er auf einem anderen Planeten. Die Schauspieler bewegten sich mit einer wunderbaren Grazie, als hätten sie gar kein Gewicht. Sie sprachen nicht, sondern deklamierten mit gekünstelter Majestät. Worte flatterten durch den Raum wie exotische Vögel, die Jankl Kaminski zwar bekannt vorkamen, doch einem Menschen wie ihm nie und nimmer über die Lippen gerutscht wären:

»Oh Romeo, warum denn, Romeo?
Verleugne deinen Vater
und willst du das nicht
schwör dich zu meinem Liebsten
und ich will länger nicht mehr Julia sein.«

Der Patriarch schüttelte mißbilligend den Kopf. Er lehnte sich über das Seitengeländer und sprach eine Dame an, die in der Nachbarloge saß: »Ich versteh nicht, was sie will. Den Namen ändern, oder was?«

»Pssst!«

»Julia heißt sie. Ist doch ein schöner Name.«

»Ruhe, prosche pana! Das ist ein Theater.«

»Ob sie Julia heißt, hab ich gefragt.«

Rundherum erhob sich ein feindseliges Zischen, und Jankl zog es vor, sein Gesicht hinter einem Lorgnon zu verstecken.

»Dein Nam' ist nur mein Feind
du aber bleibst du selbst
so Romeo, wenn er auch anders hieße
er würde doch den köstlichen Gehalt
bewahren, der sein Titel ist.
Oh Romeo, leg deinen Namen ab
und für den Namen, der dein Selbst nicht ist
nimm mich!«

Das überstieg Jankls Fassungsvermögen. Entweder man heißt oder man heißt nicht. Sie nennt sich Julia und will den Namen wechseln. Er heißt Romeo und soll auch anders heißen. Das alles, weil man verliebt ist. Wo ist der Sinn von dem Gerede? Der Alte hatte Lust, das Theater zu verlassen, doch schließlich blieb er. Die

Leute sind besoffen, brummte er. So redet doch kein Mensch. Was wollen sie mit dem Gestammel? Wer weiß? Vielleicht wollen sie etwas, aber *ich* verstehe es nicht. Dabei tönt es gut, was sie sagen. Wie Honig tropft es einem ins Ohr, nur sprechen sie so gestelzt. Warum können sie nicht einfach sagen, was sie meinen? Mag sein, daß sie es könnten, wenn sie wollten, aber sie spüren, daß man es mit gewöhnlichen Worten nicht auszudrücken vermag. Mag sein, daß ihr Herz so voll ist, daß die Sprache des Alltags nicht mehr ausreicht. Das heilige Buch ist auch nicht in Werktagsworten geschrieben. Vielleicht wäre es besser, wenn es gewöhnlicher wäre. Dann würde ich's begreifen. Ich frage mich, ob mein Herz einmal voll war. Ein einziges Mal, glaube ich. Als mein Jüngster zur Welt kam. Herschele, Gott soll ihn behüten. Das war die schwärzeste Nacht meines Lebens. Ich dachte, Noemi würde es nicht überleben und der Kleine auch nicht. Noemi lag im Bett und starrte mit leeren Augen zur Decke. Das Kind hatte graue Schuppen am ganzen Körper und röchelte. Ich erinnere mich genau. Ich sagte: »Noemi, bleib noch ein paar Jahre, laß mich nicht allein!« Und Noemie antwortete mit erloschener Stimme: »Wozu?«
Dieses schreckliche Wort hat mich erschlagen. Wozu? Ich rannte zum Fenster und wollte es aufreißen. Ich wollte den Fluß sehen hinter dem Haus und die Wolken über der Stadt. Ich wollte schreien, aber es ging nicht. Die Stimme erstarb mir im Hals, und ich ließ mich vollaufen. Drei Tage und drei Nächte lang. Als ich aus dem Rausch erwachte, saß Noemi in einem Lehnstuhl. Unbeweglich. Nur ihre Hände zuckten, denn sie strickte. Winzig kleine Handschuhe. Und ich wußte, daß Herschele lebte. Daß sie beide lebten. Da rannte ich zum zweiten Mal ans Fenster und wollte schreien, wie

ein Besessener, diesmal vor Glückseligkeit, aber ich konnte wieder nicht. Meine Stimme versagte zum zweiten Mal, und in meinen Schläfen pochte das entsetzliche Wort: wozu? Ich wußte plötzlich, was sie meinte. Ich habe sie niemals geküßt. Sechzehn Kinder habe ich in ihren Leib gespritzt, aber zärtlich wurden wir nie. Wozu? Sie liebt mich doch gar nicht. Sie hat auch keinen Grund, mich zu lieben. Wozu, warum, wieso? Dieses Theater hackt mir den Kopf auseinander:

»Du weißt, die Nacht verschleiert mein Gesicht
sonst färbte Mädchenröte meine Wangen
um das, was vorhin du mich sagen hörtest,
Sag', liebst du mich?
Oh holder Romeo, wenn du mich liebst
dann sag' es ohne Falsch!«

Sie hat mich nie gefragt, ob ich sie liebe. Sie will es auch nicht wissen. Wenn sie ein einziges Wort gesagt hätte, wär ich ein anderer Mensch. Ich bin eine verschüttete Quelle. Versteinert und alt. Meine Söhne habe ich verstoßen. Meine Frau schweigt mich an, und bald schlägt meine letzte Stunde, aber ich will noch nicht gehen. Ich habe meinen Lenz verbummelt. Ich muß ihn nachholen. Oh du mein Gott. Ich bin dein verlorener Sohn. Verstoße mich nicht!

Jankl Kaminski lauschte den Worten der Nachtigall und verspürte eine heiße Lust, sie in die Arme zu nehmen. Er meinte, sie spreche zu ihm. Er saß allein in seiner Loge für hundertvierzig Rubel, ganz nahe über ihr. Er war sicher, daß sie ihn anblickte. Das war ihm noch niemals passiert. Sie liebkoste sein Herz. Sie schlich sich in sein Gemüt. Sie rüttelte ihn aus seinem sechzigjährigen Halbschlaf, und da erhob er sich von seinem Platz. Er verließ die Loge auf den Fußspitzen. Ganz leise, um sie nicht zu verstimmen. Im Korridor saß ein verschla-

fener Saaldiener, dem Jankl zwanzig Rubel in die Hand drückte: »Bringen Sie mir zwanzig Rosen!«
»Was für eine Farbe, Herr Baron?«
»Rot, gelb oder weiß, ganz egal, aber bitte beeilen Sie sich!«
Er hatte noch nie bitte gesagt, doch heute sprach er mit Engelszungen, und dies zu einem hundsgewöhnlichen Saaldiener, der nach Bimber stank und nach Karbol. Als er zu seinem Platz zurückkehrte, fühlte er sich um zwanzig Jahre jünger. Etwas hatte sich gewandelt. Ab heute gehörte er diesem Haus mit dem glänzenden Spiegelfoyer, mit den Wohlgerüchen und dem Paradiesvogel, der zwitscherte und lockte:

»Komm Romeo, du Licht am schwarzen Firmament
denn du wirst ruhn auf Fittichen der Nacht
wie frischer Schnee auf eines Raben Rücken
komm, milde, liebevolle Nacht
komm, gib mir meinen Romeo!
und stirbt er einst
nimm ihn, zerteile ihn in kleine Sterne
er wird des Himmels Antlitz so verschönen,
daß alle Welt sich in die Nacht verliebt.«

So sprach kein Mensch, das wußte er mit Gewißheit. Aber was schadet es? Julia sprach so, das genügte. Es gab auch keine Julia. Sie hieß Rahel Feigenbaum. Sie war ein Mädchen aus Fleisch und Blut und konnte so nicht reden. Das gab es nicht. Sie mußte doch essen und trinken. Sie mußte die Miete zahlen, Einkäufe machen, mit dem Bäcker sprechen und dem Milchmann. Das war ein Trost für den alten Dummkopf. Nur auf der Bühne sind solche Sätze möglich. Nicht im Leben. Sie war kein Engel, Gott sei Dank, sondern eine Frau, und eine Frau kann man haben. Er wollte sie haben, wie er alles haben wollte, was seine Sinne erweckte. Er mußte sie haben. Da öffnete sich die Logentür. Der Saaldiener trat ein und brachte die Rosen. Gerade als das Stück zu Ende ging und der Fürst die letzten Worte sprach:

»Nur düsteren Frieden bringt uns dieser Morgen
die Sonne scheint, verhüllt vor Weh
kommt, offenbart mir ferner was verborgen
daß ich dann Strafe oder Gnad' verseh;
denn niemals gab's ein härter Los
als das der Julia und des Romeos.«

Der Vorhang senkte sich. Die zwei Liebenden waren tot. Eine bange Beklommenheit hing über dem Saal. Den Zuschauern blieb das Herz stehen. Niemand wagte sich zu regen, und alle meinten zu träumen, als das Damasttuch sich teilte und das überirdische Mädchen hervortrat, um sich zu verneigen. Da erhoben sich tausend Zuschauer von ihren Plätzen, und ein Gewitter brach los. Ein rasender Platzregen nach erstickender Schwüle. Ein Wunder war geschehen, Julia war von den Toten auferstanden. Sie lächelte in die Menge hinunter, die ihr eine wilde Ovation darbrachte. Der Patriarch wurde mitgerissen vom Orkan und klatschte wie verrückt, wobei er nicht wußte, wem seine Begeisterung galt – der toten Julia, der lebendigen Rahel oder sich selbst, der an jenem Abend den Blick in eine bessere Welt geworfen hatte. Er applaudierte bis zum letzten Moment und noch etwas länger. Das Publikum strömte schon aus dem Saal, als die Schauspielerin zum allerletzten Mal vor dem Vorhang erschien, herbeigezaubert durch den ungestümen Jankl, der seinen Mut zusammenraffte und dem Mädchen das Bouquet vor die Füße warf. Sie blickte verblüfft zur Loge hinauf, und da rief er ihr zu: »Jede Rose ein Tropfen von mein' Herz!«

Von jenem Abend an saß Jankl allabendlich in derselben Loge. Dutzende von Malen erlebte er den Tod des unsterblichen Paares, und jedesmal ließ er sich von neuem vom Zauber des Theaters berauschen. Ich will nicht behaupten, daß in ihm eine Umkehr stattgefunden hatte. Dazu war er zu abgebrüht und verhärtet. Er war noch immer derselbe Barbar oder fast derselbe, der in den Spelunken soff und den Weibern nachlief. Er war ein Tyrann in seinem Haus. Er hockte im Kontor seiner Fabrik und überwachte die Arbeiterinnen mit dem scharfen Blick eines Sklavenhalters. Weiterhin verleugnete er seine Söhne und war noch immer überzeugt, daß er ein Fixstern war am Himmel und alles haben konnte, was er begehrte. Die Loge links oben über der Bühne gehörte nun praktisch ihm, denn er hatte sie bis zum Ende der Saison gemietet. Jede Nacht warf er Rosen auf die Bühne, wenn die Unvergleichliche heraustrat, wobei er längst nicht mehr ausschließlich ihrer Kunst huldigte. Seine Sehnsüchte waren handgreiflich geworden. Er reflektierte bereits auf ihren Körper, auf ihre lilienweiße Haut. Er träumte jetzt von ihren Lippen, von ihrem Hals und ihren Brüsten. Er hatte beschlossen, diese Frau zu erobern, und was er sich in den Kopf setzte, mußte früher oder später Wirklichkeit werden.
Trotzdem hatte er Angst. Bis vor kurzem hatte er niemals daran gedacht, daß er alt war, daß er einmal sterben würde, daß es Grenzen für ihn geben könnte. Rahel erinnerte ihn daran. Das war das Neue, das Ungewöhnliche an der Geschichte. Bisher pflegte er seinen Schnapskumpanen Bericht zu erstatten, welche Weiber er gehabt hatte und welche er haben würde. Jetzt hüllte er sich in Schweigen und wurde geheimnisvoll, was davon zeugte, wie betroffen er war. Er war verliebt. Er hatte Kopfschmerzen vor qualvoller Be-

gierde, aber es fehlte ihm, und das war noch nie vorgekommen, die Courage, das Mädchen anzusprechen. Natürlich warf er nach jeder Vorstellung seine Rosen auf die Bühne. Nach jeder Vorstellung rief er der Schauspielerin seine Komplimente entgegen, wobei er die wahren Dimensionen seiner Gefühle hinter der geräuschvollen Publizität seiner Auftritte verbarg. Man konnte ihn doch nicht ernst nehmen, solange er vor tausend Personen seine Artigkeiten darbot. Alle dachten, er sei ein alter Spinner, der ein großes Maul hat und keine Zähne darin. Das war ein Irrtum. Er hatte noch alle seine Zähne und konnte damit beißen. Er knackte Nüsse zwischen seinen Kiefern. Er hatte Bärenkräfte. Und da stand er an der Brüstung seiner Loge, schwenkte seine Pelzmütze und schrie zum Beispiel: »Ich hab Sehnsucht nach dir, du Pfirsichblüte«, oder: »Ich küsse deine Wimpern, schönes Kind«, oder an einem anderen Abend: »Hoch sollst du leben mit Rosinkes und Mandeln.« Als man ihm aus der Nachbarloge zuzischte, er möge sich anständig benehmen, brüllte er noch lauter: »Hundert Jahre mit Pauken und Trompeten!«

So dauerte es den ganzen Winter bis in die ersten Tage des Frühlings. Jankl war zum Stadtgespräch geworden. In einem Boulevardblatt erschien sogar eine Karikatur von ihm. Es gab bereits Leute, die nur noch ins Theater gingen, um die Auftritte des alten Knackers zu sehen. Anfänglich war man belustigt. Es war eine Abwechslung im gleichtönigen Theaterbetrieb jener Jahre. Aber nach und nach gedieh die Sache zu einem Ärgernis. Anfänglich machte man witzige Bemerkungen. Dann fing man an zu schimpfen, und am Ende mischten sich

Mißtöne in die Welle der Entrüstung: »Ein typischer Jud«, hieß es plötzlich, »geil und ungezogen! Was sucht der überhaupt in diesem Theater?« Daß Rahel auch eine Jüdin war, schien niemand zu bemerken. Dazu war sie zu blumenhaft und zu jung. Das Unbehagen begann erst, als sich seine Schwärmerei in Zudringlichkeit verwandelte.

Eines Tages im März verspürte der Patriarch das unwiderstehliche Bedürfnis, seiner platonischen Beziehung ein Ende zu setzen und zum Sturmangriff überzugehen. Das Eis krachte an den Weichselufern, ein lauer Wind wehte über die Stadt, ein bleicher Mond blinkte durch die Wolken, und Jankl wußte, daß es sich jetzt ereignen mußte oder nie. Flatternden Herzens ging er ins Theater. Die Kiefer grimmig zusammengekniffen, stieg er die Freitreppe empor. An diesem Abend erregte er das größte Aufsehen seit Monaten. Er verzichtete nämlich darauf, die Rosen auf die Bühne zu werfen. Auch der Zuruf blieb aus, was vom Publikum mit Kopfschütteln vermerkt wurde. Eine säuerliche Enttäuschung verbreitete sich im Saal, und viele meinten, die Vorstellung sei wohl weniger gelungen als sonst. Rahel fühlte einen Stich in der Brust, weil sie sich an die Kundgebungen des schrulligen Millionärs gewöhnt hatte. Was war los? Hatte sie schlechter gespielt? Oder hatte sie ihren Zauber eingebüßt? Für sie stand fest: der Abend war im Eimer. Verdrossen kehrte sie in die Garderobe zurück und blickte mißmutig in den Spiegel. Sie gefiel sich überhaupt nicht. Übelgelaunt zog sie sich aus, und im Zustand verstimmter Ungeduld nahm sie die Schminke vom Gesicht. Sie fand sich fad und gewöhnlich: »Ich war eine Niete«, sagte sie zur Rychlitzowa, der alten Garderobiere, die danebenstand und ihr die Perücke abhob.

»Du warst keine Niete, mein Kind, sondern Himbeer mit Schlagsahne.«
»Aussehen tu ich wie ein alter Käse. Ich kann mich nicht leiden heute abend.«
»Gott ist mein Zeuge, daß du aussiehst wie eine Kirsche im Juli.«
»Was schmeichelst du mir? Ich weiß selber, ob ich gut war oder nicht. Heute war ich eine Flasche, und die Leute haben's gemerkt.«
»Die Leute, die Leute! Du weißt genau, daß Vollmond ist, und die ganze Welt hat den Rappel. Du bist selber ganz verdreht.«
»Ich hatte nur acht Vorhänge. Gestern waren es neun.«
»Zieh etwas an, Rahel. Du wirst dich erkälten.«
In diesem Moment wurde die Türe aufgerissen. Ein Mann stürzte herein, dem man ansah, daß er nicht bei Sinnen war. Im Knopfloch trug er eine Nelke. Um den Hals einen seidenen Schal. In der Brusttasche eine goldene Uhr. Mit den Fingern hielt er ein exquisites Lederetui umklammert und verbeugte sich so tief, wie es seine Gichtbeschwerden gerade noch erlaubten: »Ich bin ein alter Jude und habe die Ehre, Sie zu vergöttern – mit Haut und mit Haaren.«
»Was fällt Ihnen ein, mein Herr?«
»Mein Name ist Jankl Kaminski. Ich klappere mit den Zähnen, ich schlottere wie ein Seehund. Ich schick Ihnen Rosen seit fünf Monaten.«
»Das ist eine Garderobe, prosche pana, und es ist Ihnen aufgefallen, daß ich ungenügend bekleidet bin.«
»Genügend oder ungenügend. Sie haben mich verzaubert, und ich denke an Sie bei Tag und bei Nacht.«
»Ich habe nicht im Sinn, jemanden zu empfangen, mein Herr. Gehen Sie weg von hier!«
»Diese Brillanten, Fräulein Feigenbaum, sind echt«,

flüsterte der Patriarch, indem er das Etui öffnete und ein prachtvolles Kollier hervorzog, »so echt wie mein Herzklopfen, wenn der Vorhang aufgeht und Sie erscheinen. So echt wie das Wasser im Fluß und die Sterne am Himmel und die Funken in Ihren grünen Augen. Ich bitte Sie ...«

»Führ ihn hinaus, Rychlitzowa, aber sofort! Ich hab keine Zeit zu verlieren.«

Jetzt fiel Jankl auf die Knie. Er reichte dem Mädchen das Halsband und flüsterte: »Warum sind Sie so grausam, Fräulein Feigenbaum?«

»Wir kennen Sie nicht, prosche pana. Sie haben hier nichts verloren ...«

»Mein Herz hab ich hier verloren und den Verstand. Ich bin gekommen, um Ihnen dieses Geschenk zu bringen. Außer Ihnen gibt es nichts Schöneres in dieser Stadt ...«

»Ich sage Ihnen zum letzten Mal. Gehn Sie oder ich schreie!«

»Nehmen Sie mein Geschenk, und ich gehe.«

»Hiiilfe!«

»Ich will Ihnen sagen ...«

»Hiiiiilfe!«

»Daß ich sterbe vor Sehnsucht.«

»Ich werfe Ihnen etwas an den Kopf!«

Da ging die Türe auf. Sokorski trat in die Garderobe. Er hatte kein Haar auf dem Kopf, war kahl und rosig wie ein neugeborenes Kind. Schweißtropfen rannen von seiner Nase. Sokorski war der Verwalter des Theaters, der kaufmännische Direktor, wie er sich nannte, und gewöhnt, alle möglichen Knoten zu entwirren: »Sie haben gerufen, Fräulein Feigenbaum?«

Die Schauspielerin zitterte am ganzen Leibe, denn es war schlecht geheizt im Ankleideraum, und sie war so erregt, daß sie kein Wort hervorbrachte. An ihrer Stelle antwortete die Garderobiere: »Dieser Bär wollte uns vergewaltigen.«

»Womit, prosche pani«, gab Jankl ärgerlich zurück, »mit diesen Brillanten?«

»Mit was denn sonst, Sie Unmensch – in Ihrem Alter vergewaltigt man, wie man kann!«

»Und? Ist es ihm gelungen?« fragte Sokorski, indem er verächtlich auf den knienden Patriarchen hinunterblickte.

»Um ein Haar«, erwiderte Rychlitzowa, »wer kann auf die Dauer widerstehen, wenn man ihm Edelsteine vors Gesicht hält?«

»Ich dachte es mir, panie Kaminski. Wir haben Sie auf dem Korn, und zwar seit Monaten. Sie machen sich unmöglich mit Ihren Rosen. Sie sind das Gespött der ganzen Stadt, weil Sie in unserem Theater jeden Abend Ihren Schnickschnack veranstalten. Sie hängen Ihre Gefühle an die Wäscheleine. Sie brüllen Ihren senilen Schwachsinn in die Welt. Sie belästigen unser Publikum mit Geschmacklosigkeiten, und was das Schlimmste ist: Sie kompromittieren eine große Künstlerin, indem Sie in Ihre Garderobe dringen und ihr unzüchtige Anträge machen, obwohl sie fast nackt ist ...«

»Ich habe gesagt, daß ich Sehnsucht habe nach ihr. Ist das unzüchtig, Sie Kahlkopf?«, und Jankl erhob sich schnaufend aus seiner peinlichen Stellung.

»In Ihrem Alter ist das obszön.«

»Ich habe gerufen, daß ich sie vergöttere. Ist das obszön?«

»In Ihrer Situation bestimmt, denn Sie sind verheiratet. Sie haben sechzehn Kinder, von denen die Hälfte verstoßen wurde. Wir wissen alles über Sie, und ich frage Sie: schämen Sie sich denn nicht?«

»Ich zertrete Sie, Sie Filzlaus!«
»Und ich lasse Sie verhaften, Sie Sittenstrolch. Der Eintritt in diese Garderobe ist Unbefugten untersagt. Da steht es in großen Buchstaben.«
»Unbefugten, sagen Sie? Ich bin aber befugt, und Sie sind gefeuert.«
»Was faseln Sie da? Sind Sie vollends übergeschnappt? Verlassen Sie unverzüglich dieses Haus, sonst hole ich die Polizei!«
»Das werden wir gleich sehn, Sie Null.«
Jankl zog einen Briefumschlag aus der Westentasche. Er öffnete ihn feierlich und klaubte ein Dokument hervor, das er umständlich entfaltete, um es Sokorski unter die Nase zu strecken: »Seit drei Uhr nachmittags gehört dieses Theater mir. Das bedeutet, daß ich Alleinbesitzer bin. Ich hab es gekauft für achtzigtausend Rubel in bar. Wer hier befugt ist, bestimme ich und sonst niemand. Verstehen Sie mich jetzt, Sie Insekt? Ich bin der Chef in diesem Theater, auf dieser Bühne und in dieser Garderobe. Mein erstes Machtwort lautet: Sie sind entlassen. Ich schmeiße Sie raus.«
Da blitzte es in den Smaragdaugen der schönen Rahel, und sie sprach mit vor Entrüstung bebender Stimme: »Wenn Sie Sokorski entlassen, Sie Gewaltmensch, gehe ich ebenfalls, und Sie können den Laden zusperren. Ohne mich ist das ein Museum und kein Theater. Sokorski bleibt.«
»Finden Sie? Wer ist er denn, dieser Knilch?« fragte Jankl, dem jetzt die Eifersucht in die Kehle quoll, »Ihr Bräutigam, oder was?«
»Er ist mein Kollege. Wissen Sie, was das ist? Ein Arbeitnehmer, ein Lohnempfänger wie ich. Wir stehen auf der gleichen Seite. Und Sie auf der anderen.«
Jankl wußte nicht, was er antworten sollte. Das Mäd-

chen sprach die gleiche Sprache wie seine Söhne. Er suchte nach Worten und sagte dann versöhnlich: »Meinetwegen soll er bleiben, der Querkopf, aber unter einer Bedingung.«

»Unter welcher?« fragte das Mädchen mit einem feinen Lächeln zwischen den Lippen, denn sie spürte, daß sie das Spiel gewonnen hatte.

»Unter der Bedingung, daß Sie nicht so böse sind mit mir.«

»Was verstehen Sie unter böse?«

»Sie sollen annehmen dieses Halsband und nicht so streng schauen.«

»Sie haben das Theater gekauft, panie Kaminski. Stellen Sie sich vor, ich sei da inbegriffen?«

»Ich stell mir überhaupt nichts vor. Ich bin ein alter Esel, Fräulein Feigenbaum. Ich habe mich verliebt in Sie bis über beide Ohren. Nehmen Sie die Brillanten und werfen Sie sie in den Fluß! Schenken Sie sie einem Bettler! Machen Sie damit, was Sie wollen, aber nehmen Sie das Gehänge, ich flehe Sie an.«

»Gut, ich nehme es, aber verlassen Sie die Garderobe!«

»Darf ich wiederkommen?«

»Sie sind der Besitzer und dürfen alles. Aber anklopfen müssen Sie trotzdem.«

»Und werden Sie lächeln?«

»Wenn es mir paßt, werde ich lächeln. Und jetzt verschwinden Sie!«

11.

Wenn jemand wußte, was für ein Kapital in den Kaminskiboys steckte, war es der Olympiatrainer Uri Taubenschlag. Er hatte achtzehn Monate lang an ihnen gearbeitet. Er kannte jeden einzelnen von ihnen, als wären es seine eigenen Söhne. Er holte das Letzte aus ihnen heraus und reizte ihren Ehrgeiz bis zum äußersten. Als er einwilligte, 52% ihrer Einnahmen zu kassieren, war er schon sicher, daß die Kerle siegen und er mit ihnen ein Bombengeschäft machen würde. Da er aber ein schlauer Jude war, sagte er, die Jungens seien noch weit von der Spitzenklasse entfernt. »Die Kerle denken zu viel, Mister Weissplatt. Das is vielleicht gut in the Politics – ich kenn mich nicht aus –, aber im Fußball braucht man Füße, you understand? Dieser Ber is a Philosoph, a riesiges Fragezeichen, was immer fragt. Sein Bruder Schloime is a Haarspalter und weiß alles besser. Itzchak is a Comic und macht Witze, wann er soll schießen ins Tor. Mordechaj wär schon okay, a Dampfwalze von a Boy, aber fanatisch bis zum Schwachsinn. Moische is an Erfinder. Lasik a Dichter, was schwebt in den Wolken. Adam is sentimental und hat Mitleid mit dem Gegner. Benzion is a Theoretik. Aaron hat goldene Finger, aber hölzerne Füße, und Herschele is kein Sportsman, sondern a Kavalier.«

»Was heißt a Kavalier, Mister Taubenschlag?«

»Fragen Sie die Schickses, die wissen es besser als ich.«

»Ich werd ihm austreiben die Schickses, das kann ich Ihnen garantieren. Aber ich will wissen, ob wir gewinnen.«

»Bin ich a Wahrsager, Mister Weissplatt? Ich kann nur

sagen, daß sie haben zuviel oben und zuwenig unten.«
»Ob wir gewinnen, solln Sie mir sagen. Ich bin a Businessman und not a Menschenfreund.«
»Mag sein, daß wir gewinnen.«
»Sie bekommen 52%. Dafür sollen Sie geben a klare Antwort.«
»A klare Antwort kostet mehr. Was ich weiß, hab ich gesagt.«
»Mister Taubenschlag. Hören Sie mir zu! Was sie jetzt brauchen, is a political Motivation. Ohne das werden wir verlieren.«
»Wie macht man das, Mister Weissplatt?«
»Das werd ich Ihnen erklären.«

Uri Taubenschlag war ein Technokrat alter Schule. Ihn interessierte seine Spezialität, und alles andere war ihm egal. Von politischer Motivierung hatte er noch nie etwas gehört. Seine Schüler standen jenseits der Parteien. Sie hoben Gewichte, turnten am Reck und machten die Schere am Pauschenpferd, aber von der proletarischen Revolution hatten sie noch nie etwas vernommen. Wozu auch? Es ging ihnen glänzend, und sie fraßen täglich elftausend Kalorien. Bei den Kaminskiboys war das anders. Schlimmer noch. Das genaue Gegenteil. Da sie aber in hohem Maße siegesverdächtig waren, fügte sich der Olympiatrainer in sein Schicksal und hielt ihnen folgende Rede: »Morgen spielt ihr euer erstes Spiel, und zwar gegen die gottverdammten Goldstars. Wer die Goldstars sind, muß ich euch nicht sagen. Sie werden finanziert von Ronny McCormic, und Ronny McCormic hat gesagt wörtlich im Senat, daß er keine Juden mehr duldet in the United States. Er will uns vertreiben mit Feuer und Schwert, weil wir – sagt

er – subversive Schweine sind. Ihr seid die erste jüdische Fußballmannschaft in Amerika, und darum müßt ihr gewinnen. Ihr müßt ihm zeigen, dem alten Stinker, daß man uns nicht rausschmeißen kann. Daß wir uns nicht beleidigen lassen. Ich wünsche euch Masltow, Boys. Hackt ihn zusammen, den Antisemiten! Ihr seid aber auch die erste sozialistische Mannschaft. In einem Jahr wählen wir a new President. 1908 bekam die Arbeiterpartei nur 800000 Stimmen. Unser Kandidat, Eugene Debb, war noch unbekannt. Gewählt wurde William Howard Taft, der imperialistische Bluthund. 1912 muß Eugene Debb zehnmal mehr Stimmen bekommen. Acht Millionen Amerikaner sollen wählen for Socialism. Aber dazu müßt ihr siegen! Euer Sieg is the best Publicity für unsere Sache. 1916, in acht Jahren von heute, wird Eugene Debb Präsident, wenn ihr gut spielt. Le chaim, Boys. For a socialist America!«
Die Kaminskiboys staunten sich die Augen aus dem Gesicht. Ihr Trainer war ein Genosse! Alles hätten sie vermutet, aber nicht das. In dem Fall sah die Sache ganz anders aus. Man mußte sich also anstrengen und gewinnen. Das Ungeheuerliche trat ein. Red Flag siegte über die Goldstars mit 5:4. Zwei der fünf Tore schoß Herschele, dem niemand je zugetraut hatte, daß er sportliche Tugenden an den Tag legen würde. Wie war das möglich? Glaubte er wirklich, daß Taubenschlag meinte, was er sagte? Dem Olympiatrainer ging es doch ums Geld und weiter nichts. Das sah ein Blinder, aber Herschele war nicht blind und darum sah er nichts. Herschele ließ sich verführen. Von Taubenschlags schlauen Worten und ...

Es war da nämlich noch etwas, aber ich, der ich das alles aus fernem Abstand erzähle, hätte es nie erraten, wenn mich nicht vor kurzem eine Dame angerufen hätte. Sie logierte vorübergehend in einem Züricher Luxushotel und hatte nach umständlichen Nachforschungen meine Telefonnummer ausfindig gemacht. Sie heißt Francesca Bertini, und man sagt, daß sie vor etwa 60 Jahren so berühmt war wie heutzutage die Sophia Loren. Unser Gespräch dauerte zehn Minuten und kippte mich aus den Pantoffeln.

»Haben Sie jemals von mir gehört, Signore?«

»Ich kann mich nicht erinnern, könnten Sie mir nachhelfen?«

»Sie sind der Sohn eines gewissen Hersch Kaminski, den man Herschele nannte. Stimmt das?«

»Es stimmt und stimmt nicht, Signora. Er ließ seinen Namen amerikanisieren und nannte sich Henryk.«

»Dieser Schuft. Amerikanisieren ließ er sich. Aber für mich bleibt er Herschele, bis ich sterbe. Wie kam er nur auf Henryk? Das ist doch scheußlich, so zu heißen.«

»Es gab leider Zeiten, in denen man sich scheute, jüdische Merkmale zu tragen. Mein Vater kam aus Rußland. Da war es lebensgefährlich, Herschele zu heißen.«

»Erzählen Sie keinen Unsinn! Ihr Vater wußte nicht, was Furcht ist. Er war der mutigste Mann, den ich je getroffen habe. Er besaß ein Ideal und war bereit, dafür zu sterben.«

»Sein Ideal war die Gerechtigkeit, nicht das Judentum.«

»Das ist eines und dasselbe, Signore. Lesen Sie die Bibel und Sie werden verstehen, was ich meine.«

»Das Judentum ist eine Krankheit, Signora. Ein unheilbares Gebrechen, das man nicht loswerden kann. Diese Krankheit zwingt einen zur Vorsicht.«

»Vorsicht, so ein törichter Ausdruck. Er war tollkühn. Nicht einmal vor mir hatte er Angst.«

»Warum sollte er Angst haben vor Ihnen?«

»Weil ich schön war zu jener Zeit. Ich war, sagte man, die schönste Frau Italiens.«

»Wo hat er Sie denn kennengelernt, Signora? Verzeihen Sie meine indiskrete Frage!«

»In New York hat er mich kennengelernt. Ich unterstreiche: er hat *mich* kennengelernt, weil er unverfroren war und frech. Das war im Sportstadion von Brooklyn. Ich erinnere mich, wie wenn es gestern gewesen wäre. Ich saß in der Ehrenloge, neben dem Bürgermeister von Manhattan, und schaute zu, wie die erste jüdische Fußballmannschaft Amerikas die Goldstars zermalmte.«

»Ich bin sehr neugierig, Signora. Wie kamen Sie nach New York?«

»Mit meinem ersten Film, der bereits ein Welterfolg war. Ich spielte die Cordelia im König Lear und kam als Ehrengast zur amerikanischen Premiere. New York feierte mich wie eine Königin.«

»Aber ... wie hat er sich an Sie herangemacht? Das muß doch ziemlich schwer gewesen sein.«

»Er schoß zwei Tore, Signore. Sechzigtausend Zuschauer jubelten ihm zu, weil er von allen der zerbrechlichste war. Er war schön wie ein junger Tiger. Die Äderchen schimmerten durch seine Schläfen. Er hatte amethystblaue Augen und den Mund eines Pharaonen. Ich sehne mich noch heute nach seinem Mund ...«

»Und er hat Sie einfach angesprochen?«

»Angesprochen ist nicht der richtige Ausdruck. Überfallen hat er mich. Ich saß zwischen dem Bürgermeister und Baldassare Negroni, meinem Regisseur, der mich bewachte wie ein Kettenhund. Die siegreiche Mannschaft wurde heraufgerufen, um sich vom Stadtoberhaupt beglückwünschen zu lassen. Aber Ihr Vater übersah den Bürgermeister. Er eilte schnurstracks auf mich zu, küßte mich, daß ich beinahe den Atem verlor und flüsterte mir ins Ohr: heute abend um sechs, in der geometrischen Mitte der Welt!«

»Und?«

»Ich war sechzehn Jahre alt. So ein verrückter Mensch war mir noch nie über den Weg gelaufen. Ich wußte nicht, was ich sagen sollte, und das einzige Wort, das ich hervorbrachte, war: warum? Da gab er zur Antwort: weil ich dich liebe, Cordelia. Weil du dem König die Wahrheit sagst und dafür leidest.«

»Was geschah weiter, Signora? Gingen Sie zum Rendezvous?«

»Selbstverständlich, Signore. Trotz des Bürgermeisters und gegen den rasenden Negroni, der versuchte, mich im Hotelzimmer einzusperren. Es ist ihm nicht gelungen, und darum rufe ich Sie heute an.«

»Ich verstehe nicht ...«

»Ich traf ihn im Nabel der Welt. Im Zentrum des Times Square, und ich liebe ihn noch heute. Da er aber tot ist, will ich wenigstens die Stimme seines Sohnes hören. Sie haben eine schöne Stimme, Signore, aber die seine war schöner.«

»Ich möchte Ihnen eine unziemliche Frage stellen, darf ich?«

»Fragen Sie! Ich werde sehen, ob ich Lust habe, darauf zu antworten.«

»Wie weit ist er gegangen, mein Vater? Soviel ich weiß, war er ein Draufgänger.«

»Nein, Signore. Er war kein Draufgänger. Er war der zärtlichste Verführer, dem ich je begegnet bin.«

»Er hat Sie verführt?«
»Noch am selben Abend. Ich habe eine Tochter von ihm, die fast so vollkommen ist wie er. Ihre Halbschwester übrigens ...«
»Eine letzte Frage, Signora. Warum habt ihr nicht geheiratet?«
»Weil wir beide schon verheiratet waren. Er mit der Revolution. Ich mit dem Film. Schade ...«
»Ich möchte Sie sehen, Signora.«
»Gott behüte, Signore. Ich bin achtundachtzig.«

Gestatten Sie mir eine Abschweifung, deren Sinn Sie vielleicht auf den ersten Blick nicht erkennen können, die jedoch für alles, was noch geschehen wird, von nicht kleiner Bedeutung ist.
Ein schottischer Apotheker namens Mac Snow, fortschrittsgläubig und borniert zugleich, formulierte die erstaunliche Primärregel vom quadratischen Wachstum des individuellen Erfolgs, eine Regel, die bis heute weder bestritten noch in Frage gestellt wurde. Sie behauptet, daß der normale Mensch durch das Gelingen seiner Vorhaben sowohl psychisch als auch physisch gefestigt und zu neuen größeren Erfolgen angespornt werde. Die Fortpflanzung solcher Glückssträhnen erfolge in Form geometrischer Reihen, müßte theoretisch also kosmische Ausmaße erreichen. Aber eben nur theoretisch, denn der Homo sapiens sei eine Fehlkonstruktion und daher unfähig, sein Potential auszufüllen. Im Menschen wirken, so Mac Snow, zahlreiche Hemmschuhe, die ihn an der Erreichung seiner Ziele hindern und stets in den Zustand des Versagens zurückschleudern. Dieses Faktum nennt der schottische Apotheker »das immanente Prinzip der Selbstbehinderung«, wel-

ches bewirkt, daß bei den meisten Menschen der Erfolg nicht in geometrischer, sondern bestenfalls in arithmetischer Progression fortschreitet. Oder gar nicht – was der Normalfall zu sein scheint. Es hat zwar geniale Persönlichkeiten gegeben, die durch ihr Leben die Mac Snow'sche Primärregel bestätigten, aber auch sie wurden am Ende ihres Weges immer wieder Opfer der immanenten Selbstbehinderung. Sokrates endete im Kerker, Jesus Christus auf dem Berge Golgatha und Napoleon bei Waterloo. Man kennt keinen Fall, wo ein Homo sapiens seine Chancen wirklich ganz wahrgenommen hätte. Alle sterben eines Tages und widerlegen damit das Theorem vom unaufhörlichen und quadratischen Wachstum des individuellen Erfolgs, da ja der Tod letzten Endes als Mißerfolg gewertet werden muß.

Kehren wir zu Hersch Kaminski zurück. Hätte er es wirklich gewollt, hätte er beim nächsten Fußballspiel vier, beim übernächsten acht und beim darauffolgenden sechzehn Tore geschossen – nach Mac Snow und dessen geometrischer Progression. Aber die Wirklichkeit ging nicht die Wege der Wissenschaft. Die Wirklichkeit wird nicht von Theoremen beherrscht, sondern von der Trägheit, vom menschlichen, allzumenschlichen Prinzip der Erfolgsverweigerung. Herschele ballerte zwar noch einige Tore, doch die Motivationsreden des schlauen Mister Taubenschlag begannen von ihm abzuprallen. Der wirkliche Ansporn fehlte: Die schönste Frau Italiens war nach Neapel zurückgekehrt und heiratete ihren Regisseur, den eifersüchtigen Baldassare Negroni, den sie zwar nicht liebte, doch zum Vater ihrer Leibesfrucht erklärte, die nicht er gezeugt hatte.

Trotz alledem rasten die Kaminskiboys von einem Sieg zum anderen. Sie verdankten das nicht ihrem Benjamin, sondern dem stets angriffslustigen Mordechai, der weniger mit dem Kopf und mehr mit den Füßen in den Kampf zog. Man begann die Mannschaft zu beachten, dann zu fürchten, und schließlich verbreitete sich bleicher Schrecken, wenn nur ihr Name genannt wurde. Red Flag wurde zum Inbegriff jüdischer Beharrlichkeit und sozialistischer Angriffslust. Was die elf Brüder bewerkstelligten, war kein Aufstieg, sondern ein Senkrechtstart zu den Sternen.
Am April jenes Jahres spielte Red Flag gegen den FC Chicago. Das jüdische Team siegte mit 1:0 und gelangte ins Viertelfinale der amerikanischen Fußballmeisterschaften. Ende Mai gewannen sie spielend gegen den berühmten FC Columbia. Die zweitletzte Hürde war genommen, Red Flag hatte sich fürs Halbfinale qualifiziert. Die Presse tobte. Bis hinüber zur Westküste war Weissplatts Mannschaft zur Schlagzeile geworden. Die San Francisco Post schrieb von einem Erdbeben besonderer Art, von einem beispiellosen Siegeszug und nannte Mordechai den Goliath des amerikanischen Fußballs. Die Saint Louis News sprachen von einem menschlichen Panzerkreuzer, der höchstwahrscheinlich über einen Geheimtrick verfügte. Aus allen Himmelsrichtungen kamen Offerten, wurde mit Geld und Ehre gewunken. Ber bekam sogar das Angebot, eine Professur für Sportwissenschaften an der Universität von Durban zu übernehmen. Auch Heiratsangebote schneiten ins Haus. Die Enkelin eines Zeitungskönigs lud Herschele ein, sie auf ihrem Landsitz in New Hampshire zu besuchen und bei gegenseitiger Sympathie ihr Mann zu werden. Der weltbekannte Filmpionier Edwin Porter drehte einen abendfüllenden Reißer

über die elf »Dreamboys from Russia«, der in sämtlichen Kinopalästen Amerikas Triumphe feierte. Die Kaminskiboys zerschmetterten sämtliche Vorurteile, die bisher über Juden und Sozialisten herumgereicht wurden. Man hatte immer behauptet, die Kinder Israels seien kränklich und engbrüstig, doch die Kaminskiboys erfreuten sich einer beispiellosen Gesundheit. Man sagte und sagt es heute noch, Sozialisten seien arbeitsscheu und schlapp. Die Brigade des Jim Weissplatt jedoch, so nannte man sie mittlerweile in der Boulevardpresse, war von einer nimmermüden Betriebsamkeit.

Die Kerle hatten etwas, doch niemand in ganz Amerika konnte erraten, was es war. Oder doch. Es gab jemanden. Einen gewissen Doktor Sauerstein, Privatdozent an der Universität Harvard, der so spekulative Artikel schrieb, daß er nur von Snobs und Außenseitern gelesen wurde. In einer seiner Kolumnen schrieb er: »Aus allen diesen Erfahrungen ziehe ich den Schluß, daß sich körperliche Kleinheit naturgesetzlich in geistige Größe umsetzt. Zwergwuchs ist nicht selten der Ausgangspunkt einer gigantischen Intellektualität. Napoleon Bonaparte, den man bekanntlich als den Großen bezeichnet, litt lebenslänglich unter seinen mikroskopischen Körpermaßen. Das ätzende Gefühl, zu kurz gekommen zu sein, der stechende Schmerz der Frustration gibt Individuen immer wieder die Energie zu ungeheuren Spitzenleistungen. Die erstaunliche Proportion von Talenten unter Juden, Homosexuellen und Abartigen aller Art beweist meine Behauptung. Ich habe nie die Ehre gehabt, die elf Herren Kaminski persönlich kennenzulernen. Ich erlaube mir jedoch die Annahme, daß ihre beispiellose Karriere auf den Fußballplätzen dieses Landes eine Frucht unzähliger Erniedrigungen und Injurien ist. Das Schicksal von Ausgestoßenen und Stigmatisierten führt entweder zur sozialen Rebellion oder zu erstaunlichem gesellschaftlichen Aufstieg. Die Brigade des Jim Weissplatt ist eine Gruppe von politischen und ethnischen Outcasts, die unter schlimmsten Bedingungen aus Rußland flüchten mußten. Das Maß ihrer Frustration ist übervoll, und ich zweifle keinen Augenblick, daß diese Männer das Finalspiel gewinnen werden.«

Am 9. September traten die Boys zum Entscheidungsmatch an. Jim Weissplatt hatte ein Vermögen investiert, und Uri Taubenschlag 412 Tage intensiven Trainings. Die elf Kerle bildeten sich ein, vom Ausgang dieses Spiels würde das Schicksal der Juden in Amerika abhängen, möglicherweise auch das Ansehen des Sozialismus auf der ganzen Welt. Onkel Jim erschien in der Garderobe, als bereits der Lärm von sechzigtausend Zuschauern herüberwogte. Die Zeiger des großen Chronometers zeigten auf 14 Uhr 50. Eine ungeheure Spannung zitterte in der Luft. Red Flag stand vor dem Triumph, doch in diesem historischen Augenblick explodierte das Snow'sche Sekundärgesetz. Völlig unerwartet wandte sich Herschele fünf Minuten vor dem Anpfiff an den alten Weissplatt und fragte: »Was steht in dem Brief?«
»In welchem Brief, Boys?«
»Du weißt, was wir meinen. In dem Brief aus Warschau.«
»Ach so? Der Brief aus Warschau. Nichts Wichtiges. Nach dem Spiel könnt ihr ihn lesen.«
»Nicht nach dem Spiel, sondern jetzt. Seit Jahren der erste Brief von zu Hause und du sagst, es stehe nichts Wichtiges drin.«

»Es ist eine Überraschung, Jungens. Zuerst gewinnt ihr das Finalspiel gegen die Hundesöhne vom FC Philadelphia, und dann, wenn euch ganz Amerika zujubelt, wenn ihr die Big Champions seid...«
»Du lügst, Onkel Weissplatt. Einmal sagst du ›nichts Wichtiges‹, und paar Sekunden später ist es ›eine Überraschung‹. Von wem ist der Brief?«
»Von meiner Schwester, das heißt von eurer Mutter, also, kurz gesagt, nichts Besonderes. Wichtig sind jetzt die Banditen vom FC Philadelphia, die Avantgarde des amerikanischen Großkapitals.«
»Dazu gehörst du selber, Onkel Jim. Erzähle uns keine Märchen! Wir wollen den Brief.«
»Nach dem Finalspiel, hab ich gesagt, und was ich gesagt habe, nehm ich nicht zurück. Von wem wißt ihr überhaupt, daß es einen Brief gibt?«
»Wir haben Genossen an jeder Straßenecke. Auf der Post ebenfalls.«
»Wißt ihr, was das ist? Verletzung des Postgeheimnisses. Darauf steht Zuchthaus von zwei Monaten bis zu drei Jahren.«
»Wir wollen den Brief!«
»Draußen sitzen sechzigtausend Amerikaner und warten.«
»Sie sollen zerplatzen. Wir spielen nur, wenn du den Brief zeigst.«
»Ich lasse mich nicht erpressen. Ihr hört, daß man euch verlangt.«
»Keiner von uns wird spielen!«
»Die Leute schreien sich kaputt. Ihr müßt anfangen.«
»Wir rühren keinen Finger.«
Weissplatt kochte vor Wut. Er biß sich die Fingernägel von der Hand und sagte dann mit veränderter Stimme:
»Und wenn die Nachrichten schlecht sind? Was dann?«

»Dann wollen wir sie kennen.«
»Werdet ihr trotzdem spielen?«
»Zeig den Brief und stell keine Bedingungen!«
»Ihr habt gar kein Recht darauf. Der Brief ist für mich. Da steht die Adresse schwarz auf weiß: Jim Weissplatt, 74th Street East und so weiter. Die Leute schlagen Krach, weil ihr nicht herauskommt. Sie haben Eintritt bezahlt und bekommen nichts dafür. Wollt ihr mich zerhacken, nach allem, was ich für euch getan hab?«
»Zerhacken nicht, aber wir streiken.«
»Es ist drei Uhr fünf. Spielt ihr oder spielt ihr nicht?«
»Zeig uns den Brief. Wir werden sehn.«
»Okay, ich hab euch gewarnt.«
Herschele nahm das Schreiben in die Hand. Er überflog es und erbleichte. Dann begann er mit dürrer Stimme zu lesen: »Mein lieber Bruder. Zum ersten Mal im Leben schicke ich dir einen Brief, obwohl es mir schwerfällt. Also, hier ist die ganze Wahrheit. Mein armer Jankl, mit dem ich sechzehn Kinder habe, ist plötzlich übergeschnappt und hat verloren den Verstand. Er hat sich verliebt in eine Aktorke, was vierzig Jahre jünger ist als er. Seit einer Woche ist er weg. Alle Männer sind gegangen. Was macht a jiddische Mamme ohne ...«
Hersch konnte nicht weiterlesen. Die Stimme erstarb ihm im Hals. Draußen tobte ein Tornado. Die Menge pfiff und johlte. Die Wände zitterten vom Wirbelsturm, der das Stadion ergriffen hatte. Da ging die Türe auf. Uri Taubenschlag stürzte mit kreideweißem Gesicht und verzerrten Zügen herein: »Noch eine Minute, und ihr seid disqualifiziert.«
»Wir haben ohnehin verloren.«
»Werdet ihr spielen oder nicht?«
»Wenn es sein muß, werden wir spielen. Chancen haben wir keine ...«

»Ihr schuldet uns ein Vermögen. Wenn ihr nicht spielt, sind wir ruiniert. Und ihr auch.«
»Okay, wir spielen.«
Draußen empfing ein Begeisterungssturm die Mannschaft. Niemand ahnte, was passieren würde. Weissplatt blickte den Olympiatrainer mit gläsernen Augen an und stöhnte: »Was mach ich, Mister Taubenschlag, wenn wir verlieren?«
»A Bankrott mehr, a Bankrott weniger, Mister Weissplatt, das spielt schon keine Rolle.«
»Womit zahle ich meine Schulden?«
»Schicken Sie die Rechnung nach Warschau. Da haben Sie a Schwager, what is a Millionaire.«
»A Millionaire is er, aber nicht mehr mein Schwager!«

Die elf Kaminskiboys wußten sehr wohl, daß ihr Vater ein Säufer war, daß er in Kneipen umherzog und eigentlich nie aus seinem Rausch erwachte. Sie wunderten sich nicht darüber, weil sie den Alkoholismus für ein Attribut des untergehenden Kapitalismus hielten. Da Jankl ein Kapitalist war, mußte er folgerichtig auch dem Schnaps frönen. Auch von seinen sexuellen Ausschweifungen hatten sie gehört. Von den leichten Mädchen, mit denen er verkehrte, und seinen zwielichtigen Rendezvous, die er mitten am Tag abzuhalten pflegte. Das überraschte sie noch weniger, denn sie betrachteten die moralische Verkommenheit als Wurmfortsatz einer zerfallenden Gesellschaft. Somit widerspiegelte sein Lotterleben den Untergang der bürgerlichen Klasse, und seine Söhne machten sich keine Illusionen über ihren Erzeuger. Im Gegenteil. Er hatte sie ja verleugnet. Er hatte zugelassen, daß man sie in die Bleigruben von Werchojansk verschickte. Sie trauten ihm alles zu, und nichts konnte sie verblüffen. Nur etwas überstieg ihre revolutionäre Phantasie: daß sich ihr Vater verliebt hatte. Das war unvorstellbar und durfte zudem nicht sein, da Jankl schließlich verheiratet war. Das wiederum sprachen sie nicht aus, denn ihre theoretischen Postulate von freier Liebe und Abschaffung der bürgerlichen Familie waren ihnen heilig. Sie verbrämten deshalb ihre Vorurteile hinter pseudoprogressiven Spitzfindigkeiten. Sie behaupteten beispielsweise, er führe ein heuchlerisches Doppelleben. Er habe gleichzeitig eine Frau und eine Geliebte, was an sich jenseits von Gut und Böse stehe – doch müsse man den Mut haben, dies zuzugeben. Natürlich war er zu feige, meinten die Jungens, sich scheiden zu lassen. Öffentlich spielte Jankl den strengen Familienvater, den untadeligen Patriarchen, aber insgeheim hielt er sich eine Mätresse, eine feile Konkubine, die vierzig Jahre jünger war als er.

Für Geld kann man alles kaufen, schimpften seine Söhne, sogar eine halbwüchsige Schauspielerin. Eine Kokotte wahrscheinlich, die keine Künstlerin war, sondern ein Flittchen aus dem erstbesten Tingeltangel. Aber er schämt sich nicht einmal, der alte Lüstling, der greise Casanova mit Säcken unter den Augen und Rostflecken auf der Haut. Er muß doch wissen, daß sich das Mädchen vor ihm ekelt, daß sie ihn mit jungen Kerlen hintergeht. Und wenn nicht, was kann sie schon wert sein, wenn sie sich mit einem Methusalem ins Bett legt, einem Vater von sechzehn Kindern? Sie ist nicht älter als sein jüngster Sohn, und wenn er stirbt, wird sie alles erben. Das ist natürlich ihre Absicht. Sonst will sie nichts. Sie sieht bestimmt gut aus, der Alte ist ihr hörig und wird ihr alles hinterlassen. Die fünf Töchter werden leer ausgehen, von den elf Söhnen gar nicht zu reden. Er ist ihr auf den Leim gekrochen und zu dumm, sie zu durchschauen. Recht geschieht es ihm. Ein Leben lang hat er andere ausgepreßt. Jetzt hat er die Strafe. Und außerdem zeugt man nicht sechzehn Kinder, um sie eines Tages sitzen zu lassen. Die Mutter läßt er allein. Die Töchter ebenfalls. Das sieht ihm ähnlich, dem alten Knacker, diesem Neandertaler ohne Skrupel und Gewissen.

Jankls Söhne besaßen einen überdurchschnittlichen Intelligenzquotienten. Die meisten hatten studiert, lasen gelehrte Bücher und stellten sich Fragen über den Sinn des Lebens. Sie hatten auch ein ziemlich klares Bild von der Welt, die sie einmal aufbauen wollten – doch fehlte ihnen die Einbildungskraft, sich die Seele ihres Vaters vorzustellen. Überhaupt hatten sie Probleme mit der menschlichen Seele. Gab es sie überhaupt? Wissenschaftlich war sie nicht nachweisbar, und keinem Forscher war es je gelungen, sie herauszudestillieren. Die Anatomen hatten schon zahllose Leichen seziert, aber den Sitz der Seele nie gefunden. In den Schriften von Marx und Engels wurde sie als hormonale Absonderung verschiedener Drüsen dargestellt, und damit war scheinbar alles erklärt. Jankls Seele war die Sekretion eines trägen Haufens von Protoplasma – das Nebenprodukt degenerierter Eiweißverbindungen. Er verhielt sich wie ein Einzeller, wie ein finsteres Pantoffeltier ohne ethische Bremsen. Er glich einer Maschine, die sich triebhaft auf alles zubewegte, was dem eigenen Stoffwechsel diente: fressen, saufen und huren. Dieses Scheusal also verliebte sich und faselte von Gefühlen, wobei seine Existenz aus Geschäften besteht und Missetaten. Das paßte doch nicht zum Psychogramm dieses Rohlings, denn erstens durfte er es nicht und zweitens – wenn es schon sein mußte – sollte er es mit seiner Frau treiben, basta! Ob Noemi Kaminska ihren Mann liebte,

fragte niemand. Noemi Kaminska war ihre Mutter und daher über alle Zweifel erhaben. Man vergötterte sie, man sprach von ihr wie von einer Heiligen.
Jankls Söhne verhöhnten zwar die bürgerlichen Gesetze und die religiösen Gebote, doch in Wirklichkeit waren sie Hüter des Buchstabens, Streiter der Heerscharen für Zucht und Ordnung. Und sie waren eine Fußballmannschaft Gottes, die nicht zum Herrn im Himmel, sondern zur proletarischen Revolution betete. Elf unerbittliche Rabbiner, erfüllt von der Sendung der heiligen Schriften von Marx und Engels. Im Lauf des amerikanischen Exils war ihr Zorn gegen den Vater langsam erkaltet. Ihre Haßreserven verteilten sich auf andere Feindbilder: auf den Präsidenten Howard Taft, die Generalität, die New Yorker Börse und auf alle die Schurken, die dort über das Schicksal der Menschheit makelten. Bis plötzlich dieser Brief kam. Unerwartet wie eine Naturkatastrophe, die ihnen grausam in Erinnerung rief, daß sie einen Vater hatten. Wäre auf der anderen Seite des Spielfeldes ein elffacher Jankl ihr Gegner gewesen, hätten sie ihn ohne Zweifel zermalmt, in Stücke zerschlagen und in der Luft zerfetzt. Aber dort stand nicht ihr Erzeuger, leider, sondern eine wohlgeordnete Mannschaft von Studenten einer weltberühmten Universität. Sie vernichtend zu besiegen, fehlte die Motivation, und weder Jim Weissplatt noch Uri Taubenschlag konnten daran etwas ändern.
Das Spiel war ein einziges Debakel, und sechzigtausend Fußballfans wurden Zeugen eines Weltuntergangs. Begeistertes Gebrüll kam von den teuren Plätzen, ein empörtes Pfeifkonzert von den billigen – aber am Ergebnis war nicht zu rütteln. Das Mac Snow'sche Sekundärgesetz von der immanenten Erfolgsverweigerung feierte seinen neuesten Triumph. In der Umklei-

dekabine des Brooklynstadions hockte Jim Weissplatt mit übergeschlagenen Beinen auf einem verschmierten Waschbecken. Er stülpte sich resigniert den Kragen hoch und stöhnte. Noch fünf lächerliche Minuten, dann war die Pleite endgültig. Da keuchte Uri Taubenschlag herein, der die zweite Halbzeit von der Tribüne aus verfolgt hatte. Er sah aus, als hätte man ihm sämtliche Zähne ausgerissen, und einen Moment lang brachte er keinen Laut hervor. Dann schrie er wie ein Besessener: »Acht zu null, Mister Weissplatt. Das sind Ihre Neffen, Sir. Man hat uns rasiert am Kopf und am Toches.«

»Was wollen Sie, Herr Taubenschlag?« gab der Großunternehmer schwermütig zurück, »wir haben gesetzt auf die Gerechtigkeit und haben verloren.«

»Wer hat gesetzt auf die Gerechtigkeit? Vielleicht ich? Nein, Sie, weil Sie a Phantast sind ... Ich bin vollkommen normal, Sir. Das geb ich Ihnen schriftlich.«

»Sie sind mitgegangen, verehrter Freund. Wenn ich gehängt werde, baumeln Sie mit. Dafür werd ich schon sorgen.«

»Gott hat beschlossen, uns die Eier abzuhacken. Er ist allwissend, er weiß, was er macht.«

»Er gibt uns a Zeichen, Mister Taubenschlag. Wir sollen lernen aus der Erfahrung, daß der Sozialismus is no Business for the Jidden.«

»Und for the Goim auch nicht. Acht zu null, Mister Weissplatt. Der Schlag soll treffen die Boys und ihre Mischpoche!«

Bei diesen Worten erschütterte ein überirdisches Gezeter das Stadion. Orgiastisches Geschrei erscholl von den besseren, Wutgeheul von den schlechteren Plätzen. Zwei Minuten vor dem Abpfiff hatte der FC Philadelphia das neunte Tor geschossen. Weissplatt röchelte:

»Nicht acht, sondern neun zu null, Sie Olympiatrainer. Sie gottbegnadetes Phänomen der Sportplätze. Ich häng mich auf, und zwar noch heute.«
»Warum heute, Mister Weissplatt? Warum nicht vor zwei Jahren? Sie hätten mir erspart diesen Tag, an dem ich meine letzten Haare verlier. Da haben Sie Ihre Motivation...«
»A schöne Idee, Sir, und a bekacktes Geschäft.«
»Sie wollten, daß ich die Idioten motiviere. Ich habe auf Sie gehört und Reden gehalten. Ich hab den Kerlen politischen Schmonzes erzählt. Alles nach Ihrem Wunsch, und wie stehn wir da? Wie zwei Nullen vor dem Pissoir.«
»Ich hab verspielt a halbe Million.«
»Ihre Schuld, Mister Weissplatt. Wer hat den Boys diesen Brief gezeigt? Sie oder ich?«
»Dieser Brief«, pustete der Onkel, indem er vergeblich versuchte, sich eine Pfeife anzuzünden, »dieser Brief ist meine verdammte Privatsache und geht Sie einen feuchten Dreck an.«
»Neun zu null, weil der alte Kaminski hat gefunden a junge Schickse!«

Das Chaos nach Spielschluß war unbeschreiblich. Die Sirenen heulten. Das Volk tobte und wollte das Stadion nicht verlassen. Da kehrten die Boys in die Kabine zurück, ausgepumpt, schmutzig, das Gegenteil ihrer selbst. Mordechai ging auf Weissplatt zu und sagte tonlos: »Onkel Jim, wir haben verloren.«
»Nicht ihr habt verloren, sondern ich. Zuerst zahlt ihr zurück. Dann schmeiß ich euch raus!«
Als Weissplatt das sagte, wurde die Tür aufgerissen. Ein Zeitungsverkäufer rannte herein und schrie: »Stolypin

ermordet. Der Ministerpräsident des Zaren von drei Kugeln durchbohrt!«
Da stürzte Herschele auf den Onkel zu und jubelte: »Wir haben gewonnen, Rußland steht am Vorabend der Revolution!«
»Und ich stehe am Vorabend der Pleite. Ihr schuldet mir fünfhunderttausend Dollars, und Rußland kann mir gestohlen bleiben.«
Jetzt mischte sich Moische ins Gespräch. Er redete selten, aber wenn er das Wort ergriff, verblüffte er durch die Logik seiner Gedankengänge: »Onkel Weissplatt, du kannst doch rechnen, also überlege! In ein paar Jahren kommt der Sozialismus. Vielleicht etwas früher, vielleicht etwas später, aber er kommt mit der Gewißheit einer Sonnenfinsternis.«
»Du sagst es, Moische«, stöhnte Weissplatt, »eine Sonnenfinsternis!«
»Wissenschaft ist Wissenschaft, Onkel. Was kommen muß, wird kommen. Mit astronomischer Pünktlichkeit. Es läßt sich vorausberechnen. Jahrhunderte voraus, ob es dir paßt oder nicht.«
»Und was hab ich davon, du Klugscheißer?«
»Gar nichts. Im Gegenteil. Deine Dollars wirst du verlieren. Deine Geschäfte, Häuser und Fabriken ebenfalls. Den letzten Penny wird man dir nationalisieren. Nichts wird dir bleiben. Also, was weinst du?«
»Bis sie kommt, eure Sonnenfinsternis, zahlt ihr zurück mein Investment, sonst laß ich euch einsperren oder abschieben ins Ausland.«
Da ergriff Herschele das Wort. Er grinste: »Du mußt mich gar nicht abschieben, Onkel Weissplatt. Ich gehe von selbst.«
»Du wirst dableiben.«
»Ich werde fahren.«

»Ohne Papiere, wohin? Als Cowboy in den Wilden Westen? Oder als Golddigger nach Alaska?«
»Als Mittelstürmer, Onkel Weissplatt, und zwar nach Rußland. Dort beginnt das Finalspiel um den Goldpokal der Zukunft. Ich fahre morgen!«

12.

In den Annalen meiner Familie ist der 14. September des Jahres 1911 ein denkwürdiger Tag. In New York verspielten die Kaminskiboys die Finalpartie gegen den FC Philadelphia, in Kiew erschoß ein gewisser Dmitri Bogrow den Ministerpräsidenten des Zaren, Pjotr Stolypin, den meistgehaßten Mann Rußlands, und in Wien lief der Schnellzug aus Galizien ein, dem unter anderen auch die Rosenbachs entstiegen, um in der Hauptstadt Österreichs ein neues Leben zu beginnen. Leo trug ein schweres Holzstativ über der Schulter, auf dem eine vorsintflutliche Kamera befestigt war, die das gesamte Betriebskapital der Familie darstellte. Auf der Treppe vor dem Ostbahnhof befahl der Herr Hoffotograf seinen zwei Frauen, stehenzubleiben und sich nicht vom Fleck zu rühren, denn es galt, den historischen Augenblick auf einem Lichtbild zu fixieren. Seit seinen Jugendjahren haschte Leo nach historischen Augenblicken. Zuerst im Dienste Ludwigs von Bayern, dann als Kompagnon seines närrischen Bruders und jetzt als freischaffender Phantast vor dem Wiener Ostbahnhof: »Malwa, du mein süßes Kind. Nimm doch bitte den Strohhut vom Kopf, denn heut dulde ich keinen Schatten auf deinem Gesicht. Heute auf keinen Fall. Und du, Jana. Sei so gut und stütz dich ganz ungezwungen auf deinen Sonnenschirm! Jawohl. So ist es prächtig. Jetzt sind wir soweit. Wir stehen im Herzen der Welt. An der schönen blauen Donau. Hier leibt und lebt unser lieber Kaiser Franz Joseph, den Gott uns erhalten möge. Bitte tief einatmen und ... lächeln!«

27. September 1911

Seit Tagen träume ich immer wieder den gleichen Traum. Ich schlendere durch die Straßen. Ziellos und verliebt. Plötzlich scheint es mir, ich werde beobachtet. Von einem geheimnisvollen Mann, der mir Gänsehaut verursacht. Ich will ihn rufen, doch jedesmal entgleitet mir sein Name. Ich habe ihn auf der Zunge, doch er purzelt mir aus dem Gedächtnis. Dann fällt er mir wieder ein, aber meine Stimme versagt. Dabei weiß ich genau, wer das ist. Mein unsterblich Geliebter. Der Hochstapler von Gottes Gnaden, der nirgends gedeihen kann als in Wien, wo alles Gaukelwerk ist und Fata Morgana. Die Straßen glitzern, als wären sie vergoldet. Ein funkelndes Flitterwerk spiegelt sich in tausend Fenstern. Niemand beeilt sich, doch alle haschen nach Abenteuern und Illusionen. Die Frauen hinterlassen Duftwolken, wenn sie vorbeirauschen. Die Männer schauen sich um und staunen einem nach, als sei man eine Erscheinung. Alle haben Zeit. Schwaden von Sehnsucht hängen über den Dächern. Hier werde ich ihm begegnen. Davon bin ich überzeugt. Es prickelt in meiner Haut. Ich spüre es in den Fingerspitzen, wenn ich durch die Gassen spaziere. Ich sehe ihn hinter Büschen und Hecken. Ich höre ihn und fühle, wie er die Innenseite meiner Hand küßt. Die Straßensänger knödeln sentimentale Lieder, und mir kommen die Tränen. Das ist lächerlich, aber wahr. Ich bestaune die Schaufenster an der Kärntnerstraße, die phantastischen Hüte am Kohlmarkt, die herrlichen Kleider am Graben und habe die Gewißheit, daß er mich verfolgt. Aus den Kaffeehäusern weht mir süße Wonne entgegen: Herr Ober, eine Mélange! Oder einen Kapuziner! Oder einen Mokka, gespritzt! Hier koste ich einen Topfenkrapfen, dort eine Powidlbuchtel, und jemand schaut mir zu. Vielleicht bilde ich mir das nur ein. Mag sein, daß ich es bin, der ihn sucht, und nicht umgekehrt. Aber ich weiß, daß er da ist. Irgendwo hält er sich versteckt. In einem dieser unvergleichlichen Gebäude. Hinter einem Alabastertisch bei Kugler, Dehmel oder Sacher. Ich bin so verliebt, daß ich nicht mehr weiß, ob es Tag ist oder Nacht. Ich bummle zum Prater hinüber. Zum Riesenrad, zum Watschenmann, zur Achterbahn. Dort rollt ein Wägelchen aus dem Gespensterschloß. Ich könnte schwören, daß er drinsitzt. Das ist er – Ehrenwort –, und neben ihm der Engel mit den traurigen Augen. Henner, rufe ich, schau mich an! Er dreht sich um zu mir. Ein wildfremder Mensch, der meint, ich sei übergeschnappt. Die ganze Welt liegt zu meinen Füßen, weil ich zwanzig bin. Gestern fuhr ich mit Papa nach Schönbrunn. Er zeigte mir den Tempel der liebestollen Nymphen. Darin hockten Hunderte von Papageien in silbernen Käfigen. Und schwatzten durcheinander. Matte Spiegel warfen das Bild ihrer Federpracht zurück. Zerbrechliche Fresken blickten lächelnd auf mich herab, und die sonderbaren Vögel drehten, wendeten und spiegelten sich wie prunksüchtige Höflinge, die mich unverschämt anrempelten. Einer von ihnen flehte mit samtweichem Gurren, ich solle ihn erlösen. Er sei mein Liebster, der größte Erfinder aller Zeiten, den das Schicksal in einen Kakadu verwandelt hat. Oh du mein Gott! Ich bin zwanzig. Ich bin in Wien. Ich bin in der Stadt aller Städte, deren Reiz darin liegt, daß sie so überflüssig ist. Sie schillert vor Leichtsinn, vor liederlicher Verkommenheit und Lebenslust. Ich sehne mich nach dir, du himmlischer Taugenichts. Und nach dem anderen ebenfalls. Nach dem Mann aus Granit. Zum hundertsten Mal lese ich die Nachricht, die mir das Herz zerreißt: »Mit einer falschen Eintrittskarte verschaffte sich der notorische Anarchist namens Dimitri Bogrow Zutritt zu einer Theateraufführung, bei der auch der russische Ministerpräsident Pjotr Stolypin anwesend war. Vor Beginn der Vorstellung stürzte sich Bogrow auf den Würdenträger und gab drei Schüsse auf ihn ab. Schwer verletzt wurde Stolypin in ein nahes Krankenhaus gebracht, wo er kurz darauf verschied. Der Mörder wurde festgenommen, in einem Schnellverfahren zum Tode verurteilt und im Morgengrauen des 26. September hingerichtet.« Ein notorischer Anarchist. Das kann nur Baltyr sein. Oder ist es ein anderer? Ein anderer Mann aus Granit? Es war das Ziel seines Lebens, den Bluthund zu töten. Er hatte es zweimal versucht, aber vergeblich. Zweimal wurden Verdächtige festgenommen und standrechtlich erschossen. Welcher von ihnen war Baltyr? Man wird es nie wissen. Sie segeln ja alle unter falscher Flagge. Einmal heißen sie Dmitri. Einmal Pawel; und dann Baltyr. Sie haben Dutzende von Decknamen, aber du bist der beste unter ihnen. Du bist mein Bergkristall. Du gehörst zu den Männern, die man ans Kreuz schlägt, und am dritten Tag sind sie wieder da. Gestern früh haben sie dich erschossen. Morgen wirst du auferstehen und mich holen. An meine Tür wirst du klopfen und mir befehlen, dir zu folgen. Du weißt, daß ich dir folgen werde. Ohne zu zögern, aber du gehörst nicht hierher. Du gehörst in eine aschgraue Stadt. Nach Nowgorod, zum Beispiel, oder Zaryzin – der Name allein schon klingt wie ein Stoßseufzer. Du wirst mir erzählen, wie du geschossen hast. Wie sie dich packten und in Ketten legten. Ich werde erfahren, was du ihnen ins Gesicht schriest vor dem Militärgericht. Die Wahrheit hörten sie von dir. Die große Wahrheit, für die es eine Lust zu sterben ist. Ich liebe dich, Baltyr. Deinen Traum hast du ihnen in die Fratze geschleudert. Du wirst mir berichten, wie sie dich zur Richtstätte führten. Was du gespürt hast in jenem Augenblick. Woran du dachtest und an wen. Vielleicht an mich oder einen Frühlingstag. An die Maiglocken und die roten Nelken. Ach, Baltyr. Komm doch endlich! Ich warte so sehr auf dich und deine starken Hände. Ich will keinem gehören. Nur dir allein. Du wirst mich nehmen. Unter den Linden, an der Heide. Du wirst meine Augen küssen. Am Flußufer oder oben, an der Böschung. Ich werde mich öffnen für dich wie eine Seerose. Ich werde dich liebkosen für alle die Schmerzen, die du erdulden mußtest... Aber was geschieht, wenn du nicht heruntersteigst vom Kreuz? Wenn sie dich für immer getötet haben? Was dann? Dann warte ich auf dein Gegenstück. Auf den buntscheckigen Nichtsnutz, der seit Jahren die Farbfotografie erfindet und schließlich davonlief mit unserem Edelstein. Wo mag er nur sein, der herrliche Falschmünzer? Warum läßt er nichts hören von sich? Er hat ein schlechtes Gewissen, der Dummkopf. Er lebt in den Wolken, wie Baltyr. Er verwechselt seinen Rausch mit der Wirklichkeit und schämt sich, verrückt zu sein. Wenn er nur wüßte, daß wir alle verrückt sind. Eine meschuggene Mischpoche. Wie könnten wir ihm gram sein? Mit welchem Recht? Wir haben ihm doch längst verziehen. Sowohl Mama als auch ich. Jetzt sehnen wir uns nach seiner Rückkehr. Jetzt gäben wir Gott weiß was, wenn er plötzlich vor unserem Haus stünde. Ich bin verliebt. Ich bin in Wien. Ich bin zwanzig...

13.

Onkel Henner hatte irgendwo gelesen, England sei das freieste Land der Erde – und daran glaubte er. Da er der festen Überzeugung war, man behindere ihn böswillig bei seiner Tätigkeit als Erfinder, die Menschheit sei nur darauf aus, ihm ein Bein zu stellen, und Dutzende von verkappten Neidern wollten seine große Idee durchkreuzen, war er aufgebrochen, um sein Glück in London zu suchen. Er verfügte über einiges Geld aus dem Verkauf des fatalen Diamanten und wohnte in einer Mietskaserne an der Skull Street Nummer 13. Dort teilte er mit seinem Sohn Nathan ein Mansardenzimmer, das gleichzeitig als Laboratorium, Küche, Salon und Schlafzimmer zu dienen hatte. Der einzige Vorteil dieser Behausung lag in ihrer Aussicht. Wenn man aus der Dachluke blickte, konnte man die Themse sehen, die London Bridge, St. Paul's Cathedral und das Parlament. Lehmbraun und träge wogte das Wasser dem Meer entgegen und suchte den Weg in die weite Welt. Seit den hektischen Tagen in Stanislau war es mit dem Erfinder abwärts gegangen. Sein ehedem blauseidener Smoking hatte sowohl die Farbe als auch die Form eingebüßt. Seine Hemden waren früher blütenweiß gewesen. Jetzt konnte man kaum mehr erkennen, ob Henner unter dem Gilet überhaupt etwas an hatte oder nicht. Noch immer legte er Wert auf Krawatten, aber was er um den Hals trug, glich einem toten Regenwurm. Henner war eine Karikatur seiner selbst, doch noch immer imstande, Frauen wie Männer zu faszinieren. Besonders Miss Popper, seine Hausmeisterin, vergötterte ihn und verzieh ihm vieles, sogar sein schlechtes Englisch, das er trotz bereits fünfjährigen Exils in Großbritannien noch immer nicht beherrschte. An jenem Nachmittag bezauberte er sie mit einer Rede, die alles bisherige in den Schatten stellte: »In Ihrem Haus, Miss Popper, inmitten dieser Steinwüste von Lambeth, wird eine beispiellose Epoche ausbrechen ...«

»Anbrechen, Mister Rosenbach, und seit drei Monaten haben Sie mir den Mietzins nicht bezahlt.«

»Ich gelobe Ihnen bei den Glocken von St. Paul's, daß Sie hundertfach zurückbekommen, was ich hier dulde ...«

»Nicht dulde, sondern schulde, und ich möchte wissen, wann. Wie lange soll ich warten und wofür? Sie gehen mir aus dem Weg. Ihr Sohn ebenfalls. Ich gebe zu, daß er spielt wie ein Engel, aber davon kann ich nicht leben.«

»Heute bekommen Sie, was ich hier schulde. In wenigen Augenblicken beginnt die neue Ära, denn ich habe endlich erfunden, was ich jahrelang suchte.«

»Nicht er-, sondern ge-funden. Sie müssen sich sorgfältiger ausdrücken, Mister Rosenbach. Englisch ist die Sprache Shakespeares und verdient, mit Ehrfurcht behandelt zu werden ...«

»Diese Harzkörnchen«, flüsterte Henner in höchster Erregung, indem er ein honiggelbes Pulver auf den Tisch streute, »das ist die chemische Entbindung ...«

»Verbindung, Mister Rosenbach, ich bitte Sie.«

»Die chemische Verbindung, welche die Welt erschüttern wird. Glauben Sie mir!«

»Ich glaube Ihnen alles, Mister Rosenbach, obwohl Sie es gar nicht verdienen, Sir.«

»Ich werde sie schmelzen. Ich werde sie kippen, Miss Popper. Hier in dieser garstigen Kammer.«

»Ich will dieses Wort nicht gehört haben. Diese Kammer ist alles andere als garstig. Sie befindet sich in London, und London befindet sich in Großbritannien.«
»Und aus diesem unscheinbaren Pulver, Madame, entsteht noch vor Einbruch der Nacht die farbempfindliche Substanz, die für immer und ewig meinen Namen tragen wird ...«
»Ich wünsche es Ihnen, Sir. Aus heißem Herzen bete ich zu Gott, daß es Ihnen gelingen möge. Ihr Glück ist auch das meinige.«
»Sie sind meine reizende Zeugin, Miss Popper. Sie werden sehen. Mit Ihren feigenblauen Augen ...«
»Veilchenblau, Sir«, korrigierte die Hausmeisterin und errötete bis über beide Ohren.
»Mit Ihren veilchenblauen Augen werden Sie wahrnehmen, wie aus einer farblosen Emulsion bunte Konturen hervordämmern: grün, orange, violett, ein naturgetreues Abbild der göttlichen Schöpfung.«
»Ich glaube an dich, du Zauberer«, wisperte Miss Popper, indem sie ihre Hand auf Henners Schulter legte, »in der Bibel steht, daß die Letzten die Ersten sein werden. Willst du?«
»Was?«
»Mein Erster sein?«
»Selbstverständlich, Miss Popper. Wir werden im Triumphzug nach Österreich zurückkehren ...«
»Wer, Darling?«
»Mein Sohn Nathan und ich. Der Kaiser wird uns empfangen. In Schönbrunn. Und mein Bruder Leo wird mir verzeihen, denn ich werde weich sein, unendlich weich.«
»Nicht weich, sondern reich, Mister Rosenbach!«
»Der reichste Mann Englands ...«

Henner ging zu den Fensterläden und schloß sie. Dann nahm er einen Gasbrenner aus dem Schrank, stellte ein Reagenzglas darüber, streute das Pulver hinein und entzündete die Flamme. Dann schüttete er Wasser durch einen Glastrichter über die Lösung und sprach mit gesalbter Stimme: »Ich habe gefrevelt, gnädiges Fräulein, doch den Erfolgreichen erläßt man ihre Sünden. Wir stehen vor einem historischen Augenblick. Sie werden Ihren Kindern erzählen ...«
»Ich habe keine Kinder, Mister Rosenbach.«
»Ihren Kindern und Kindeskindern werden Sie erzählen, daß Sie dabei waren. Daß außer Henner und Nathan Rosenbach nur Sie allein zuschauten, als es geschah. Geben Sie jetzt acht, Miss Popper. Die Flüssigkeit fängt an zu brodeln. Ein rötlicher Dampf steigt empor. Spüren Sie den seifigen Geruch? Jetzt sind wir soweit. Achtung, fertig ...«
Da erschütterte ein schrecklicher Knall die Mansarde, und ein Teil der Decke stürzte donnernd zusammen.

Was von meinem Großonkel, seinem Sohn Nathan und der begeisterten Miss Popper übriggeblieben war, wurde mit einem Polizeiwagen zu Scotland Yard gebracht. Die beiden Ausländer waren mit Handschellen aneinander gefesselt, die alte Jungfer kauerte auf dem Vordersitz und schluchzte tonlos vor sich hin. Am Steuer saß ein vierschrötiger Konstabler, der hin und wieder keuchende Sätze von sich gab. Zwischen ihm und Miss Popper thronte ein Wachtmeister, der die tieferen Zusammenhänge der Explosion zu ergründen suchte: »Die drei Personen haben Verbrennungen, Mac. Haar und Augenbrauen sind versengt. Die Kleider sind verkohlt und großenteils devastiert. Was heißt

das also, Mac? Das heißt, daß etwas in die Luft geflogen ist.«
»Richtig kombiniert, Alter.«
»Die zwei Männer sprechen ein jämmerliches Englisch, Mac. Daraus schließe ich, daß sie Ausländer sind. Und dazu noch unerwünschte Ausländer. Russische Anarchisten von der Sidneystraße, nehme ich an.«
»Sicher sind das russische Anarchisten, Alter, aber meiner Nase nach zu schließen reden sie deutsch.«
»Dann sind es eben keine Russen, sondern gottverdammte Germans, Mac. Fucking Socialists, die unseren Eisenbahnerstreik provoziert haben.«
»Recht hast du, Kumpel, aber was sucht das verblühte Mädchen bei ihnen? Die ist doch von hier.«
»Wahrscheinlich schon, aber vorläufig sieht sie aus wie eine gegrillte Wurst.«
»Gut sagst du das, Boy.«
»Und ich hab meine Hypothese, Mac. Diese Leute sind Iren. Ganz gewöhnliche, in den Arsch gefickte Iren, die unseren Staat ruinieren.«
»Großartig, Alter. Das sind Iren, die deutsch sprechen, damit wir denken, sie seien Russen ...«
»Und die alte Jungfer ist eine Frauenrechtlerin, Mac. Die mischen nämlich überall mit. Vor ein paar Tagen haben diese Gänse das Telefonkabel in die Luft gesprengt. Die Hauptlinie London-Glasgow. Und wer hat gejubelt? Natürlich die Iren. Und darum werden wir dich«, dabei schleuderte er böse Blitze auf das geröstete Fräulein, »an den Galgen knüpfen, du irische Sau.«
»Ich bin«, schluchzte die Hausmeisterin, »Engländerin seit vierzig Generationen, seit König Arthur und der Schlacht bei Hastings. Die irische Sau werden Sie bereuen, Sir ...«

Kaum war das letzte Wort verklungen, vollzog Miss Popper unvermittelt eine Vierteldrehung und haute dem Wachtmeister zwei Ohrfeigen herunter, die jener bewegungslos entgegennahm. Er spürte wahrscheinlich, daß er zu weit gegangen war und bemerkte kleinlaut: »Mag sein, daß die Miss keine irische Sau ist, aber die zwei Individuen sind russische Anarchisten.«
Jetzt hielt es Henner nicht mehr aus. Er richtete sich auf, so gut es ging, und sprach mit der Würde eines Berufsdiplomaten: »Ich habe das unvergleichliche Glück, ein Untertan seiner kaiserlichen Majestät Franz Joseph von Österreich zu sein – aber ich vermute, daß Ihnen sein Name kein Begriff ist...«
»Terroristen werden exekutiert, du ausländischer son of a bitch. Und deinem Kaiser von Österreich reißen wir die Eier aus.«
»Auf die Beleidigung seiner Ehre antwortet Österreich mit Krieg. Meine Herren: Machen Sie sich aufs Schlimmste gefaßt!«

Nach zweiwöchiger Untersuchungshaft wurden Henner und Nathan vor den Richter geführt. Der Raum war voller Amtspersonen in schwarzem Talar. Auf einem roten Sessel thronte der Staatsanwalt, der sich offensichtlich langweilte und komische Figuren aufs Aktenbündel kritzelte. Der Verteidiger stand neben ihm, grinste bitter und schwenkte einen Bunsenbrenner in der Luft, während Miss Popper den Kopf in die Hände versenkte und weinte. Der Verteidiger sprach mit höhnischem Pathos: »Das soll ein Corpus delicti sein, Hoher Gerichtshof? Das ist eine lächerliche Bagatelle, mit der Sie sich zum Gespött des britischen Weltreichs machen...«

Der Staatsanwalt blickte von seinen Papieren auf, als erwachte er aus tiefer Narkose, und sagte schläfrig: »Diese lächerliche Bagatelle hat einen nicht unbedeutenden Schaden angerichtet, und zwar in Höhe von siebzehntausend Pfund Sterling.«

»Die Anklage behauptet also allen Ernstes, mein Klient hätte mit diesem Spielzeug staatsgefährdende Anschläge vorbereitet?«

»Jawohl, Sir. Eine unbescholtene Dame hat dabei um ein Haar ihr Leben gelassen...«

»Die Tatsachen beweisen aber, Hoher Gerichtshof, und das psychiatrische Gutachten bestätigt es, daß dem angeklagten Mister Rosenbach ganz eindeutig eine Zacke im Getriebe fehlt. Sie würden sich disqualifizieren als Engländer und Juristen, wenn Sie ihn ernst nähmen, meine Herren!«

»Die Wissenschaft lehrt, verehrter Herr Kollege, daß jedem von uns eine Zacke im Getriebe fehlt. Aber deshalb müssen wir ja nicht gleich ganz England in die Luft jagen...«

»Zweifelsohne, Herr Staatsanwalt, aber mein Klient hat keineswegs ganz England in die Luft gejagt. Es wäre wohl ratsam, ein wenig auf dem Boden zu bleiben. Im Polizeirapport lese ich sogar, und da steht es schwarz auf weiß, der Angeklagte hätte uns mit einer militärischen Intervention gedroht. Doch dafür können wir ihn nicht belangen, weil er bis zum jetzigen Moment die kriegerischen Operationen noch nicht eröffnet hat. Wir sind Gott sei Dank ein Rechtsstaat. Wir bestrafen nur für begangene Delikte. Wir haben seit siebenhundert Jahren nicht mehr die Gewohnheit, jemanden wegen seiner bloßen Absichten zu verfolgen...«

»Sie irren sich, Herr Kollege. Es handelt sich keineswegs um bloße Absichten. Mister Rosenbach hat mit

der Zerstörung unseres Inselreichs bereits begonnen.«
Bei diesen Worten nahm der Ankläger ein Fläschchen aus der Tasche, in dem sich ein goldgelbes Pulver befand. Er schwenkte das Fläschchen siegesgewiß über seinem Pult hin und her: »Hier ist die fatale Substanz, meine Herren Geschworenen, mit der dieser Ausländer drei Stockwerke eines Londoner Mietshauses zertrümmert hat. Und das nennt der Herr Offizialverteidiger eine Bagatelle!«
»Das sind Harzkörnchen, Hoher Gerichtshof. Harmlose Naturprodukte, die – und deshalb befanden sie sich im Inventar des Herrn Rosenbach – lichtempfindliche Eigenschaften besitzen. Der Angeklagte sucht seit Jahrzehnten die Zauberformel, mit der er die Farbfotografie verwirklichen will. Zu seinem großen Leidwesen hat er sie bis zur Stunde noch nicht gefunden. Miss Popper, die Hausmeisterin meines Klienten, wird Ihnen bestätigen, daß ihr Mieter nur friedliche Intentionen hegte. Habe ich recht, Miss Popper?«
»Ich bin die Geschädigte, Hoher Gerichtshof, und müßte den Angeklagten eigentlich belasten, aber ich kann nur Gutes über ihn aussagen. Ich vergöttere diesen Menschen, er ist ein Genie.«
»Soll das bedeuten, daß Sie ihn lieben, Fräulein Popper?«
»Das bedeutet, was es bedeutet, meine Herren Geschworenen«, sagte die Hausmeisterin und brach in ein ersticktes Schluchzen aus.
»Wenn es bedeutet, was es bedeutet, meine Herren Geschworenen, hat die Aussage der Zeugin keinen juristischen Wert. Miss Popper wäre also befangen, und ich sähe mich gezwungen, den Angeklagten persönlich zu befragen.«
»Ich stehe zu Ihrer Verfügung, Euer Gnaden.«

»Wissen Sie, Mister Rosenbach, daß im Königreich, dessen Gastfreundschaft Sie mißbraucht haben, der Besitz von Sprengstoff strengstens verboten ist?«
»Selbstverständlich weiß ich das, aber ich protestiere gegen den Abdruck, ich hätte die Gastfreundschaft dieses Landes verbraucht.«
»Sie haben sich also wissentlich strafbar gemacht?«
»Nein, Euer Gnaden.«
»Wieso nein, Mister Rosenbach?«
»Weil ich nicht voraussehen konnte, daß meine Substanz explodieren würde, wenn man sie erhitzt.«
»Warum konnten Sie das nicht voraussehen, da Sie doch angeblich ein Wissenschaftler sind?«
»Ich habe nie gesagt, Euer Gnaden, daß ich ein Wissenschaftler bin. Ich bin ein Erfinder. Das ist ein subtiler, aber höchst wesentlicher Überschied ...«
»Es gibt immer wieder Personen, die behaupten, sie seien Erfinder. Die einen versichern, sie seien Galilei, die anderen behaupten, Benjamin Franklin oder Isaac Newton zu sein. In der Regel zieht man diesen Personen eine Zwangsjacke an und isoliert sie entsprechend. Verstehen Sie, was ich meine, Mister Rosenbach?«
»Ich verstehe sehr genau, was Sie meinen, Euer Gnaden, und wünsche deshalb, dieses Land zu verlassen.«
»Ich werde alles tun, Sir, Sie daran zu hindern.«
»Und ich werde alles tun, diesem Land den Rücken zu kehren. Britanniens Größe ist vorbei. Ein freier Geist kann hier weder atmen noch denken.«
»Der Angeklagte wünscht, unserem Land den Rücken zu kehren, wie er sich so bildhaft ausdrückt. Er will uns verlassen, nachdem er vergeblich versucht hat, uns zu vernichten. Ausgezeichnet. Und wohin möchte er sich denn begeben, wenn man fragen darf?«
»Nach Rom, Euer Gnaden.«

»Um dort vom Papst empfangen zu werden, nehme ich an«, frotzelte der Staatsanwalt, der nun langsam begriff, daß er einen hartgesottenen Psychopathen vor sich hatte.
»Der Papst wird sich geehrt fühlen, meine Verkanntschaft zu machen.«
»Daran zweifelt hier niemand, Mister Rosenbach. Und *Sie* werden wohl versuchen, die Peterskirche einzuäschern, nicht wahr?«
»Ich verstehe, Euer Gnaden, daß Sie auf meine Kosten geistreich sein möchten. Aber ich verabsichtige nicht, die Peterskirche einzuäschern. Ich will mich taufen lassen...«
Das schlug ein wie ein Blitz. Ein Sturm von verdutzter Heiterkeit fegte durch den Gerichtssaal. Der Staatsanwalt beugte sich über die Brüstung und flüsterte dem Verteidiger etwas ins Ohr, das so laut geriet, daß es alle Anwesenden hören konnten: »Nicht *eine* Zacke, Herr Kollege, sondern zwei!«
Darauf erwiderte Henner mit der sachlichsten Stimme der Welt: »Ich bin vollkommen gesund, Herr Staatsanwalt. Jedenfalls so gesund wie Sie, aber ich brauche trotzdem einen Taufschein.«
»Zu wissenschaftlichen Zwecken, stelle ich mir vor.«
»Weil ich ein Erfinder bin und weil das Leben zerrinnt wie eine Sanduhr. Als Jude verliert man die Hälfte seiner Tage...« Henner hielt ein. Seine Stimme bröckelte ab, und seine Augen wurden feucht.
»Womit verliert man die Hälfte seiner Tage, Mister Rosenbach?«
»Man muß sich ducken, Euer Gnaden. Sich ständig verstellen, um nicht aufzufallen. Den Kopf einziehen. Unüberbrochen lächeln, um nicht beleidigt zu werden.«

»Die Psychiatrie kennt Wahnvorstellungen, die man Paranoia nennt. Man hat das Gefühl, die ganze Menschheit sei gegen einen ...«

»Genau. Das ist meine Krankheit. Ich habe die ganze Menschheit gegen mich!«

Da erhob sich Miss Popper von ihrem Sitz und rief Henner zu: »Das ist nicht wahr. Nicht die ganze Menschheit. *Ich* stehe zu Ihnen. Ihr seid das auserwählte Volk, und Sie sind der auserwählte Mann. Gott schüttet seine Gnade über Sie!« Bei diesen Worten schluchzte sie auf und drehte sich zum Staatsanwalt, dem sie mit erstickter Stimme sagte: »Verstehen Sie denn nicht, daß er der Messias ist? Er ist unschuldig, Herr Staatsanwalt, und so rein wie die Quelle des Jordan.«

»Sie nehmen ihn in Schutz, Fräulein Popper, nachdem er Ihr Haus pulverisiert hat?«

»Er ist ein Heiliger. *Ich* will seine Strafe verbüßen. Aber *ihn* ... lassen Sie frei!«

14.

Wien, 10. Oktober 1911

Das Wasser steht uns bis zur Gurgel. Wir ertrinken in den Schulden. Papa verdient nichts, weil wir kein Atelier besitzen. Geld haben wir längst keines mehr gesehen. Mama war bei Samuel Teichmann, dem charmanten Rabbiner von nebenan. Er schickte sie zur jüdischen Gemeinde. Die Gemeinde erklärte sich für unzuständig und verwies sie an das Bankhaus Rothschild. Dort wurde sie kühl empfangen. Der Prokurist sagte, eine Anleihe sei denkbar, aber die jüdische Gemeinde von Stanislau müsse bestätigen, daß Papa kreditwürdig sei. Papa kreditwürdig! Das ist ja zum Heulen, und Mama brach auch wirklich in Tränen aus, weil sie wußte, daß kein vernünftiger Mensch in Österreich-Ungarn unsere Kreditwürdigkeit bestätigen würde. Der Beamte mißverstand sie. Er meinte, sie verzweifle an den umständlichen Formalitäten des Bankhauses Rothschild, und riet ihr, schon bedeutend entgegenkommender, beim bekannten Baron Gutmann vorzusprechen. Er sei berühmt für seine Großherzigkeit und habe – was in diesem Fall nicht bedeutungslos sei – eine Schwäche für schöne Frauen. Als Mama noch immer weiterschluchzte – sie macht das virtuos –, schrieb er ihr eine persönliche Empfehlung. Nun beraten wir hin und her, ob Mama gehen soll oder nicht. Das Risiko ist natürlich groß. Inzwischen sind wir in fast allen Geschäften Floridsdorfs unmöglich geworden. Ich habe darunter zu leiden, weil man immer *mich* hinschickt, auf Pump einzukaufen. Drei Bäckereien in der näheren Umgebung, und zwar Trnka, Gröger und

Grünlich, haben uns angedroht, die Betreibung einzuleiten, wenn wir bis Ende des Jahres unsere Rechnungen nicht begleichen. Die Fleischerei Hawlitschek ebenfalls. Der Greisler Kralik hat eine gelbe Liste ins Schaufenster gehängt. Darauf heißt es, die angeführten Personen würden bis zur Bezahlung ihrer Außenstände nicht mehr bedient und hätten dem Laden vorläufig fernzubleiben. Unser Name steht an zweiter Stelle, und es ist mir peinlich, auf der Straße gesehen zu werden ... Es geht uns elender denn je, doch *ich* bin – um die Wahrheit zu sagen – noch nie vergnügter gewesen. Ich bin in Hochstimmung und frage mich ganz ehrlich, ob da ein Zusammenhang besteht ... Wer weiß. Vielleicht ist Armut eine Voraussetzung der Lebensfreude. Vielleicht bin ich gefühllos und unsolidarisch, aber ich spüre, daß mich die materiellen Kümmernisse meiner Eltern kaltlassen. Irgendwie werden wir uns durchhungern. Daran zweifle ich keinen Augenblick. Irgendwie macht es sogar Spaß. Jeder Tag ist eine Lotterie ums Leben. Man erwacht mit der prickelnden Frage, ob man abends noch auf den Füßen stehen wird oder nicht. So ist das Dasein unheimlich spannend. Jedenfalls aufregender als das Dasein der Reichen, wo jeder Tag dem nächsten gleicht wie ein Ei dem andern. In zehn Tagen stelle ich mich zur Reifeprüfung. Ich werde sie bestehen, obwohl ich dreifach benachteiligt bin. Nein. *Weil* ich dreifach benachteiligt bin. Vor allem als Mädchen. Zweitens als Tochter eines verlumpten Juden. Und drittens wegen meiner Überzeugungen. Ich stehe nach wie vor zu Baltyr und Daschynski. Mein Herz pocht links, und mein Blut ist rot. Ich muß es schaffen. Das schulde ich meinem Helden, der in Kiew aufgeknüpft wurde. Alle meine Erfolge sollen ihn rächen, und alle meine Siege sind seine Siege. Ich liebe ihn übers Grab hinaus und beweise damit die Unsterblichkeit der Seele. In Mathematik bin ich zwar schwach, aber was soll ich machen? Mit den Zahlen stehe ich auf Kriegsfuß. Alle Pharisäer, die rechnen können, kleben an der Erde und wissen nicht, wie blau der Himmel ist. Ich werde mein schwarzes Seidenkleid anziehen. Das mit dem tiefen Ausschnitt, von dem Papa sagt, ich sehe darin aus wie eine Zirkusreiterin. Bitte sehr! Ich habe nichts dagegen. Ich werde aussehen wie eine Zirkusreiterin und reüssieren. Apropos. Heute wurde ich Zeugin eines Wunders. Unabsichtlich. Ich kam nach Hause, in unsere Wohnung an der Freytaggasse, und wie ich in die Küche trat, gewahrte ich das seltsamste Schauspiel meines Lebens. Meine Eltern küßten sich. Nicht kameradschaftlich, sondern innig. Auf den Mund. Wie ein junges Liebespaar. Ich sah die Gebrüder Lilienthal, wie sie sich mit einem Flugzeug in die Lüfte hoben. Das war unerhört. Ich sah auch den Kinematografen der Witwe Tschauner an der Nußdorferstraße. Das war noch unerhörter. Ich hörte die Stimme der unsterblichen Patti auf einem Phonographen. Das war der Gipfel des Unerhörten. Aber meine Eltern tauschten Zärtlichkeiten aus! Das ging über meine Vorstellungskraft! Papa hielt Mama in den Armen und flüsterte ihr heiße Worte ins Ohr. Sie ließ ihn gewähren und weinte. Sie stöhnte ganz leise, wie er sie auf den Hals küßte. Sie wimmerte und seufzte aus tiefem Herzen, als schmelze ein riesiger Eisberg in ihrer Brust. Die beiden waren so sehr mit sich beschäftigt, daß sie meine Anwesenheit gar nicht bemerkten. Mama knöpfte Papa behutsam das Hemd auf und streichelte seine Schultern. Dabei schluchzte sie tonlos und klammerte sich an das unscheinbare Männlein. Mehrere Male wiederholte sie die Worte, die ich ihr nie zugetraut hätte und die irgendwie falsch klangen in

ihrem Mund: »Du mein armer Leo. Warum bin ich so herzlos zu dir?« Papa brachte lange kein Wort hervor. Er war überwältigt von der Wärme, die ihm entgegenströmte, doch dann löste sich auch ihm die Zunge, und er flüsterte: »Ach, Jana. An allem bin doch ich schuld. Ich bin deiner nicht würdig. Du bist mein einziges Licht, mein glitzernder Stern am Abendhimmel. Ich habe deine Jugend gestohlen. Ich habe dich genötigt und dir die Luft genommen, weil ich selbstsüchtig bin, kleinmütig und verzagt. Meine Halbherzigkeit erstickt dich, du mein Feuervogel.«
»Mein armer Leo, warum bin ich so schlecht zu dir?«
»Ich bin es, der schlecht ist. Nie konnte ich dir sagen, wie sehr ich dich liebe, denn ich habe Angst vor dir. Ich sterbe vor Scham, weil ich ein Zwerg bin. Eine Null bin ich. Ein trauriger Tropf. Ein ewiger Versager. Du hättest einen besseren verdient, Jana!«
»Warum bin ich so herzlos zu dir, mein armer Leo?«
»Ich träumte davon, dich mit Edelsteinen zu überhäufen. Die schönsten Kleider wollte ich zu deinen Füßen legen. Durch fremdländische Städte wollte ich reisen mit dir und dich herumzeigen. Allen wollte ich zurufen, daß du meine Königin bist. Daß ich zu dir bete und dein armseliger Knecht bin. Das alles wollte ich, aber wo sind wir? In Floridsdorf. In der Armenvorstadt von Wien, und alle Schränke sind leer ...«
Als Papa das sagte, packte ihn ein unsäglicher Jammer. Er warf sich nieder vor Mama, küßte ihre Füße und heulte wie ein verletzter Hund. Ich hielt das nicht aus. Ich war entschlossen, der entwürdigenden Szene ein Ende zu setzen, und rief: »Mama, Papa, was ist los, um Gottes willen?«
Da erwachte Mama aus der Ekstase. Sie schaute sich um, erblickte mich und sagte so sachlich wie eine

Postbeamtin: »Heute ist Jom Kippur, Malwa. Versöhnungstag. Weißt du das nicht? Wir versöhnen uns.«
Ich erinnere mich, daß ich als elfjähriges Mädchen den Religionslehrer gefragt habe, was Jom Kippur eigentlich bedeute. Er sagte, das sei der zehnte Tag des siebenten Monats, den man Tischri nennt. An diesem Tag erwirken die Juden die Versöhnung des Herrn für alle begangenen Sünden. Jom Kippur sei gleichsam der Tag des Abwischens. Er erzählte noch dieses und jenes, aber ich hörte gar nicht hin, weil seine Worte so gespreizt und seine Stimme so hochtrabend wirkten. Ich mußte lachen – daran erinnere ich mich genau – und wurde bestraft. Ich fand das alles nur komisch. Man begräbt den Groll für vierundzwanzig Stunden, und schon am nächsten Morgen fängt es wieder an. Man beschimpft sich, man wünscht sich gegenseitig alles Böse, man stellt sich das Bein, um sich gegenseitig zu Fall zu bringen. Man frevelt, doch am zehnten Tag des Monats Tischri wischt man mit dem Schwamm über das Geschehen, und alles ist wieder gut. Wir sind ein praktisches Volk. Wir predigen das Mögliche. Dreihundertfünfundsechzig Tage Nächstenliebe sind zuviel. Solcherlei übersteigt die menschlichen Grenzen. Entweder man liebt sich selbst oder seinen Nächsten. Beides zusammen ist Phantasterei. Die Christen sind Phantasten. Sie stehen unter dem Zwang der Wahnvorstellung: Liebe deinen Nächsten wie dich selbst! Das können sie doch nicht. Darum fühlen sie sich immer schuldig und rennen zur Beichte: Mea culpa, schreien sie. Mea maxima culpa! Sie bezichtigen sich der Sünde, weil sie Menschen sind und keine Engel. Weil sie ihren Nächsten nicht lieben können wie sich selbst. Wir Juden sind ehrlicher. Wir begeifern uns gegenseitig und feiern gelegentlich Versöhnung. Für vierundzwanzig

Stunden. Übermorgen ist alles wieder beim alten. Ich glaube nicht an die Nächstenliebe. Sie ist mir zu selbstlos, um wahr zu sein. Sie ist eine Einbahnmoral. Wenn ich an etwas glauben muß, dann schon eher an die Liebe. Sie beruht auf Geben und Nehmen. Man bleibt sich nichts schuldig, und jeder kommt auf seine Rechnung. Zwischen Mama und Papa gibt es keine Liebe. Höchstens Versöhnung. In ihrer Ehe ist kein Platz für Liebe, weil Papa nur immer gibt. Er fühlt sich betrogen, weil er seit zwanzig Jahren zu kurz kommt. Darum diese Versöhnungskomödie und die Frage meiner Mutter: »Leo, warum bin ich so schlecht zu dir?« Papa müßte sie dafür verprügeln. Statt dessen macht er auf christliche Demut. Er nimmt alle Schuld auf sich und verewigt den Zustand seiner Erniedrigung, indem er Mama zur Königin erhebt. Zur Alleinherrscherin über seine Wenigkeit. Das ist doch kein Zustand. Das ist Selbstzerstörung, und kein Jom Kippur kann daran etwas ändern. *Ich* werde anders leben. Entweder Gleichheit im Geben und Nehmen – oder gar nichts. Ich will weder dienen noch herrschen. Es gibt kein Glück in der Ungleichheit. Davon bin ich überzeugt!

Seit ihrer Übersiedlung nach Wien legte Jana plötzlich Wert auf Äußerlichkeiten. Sie war nun vierzig und anziehender denn je. Ihr Sinn für Formen und Farben verfeinerte sich. Ständig besuchte sie den Flohmarkt, wo sie Stoffreste zusammenramschte, um daraus stilvolle Kleider zu nähen. Man hätte meinen können, sie sei die Frau eines Würdenträgers, als sie ins Wartezimmer des Barons trat. Ein rundlicher Herr sprang auf, musterte sie mit Kennermiene und näselte: »Frau Rosenbach, wenn ich nicht irre.«

»Sind Sie der Baron Gutmann?«
»Ich bin sein Privatsekretär. Mein Name ist Oppenheim. Darf ich Sie in den Salon führen?«
Jana überreichte dem Mann ihr Empfehlungsschreiben und sagte dann mit engelhaftem Lächeln: »Ich hatte schon alle Hoffnung aufgegeben, von Ihnen empfangen zu werden ...«
Der Privatsekretär warf einen begehrlichen Blick auf die schöne Bittstellerin, überflog das Schreiben und bat Jana, sich zu setzen: »Sie kommen aus Galizien, wie ich hier lese. Was suchen Sie in diesem Gomorra?«
»Mein Mann sah sich leider gezwungen, Stanislau zu verlassen.«
»Geldschwierigkeiten, nehme ich an.«
»Schikanen, weil wir Juden sind.«
»Wir sind auch Juden, Frau Rosenbach, doch können wir uns nicht beklagen.«
»Mein Mann wurde zum Duell gefordert!«
»Und?«
»Er hat eine Familie zu ernähren, Herr Oppenheim.«
»Das heißt, er lief davon, wenn ich recht verstehe. Bis nach Wien. Und der Baron Gutmann soll ihm aus der Patsche helfen.«
»Es ist nicht die Schuld meines Mannes; das kann ich Ihnen beschwören.«
»Auch nicht die Schuld des Barons Gutmann, das kann ich ebenfalls beschwören.«
Jana hatte nicht die Kraft, sich weiter demütigen zu lassen. Sie stand auf, zog ihre Handschuhe an und sagte mit veränderter Stimme: »Ich sehe, daß ich nichts von Ihnen zu erwarten habe. Adieu!«
Oppenheim schien überrascht und versuchte nun, die zierliche Frau zurückzuhalten: »Hat er überhaupt einen Beruf, dieser – wie heißt er – Leo Rosenbach?«

»Er war jahrelang Hoffotograf bei Ludwig dem Zweiten von Bayern.«

»Warum haben Sie das nicht gleich gesagt, gnädige Frau? So sieht doch alles ganz anders aus.«

»Wenn Sie bereit wären, ihm eine Anleihe zu gewähren?« – jetzt setzte Jana bewußt ihre Reize ein und blinzelte Oppenheim vielsagend an –, »nicht mehr als ein paar tausend Kronen, dann würde er hier in Wien ein konkurrenzloses Atelier einrichten. Sie bekämen Ihr Geld zurück, mit Zinsen und Zinseszinsen.«

Der Privatsekretär stand nun ebenfalls auf und trat nahe an Jana heran: »Sie wären also bereit, Madame ...«

»Ich heiße Jana, Herr Oppenheim.«

»Sie wären also bereit, Madame Jana, persönlich und mit Ihrer Ehre dafür zu haften, daß wir unser Geld zurückbekommen?«

»Was verstehen Sie unter ›persönlich und mit meiner Ehre‹?«

»Genau das, was ich sagte. Sie haften mit Ihrer Person und Ihrer Ehre... Und da Sie eine begehrenswerte Frau sind, Madame Jana ...«

»Bis wann müßte die Schuld denn getilgt sein?«

»Bis zum einunddreißigsten Dezember des nächsten Jahres. Sie haben fünfzehn Monate.«

»Also sechstausend Kronen. Rückzahlbar bis Ende 1914 ...«

Oppenheim ging zum Tresor, öffnete ihn fachgerecht und nahm sechzig Hundertkronenscheine heraus. Er zählte sie pedantisch und blätterte sie dabei auf den Schreibtisch: »Achtundfünfzig, neunundfünfzig, sechzig. Als Gegenleistung verlange ich vorläufig nur eines ...«

Jana zuckte zusammen. Dieser Mensch widerte sie an. Sie fragte hochmütig: »Das wäre?«

Oppenheim lächelte ölig: »Ihre Unterschrift, Sie bezaubernde Frau!«

Wien, 30. Oktober 1913
Eureka! Ich habe das Reifezeugnis. Obwohl ich eine Frau bin. Obwohl ich mich allein auf die Prüfung vorbereitet habe. Obwohl wir zum falschen Gott beten, wie man sagt, und ich subversive Ansichten vertrete. Teichmann hat mir gratuliert. Auf Hebräisch, und ich habe kein Wort verstanden. Dann fügte er auf Deutsch hinzu, daß ich es nur meinem schwarzen Seidenkleid zu verdanken habe. Auch höhnte er, mit so einem Décolleté hätte er ebenfalls reüssiert. Teichmann gefällt mir zwar, aber er ist ein Rabbiner und hat keine Ahnung. Er ist groß und schlank. Er hat eine elfenbeinweiße Haut und einen dichten Bart, doch als Mensch ist er ein Fossil. Solche Leute gehören ins Museum. Er ist ständig unterwegs und geht von Haus zu Haus, aber über seinen Schatten springen kann er nicht. Er ist nicht lernfähig, weil er immer nur lehrt. Darum sind Lehrer so dumm. Er hat gesagt, eine Frau solle nicht studieren. Der Geist sei ein Vorrecht der Männer. Ich habe schon viele Männer kennengelernt, die von ihrem Vorrecht keinen Gebrauch machen. Mit Ausnahme von Baltyr natürlich. Und Henner. Und Daschynski. Wäre der Geist ein Privileg der Männer, würde die Welt anders ausschauen. Alles ist noch ein Privileg der Männer, aber *ich* werde mich bemühen, das zu ändern. Politik wird von Männern gemacht. Kriege ebenfalls. Der ganze Wettlauf um Geld und Prestige ist eine Erfindung der Männer. Eine Prüfungsfrage hatte gelautet, welches der literarische Held sei, der unsere höchste Anerkennung verdient. Ich gab zur Antwort, dieser Held sei eine

Heldin und heiße Lysistrate, die schöne Athenerin, welche den Liebesstreik proklamierte, um die Männer zum Friedensschluß mit Sparta zu zwingen. Darauf grinste der Experte und fragte, ob ich auch wisse, wer jenes absurde Stück geschrieben habe. Ich sagte, das Stück sei nicht absurd, sondern erschreckend aktuell, und sein Autor heiße Aristophanes. Da schmunzelte der Professor und sagte, ich könne wohl nicht bestreiten, daß Aristophanes ein Mann gewesen sei. Nein, gab ich zurück, das kann ich nicht bestreiten, doch Aristophanes wählte nicht zufällig eine Frau zur Hauptfigur seines Stücks. Einem Mann wäre das, was sie tat, kaum eingefallen. Und außerdem sei Aristophanes von einer Frau zur Welt gebracht worden. Eine Frau habe seine Windeln gewaschen, und ohne Frauen wäre die Menschheit längst ausgestorben. Der Friede, fügte ich hinzu, sei mir wichtiger als die ganze perikleische Epoche. Was hat schon die Menschheit von den Fließen des Parthenons und den Weisheiten eines Plato, wenn die Männer immer neue Kunststücke aushecken, um das alles zu vernichten. Jetzt strahlte der Experte übers ganze Gesicht: »Sie gestehen also, daß nicht nur die Kriege Männerwerk sind, sondern auch die Künste und Wissenschaften, die Literatur und Philosophie...« »Sicher«, entgegnete ich, »aber Praxitel und Sokrates, Phidias und Aristoteles sind Frauenwerk. Sie alle sind Söhne von Müttern, die ihnen das Sprechen beibrachten und das Denken.« Der Professor sagte, er gebe mir eine Eins, weil ich ein erstaunliches Wissen besitze, doch warnte er mich: »Gescheite Frauen haben kein Glück in der Liebe, Fräulein Rosenbach.« Ich antwortete: »Ich weiß. Man reißt sich um dumme Frauen, was beweist, wie anspruchslos die Männer sind.«

15.

Herschele war nicht mehr derselbe. Wenigstens äußerlich. Aus politischer Vorsicht und aus Gründen, von denen noch die Rede sein wird, hatte er die Endsilbe seines Familiennamens abrasiert und nannte sich jetzt Henryk B. Kamin. Die wilde Mähne hatte er kurzgestutzt und statt seiner Drahtbrille trug er gepflegte Horngläser, in denen er aussah wie ein amerikanischer Geschäftsmann. In den letzten Jahren war er zu einem prächtigen jungen Mann herangewachsen. Er hatte schwarzseidenes Haar, türkisblaue Augen und, wie es hieß, unwiderstehliche Lippen. Er mußte nicht viel reden, um die Leute für sich einzunehmen. Es genügte, daß er lächelte – dann sprühten aus seinen Pupillen silberne Funken, und schon flogen ihm die Herzen entgegen. Männer und Frauen warben gleichermaßen um seine Gunst.

Sogar die Matrosen des deutschen Hochseefrachters Königsberg suchten seine Gesellschaft. Während draußen die Elemente tobten und die Wogen über die Reling schlugen, hockten unten im Mannschaftsraum alle um ihn herum, erzählten Geschichten oder spielten Karten. Alle fanden ihn »zweemal so schnafte wie dufte«, wie sie zu sagen pflegten, und verkehrten mit ihm, als gehörte er zu ihnen. Nur einer blieb auf Distanz zu ihm, ein Mann namens Rottmeister, der nicht aufhörte, Herschele alias Henryk die Würmer aus der Nase zu ziehen: »Warum willst du nicht weiterspielen, Kumpel?«

»Gib mir die Adresse, und ich mach weiter bis morgen früh.«

»Hast zuviel Pinke verloren, was?«
»Morgen machen wir weiter, hab ich gesagt.«
»Siehst aus wie 'n Fatzke, sprichst wie'n Fatzke, aber spielen tust du den Proleten. Da seh ich nicht durch.«
»Tut mir leid. Gute Nacht.«
»Wenn du kein Geld hast, spieln wir um deine Uhr.«
»Morgen früh, sage ich, und um Geld.«
»Warum nicht um die Uhr?«
»Weil sie ein Geschenk ist. Von meiner Mutter.«
»Wo lebt sie denn? In Amerika?«
»In Rußland. Ich geh jetzt schlafen.«
»Aber du hast 'n amerikanischen Namen. Da ist doch was faul.«
»Woher weißt du das?«
»Es steht auf deinem Koffer.«
»Ich habe russische Papiere, bin ein Pole, trage einen amerikanischen Namen und fahre nach Österreich. Das gibt es auf der Welt. Sonst noch was?«
»Wenn ich dich vermittle, Kumpel, muß ich wissen, wer du bist.«
»Jetzt weißt du's. Wenn es dir nicht gefällt, helf ich mir selber.«
»Wieviel willst du für die Uhr?«
»Unverkäuflich, hab ich gesagt.«
»Mein Grenzschlepper ist auch unverkäuflich. Wozu brauchst du ihn eigentlich?«
»Weil ich rüber muß. Nach Rußland.«
»Dann kauf dir 'ne Fahrkarte und fahr mit der Bahn!«
»Kann ich nicht.«
»Bist nicht hasenrein, was?«
»Wenn sie mich schnappen, bin ich verloren. Gib mir die Adresse!«
»Wieviel?«
»Hundert Mark.«

»Wenig.«
»Zweihundert, keinen Pfennig mehr.«
»Und woher weiß ich, daß du kein Spitzel bist?«
»Und du? Dein Mensch bringt mich über den Fluß, und am anderen Ufer pflückt mich ein russischer Bulle.«
»Zeig mal deine Uhr, Kamerad!«
»Was willst du von meiner verdammten Uhr?«
»Ich möchte wissen, wo die herkommt.«
»Aus der Schweiz. Und?«
»Was von dort kommt, ist Klassik, sagt man.«
»Nicht alles.«
»Was *ich* meine, ist Superklassik.«
»Worauf willst du hinaus?« fragte Herschele, der nun merkte, daß er einer Prüfung unterzogen wurde.
»Kennst du 'n Russen, der Uljanow heißt?«
»Keine Ahnung, von wem du redest.«
»Schade«, sagte Rottmeister. »Der sitzt nämlich in der Schweiz und zieht an den Fäden.«
»Du meinst Lenin, Junge. Aber der sitzt nicht mehr in der Schweiz, sondern in Österreich.«
»Biste sicher?«
»Todsicher. In Poronin wohnt er, nicht weit von Krakau...«
Da stand Rottmeister auf, klopfte Herschele auf die Schulter und brummte: »Hast bestanden, Kollege. Ich geb dir die Adresse von meinem Grenzschlepper. Und für dich machen wirs umsonst.«
»Da hast du meine Uhr. Ebenfalls umsonst. Als Andenken an Hersch Kaminski. So heiß ich nämlich richtig.«
»Also hör zu, Hersch Kaminski. Unser Mann wohnt in Wien. Im einundzwanzigsten Bezirk. An der Schloßhoferstraße...«

16.

Am gleichen Tag, als dieses Gespräch stattfand – irgendwo zwischen New York und Bremerhaven –, eröffnete Leo Rosenbach sein neues Atelier. Es befand sich im Hinterhof eines vierstöckigen Mietshauses an der Freytaggasse Nummer drei und war eine der merkwürdigsten Konstruktionen jenes Fabrikquartiers, das den blumigen Namen Floridsdorf trug. Das Atelier hatte die Form einer Rotunde, deren Überdachung verglast war, und zu der man über einen Laufsteg aus grünem Marmor gelangte. An der Eingangstür prangte eine Messingtafel mit der verschnörkelten Aufschrift: »Leo Rosenbach, ehemals königlicher Hoffotograf in München. Porträts und Fotoarbeiten aller Art«.
Die Einweihung war den Umständen entsprechend bescheiden. Nur einige Bekannte waren erschienen. Zwei entfernte Tanten aus Galizien, einige Kusinen, der Hausbesitzer, mit dem man verständlicherweise gute Beziehungen pflegen wollte, ein gelblicher Junggeselle vom dritten Stock, der Samotny hieß, was auf Deutsch »einsam« bedeutet. Er machte Jana chancenlos den Hof und hörte nicht auf, sie mit feuchten Augen anzustarren. Auch Samuel Teichmann war da und hielt die obligate Ansprache, an die man sich noch lange erinnern sollte: »Dieses Atelier, meine Damen und Herren, dient der Verewigung menschlicher Eitelkeit und müßte eigentlich Eitelier heißen. Hier werden sich weibliche Hoffart und männliche Geltungssucht ihr tägliches Rendezvous geben. An diesem Ort wird Gewinn gezogen aus Dünkel und Einbildung, aus Selbstgefälligkeit und Arroganz, aber das muß nicht

bedeuten, daß die Kunst des Leo Rosenbach eine Verfehlung gegen die Grundsätze unserer Religion ist. Ganz und gar nicht, meine verehrten Festgäste. Es lohnt sich, die Anmaßungen des Menschen festzuhalten, denn aller Übermut wird früher oder später bestraft. In wenigen Jahren werden wir unser Konterfei betrachten und mit Entsetzen feststellen, was geblieben ist von vergangenem Glanz und verblichener Herrlichkeit. Frevel und Laster zeichnen unsere Gesichtszüge, ob wir es wünschen oder nicht. Unrecht und Versäumnis zerstören unser Antlitz. Im Vergleich des Heute mit dem Gestern und Vorgestern begreifen wir erst die Ausmaße unseres Zerfalls. Es scheint widersinnig, doch muß es gesagt sein: Gesegnet sei dieser Ort, denn die Bilder, die hier entstehen werden, ermahnen uns, die Gebote zu befolgen und zu leben in Gottesfurcht und Gehorsam.«

Leo Rosenbach war ein abergläubischer Mensch, obwohl er sich für aufgeschlossen und vorurteilslos hielt. Er war überzeugt, daß der erste Kunde über die Zukunft seines Geschäfts entscheiden würde. Sein Name, seine Herkunft, sein Aussehen sollten Zeichen eines bedeutungsvollen Orakels sein. Darum harrte der ehemalige Hoffotograf mit fiebriger Ungeduld des Augenblicks, da der vom Schicksal Erwählte die Rotunde betreten würde. Leo hatte eine Anzeige in der Neuen Freien Presse aufgegeben und meinte hoffen zu dürfen, von hochgestellter Kundschaft beehrt zu werden.
Am Morgen des dritten Tages klingelte es an der Tür, und Malwa, die als Empfangsfräulein fungierte, sperrte auf. Da stand er, der von der Vorsehung Geschickte: ein

Kavalleriehauptmann mit frischen Schmissen im Gesicht, aufgeblasen und selbstbewußt, Monokel im linken Auge, der näselnd und charmant zu Malwa sprach: »Habe die Ehre, gnädiges Fräulein. Joseph von Schischkowitz vom elften Husarenregiment. Wie Sie bemerkt haben, trag ich ein paar Blessuren an der Visasch, die ich, wie man so schön zu sagen pflegt, fotografisch verewigen möcht.«

»Das läßt sich machen, Herr Hauptmann. Wollen Sie bitte eintreten und mir den Mantel reichen. Sie hatten einen Unfall, scheint mir?«

»Eine Kleinigkeit, Sie reizende Dame. So ein Ehrenhandel unter Männern. Mit tragischem Ausgang...«

»Aber Sie leben noch, habe ich den Eindruck.«

»Ich schon, wie Sie richtig bemerkt haben, aber der andre hat halt a Pech ghabt...«

In diesem Augenblick ging die Seitentür auf, und Leo, der die Szene aus der Dunkelkammer beobachtet hatte, trat ins Atelier. Mit einem aufgeräumten Lächeln ging er auf den Offizier zu, verneigte sich bescheiden und sagte: »Verehrter Herr. Sie sollen uns Glück bringen im neuen Atelier.«

»Mit dem größten Vergnügen, Herr... Wie ist schon Ihr Name? Sie sind doch Hoffotograf, wenn ich richtig gelesen hab.«

»Ich *war* es. Am Hofe Ludwigs des Zweiten von Bayern, wenn er Ihnen ein Begriff ist. Sie werden uns doppelten Segen bringen, Herr Hauptmann. Wir haben soeben unser neues Studio eröffnet, und Sie sind – hier in Wien – unser erster Kunde. Außerdem haben Sie sich tapfer geschlagen und glücklich überlebt...«

»Sie wünschen mich zu belohnen, wenn ich richtig versteh. Ich bring Ihnen Glück, und Sie wollen sich revanchieren...«

»Das ist mir eine freudige Pflicht, Herr Hauptmann. Sie werden hier kostenlos fotografiert. Das versteht sich von selbst.«
»Dann bitte ich Sie, mich zweimal zu fotografieren. Sie haben gesagt, daß ich Ihnen doppelten Segen bring, und so möcht ich gern a Profil von links und eins von rechts. Und wenn möglich, noch ein Bild mit der reizenden Dame daneben!«
»Wenns sein muß, bitte schön«, sagte Malwa widerwillig, »aber zuerst will ich wissen, ob der andere noch am Leben ist.«
»Welcher andere, charmantes Fräulein?«
»Der, welcher Pech hatte, wie Sie sich ausdrückten.«
»Er hat sich nicht übel geschlagen, wie meine Fassade beweist. Aber es hat ihn leider erwischt!«
»Und das erzählen Sie ganz ungerührt, Herr Hauptmann?«
»Für einen österreichischen Offizier, Mademoiselle, ist das Leben die Ausnahm und der Tod die Regel. Die Angst überlassen wir unseren Feinden.«
»Ich halte die Angst für einen Ausdruck von Intelligenz und Heldentum für Blödsinn.«
Wie Malwa so sprach, zuckte der Hoffotograf zusammen. Er erinnerte sich an die Flucht aus Stanislau und fürchtete, nicht ohne Grund, seine Tochter würde mit ihrem Vorwitz eine neuerliche Katastrophe heraufbeschwören. Darum vermittelte er so diplomatisch wie möglich: »Die heutige Jugend hat nur Spompanadeln im Kopf, Herr von Schischkowitz, aber es hat wirklich keinen Zweck, viel zu reden. Am besten setzen wir uns auf den Fauteuil und machen uns bereit für die Aufnahme.« Leo war bestrebt, auch den letzten Mißton aus der Welt zu räumen und fügte dienstfertig hinzu: »Hat unser Ehrengast einen besonderen Wunsch?«

Darauf gab der Hauptmann zurück: »Ihr Ehrengast möchte das gnädige Fräulein zum Silvesterball einladen und wird es sich zur Pflicht machen, sie unversehrt wieder nach Hause zu bringen.«
Darauf erwiderte Leo untertänigst: »Daran zweifelt hier niemand, Herr Hauptmann. Wir freuen uns über die liebenswürdige Offerte und können nur sagen, daß uns der Wunsch eines Husarenhauptmanns Befehl ist.«
Malwas Laune wurde immer schlechter. Sie hatte nicht im Sinn, das Theater mitzumachen, und zischte: »Was heißt da Befehl, Papa? Ich lasse mir nicht vorschreiben, mit wem ich ins neue Jahr tanze.«
Leo schnappte nach Luft und tat, als hätte er sich verhört: »Du hast doch nicht gesagt, daß du die Einladung des Herrn Hauptmann ausschlagen wirst?«
»Nein, das habe ich nicht gesagt. Ich habe nur festgestellt, daß mir der Wunsch eines Husarenoffiziers nicht Befehl ist und nie sein wird.«
»Also nimmst du an, wenn ich dich recht verstehe?«
»Du verstehst mich falsch, Papa. Ich nehme nicht an und schlage nicht aus. Ich wills mir überlegen.«

12. Dezember 1913
Gott allein weiß, worauf ich mich einlasse. Dieser Mensch widerspricht sämtlichen Vorstellungen, die ich mir bis heute von Männern gemacht habe. Er ist zwar hübsch, das läßt sich nicht bestreiten, aber vollkommen humorlos und fad. Er trägt eine Uniform sowohl außen als auch innen. Was er an Gedanken von sich gibt, läßt sich gar nicht wiederholen, weil es so unbeschreiblich dürftig ist. Ich bin bald zweiundzwanzig und weiß nun mit Gewißheit, daß man entweder gegen den Strom denkt oder überhaupt nicht. Er hat sich fürs zweite

entschieden. Er sitzt im Filz und fühlt sich wohl dabei. Er stellt keine Fragen und sagt »ja« zur Welt. Er entbindet sich jeglicher Verpflichtung, irgendetwas neu zu erwägen. Gott verzeihe ihm seine Beschränktheit, aber *ich* verzeihe sie ihm nicht. Er wiederholt alle die Banalitäten, die in seinem Regiment kursieren: Für einen österreichischen Offizier – das sagt er ohne zu erröten – ist das Leben die Ausnahme und der Tod die Regel. Himmel, ist das dämlich! Wozu kam er denn auf die Welt? Um dem Kaiser zu dienen, lautet seine Antwort. Und warum dient er seinem Kaiser? Weil man es eben tut. Hat er ihn ausgewählt? Natürlich nicht, aber solche Fragen übersteigen seinen Horizont. Er gehorcht den Anweisungen, die man ihm erteilt. Er ist ein Zinnsoldat, mit dem Seine Majestät Krieg spielt. Und trotzdem lasse ich mich ausführen von ihm. Bin ich ebenfalls ein Zinnsoldat? Eine Dame auf dem Schachbrett, die sich umherschieben läßt? Zweiundzwanzig Jahre lang lebte ich nach meinem Kopf, doch am 31. Dezember wird man mich auf die Schlachtbank führen und mich abstechen. Das ist die Tradition. Ich werde tanzen mit ihm, und er wird das als Freibrief nehmen, an mir herumzuknutschen. Nicht aus Liebe, nicht aus Zärtlichkeit, sondern weil er seine Männlichkeit beweisen muß. Der fesche Husar erlegt ein Judenmädchen und wird damit renommieren. Warum habe ich nur zugesagt? Weil er hübsch ist – ein flotter Bursche, sagt Papa – und eine Montur trägt. Dabei müßte ich wissen, daß zur Montur ein Säbel gehört, und mit dem Säbel mordet man Menschen. Einfach so. Er hat halt a Pech ghabt, heißt es dann, und die Sache ist erledigt. Schon sein Tonfall macht mich krank. Er bittet nicht, sondern befiehlt. Papa will ihn umsonst fotografieren, doch das ist ihm zu wenig. Drei Bilder will er haben – mit dem reizenden Fräulein daneben –, und alles natürlich kostenlos, weil es sich so gehört. Man nimmt, ohne zu fragen. Man heißt ja von Schischkowitz. Man gehört zur Herrenrasse. Was hat der gemein mit einem Baltyr? Mit einem Henner? Mit einem Daschynski? Die Genitalien, aber das ist schon alles. Ist das wirklich nebensächlich, frage ich mich manchmal? Besonders in der Nacht, wenn ich allein im Bett liege. Wenn ich spüre, daß ich eine Frau bin und Sehnsucht habe nach einem Mann. Nicht nach einem Menschen, um es ehrlich zu sagen. Nein. Nach einem Mann aus Fleisch und Blut, der mich erfüllen könnte. Der in meinen Leib hineindringt und mich nimmt. Will ich das, oder will ich es nicht? Dieser Hauptmann würde mich aufschlitzen und zur Frau machen. Oder zur Sklavin. Wie soll ich mich verhalten? Soll ich der Lust nachgeben oder dem Verstand? Sei auf der Hut, Malwa! Laß dich nicht zur Strecke bringen! Denke an Lisystrate! Wir Frauen haben eine Geheimwaffe, die uns stark macht: die Verweigerung.

Am Tag nach dieser Eintragung geschah etwas für den Lauf dieser Geschichte ganz Entscheidendes. Es war ein kalter Wintermorgen, und eine fahle Sonne brach durch die Schneewolken, die sich über der Hauptstadt zusammenballten. Bei den Rosenbachs herrschte vorsichtige Hochstimmung. Seit einigen Tagen tropften die ersten Kunden ins Atelier. Erste Einnahmen ließen hoffen, daß die mageren Jahre zu Ende gingen. Jana und Malwa waren damit beschäftigt, für Weihnachten und Chanuka Naschereien zu backen. Da die Familie weder zu Christus betete noch zu Moses – man betete überhaupt nicht –, wurden beide Feste zugleich gefeiert, und

zwar so diesseitig, wie es die Zeitströmung verlangte. Ein süßer Duft von Zimt und Zucker wehte aus der Küche in die Wohnung. Rosinen lagen auf dem Tisch, geröstete Mandeln und kandierte Früchte. Jana bepinselte eine Torte mit dickflüssiger Johannisbeermarmelade. Malwa breitete runde Oblaten auf einem Teigbrett aus, brannte Zucker mit geriebenen Nüssen und steifgeschlagenem Eiweiß. Sie setzte taubeneigroße Klumpen auf die Oblaten und drückte in jedes Häufchen eine Haselnuß. Da schrillte die Glocke an der Wohnungstür, und Malwa eilte hinaus, um nachzusehen, wer das wohl sein mochte. Sie öffnete und erstarrte. Im Flur stand ein Mann von ungewöhnlicher Schönheit. Eine Kreuzung zwischen dem Eros von Piccadilly und dem Denker von Rodin. Er mochte etwa fünfundzwanzig Jahre zählen und blickte Malwa wie eine Erscheinung aus dem Jenseits an. Weder das Mädchen noch der Mann brachten ein Wort hervor. Beide staunten sich an, sprachlos und überwältigt. Nach einer kleinen Ewigkeit stammelte Malwa: »Was wünschen Sie?«
Der Erzengel antwortete mit samtweicher Stimme: »Nichts. Gar nichts. Ich habe vollkommen vergessen, was ich wünsche.«
»Aber Sie haben doch geläutet... Wer sind Sie?«
»Haben Sie Angst vor mir?«
»Ja«, erwiderte das Mädchen und errötete.
»Sie brauchen keine Angst zu haben. Ich bin nur, wie soll ich das sagen, nur eine Wolke in Hosen.«
Jetzt wußte Malwa erst recht nicht mehr weiter. Sie starrte ihn an, diesen Schwarzkünstler, den sie am liebsten in ihre Arme geschlossen hätte, doch bezähmte sie ihr Temperament und hauchte: »Sie kommen wegen des Zimmers, nehme ich an.«
»Wegen des Zimmers. Genau. Wegen des Zimmers bin

ich gekommen, und jetzt auch noch aus anderen Gründen. Ich sah nämlich die Tafel an der Haustür und dachte...« Er blickte ihr tief in die Augen und seine Stimme zerbröckelte: »Ich habe vergessen, was ich dachte.«

»Dann sagen Sie sonst etwas!«

»Ich dachte, daß ich hier unbedingt läuten muß, weil ich sonst tot umfallen würde. Ich glaube zwar nicht an das Schicksal, aber...«

Malwa spürte, daß sie eine Torheit begehen würde, wenn sie noch länger mit diesem Kerl auf dem Flur bliebe. Darum rief sie in die Wohnung hinein: »Da ist jemand, Mama. Er interessiert sich für die Mansarde.«

»Für die was?« rief Jana zurück.

Da rannte das Mädchen in die Küche und flüsterte in höchster Erregung: »Geh hinaus, Mama! Da steht ein Adonis.«

»Wovon redest du, Malwa? Bist du übergeschnappt?«

»Er ist nicht von dieser Welt. Ich schwöre es. Geh hin und überzeuge dich selbst!«

»Beruhige dich, Malwa! Sprich in vernünftigen Sätzen! Ist er alt oder jung oder was?«

»Eine Wolke in Hosen ist er. Das sind seine eigenen Worte.«

»Gebe Gott, daß er keinen Sturm bringt«, murmelte Jana. Sie spülte ihre Hände, musterte sich flüchtig im Spiegel und ging hinaus, um das Phänomen mit eigenen Augen zu besichtigen. Jana erstarrte – wie zuvor ihre Tochter. Sie wußte nicht, was sie sagen sollte. Darum hüllte sie sich in Sachlichkeit und fragte kühl: »Kommen Sie wegen des Zimmers?«

»Ich werde hier wohnen, ja. Darf ich mich vorstellen? Ich heiße Kamin. Henryk B. Kamin aus New York. Ich bin heute hier angekommen...«

»Sehr erfreut, Mister Kamin«, gab Jana zurück, die nun die Gelegenheit hatte, sich den Menschen genauer anzuschauen. Er sprühte Silber aus den Augen, und ein merkwürdiger Strom von Neugier und Übermut pulste in ihm. Jana mußte ihn anlächeln und erkundigte sich: »Was führt Sie nach Wien, wenn ich fragen darf?«
»Ich bin Student der Medizin und befinde mich gewissermaßen auf der Durchfahrt.«
»Warum wollen Sie dann mein Zimmer, wenn Sie nicht beabsichtigen zu bleiben?« fragte Jana etwas unwirsch. »Und wohin geht die Reise?«
»Über meine Probleme reden wir später«, erwiderte Herschele mit einem geheimnisvollen Lächeln, »doch jetzt bitte ich Sie, mir das Zimmer zu zeigen.«
Jana schloß die Wohnungstür hinter sich und führte den Gast ins Dachgeschoß. Oben angekommen, öffnete sie die Zimmertür und sagte verlegen: »Da gibt es nicht viel zu zeigen, Herr Kamin, wenn das Ihr richtiger Name ist. Das ist eher eine Rumpelkammer als ein Zimmer, und ich fürchte, daß es Ihnen hier nicht gefallen wird.«
Der Adonis trat ein und setzte sich aufs Bett, während Jana unter der Türe stehenblieb. Er würdigte den Raum keiner besonderen Beachtung. Statt dessen zündete er sich eine Zigarette an und sagte: »Sie müssen mir schon erlauben, selbst zu entscheiden, ob mir diese, wie nannten Sie das, diese Rumpelkammer gefällt oder nicht. Ich nehme dieses Zimmer, und zwar sofort. Es ist genau das, was ich suche. Aber wie kommen Sie dazu, an meinem Namen zu zweifeln? Soll ich Ihnen meine Dokumente zeigen?«
Jetzt schoß Jana das Blut in den Kopf, und sie antwortete verwirrt: »Es tut mir leid, falls ich Sie verletzt habe, aber Menschen wie Sie müssen sich manchmal – wie soll ich mich ausdrücken – camouflieren. Außerdem haben

Sie einen slawischen Akzent, und darum dachte ich ...«
»Halten Sie mich für einen Falschmünzer, Frau Rosenbach, oder für einen Zechpreller?«
»Nennen Sie mich Jana. Ich weiß, daß Sie kein Betrüger sind. Im Gegenteil ...«
»Sondern was?« fragte Hersch, dem jetzt Kristallstaub aus den Augen wirbelte.
»Ich habe das Gefühl, daß Sie sich tarnen.«
»Und trotzdem vertrauen Sie mir?«
»Vielleicht gerade deswegen. Ich bin auf seiten jener, die verfolgt werden.«
»In dem Fall will ich mich enttarnen, Frau Jana. In Wirklichkeit heiße ich Hersch Kaminski – meine Brüder sagen Herschele – und will zurückkehren nach Rußland. Nach Warschau, genauer gesagt, aber illegal.«
»So etwas habe ich mir vorgestellt. Wie lange gedenken Sie zu bleiben?«
»Das hängt nicht von mir ab, aber bald wird darüber entschieden. Jedenfalls fühle ich mich wohl in diesem Haus ...«
Jana war fasziniert. Sie spürte, daß dieser Mensch kein gewöhnlicher Untermieter sein würde. Aus seinen Worten hörte sie eine familiäre Vertrautheit, eine innere Verwandtschaft, wie damals, als sie mit Malwa bei Daschynski war. Herschele gehörte zur gleichen Sippe. Er sprach mit verhaltener Bestimmtheit, eindringlich und leise, wie jemand, der sicher ist, für die richtige Sache zu leben. Jana ahnte, daß das Schicksal diesen Mann hierhergeschickt hatte. Sie ging zur Wand, rückte einen schief hängenden Spiegel zurecht und warf einen flüchtigen Blick auf sich, worauf sie auf Polnisch sagte:
»Bardzo niechętnie, sehr ungern trenne ich mich von diesem Zimmerchen, panie Kaminski, denn es war für mich so etwas wie eine Zuflucht.«

»Sie werden mit mir keine Probleme haben, pani Janko. Tagsüber bin ich an der Universität und sonst komme ich mit meinen Leuten zusammen.«
»Ich vermiete nur, weil ich unter materiellem Druck stehe. Es fällt mir nicht leicht, aber weil Sie mir sympathisch sind ...«
»Ich habe drüben etwas Geld erspart«, sagte der Student mit einem knabenhaften Lächeln. »Ich möchte Ihnen helfen ...«
»Ich danke Ihnen herzlich«, gab Jana errötend zurück, »aber es genügt, wenn Sie allmonatlich Ihre Miete bezahlen.«
»Sie stehen unter Druck, haben Sie gesagt?«
»Meine Ehre steht auf dem Spiel... Aber irgendwie werde ich es schaffen.«
»Ich gebe Ihnen eine Anzahlung, einverstanden? Zwölf Monate im voraus. Bitte, nehmen Sie es an!«
Mit diesen Worten streckte er Jana ein Bündel Banknoten entgegen, die sie erschrocken von sich wies. Ihre Augen wurden feucht, und sie sagte leise: »Es ist uns einmal besser gegangen. Was suchen Sie bei uns? Dieses Haus ist häßlich und kalt. Warum wollen Sie ausgerechnet bei uns logieren? Man sieht doch, aus welchem Milieu Sie kommen. Das ist nicht der richtige Ort für Sie. Es ist mir peinlich ...«
»Ich werde hier wohnen, pani Janeczko. Aus den verschiedensten Gründen. Zum Beispiel wegen Ihrer Augen.«
»Meine ...?«
»Wir haben die Augen der Ausgestoßenen. In unseren Herzen lodern Zorn und Zärtlichkeit. Wir sind eine Armee von Schwärmern. Darum erkennen wir uns. Überall. Sogar in der Dunkelheit. Wir haben Leidenschaft in der Stimme und Feuer in der Seele ...«

»Wie sonderbar Sie reden, panie Kaminski. Sie betreiben Alchemie mit schillernden Worten. Wie die Wanderprediger, die behaupten, unsere Welt zu verbessern.«
»Ist das verwerflich?«
»Ich möchte wissen, wohin Sie steuern. Was wollen Sie?«
Herschele lächelte schlau: »Die Miete will ich zahlen. Für dieses Zimmer. Und zwar, wie ich bereits sagte, ein Jahr im voraus.«
»Das können Sie nicht.«
»Ich kann noch viel mehr.«
»Sie wissen erstens noch gar nicht, ob ich Sie hier einquartiere . . .«
»Und zweitens?«
»Wieviel ich verlange.«
»Ich weiß alles, Frau Jana. Ich kann aus den Augen lesen.«
»Versuchen Sie es!« sagte Jana kokett.
»Wollen Sie es wirklich erfahren?«
»Allerdings.«
»Auch Sie müssen sich camouflieren. Ihre Tochter ebenfalls.«
»Das ist eine Unterstellung.«
»Ihr betreibt die gleiche Alchemie wie ich.«
»Woher wollen Sie das wissen?«
»Aus den Augen, wie ich bereits sagte. Die Alchemie der Pupillen. Ich weiß, daß ihr dazugehört. Beide . . .«
Als Herschele so sprach, zog Jana ihre Halskette mit dem Amulett hervor, das ihr Daschynski als Pfand hinterlassen hatte. Sie klappte es auf. Eine goldene Sonne funkelte auf purpurrotem Hintergrund: »Es ist gut, Herr Kaminski, daß wir uns begegnet sind. Zufälle sind Sternschnuppen und stürzen vom Himmel.«

Da stand er, der Halbgott. Die Wolke in Hosen, die unvermittelt ins Haus geschwebt war und Kristallstaub aus den Augen versprühte. Herschele nahm Janas Hand, küßte sie und flüsterte: »Ich bitte Sie um Diskretion, Genossin Rosenbach. Ich werde gesucht.« Bei diesen Worten legte er das Notenbündel auf den Waschtisch – es waren sechshundert Kronen – und ging zur Tür, indem er sagte: »Sie haben mir nicht mitgeteilt, ob Sie mich wollen, und für wieviel. Aber ich werde hier wohnen. Ob es Ihnen gefällt oder nicht.«

Der 31. Dezember 1913 war ein ungemütlicher Wintertag. Ein eisiger Ostwind fegte durch die Straßen, und ein Teil der alten Donau war bereits zugefroren, was nichts Erquickliches verhieß. Einige Hunderttausend Wiener bereiteten sich darauf vor, ein gewöhnliches Jahr zu verabschieden. Niemand konnte ahnen, daß dies der letzte Silvester der alten Zeitrechnung war. Hätte jemand gewußt, was das neue Jahr mit sich brachte und welchen Zeiten man entgegenging, würde er sich jeden Augenblick jenes schicksalsschweren Tags ins Gedächtnis geprägt haben. Statt dessen verbrachten die Familien und besonders deren weibliche Mitglieder den Nachmittag damit, sich gegenseitig die Zukunft zu prophezeien, wozu sie die merkwürdigsten Requisiten aus den Schränken kramten. Die einen suchten die Wahrheit in farbigen Tarockkarten und elfenbeinernen Würfeln, die anderen in orientalischen Traumbüchern und allen möglichen Zauberpräparaten. Bei den Juden war es Sitte, die Tora aufzuschlagen und den Sinn des ersten Wortes auf der zufällig gewählten rechten Seite zu deuten. Die Rosenbachs saßen im behaglich geheizten Wohnzimmer. Sie vergnügten sich mit dem Ein-

schmelzen von Zinnfiguren, deren siedende Masse sie ins kalte Wasser gossen. Die daraus entstehenden Gebilde wurden auf eine Porzellanplatte gestellt und dann einer phantasievollen Auslegung unterzogen. Malwa, die von der Zukunft am meisten zu erwarten hatte, eröffnete die Seance. Sie goß auf Anhieb ein kleines Monstrum, das entfernt einer fünfzackigen Kugel glich, wobei die fünf Strahlen ungleich lang waren, aber alle in dieselbe Richtung wiesen. Nach längerem Palaver einigte man sich darauf, es könnte dies ein Stern sein, doch niemand war von dieser Interpretation wirklich befriedigt. Darum schlug Jana vor, zur Sicherheit noch die Tora zu befragen, was als die vernünftigste Lösung erschien. Leo wurde ersucht, das sonst nur selten verwendete Buch aus dem Gestell zu holen und es beim Herunterleiern eines kurzen Gebets aufzuklappen. Das Ergebnis war verblüffend: Das erste Wort auf der rechten Seite lautete Jad, was auf Deutsch Hand bedeutet. Die fünfzackige Kugel war demnach ganz offensichtlich eine Hand, und es galt nur noch herauszufinden, was mit ihr gemeint war. Jana, die seit jeher die Rolle der übersinnlich begabten Frau spielte, bedeckte ihre Augen mit den zehn Fingern und flüsterte eine Prophezeiung, die wahrscheinlich mehr ihren Wünschen entsprach als einer magischen Eingebung: »Ich sehe eine Hand, die nach dir sucht, Malwa. Ein Mensch wird kommen und anhalten um deine Hand. Eure Hände werden sich berühren und ineinander verschlingen. Er wird seine Hand auf die heilige Schrift legen und das Gelübde der Treue sprechen. Er nimmt eine Feder zur Hand und paraphiert ein Dokument. Dann streicht er dir übers Haar – mit derselben Hand – und weist dir den Weg, den du zu gehen hast...«
Die Rosenbachs schmeichelten sich, über alle Formen

des Aberglaubens erhaben zu sein. Sie belächelten die gängigen Praktiken der schwarzen Künste und verpönten sie als Überbleibsel des finsteren Mittelalters. Auch die Religion wurde immer mit Ironie ausgeübt, und wenn Leo ausnahmsweise einmal versuchte, aus der Tora vorzulesen, tat er es mit komödiantisch gurgelnder Eunuchenstimme, wobei seine Aufführung mit hämischem Gekicher aufgenommen wurde. An diesem Silversternachmittag war alles anders. Es hatte angefangen zu schneien, und ein gemütliches Gefühl der Stallwärme durchrieselte die Wohnung. Die Wahrsagung der sonst so kühlköpfigen Jana widersprach zwar den Prinzipien des modernen Denkens, doch wirkte sie erstaunlich überzeugend und verwirrte die Anwesenden. Leo sagte, er wittere eine Hochzeit in der Luft und frage sich nur noch, wer der Auserwählte sein werde. Malwa war irritiert. Sie hatte nicht im Sinn, sich vom zwielichtigen Spiel weitertreiben zu lassen, und erklärte plötzlich mit humorloser Stimme: »Er will mir den Weg weisen, den ich zu gehen habe? Hüten soll er sich, denn ich lasse mir keinen Weg aufnötigen, weder mit der Hand noch mit sonst etwas.«
Wie sie das sagte, ergriff sie die fünfzackige Kugel und warf sie zu Boden, wo sie in zahllose Stücke zersprang. Ein betretenes Schweigen folgte. Der Gesprächsfaden war zerrissen. Jana räumte die Zinnfiguren vom Tisch. Die labile Gemütlichkeit war zum Teufel, doch Leo schien nicht zu merken, welche Spannungen in der Luft knisterten. Darum fragte er ahnungslos: »Wann soll er denn kommen, unser Husarenkavalier?«
Er zweifelte keinen Augenblick, daß die Prophezeiung seiner Frau einzig die Hand des famosen Herrn von Schischkowitz betreffen konnte. Darauf antwortete Jana mit einem vieldeutigen Lächeln in den Mundwin-

keln: »Zwischen acht und neun, Leo, aber es würde mich wundern, wenn *er* der Erwählte wäre.«
»Ja, wer denn sonst?« fragte der Hoffotograf argwöhnisch, doch er bekam keine Antwort.
Malwa hatte genug. Sie war entschlossen, den Spekulationen ein Ende zu setzen, und erklärte kaltschnäuzig: »Was heißt da ›unser Husarenkavalier‹? Wenn ihr heiraten wollt, dann heiratet, aber laßt bitte mich aus dem Spiel!«
Nun runzelte Leo seine Stirn und fragte mißmutig: »Was wird hier zusammengebraut, meine Herrschaften? Werden in meinem Haus Entscheidungen getroffen, von denen ich ausgeschlossen bin?«
»Selbstverständlich, Papa«, gab Malwa eiskalt zurück. »Was meine Privatangelegenheiten betrifft, entscheide ich allein und verbitte mir eure liebenswürdige Einmischung.«

Um acht Uhr null Minuten riß er an der Hausglocke. Mit militärischer Pünktlichkeit und der Ungeduld eines kaiserlich-königlichen Gardeoffiziers. Leo war im siebenten Himmel. Auf diese Kerle konnte man sich also verlassen. Ein Mann, ein Wort. Wie Herr von Schischkowitz es versprochen hatte, war er eingetroffen, um Malwa zum Silvesterball zu führen. Er sah aus wie eine Schaufensterpuppe, wie ein Feldmarschall aus dem Bilderbuch. Er imponierte sogar Jana! Alles blitzte an ihm. Die Orden und Epauletten, die Jackenknöpfe, die Stiefel und sogar die Augen, die reptilienhaft glänzten. Malwa war geschmeichelt, aber keineswegs fasziniert. Man konnte sich mit diesem Menschen sehen lassen – dachte sie –, aber kaum in seine Arme sinken, sich vergessen an seiner Schulter. Er hatte die starren und schlammgrünen Pupillen eines Frosches. Überhaupt erinnerte er sie an ein Wassertier. Schön und kalt, fast etwas schleimig anzufassen wie ein Aal. Auch sein Name war wäßrig, wenn man genau hinhörte: Schisch-ko-witz. Er verbeugte sich tief, doch hinter seiner Demut flackerte platte Selbstgefälligkeit. Er triefte vor Verehrung, und als er die stramme Hand an die Schläfe legte, schien es, als grüße er eine imperiale Hoheit. Seine Manieren waren so untadelig, daß Leo nach Worten rang, um seiner Dankbarkeit Ausdruck zu verleihen. Als schließlich der Hauptmann Malwa in den Pelz half, explodierte der Vaterstolz, und Leo wisperte mit bebender Stimme: »Wir fühlen uns geadelt.«

Das Offizierskasino am Schottenring wird im Baedeker des Jahres 1913 wegen seines unvergleichlichen Ballsaals erwähnt und mit zwei Sternen ausgezeichnet. Es heißt darin wörtlich, die zur Regierungszeit von Kaiserin Maria Theresia errichtete Baulichkeit sei wegen ihrer architektonischen Grazie und einer traditionsreichen Walzerkapelle zu empfehlen, die vom berühmten Joseph Lanner im Jahr 1834 gegründet und zu vollem Glanz gebracht worden sei. Tatsächlich ist nicht zu bestreiten, daß jenes Streicherensemble – auch 1913 noch – Spitzenleistungen an Zuckertortendudelei vollbrachte. Schon gegen neun Uhr herrschte eine Silvesterstimmung, die jederzeit in polternde Ausgelassenheit umschlagen konnte. Joseph von Schischkowitz hatte einen Tisch reserviert, auf dem in geschnörkelten Buchstaben sein Name prangte. Darunter stand: »in Begleitung von Fräulein M. R.« Malwa fand es befremdlich, mit Initialen erwähnt zu werden, um so mehr als die Damen an den Nachbartischen mit ganzem

Namen angeschrieben waren, doch der Husarenhauptmann erwiderte charmant: »Das ist ein Mißverständnis, meine Verehrteste. Ich bring die Sache gleich in Ordnung.«

Malwa blieb stehen, während von Schischkowitz hinauseilte, um den Fehler beheben zu lassen. In ihrem rosaroten Samtkleid und dem vergoldeten Diadem glich sie einer unwirklichen Esmeralda, einer blauädrigen Orchidee, der auch gleich ein junger Stutzer entgegeneilte. Er verbeugte sich tief und raunte: »In drei Stunden beginnt das neue Jahr, gnädiges Fräulein. Der Graf Ferenz von Karoly fragt an, ob er mit Ihnen hinübertanzen darf.«

»Sagen Sie dem Grafen«, erwiderte Malwa trocken, »daß ich nicht allein bin.«

Mit diesen Worten drehte sie sich um und würdigte den Bittsteller keines weiteren Blicks. Doch dieser gab sich nicht geschlagen. Er verneigte sich zum zweiten Mal und sagte bedeutend zudringlicher als zuvor: »Das kann ich ihm auf keinen Fall ausrichten, grausames Fräulein, denn ...«

In diesem Moment setzte das Orchester ein, und die letzten Worte des erfolglosen Burschen wurden von den Honigfluten der Musik verschlungen. Joseph von Schischkowitz kehrte säuerlich lächelnd zurück. Mit einer lässigen Handbewegung bedeutete er Malwa, ihm auf die Tanzfläche zu folgen. Beide waren blendende Tänzer, was von den einen mit Neid, den anderen mit Anerkennung vermerkt wurde. Bald traten immer mehr Paare zur Seite, um den feschen Husaren mit seiner geheimnisvollen Begleiterin zu bewundern. Ein Kreis bildete sich um die zwei, und als die letzten Takte verklungen waren, brachten die Zuschauer dem Paar eine Ovation dar. Zum dritten Mal näherte sich der

unglückliche Bittsteller dem schwer atmenden Mädchen und erklärte so laut, daß es jeder hören konnte: »Sie sind hier die unbestrittene Königin der Nacht, gnädiges Fräulein, aber dem Grafen Ferenz von Karoly kann ich trotzdem nicht mitteilen, daß sie in Begleitung sind.«
Malwa lächelte herablassend, denn dieser Mensch begann ihr langsam den Nerv auszureißen, und sie antwortete: »Dann hat er Pech gehabt und wird es nicht erfahren ...«
»Er hat es bereits zur Kenntnis genommen, denn der Graf Ferenz von Karoly bin ich selbst. Und wer sind Sie, unbarmherziges Fräulein?«
»Mein Name ist Rosenbach. Nicht mehr und nicht weniger.«
Was nun eintrat, kann man nicht als Stille bezeichnen. Es war eine donnernde Sprachlosigkeit, die wie ein Kugelblitz im Raum zitterte und sich nicht entladen konnte. Im Adlerhorst der blaublütigen Offizierskaste, im exquisitesten Kasino Österreichs exhibierte sich eine Judenschlampe und hatte die Frechheit, ihren jämmerlichen Namen auszusprechen, den man schamhaft hinter den bloßen Initialen zu verstecken gesucht hatte. Da platzte das Gewitter. Der verletzte Graf spürte, daß er jetzt reagieren mußte, wenn nicht die ganze Doppelmonarchie unter der Unverfrorenheit einer Unbenennbaren zusammenstürzen sollte. Sein Antlitz wurde dunkelrot, seine Schläfen begannen zu pochen, und Ferenz von Karoly verschoß seine schärfsten Kugeln, indem er schnaubte: »Jetzt fällts mir wie Schuppen von den Augen, Fräulein Rosenbach ...«
»Was meinen Sie, Sie zudringlicher Mensch?«
»Daß man gute Gründe hatte, Ihren Namen auf die Anfangsbuchstaben zu reduzieren, und auch das ist noch zuviel, finde ich.«

Malwa erbleichte. Sie drehte sich zu ihrem Kavalier um und forderte ihn auf, ihr Genugtuung zu verschaffen, und zwar unverzüglich. Darauf flüsterte ihr dieser ins Ohr, sie möge, wenn möglich, keinen Skandal verursachen. Jetzt wurde es Malwa endgültig zu bunt und sie erklärte, dann müsse sie sich selber Genugtuung verschaffen. Sie ging auf den Grafen zu und schlug ihm mehrere Male ins Gesicht. Von Karoly verzog keine Miene, sondern nahm eine Karte aus der Brieftasche, hielt sie dem verblüfften von Schischkowitz unter die Nase und näselte hochmütig: »Entweder Sie befördern das Judenluder an die Luft, oder wir werden uns schlagen.«

Der Husarenhauptmann wählte eine Lösung, die seinem wäßrigen Wesen entsprach. Er nahm Malwa beim Arm, führte sie zur Garderobe und sagte mit aalglattem Lächeln: »Folgen Sie mir, Fräulein Malwa! Wir werden dieses Lokal verlassen.«

Darauf erwiderte Malwa laut genug, daß es auch der geohrfeigte von Karoly verstehen konnte: »Warum haben Sie den Flegel nicht verprügelt, Herr Joseph? Das wäre doch Ihre Pflicht gewesen, als Mann und Offizier. Oder irre ich mich?«

»Natürlich irren Sie sich, Fräulein Malwa. Ich bin nämlich nur ein Hauptmann. Er hingegen Major. Wir haben unsere Rangordnung in Österreich!«

Wien, 8. Januar 1914

Dear Ber, dear brothers,

Ich bin in Wien. Sozusagen zwei Schritte von der russischen Grenze entfernt. Ich spähe hinüber. Ich horche auf irgendein Signal von drüben, aber es kommt nichts. Fast nichts, um genau zu bleiben. Ich weiß, daß es brodelt im Zarenreich, aber es brodelt seit Jahrzehnten. Theoretisch müßte der Vulkan längst ausgebrochen sein, doch die konkreten Nachrichten, die mich hier erreichen, sind enttäuschend. Gestern sprach ich mit Radek. Er ist noch kurzsichtiger als früher, seine Lippen noch dünner. Seine Stimme wie immer rechthaberisch und kalt. Unser Gespräch versetzte mich in einen Zustand verdrossener Unruhe. Davor war ich entschlossen, in den nächsten Tagen die große Mauer zu überqueren. Jetzt bin ich vollkommen verunsichert, und darum schreibe ich euch. Ihr müßt mir raten, was ich tun soll. Das Zarenreich sei eine Zeitbombe, sagte Radek, die jeden Moment in die Luft gehen könne. Darum sei es unstatthaft, in Österreich herumzuhängen und Schnickschnack zu studieren, womit er die Medizin meinte. Er wußte alles über unsere Flucht nach Amerika und sagte, die Partei halte uns für fahnenflüchtig. Darauf erwiderte ich, auch Lenin sei aus der Verbannung geflohen, und zwar mehr als einmal. Radek schrie, ich sei ein anmaßender Idiot, mich mit Lenin zu vergleichen. Lenin sei unser Führer, ein Gigant, der Kopf der Bewegung. Wir aber seien eine lächerliche Fußballmannschaft, die im entscheidenden Augenblick in die Hosen mache. Er weiß alles über uns und scheint überhaupt glänzend informiert. Er warf mir an den Kopf, ich hätte mich in eine hübsche Fratze verknallt und versäumte deswegen meine revolutionären Pflichten. Woher weiß er das? Nicht einmal das Mädchen weiß es, da ich bisher weder die Zeit fand noch den Mut, es ihr zu sagen. Ich gebe zu, daß Radek ein hohes Tier in der Partei ist, aber ich kann ihn nicht leiden. Er maßt sich einen Ton an, der weder durch sein Wissen gerechtfertigt ist noch durch seine politische Vergangenheit. Er redet hölzern wie ein Leitartikel, ohne Lust und Leidenschaft. Alles scheint logisch, was er sagt, und fügt sich ineinander wie der Schlüssel ins Schloß. Aber es ist irgendwie daneben. Ich konnte ihm kaum etwas entgegnen, weil mir auf seine formallogischen Spitzfindigkeiten nichts einfiel. Darum fragte ich ihn, was denn die Partei von mir erwarte. Das hätte ich auf keinen Fall tun dürfen, denn so anerkannte ich seine Autorität und gestand ihm das Recht zu, mir Weisungen zu erteilen. Was er auch tat. Er forderte mich auf, ich möge unverzüglich nach Warschau fahren, um dort – ich zitiere ihn wörtlich – die Fragezeichen auszumerzen, die über unserem Namen hängen. Das verschlug mir den Atem. Ich fand auch keine Antwort, als er schulmeisterte, ich müsse in disziplinierter Kleinarbeit beweisen, daß man mir trauen könne, obwohl wir damals desertiert und ohne die Zustimmung der Genossen das Weite gesucht hätten. Vor Ende dieses Monats hätte ich Wien zu verlassen und mich bei den zuständigen polnischen Genossen zu melden. Das sei ein Befehl. Mehr habe er nicht zu sagen.

Ich frage euch nun, liebe Brüder, was ihr darüber denkt. Wer ist denn eigentlich dieser Radek? Ein Freund Lenins, wie er herumerzählt, oder das Gegenteil, denn die peinlichsten Gerüchte zirkulieren über seine Person. Jedenfalls sehe ich nicht ein, mit welchem Recht er über mein Leben bestimmt. Er sitzt ja auch nicht in Warschau, sondern im goldenen Westen und spielt die graue Eminenz. Wie kann er im Namen der Partei auftreten, dieser Angeber? Hat er sie befragt? Hat ihn jemand beauftragt? Wer hat ihn überhaupt gewählt? Soviel ich weiß, hat ihm niemand ein Mandat gegeben. Trotzdem scheut er sich nicht, mir Befehle zu erteilen. Ich bin aber entschlossen, meinem Gewissen zu gehorchen. Oder seid ihr anderer Meinung? Ich will meine

Studien beenden. Ich will als qualifizierter Arzt nach Warschau fahren. Ich tauge nicht zum Berufsrevolutionär. Darum muß ich etwas können, um unserer Sache nützlich zu sein. Vielleicht werdet ihr sagen, daß ich mich von Bequemlichkeit leiten lasse, daß es mir in Wien gefalle und daß der ganze Rest Ausrede sei. Darauf kann ich nur antworten, daß diese Stadt tatsächlich ein Eldorado ist, der behaglichste und zugleich liederlichste Ort auf dem Erdball. So viel funkelnde Unzucht, so viel charmante Verkommenheit und verwesender Flitterkram übertreffen jede Vorstellung. Wien ist ein fauliger Sumpf, aber ich habe keineswegs im Sinn, darin zu versinken. Im Gegenteil. Das Widerliche stößt mich ab und festigt mein revolutionäres Bewußtsein. Meine Überzeugungen sind entschiedener denn je. Es ist wahr, daß ich mich verliebt habe, aber nicht in eine hübsche Fratze, wie Radek sich ausdrückte, sondern in das wundervollste Mädchen der Welt. Ist das Verrat? Ich schrieb bereits, daß ich ihr meine Liebe noch gar nicht erklärt habe. Ich weiß auch nicht, was sie dazu meinen würde, aber das spielt hier keine Rolle. Ich muß sie haben. Unbedingt. Tot oder lebendig! Selbstverständlich nicht auf Kosten meiner revolutionären Pflichten. Entweder sie macht mit, oder ich werde sie vergessen. Falls ihr mir beweist, daß mein Platz in Polen ist, fahre ich sofort, und sie wird mitfahren. Ich zweifle keinen Augenblick, daß sie mitfahren wird. Ich habe sie nur ein einziges Mal gesehen. In ihrem Treppenhaus. Ich weiß aber, daß sie meine Frau wird und mit mir kommt bis ans Ende der Welt. Andernfalls hat mein Leben keinen Sinn mehr. Schreibt mir bald! Ich spüre, daß wichtige Ereignisse vor der Türe stehen.

Herschele

17.

Für alle Menschen dieses Planeten standen wichtige Ereignisse vor der Tür. Sogar für Onkel Henner, der bisher an der Weltgeschichte vorbeigelebt hatte. In jenen Tagen näherte er sich nämlich der Ewigen Stadt. Er hatte schon vergessen, daß er ein Londoner Mietshaus in die Luft gesprengt und einer englischen Lady das Herz gebrochen hatte. Er war halt, wie ich bereits mehrfach sagte, ein Phantast, um nicht zu sagen ein Hochstapler oder eben ein ganz gewöhnliches Schlitzohr. Das sind wir ja alle in irgendeiner Weise. Er wurde jedoch zum Schandfleck der Familie, denn nun war er unterwegs, um sich taufen zu lassen. Das tut man nicht, auch dann nicht, wenn man den Strick um den Hals hat. Wir sind zwar, um bei der Wahrheit zu bleiben, alles andere als gottesfürchtig, wir sind eine Sippe von Leichtfüßen, jawohl, und zum auserwählten Volk gehören wir rein zufällig – aber deswegen wird man doch nicht gleich abtrünnig. Zugegeben, wir glauben nicht an die himmlische Vorsehung. Wir lästern, fluchen und sündigen in einem fort, aber die Farbe wechseln wir nicht. Auf keinen Fall. Unsere Beziehung zu den Geboten ist elastisch. Wir essen Schweinefleisch, ohne mit der Wimper zu zucken, aber Überläufer sind wir nicht. Wir gehen einmal im Jahr in den Tempel, aber nicht in die Kirche der Goim, die uns seit zweitausend Jahren vertilgen wollen. Nur Henner tat das, und darum haben wir ihn – um die Worte meines Großvaters zu gebrauchen – verstoßen.

Mein Großvater übertreibt natürlich. Bei uns wird ja alles übertrieben. Man schreit und stöhnt und ringt die

Hände über dem Kopf, zerreißt sich das Hemd und beißt in die geballte Faust, aber das ist auch alles. Wir sind Extremisten in unseren Worten, Eiferer mit der Zunge, aber wirklich verstoßen haben wir noch keinen. In Wahrheit haben wir uns nur vorübergehend von Henner abgekehrt – aber auch das stimmt nicht ganz, denn er war weiterhin der meschuggene Onkel, was bei den Juden soviel wie ein grimmiger Kosename ist. Ich nehme an, daß man ihm einfach gram war, oder nicht einmal das. Man nahm ihm übel, daß er zur Konkurrenz gegangen war, ohne dafür einen gehörigen Vorteil einzuhandeln. Das war ein schlechtes Geschäft, und schlechte Geschäfte verzeiht man niemandem, nicht einmal einem Engel. Man verurteilte Henners Fehltritt, doch zugleich hoffte man fest auf eine Gelegenheit, sich mit ihm zu versöhnen. Schließlich war er der leibliche Bruder Leo Rosenbachs, der mißratene Henner, der uns bemogelt, bestohlen und dem öffentlichen Hohn ausgeliefert hatte. Aber er gehörte zu uns. Das ist das Wichtigste.

Henner kam also in die Ewige Stadt, und zwar barfuß, wie es sein theatralisches Temperament erforderte, mit einem aschgrauen Pilgergewand bekleidet. Hinter ihm schleppte sich Nathan, sein schweigsamer Sohn, mit einem Geigenfutteral unter dem Arm und blutenden Wunden an den Füßen. Der Auftritt der beiden war imposant und wurde von den Passanten gebührend beachtet. Es war ein strahlender Palmsonntag. Der Tiber glitzerte in der Morgensonne, Magnolien knospten in den Gärten, und ein betäubender Duft von Jasminblüten wehte durch die Straßen. Henner und Nathan steuerten auf den Petersplatz zu. Wie in Trance humpelten sie am Castel San Angelo vorbei, durch die Via Crescenzia hinauf, bis sie plötzlich ein himmlisches

Geläute vernahmen. Verzückt blickte Henner in die Höhe, erhob die Hände und rief mit tränenerstickter Stimme: »Das sind die Glocken von San Pietro, mein Sohn. Nimm die Geige zur Hand. Lasse erklingen das Ave Maria. Der Gott der Christenheit soll uns erhören!«

Nathan legte das Futteral aufs Pflaster. Mit zur Seite geneigtem Kopf stimmte er sein Instrument und spielte dann so weich, so unendlich zärtlich, wie er nie zuvor gespielt hatte. Er war kein Wunderkind mehr. Seiner Geige entlockte er jetzt Töne, die erfahren klangen und wehmütig wie ein Gebet. Bald scharte sich ein dichter Menschenhaufen um die beiden Pilger. Andächtig lauschten die Italiener der Kantilene, die in Begleitung der Glocken zum überirdischen Sonntagskonzert anschwoll. Die Menge war verzaubert. Besonders die Frauen bestaunten den jungen Mann, der so traurige Augen hatte und so marmorweiße Hände. Plötzlich aber hielt Nathan in seinem Spiel ein. Er ließ die Geige sinken, und Tränen liefen ihm über die Wangen. Überrascht und verständnislos standen die Leute vor dem weinenden Geiger. Sie wußten nicht, was sie tun sollten, damit er weiterspielte. Da wies Onkel Henner mit einer diskreten Fingerbewegung aufs Futteral. Das Volk begriff. Der Trick funktionierte, wie er auf der ganzen Pilgerreise von England über Frankreich bis nach Italien funktioniert hatte. Hunderte von kleinen und großen Münzen flogen zu Nathans Füßen. Sogar einige Goldstücke waren darunter, und Henner beeilte sich, sie in einer Tasche verschwinden zu lassen. Jetzt klemmte Nathan die Geige wieder unters Kinn und spielte das Ave Maria zu Ende. Die Menge raste vor Begeisterung, und Gott im Herzen machten sich die beiden wieder auf den Weg. Es war halb zehn Uhr vormittags, als sie ihr Ziel erreichten. Vor ihnen lag der Platz aller Plätze und zu ihrer Linken das Bankhaus zum heiligen Geist, von dem es heißt, es sei die Mitte der christlichen Welt.

In tiefer Ergriffenheit schritten der angehende Erfinder der Farbfotografie und sein virtuoser Sohn dem Hauptportal der Peterskirche entgegen. Für sie war das endlich die Pforte zum Himmelreich, die Hoffnung ihrer entmutigten Herzen. Zu beiden Seiten der Porta Santa standen buntgekleidete Wächter. Mit argwöhnischen Blicken musterten sie die Besucher, die in die Kirche aller Kirchen traten, um die Gnade des Allmächtigen zu empfangen. Auf einen dieser Soldaten ging Henner zu und sprach mit zitternder Stimme: »Sie sind ein Schweizer, nicht wahr?«

»Nicht stehenbleiben, bitte!«

»Ich verehre die Schweizer, weil sie hoch oben leben, in den Bergen, nahe bei Gott.«

»Was will der Herr?«

»Meine Sünden abwaschen. Gott dienen und beichten.«

»Wenn der Herr da hineinwill, muß er sich zuerst anders anziehen!«

»Aber ich bin ein Pilger. Ich komme aus England. Tausend Meilen zu Fuß.«

»Anders anziehen, habe ich gesagt. So kann ich Sie nicht hineinlassen.«

»In der Bibel heißt es aber: ›Kommet zu mir, die ihr mühselig und beladen seid‹!«

»Suchen Sie etwas Bestimmtes?«

»Den Heiligen Vater«, erwiderte Henner und verneigte sich tief.

Der Soldat merkte, mit was für einem Pilger er es zu tun hatte, und erwiderte: »So so, den Heiligen Vater? Der wartet schon lang auf Sie. Der hat schon ganz kalte Füße vom Warten.«

Henner überhörte die Ironie des Schweizers und sagte nun stolz: »Er hat bestimmt von mir gehört. Ich bin ein gottbegnadeter Erfinder, und das ist mein Sohn.«

Jetzt wurde der Wächter ungeduldig und sagte: »Also, der Papst wohnt nicht hier, sondern dort drüben. In diese Kirche dürfen nur Leute, die anständig angezogen sind. Gehn Sie jetzt bitte weiter!«

Da versuchte es Henner mit einer anderen Methode und flüsterte: »Gelobt sei Jesus Christus«, worauf der Wächter trocken entgegnete: »In alle Ewigkeit, Amen.«

Henner mißverstand auch diese Worte. Er glaubte nun eintreten zu dürfen, doch der Schweizer packte ihn am Kragen und sagte streng: »Nicht hier, sondern dort drüben, habe ich gesagt, und jetzt machen Sie, daß Sie fortkommen!«

Damit war der erste Versuch, sich taufen zu lassen, gescheitert. Elend überquerten die beiden Männer den Petersplatz in umgekehrter Richtung. Neben dem Springbrunnen stand ein Devotionalienhändler, der Kreuze aus Holz, Elfenbein und Silber verkaufte. Da ging Henner ein Licht auf. Das Wichtigste hatte er vergessen. Er mußte doch ein Kreuz haben. Ein hölzernes Kreuz, wie es der Armut des Pilgers entsprach, und groß und schwer, wie es der Heiland getragen hatte, als er den Dornenweg beschritt.

Mit dieser Last auf den Schultern schleppte Henner sich zum Portal, das seiner Meinung nach in die Gemächer des Heiligen Vaters führte. Aus eben diesem Portal trat nun ein hünenhafter Mensch, ein über zwei Meter langer Priester in violettem Talar, den Henner seiner Ausmaße wegen für das Haupt der Christenheit hielt.

Ohne sich zu besinnen, warf er sich zu Füßen des Riesen, blickte verzückt zu ihm empor, streckte ihm das Kreuz entgegen und schrie: »Ein Bettler wirft sich zu Füßen Eurer Heiligkeit und bittet um den apostolischen Segen.«
Darauf entgegnete der Goliath mit sanfter Stimme: »Vous faites erreur, mon fils, vous devez vous adresser à quelqu'un qui sait parler votre langue.«
Henner zweifelte keinen Augenblick, daß der Heilige Vater persönlich vor ihm stand. Er umklammerte die Knöchel des Papstes und rief: »Ich bin ein Sohn der Sünde, Eure Heiligkeit. Lasset mich eintreten in die Heerscharen des Erlösers und vergebet mir meine Abstammung!«
Bei diesen Worten küßte er die Schuhe des Priesters mit einer Innigkeit, die Steine hätte erweichen müssen, doch der Gigant erwiderte mit kühler Distanz: »Que Dieu vous pardonne, mon fils. Levez-vous de la poussière et n'avilissez pas ce lieu sacré! Vous êtes dans la ville éternelle!«
Damit machte er sich davon und verschwand – unbemerkt von Henner, der kein Französisch verstand – in der bunten Menge des Petersplatzes. Henner lag noch immer auf den Knien und antwortete, weinend vor Ergriffenheit: »Ich danke euch, Heiliger Vater. Ihr habt mich befreit von der Schande Israels. Weggewaschen ist die Seuche Abrahams. Ich bin getauft. Die Gnade des katholischen Herrgotts neigt sich über mich und das Werk, das ich vollenden will.«
Dankbar drückte Henner das eben gekaufte Kreuz an sein Herz, blickte dann empor und stellte fest, daß der vermeintliche Papst verschwunden war. Er hatte sich in Luft aufgelöst. Ein Wunder war geschehen, und Henner schloß daraus, daß Gott ihn erkannt hatte. Verzau-

bert blickte er um sich und strahlend vor Beglückung rief er – jetzt mit der Inbrunst eines waschechten Katholiken: »Laudetur Jesus Christus! In saeculis saeculorum …«

18.

Bevor ich über die weiteren Abenteuer meines getauften Onkels berichte – und sie sind, gelinde gesagt, außerordentlich –, muß ich erzählen, was sich in der Zwischenzeit in Wien zutrug, denn mehr und mehr wurde das Haus an der Freytaggasse zum zentralen Schauplatz der mich und mein Schicksal betreffenden Ereignisse. Ende März traf bei Henryk B. Kamin ein Brief ein, der nicht ohne Folgen bleiben sollte. Er hatte folgenden Wortlaut:

New York, Februar 1914
Dear brother,
Ich habe Deinen Brief vom 8. Januar erhalten und den Brüdern vorgelesen. Was ich Dir schreibe, ist das Resultat einer vielstündigen Diskussion. Du bittest uns um Rat. Hier hast Du ihn: Wir sind erstaunt über Deine Mitteilung, daß Du Dich in das wundervollste Mädchen der Welt verliebt, aber weder den Mut noch die Zeit gefunden hast, es ihr zu sagen. Was ist los mit Dir, Herschele? Du warst doch ein berühmter Mittelstürmer. Was ist passiert? Angst hast Du vor einer Frau, von der Du überzeugt bist, daß sie Dir folgen wird bis ans Ende der Welt? Da stimmt etwas nicht. Oder bist Du in Wien schon so verweichlicht, daß Du ein Feigling geworden bist? Und was hat Dein Mut mit dem Mangel an Zeit zu tun? Du willst uns doch nicht einreden, daß Du Tag und Nacht Medizin studierst. Wenn das so wäre, hätte Radek recht, und Du würdest mit Vorteil nach Warschau fahren. Medizin ist zwar kein Schnickschnack – im Gegenteil –, aber es lohnt sich nicht, für

sie zu verblöden. Es gibt überhaupt nichts auf der Welt – nicht einmal die sozialistische Revolution –, wofür es sich lohnt, den Verstand zu verlieren. Du schreibst, daß Du zerrissen seist und nicht wissest, ob Du hinüberfahren sollst oder nicht. Warum solltest Du? Du sagst, es brodle in Rußland – theoretisch müßte der Vulkan längst explodiert sein! Aber wie Du selber schreibst, brodelt es in Rußland seit hundert Jahren, und es ist noch alles beim Alten. Mit und ohne unsere Beihilfe hat sich kaum etwas verändert. Die Nachrichten, die herübersickern, sind nach Deinen eigenen Worten enttäuschend. Deswegen finden wir, es braucht Dich in Warschau niemand so dringend, daß Du deswegen Deine Studien unterbrechen müßtest. Radek befiehlt Dir, sofort zurückzukehren, um den Ruf unserer Familie wieder aufzumöbeln. Der Ruf unserer Familie geht ihn einen Dreck an. Radek ist ein notorischer Maulheld. Er fühlt sich wohl im Westen, aber Dich schickt er an die Front. Warum eigentlich Du und nicht er? Wenn es wirklich einmal losgeht im Zarenreich, dann kommen auch wir. Das steht fest. Wir haben bewiesen, daß wir bereit sind, für die Partei unser Leben zu riskieren. Als wir vor neun Jahren an der Piwna unsere Barrikade verteidigten, war Radek nicht dabei. Weder beim Nahkampf auf dem Rynek noch im Kugelregen am Schloßplatz. In der Zitadelle begegneten wir Dutzenden, auf dem Weg nach Sibirien Hunderten von Revolutionären, aber Radek fiel auf durch seine Abwesenheit. Wir sind da, um für die große Sache zu leben und, wie gesagt, auch zu sterben, wenn es nötig ist. Aber nur, wenn es wirklich nötig ist. Radek ist ein Kaninchen, das gerne herumkommandiert, um die unbeschriebenen Blätter seiner Biographie zu füllen. Wir brauchen seine Befehle nicht. Wir haben auch darüber gesprochen, daß

Du – wie Du schreibst – das wundervollste Mädchen der Welt haben mußt, und zwar tot oder lebendig. Auch zu diesem Thema haben wir beschlossen, beschwichtigend auf Dich einzuwirken. Wenn Du sie unbedingt haben mußt, dann schon lieber lebendig. Wir sehen nicht ein – keiner von uns –, warum Du sie aus lauter Leidenschaft umbringen solltest. Sei ein nüchterner Bolschewik und begreife endlich, daß unser Leben eine große Fußballmeisterschaft ist. Einmal gewinnt man. Ein anderes Mal nicht. In Deinem konkreten Fall solltest Du aller Voraussicht nach gewinnen. Aber Du mußt hingehen und spielen. Wer zu Hause bleibt, verliert. Geh hin und erkläre ihr Deinen Standpunkt. Wenn möglich, nicht mit Worten, sondern mit Taten. Wie heißt sie übrigens, Deine Wunderfrau? Es wäre freundlich, wenn Du uns bei Gelegenheit darüber unterrichten wolltest. Im Namen aller Brüder umarme ich Dich!

Dein Ber

Als Henryk diesen Brief las – oben in seiner Mansarde , öffnete Leo Rosenbach – unten im Erdgeschoß – ein Schreiben, das ebenso folgenschwer, doch bedeutend zackiger verfaßt war. Darin hieß es:

Herr Hoffotograf,
Die Kalamität, in die mich Ihr entzückendes Fräulein Tochter hineingebracht hat, zwingt mich, am fünfzehnten des kommenden Monats Österreichs Hauptstadt zu verlassen und im ungarischen Preßburg Quartier zu beziehen. Von oberster Stelle wurde mir nahegelegt, meine weitere Karriere in der Provinz zu kontinuieren, wo die gesellschaftlichen Zwänge weniger rigoros beachtet werden als in Wien. In diesem Zusammenhang

wünsche ich mich erstens mit Fräulein Rosenbach zu verehelichen, was angesichts meiner peinlichen Lage und meiner feurigen Gefühle keinen Aufschub erträgt. Zweitens beabsichtige ich, mit obenerwähntem Fräulein noch vor der Zwangsversetzung durch ein offizielles Verlöbnis verbunden zu werden und dieses im öffentlichen Anzeiger der Stadt Wien bekanntzugeben. Drittens werde ich mir erlauben, am Samstag dieser Woche um drei Uhr nachmittags in Ihrer Wohnung vorzusprechen, um in aller Form und in Anwesenheit Ihrer Familie um die Hand Ihrer Tochter anzuhalten.

P. S. Es versteht sich, daß Fräulein Rosenbach vor der Hochzeit mit dem hier Unterzeichneten zur katholischen Konfession überzutreten hat.

Ich verbleibe mit dem Ausdruck vorzüglicher Hochachtung Joseph von Schischkowitz

Kurz nach der ersten Lektüre las Leo den Brief am Mittagstisch vor. Als er geendet hatte, schleuderte Malwa ihren Suppenteller an die Wand und schrie, der Husarenhauptmann solle sich zum Teufel scheren. Er mache die Rechnung ohne den Wirt, und sie wolle nichts mehr von ihm hören. Leo sammelte bekümmert die Scherben zusammen und sagte, der Wirt sei immer noch er, und ohne ihn werde hier keine Rechnung gemacht. Darum werde er den Herrn von Schischkowitz empfangen, und zwar so, wie er es für richtig halte. Da griff Jana ein und erklärte mit spitzer Stimme, daß auch sie in diesem Hause ein Wort mitzureden habe. Sie finde, der Offizier habe nun den Bogen überspannt und sei als Schwiegersohn kaum mehr tragbar. Vom Abschwören des mosaischen Bekenntnisses könne keine Rede sein. Die Zeiten der Inquisition seien gottlob vorüber. Der Übertritt zum katholischen Glauben sei eine Zumutung und wäre sogar unannehmbar, wenn er vom Kaiser persönlich gefordert würde. Niemand könne heutzutage eine mündige Frau zur Aufgabe ihrer Konfession nötigen, und Leo solle dem Kerl unverzüglich antworten, sein Besuch sei unerwünscht. Was ihm eigentlich einfalle, fügte Jana wutentbrannt hinzu, sich zuerst wie ein jämmerlicher Duckmäuser aufzuführen, um dann – ein halbes Jahr später, als sei überhaupt nichts geschehen – mit einem Ultimatum ins Haus zu stürzen. Dieser Mensch habe sich jedes Recht verspielt, die Schwelle der Rosenbachschen Wohnung zu übertreten. Punkt. Leo entgegnete, Jana urteile voreilig und emotional. Er könne es sich einfach nicht leisten, einen österreichischen Offizier gegen sich aufzubringen. Er habe schon einmal mit seiner gesamten Habe für die Ungezogenheiten seiner Tochter gebüßt und sei gezwungen worden, Stanislau fluchtartig zu verlassen. Wohin man sich denn wenden solle, fragte er traurig, wenn man auch aus Wien vertrieben würde? Hätte Malwa den Grafen nicht so unbesonnen ins Gesicht geschlagen, wäre es niemals so weit gekommen. Malwa müsse nun die Suppe auslöffeln, die sie sich selber eingebrockt habe. Das Tischgespräch hatte nun den Punkt erreicht, an dem Malwas obligater Ausbruch fällig war. Er fand aber nicht statt. Malwa stand nur auf, hochmütig und bleich. Sie ging zur Tür und sagte, indem sie sich zu Leo umdrehte: »Laß ihn nur kommen, Papa! Ich weiß, was ich zu tun habe...«

Wien, 5. Juni 1914
Am Samstag dieser Woche fallen die Würfel. Mein Silvesterkavalier kommt zu Papa und wird um meine

Hand anhalten. Ich bin bald dreiundzwanzig Jahre alt, und meine Hand hat bereits antiquarischen Wert. Wenn ich nicht bald heirate, gehe ich leer aus, und das ist noch immer das Kläglichste, was einer Frau passieren kann. Er ist, wie man so sagt, eine gute Partie. Er bekommt seinen Sold, ohne etwas dafür zu leisten. Er wird dafür bezahlt, gut auszusehen, sich elegant zu kleiden und Österreich würdig zu repräsentieren. Das tut er ganz ohne Zweifel. Er sieht aus wie ein Zigeunerbaron. Er ist ein sogenannter Traummann, und ich wäre übel beraten, ihn einfach abzuweisen. Ehrlich gesagt, bin ich gekränkt, daß er seit jener Neujahrsnacht nichts von sich hören ließ. Auch der andere ließ nichts von sich hören, obwohl er im gleichen Haus wohnt, in unserer Mansarde, und in den ich mich auf den ersten Blick verliebt habe. Warum habe ich kein Glück in der Liebe? Mißfalle ich den Männern oder habe ich ein Gebrechen, das ich nicht kenne? Der Husar hat sich benommen wie ein Feigling – doch mit welchem Recht darf ich von jemandem verlangen, für mich das Leben aufs Spiel zu setzen? Er ist kein Held. Das ist alles. Oder vielleicht ist er einer, aber nicht für den ersten besten Blödsinn. Mag sein, daß er sich aufspart. Für wichtigere Gelegenheiten. Für sein Vaterland zum Beispiel. Aber sein Ton geht mir auf die Nerven. Dieses dünkelhafte Herumkommandieren: »Es versteht sich, daß Fräulein Rosenbach zur katholischen Konfession überzutreten hat!« Müssen muß ich gar nichts. Was stellt er sich eigentlich vor? Da er jetzt schon diesen Ton anschlägt, kann das ja lustig werden, wenn ich nicht mehr »das entzückende Fräulein Tochter« sein werde. Nein, dafür bin ich nicht zu haben. Und übrigens bin ich nicht so sicher, daß er mir gefällt. Im Grunde genommen ist er weit von meinen Idealvorstellungen entfernt. Er ist weder ein

Phantast wie Henner noch ein Himmelsstürmer wie Baltyr und schon gar kein Philosoph wie Daschynski. Mein Herz flattert nicht, wenn ich an ihn denke. Keine Spur, um die Wahrheit zu sagen. Es gibt nur einen, der mir wirklich den Kopf verdreht. Er logiert unterm Dach und läßt sich nicht sehen. Möglicherweise geht er mir aus dem Weg, denn nur ein einziges Mal haben wir uns in die Augen geschaut. Damals meinte ich tot umsinken zu müssen. Wenn er mich fragen würde, ob ich mit ihm auf den Mount Everest klettern, ob ich mit ihm zum Meeresgrund tauchen, ob ich neben ihm durch den Urwald schreiten wollte – ich würde ja sagen. Tausendmal ja, aber er fragt mich nicht. Er hat mich gar nicht bemerkt, nehme ich an. Oder irre ich mich? Mag sein, daß er auf ein Zeichen wartet. In ein paar Tagen ist es zu spät. Vielleicht ist er ganz einfach zurückhaltend und mag sich nicht vordrängen. Vielleicht ist er schüchtern, obwohl er noch schöner ist als eine Sommernacht. Er sei eine Wolke in Hosen, hat er gesagt. Wolken sind stumm. Warum sagt er nichts? Am Samstag kommt der Husar mit seinem Ultimatum. Dieser Pfahlbauer mit Zuckerbrot und Peitsche. Eine Liebeserklärung wird er mir machen, einen Heiratsantrag, und alles ist vorbei. Meine Geschichte als Einzelwesen geht zu Ende. Schluß mit meinen Träumen, meinen Grillen und Launen, meinen Mucken und Kapriolen! Ich werde keine Wahl mehr haben. Doch, eine einzige: zwischen Joseph von Schischkowitz und einer sitzengelassenen Jungfer. Wenn ich einwillige – es bleibt mir wohl nichts anderes übrig –, werde ich seine Frau Gemahlin oder, besser gesagt, sein Mädchen für alles und verbringe den Rest meines Lebens in Brünn oder Töplitz. Pfui Teufel! Es wird mir übel, wenn ich nur daran denke. Warum kommt nicht ein anderer? Warum ausgerechnet dieser eitle Stutzer? Bin ich selber schuld an meinem Schicksal? Wer kann es wissen? Ich habe doch zahllose Verehrer – aber allen zeige ich die kalte Schulter. Keiner ist mir gut genug. Keiner gleicht den Abgöttern, zu denen ich bete. Darum wagt auch keiner, um mich zu werben. Sie machen einen Bogen um mich herum aus Angst vor einem Korb. Und was ist die Folge davon? Daß ich sterbe vor Einsamkeit, vor Sehnsucht nach einem Mann. Vielleicht müßte ich den ersten Schritt machen – schnell, denn es bleiben mir nur vier Tage –, aber es fehlt mir der Mut dazu. Hundert Generationen von geduldigen, wartenden, verblühenden Weibern stecken in meinen Chromosomen. Jahrtausende stumpfer Passivität als Markenzeichen fraulicher Sittsamkeit. Männer dürfen alles. Je unverfrorener sie zugreifen, desto mehr werden sie bewundert. Sie nehmen sich, wonach ihnen der Sinn steht. Wir hingegen dürfen weinen, und das ist alles. Das ist unser Recht. Ich habe genug davon. Ich werde das nicht mehr mitmachen – und wenn ich die erste bin, die der Tradition ein Ende bereitet. Ich wage die Ungeheuerlichkeit und schreibe unserem Untermieter einen Brief. Ich schiebe ihn unter seine Türe. Vielleicht geschieht etwas. Vielleicht auch nicht. Im schlimmsten Fall gibt es einen Skandal, aber ich werde wenigstens etwas getan haben. Es fragt sich nur, wie ich mich in Worte fasse. Etwa so: Liebes Rätsel, unbekannter Mensch, Wolke in Hosen. Ich wende mich an Sie oder Dich, oder wie soll ich Sie sonst ansprechen, um mitzuteilen, daß ich vor einer qualvollen Entscheidung stehe und kaum imstande sein werde, ihr zu entrinnen. Am kommenden Samstag wird ein Offizier der kaiserlichen Garde bei meinem Vater vorsprechen – die ganze Familie wird anwesend sein – und offiziell um meine Hand bitten.

Als Folge dieses Besuchs werde ich höchstwahrscheinlich seine Frau werden, was mich mit banger Unruhe erfüllt. Aus diesen Gründen und anderen bitte ich Sie, nein, Dich, um Rat, obwohl wir uns nicht kennen. Nur ein einziges Mal haben wir uns gesehen, doch bete ich zu Gott, daß du endlich von Dir hören läßt ... Das ist doch kein Brief. Das ist ja eine Liebeserklärung. So etwas kann ich nicht schreiben. Er würde lachen über mein hilfloses Gestammel. Mehr noch. Er würde mich durchschauen, und alles wäre zum Teufel. Aber so oder anders ist alles zum Teufel. Was soll ich nur tun?

Wenn Juden nicht mehr weiterwissen, lassen sie die Verwandten kommen und geben ihnen zu essen. Je auswegloser die Situation, desto mehr stellt man auf den Tisch. Je unerquicklicher die Umstände, desto zahlreicher die Gäste. Für den 7. Juni des Jahres 1914 hatte Leo Rosenbach die ganze Mischpoche eingeladen. Alles, was irgendwie mit seiner Familie oder mit der Sippschaft seiner Frau verschwistert war, wurde telegrafisch herbeigerufen.

Schon am Vormittag füllte sich die Wohnung an der Freytaggasse mit einer bunten Menge von Juden beiderlei Geschlechts. Es kamen Malwas Vettern und Kusinen, die zum Teil schon verheiratet waren. Es erschienen die reichen Wertheimers aus Krakau und Moritz Rosenbach, der bekannte Chirurg aus Tschernowitz. Mit dem Mittagszug aus Ostgalizien trafen die ärmeren Verwandten ein. Da waren die Gebrüder Feinstein aus Tarnopol und die Werfels aus Brody, von denen es hieß, daß sie zwielichtige Geschäfte drehten. Gegen ein Uhr hatten sich bereits über dreißig Personen eingefunden, und alle brannten vor Neugier. Die Einladung war mysteriös formuliert worden. Eine Sensation war zu erwarten. Leo gab sich geheimnisvoll und erteilte nur spärliche Auskünfte. Er sagte, um drei Uhr werde ein Husarenhauptmann erscheinen, der sich offiziell und in Anwesenheit der ganzen Familie um die Hand seiner Tochter bemühen wolle. Eine hochmütige Erregung flackerte in seinen Augen, und es war offenbar, daß der Hoffotograf heute seine große Satisfaktion erhalten würde. Das Blut der Rosenbachs würde veredelt werden. Ein großer Tag. Vielleicht der größte Tag in Leos Leben, obwohl ihm ein ungutes Gefühl durch die Magengegend pulste. Es war ganz klar, daß sich eine Sensation ereignen würde, doch niemand wußte, was für eine.

Um drei Uhr null Minuten war er da. In der linken Hand hielt er ein Bukett von fünfundzwanzig roten Rosen. Mit der Rechten salutierte er und verbeugte sich vor Leo, den er gleich zu Anfang mit »Hochverehrter Herr Schwiegervater« ansprach. Eine ungemütliche Pause trat ein, da bisher weder mündliche noch schriftliche Entscheidungen gefällt worden waren und sich die Hauptperson, nämlich Malwa, zu ihrem Glück noch gar nicht geäußert hatte. Herr von Schischkowitz legte eine Überheblichkeit an den Tag, die einen dramatischen Temperatursturz auslöste. Die Fenster waren zwar offen, und süße Sommerdüfte wehten von den Kastanienbäumen in die Wohnung, doch bei Rosenbachs herrschte frostige Zurückhaltung. Fast fünfzig Personen standen erstarrt an den Wänden und harrten des Augenblicks, da jemand das Eis durchbrechen würde. Schließlich ermannte sich der Rosenkavalier und ratterte einige Begrüßungsfloskeln herunter:

»Als Privatperson und Offizier Seiner kaiserlichen Majestät habe ich das Vergnügen, den hochwohlgeborenen Herren und Damen meine Reverenz zu erweisen.«
Leo antwortete mit nicht zu überhörender Bissigkeit: »Das Vergnügen ist, wie Sie feststellen können, ganz unsererseits.«
Der Husarenhauptmann fuhr weiter im Text und erklärte hochtrabend: »Diese roten Rosen überbringe ich dem unvergleichlichen Fräulein, das mit seinem wilden Temperament sowohl meine Laufbahn als auch mein Herz ruiniert hat.« Bei diesen Worten, die einerseits ein Kompliment und andererseits einen Vorwurf beinhalteten, schritt Herr von Schischkowitz auf Malwa zu, küßte ihre Hand, überreichte ihr den Strauß und deklamierte weiter: »Ich bin jedoch überzeugt, daß ich in Ihren Armen für meinen Schaden, sowohl den militärischen als auch den sentimentalen, reichlich vergütet werde und daß die Familie Rosenbach bereit ist, mein brieflich dargelegtes Anliegen mit Wohlwollen zu berücksichtigen ...«
Leo verneigte sich pflichtgemäß. Er hatte begriffen, worauf der Offizier zusteuerte, und sagte deshalb mit einer Spur von Mißmut in der Stimme: »Ihr Schaden muß selbstverständlich entschädigt werden, Herr Hauptmann. Wir stehen bei Ihnen in der Kreide und können nicht ruhen, bis Ihnen Genugtuung zuteil wird. Aber auch uns ist Unrecht widerfahren, denn meine Tochter ist in Ihrer Anwesenheit aufs unflätigste beleidigt worden. Mit ihrem Verhalten hat sie sowohl ihre Ehre als auch die Ehre der ganzen Familie verteidigt. Sie müssen darum einsehen, daß wir keine Entschlüsse fassen möchten, die dem Willen unseres Kindes widersprechen. Auch müssen wir abklären, ob Malwa ohne weiteres gewillt ist, ihre angestammte Religion abzule-

gen und sich dem katholischen Bekenntnis zuzuwenden. Wenn ja, soll Ihren Wünschen nichts im Wege stehen. Wenn nein, müßten Sie natürlich auf Ihre Bedingungen verzichten.«
Herr von Schischkowitz erbleichte. Seine Pupillen weiteten sich. Das hatte er von diesem Wicht nicht erwartet. Er hatte eigentlich gar nichts erwartet, weil man in seinen Kreisen stets nur nach oben schaut. Von unten hat Gehorsam zu kommen, sonst nichts. Er war sicher, daß er die Bastion Rosenbach kampflos erobern würde, um so mehr, als der Festungskommandant ein verschüchterter Jude aus Galizien war. Ein namenloser Zwerg ohne Rang und Titel, der lächelnd katzbuckelte und ohne Widerrede zu gehorchen pflegte. Zu seinem Nachteil vergaß der Hauptmann, daß es bei uns Juden eine strategische Reserve gibt, die man Mischpoche nennt. Auf Deutsch übersetzt heißt das Familie, bedeutet aber viel mehr. Der Hauptmann hatte keine Ahnung vom Zusammenhalt jüdischer Sippschaften, wenn die Ehre ihrer Söhne oder Töchter in Frage gestellt wird. Man sagt zwar, wir seien ein Volk von Neidern, eine zerstrittene Meute von Beinstellern und böswilligen Ränkespielern, was hin und wieder auch zutreffen mag, wie anderswo auch. Wenn aber ein Feind naht, wenn Gefahr droht, dann vervielfachen wir unsere Energie. Wie Gideon, der mit dreihundert Getreuen hunderttausend Medianiter vernichtete, zermalmen wir die Gegner mit dem kleinen Finger der linken Hand. Nicht mit Kanonen. Auch nicht mit Granaten, sondern mit der geballten Wut der Mischpoche. Das muß man wissen, wenn man uns herausfordert. Der Husarenoffizier wußte es nicht oder wollte es nicht wissen. Er unterschätzte also das wahre Kräfteverhältnis und versuchte naiv, das Schicksal zu seinen Gunsten zu ver-

schieben. So sprach er mit heiserer Stimme: »Es dürfte Ihnen nicht entgangen sein, meine verehrten Damen und Herren, daß ich für meine Leidenschaft – ich habe bereits darauf hinweisen müssen – einige Opfer gebracht habe. Das heißblütige Fräulein Rosenbach hat unter anderem bewirkt, daß ich höchst unfreiwillig in die Provinz versetzt wurde, und zwar nach Preßburg, wenn Sie von diesem geographischen Begriff schon gehört haben. Es wäre darum recht und billig, wenn auch Sie gewisse Opfer bringen würden.«
Das war stark. Jana fühlte sich provoziert und entgegnete: »Sie vergessen, Herr Hauptmann, daß nicht meine Tochter *Sie* zum Silvesterball eingeladen hat, sondern umgekehrt. Meine Tochter war Ihr Gast und stand unter Ihrer Obhut.«
Gegen dieses Argument war nichts einzuwenden, und der Husar brauchte eine Verschnaufpause, um die passende Antwort zu formulieren. Dann aber sprach er mit rechthaberischer Liebenswürdigkeit: »Es trifft natürlich zu, daß ich Ihr reizendes Fräulein Tochter gebeten habe, mich ins Kasino zu begleiten. Es war aber keine Rede davon, dort einen meiner ranghöheren Kollegen öffentlich zu ohrfeigen. Das werden Sie doch verstehen, oder nicht?«
»Das werde und will ich nicht verstehen«, gab Malwa zurück, obwohl sie sich vorgenommen hatte, jeden Wortwechsel zu vermeiden und die Ereignisse auf sich zukommen zu lassen: »Einer Ihrer ranghöheren Kollegen hatte die beispiellose Freundlichkeit, mich als Judenluder zu betiteln, und es war niemand da, der mich in Schutz genommen hätte. Ich unterstreiche: *niemand.*«
»Ich habe Ihnen erklärt, warum ich Sie nicht in Schutz nehmen konnte, Fräulein Malwa. Ich wollte doch nicht

für eine Frauenaffäre aus dem österreichischen Heer entlassen werden.«
Jetzt mischte sich Helli ins Gespräch, die leidenschaftliche Kusine aus Krakau. Sie war erst fünfzehn Jahre alt, doch besaß sie bereits den Rosenbachschen Sinn fürs Theatralische. Sie sprach mit der Würde einer Hofschauspielerin: »Ich kenn mich zwar nicht aus in Wien, aber das Haus, in dem Sie sich befinden, ist kein Kasino. Wenn Sie die Liaison mit Malwa für eine ›Frauenaffäre‹ halten, sind Sie hier an der falschen Adresse.«
Onkel Moritz, der berühmte Chirurg aus Tschernowitz und Leos Vetter, rümpfte angewidert die Nase. Er fand die Auseinandersetzung peinlich und erklärte: »In meinem Beruf als Chirurg muß ich immer wieder Entscheidungen treffen. Jede Unschlüssigkeit kann zum Fiasko führen. Ich bin daher Anhänger klarer Haltungen. Zaudern Sie nicht länger! Wenn es ›ja‹ sein soll, dann sagen Sie ›ja‹. Wenn ›nein‹, dann ›nein‹, aber beklagen Sie sich nicht, daß Sie Opfer bringen. Jeder bringt Opfer – das ganze Leben ist ein Opfer ...«
Auch der alte Werfel aus Brody mußte seinen Senf dazugeben und mauschelte: »In a jedem Gewerb muß mer sich entscheiden, auch in meinem. Bei mir gehts nicht ums Leben meiner Kundschaft, aber um die Existenz von der Firma. Darum frag ich ganz einfach, ob sich etwas lohnt oder nicht lohnt. Wenn Sie finden, bei uns machen Sie a schlechtes Geschäft, dann nehmen Sie Ihre Rosen und fahren Sie nach Preßburg!«
Jetzt spürte Herr von Schischkowitz, daß er einer geschlossenen Armee gegenüberstand. Die Felle schwammen ihm davon. Er mußte zuschlagen, oder seine Sache war verloren. Darum fistelte er: »Ich bin nicht gekommen, um die ganze Familie Rosenbach zum

Altar zu führen. Mich interessiert Fräulein Malwa und sonst niemand. Mein Entschluß lautet ›ja‹, und ich erkläre hier ohne Umschweife, daß ich bereit bin, mit ihr den Bund fürs Leben zu schließen. Selbstverständlich kann man sich fragen, ob es sich lohnt, einen strafversetzten Offizier zu heiraten oder die Tochter eines jüdischen Vorstadtfotografen. Ich verabscheue solche Kleinlichkeiten. Mich leiten ausschließlich Gefühle zärtlicher Ergebenheit und glühende Leidenschaft.«

Malwa schwieg hartnäckig. An ihrer Stelle antwortete Jana: »Sie wünschen als Voraussetzung des Eheschlusses den Übertritt meiner Tochter zur katholischen Konfession. Bevor Sie diese Bedingung nicht zurücknehmen, können wir weder eine Zu- noch eine Absage in Betracht ziehen. Seit dem Auszug aus Ägypten beten wir zu Jehova und werden es auch weiterhin tun, ob es Ihnen paßt oder nicht ...«

»Es ziemt sich aber nicht, Frau Rosenbach, daß sich ein österreichischer Offizier anderswo trauen läßt als vor dem katholischen Altar. Daran läßt sich unmöglich etwas ändern.«

»Dann lassen Sie sich trauen, junger Mann«, entgegnete Leo, dem der Wortwechsel langsam unerträglich wurde, »vor dem katholischen Altar, wenn es sich nicht ändern läßt, aber ohne uns!«

»Natürlich ohne Sie, Herr Hoffotograf«, konterte der Offizier, »aber bestimmt nicht ohne Fräulein Rosenbach. Ich verfüge schließlich immer noch über die erforderlichen Druckmittel, um meinen Forderungen ...«

In diesem Moment geschah es. Als der kriegerische Herr von Schischkowitz mit dem letzten Aufwand seiner Kräfte gegen die Rosenbachsche Festung anrannte, kletterte unbemerkt von der erregten Familie ein Mensch durchs offene Fenster. Geschützt von einer Gardine stand er auf dem Sims und verfolgte amüsiert die Schlußszene des Titanenkampfes. Sein Hemd war aufgeknöpft, sein Haar zersaut, und in den Augen flackerte die ungestüme Lust, einen Wirbel zu entfachen. Mitten in der Drohrede des Gardeoffiziers stieß er einen Indianerschrei aus und sprang vom Fensterbrett ins Wohnzimmer.

Entsetzen packte die Damen, und die Männer erbleichten. Der kaiserliche Husar indes hoffte, der Augenblick sei gekommen, um das angeschlagene Prestige wieder aufzupolieren. Darum legte er die Hand an seinen Säbel und fragte mit wiedererlangtem Selbstbewußtsein: »Mit wem haben wir die Ehre, Sie namenloser Flegel?«

Der Eindringling strich sich das Haar aus dem Gesicht und antwortete vergnügt: »Zügeln Sie Ihre Zunge, Sir, sonst muß ich Sie pulverisieren.«

Dem Hauptmann schoß das Blut in den Kopf. Er bellte: »Wer ist dieser Untermensch, Fräulein Malwa?«

Der Fremde verneigte sich und sagte: »Dieser Untermensch ist der Untermieter der Rosenbachs. Ich komme aus New York und heiße Kamin. Ich zahle regelmäßig meinen Zins und frage Sie meinerseits: wer sind Sie?«

Die überseeische Herkunft des Eindringlings hatte die Mischpoche so gewaltig beeindruckt, daß der Offizier zum Sturmangriff übergehen mußte, um sein Gesicht nicht endgültig zu verlieren: »Dieser Niemand fragt, wer ich sei. Ich bin ein Offizier der kaiserlichen Garde und werde Sie gleich zum Fenster hinausschmeißen, durch das Sie eingestiegen sind.«

»Versuchen Sie es, wenn Sie dazu imstande sind«,

erwiderte der Amerikaner, »aber sagen Sie vorher, was Sie hier verloren haben!«
Da lockerte der Hauptmann den Säbel in der Scheide und tönte mit zornbebender Stimme: »Ich bin gekommen, um Fräulein Rosenbach heimzuführen. Ihnen aber rate ich zu verschwinden, denn Ihr bloßer Anblick verletzt meine Ehre.«
»Sie werden Fräulein Rosenbach nicht heimführen, Sie ulkiger Knabe. Darauf können Sie Gift nehmen.«
»Zum letzten Mal: Verduften Sie, wenn Ihnen Ihre Knochen lieb sind!«
»Treten Sie mir nicht zu nahe, Sir. Ich lege Wert auf Hygiene!«
Wie er das sagte, zog Herschele ein Bündel Mohrrüben aus der Tasche, die er Malwa mit königlicher Geste überreichte: »Nimm dieses Gemüse, du Himmelserscheinung, als Ausdruck meiner grenzenlosen Bewunderung.«
Das war zuviel. Herr von Schischkowitz verlor seine Nerven und brüllte mit sich überschlagender Stimme: »Sie beleidigen eine Dame. Sie werden sich sofort entschuldigen!«
Darauf gab Malwa mild lächelnd zurück: »Entschuldigen? Wofür denn, Herr Hauptmann? Mit seinem Geschenk bereitet er mir ein außergewöhnliches Vergnügen. Ich habe schon Hunderte von Rosen bekommen. Aber Rüben noch nie.«
»Das nennen Sie ein Vergnügen, Fräulein Malwa? Das ist eine Brüskierung, die ich nicht tolerieren kann!« Damit drehte er sich zu seinem Rivalen und fauchte: »Ich fordere Sie zum Duell, sie Buschneger. Nennen Sie Ihre Sekundanten!«
Der Amerikaner setzte seine Brille auf, kniff die Augen zusammen, näherte sich dem Husaren bis auf zwei

Schritte und fragte voller Mitleid: »Woher haben Sie denn die Pockennarben im Gesicht?«
»Das sind Schmisse, Sie Null. Jeder von ihnen ist ein Denkmal meiner Streitbarkeit. Ich wiederhole meine Aufforderung, sich mit mir zu schlagen, und zwar auf die blanke Waffe.«
Herschele grinste verächtlich: »Ihre Einladung zeichnet mich aus, Sie kühner Recke, aber ich lehne ab.«
»Das hab ich mir gedacht, daß Sie ein Scheißkerl sind...«
Bei diesen Worten riß der Husar den Säbel vollends aus der Scheide und nahm Position ein. Herschele rührte sich nicht vom Fleck, doch sagte er mit abschätzigem Schulterzucken: »Sie werden doch nicht mit Ihrer Hiebwaffe auf einen wehrlosen Zivilisten losgehen. Oder ist das die Ehre, von der Sie gesprochen haben?«
»Jawohl, das ist sie – der Säbel eines österreichischen Offiziers.«
»Hocherfreut, Sir, aber ich bin Sozialist und mißbillige die Anwendung von Gewalt.«
»Weil Sie ein Waschlappen sind!«
»Mit einer Ausnahme allerdings.«
»Interessant«, näselte der Offizier, »und die wäre?«
»Die Waffe der Arbeiterklasse, Sir. Die Faust.«
Wie er das sagte, duckte er sich und boxte mit einem Seitwärtshaken den Husaren nieder, daß dieser zu Boden ging. Die Schule Uri Taubenschlags hatte wieder einmal ihre hohe Klasse bewiesen, und Herschele verneigte sich vor seinem Publikum: »Schalom aleichem, meine Herrschaften. Lassen Sie sich nicht stören!«
Der Amerikaner hob den gloriosen Joseph von Schischkowitz, der bewußtlos zwischen Kredenz und Kanapee lag, auf und beförderte ihn elegant auf den Flur. Die Konfrontation der Offizierskaste mit dem revolutionä-

ren Proletariat war damit beendet, und zwar zugunsten der Unterklassen. Das Bravourstück des Untermieters wurde von der versammelten Mischpoche als patriotische Tat empfunden. Der Seitenhaken in den Unterkiefer des Hauptmanns erschien als Revanche, als süße Vergeltung für die jahrelangen Erniedrigungen, die man oft widerstandslos hatte erdulden müssen. Ein erleichtertes Aufatmen, ein hysterischer Applaus und zuletzt eine stürmische Ovation umstürmten den Erzengel aus New York, als er den Stutzer hinaustrug, der es gewagt hatte, Leo Rosenbach als ›jüdischen Vorstadtfotografen‹ zu bezeichnen. Die Erregung war beispiellos, die Mischpoche in Hochstimmung und Jana vollends aus dem Häuschen. Sie kicherte und jubelte in sich hinein, stellte Branntwein auf den Tisch, auserlesene Liköre und forderte die Gäste auf, den glücklichen Ausgang der Komödie gehörig zu begießen. Da ging die Türe auf, und zum zweiten Mal trat Herschele ins Zimmer. Er lächelte voll falscher Bescheidenheit, doch strahlten seine Augen, als hätte er soeben einen Lindwurm erschlagen. Ganz beiläufig bat er um essigsaure Tonerde, weil er, wie er sich ausdrückte, dem famosen Burschen einige Prellungen beigebracht habe. Der Knabe sei noch immer ohne Bewußtsein und mache einen jämmerlichen Eindruck. Man solle ihn aus dem Koma wecken, sonst komme er zu spät in die Kaserne, und das könne er sich – unter den gegebenen Umständen – kaum leisten.

Mit Hilfe des berühmten Chirurgen aus Tschernowitz wurde der Husar bandagiert und in eine Droschke verladen. Joseph von Schischkowitz rollte in ramponiertem Zustand zu seinem Quartier zurück. Leo Rosenbach, der längst nicht mehr wußte, was in seinem Hause vor sich ging, fragte Herschele, mit wem er eigentlich das Vergnügen habe. Er sei seinem Untermieter zwar zu aufrichtigem Dank verpflichtet, kenne ihn aber nicht. Darauf antwortete der Erzengel mit feierlicher Stimme: »Ich bin der rote Tomahawk vom Hudson River, die Streitaxt der Erniedrigten und Beleidigten. Ich habe das große Wasser überquert, um die Tochter des bildschießenden Häuptlings zur Squaw zu nehmen. Wer mich daran hindert, wird an den Marterpfahl genagelt und skalpiert. Hugh, ich habe gesprochen!«

So etwas war noch nicht passiert, und die Mischpoche war, gelinde gesagt, verdutzt. Schließlich war man eine respektable Familie, die Heiratsanträge entweder in aller Form oder überhaupt nicht annahm. Dieser Mann aber war ein Taifun, ein schrecklicher Tornado, ein apokalyptischer Reiter, der alles zusammenschlug, was sich ihm in den Weg stellte. Er hatte den Husarenoffizier knockout geprügelt. Er hatte die Ehre der Rosenbachs wiederhergestellt und einer demütigenden Situation ein ehrenvolles Ende gesetzt. Gut. Aber kaltblütig durchs Fenster zu klettern, ohne sich anzumelden, anzuklopfen oder zu klingeln, und leichtfertig zu verkünden, man werde die Tochter des Hauses zur Frau nehmen, das war des Guten zuviel. Bevor jedoch Leo einen Fehler begehen konnte, stand Jana vom Tisch auf, schlug mit der Gabel aufs Champagnerglas und sprach: »Wenn mich nicht alles täuscht, Sie unberechenbarer Wirbelsturm, wünschen Sie, unser Schwiegersohn zu werden. Sie wären heute bereits der zweite, der eine solche Absicht anmeldet. Also sagen Sie bitte, was Sie wollen!«

»Ich will nichts, ich wünsche nichts. Ich bin vollauf zufrieden und werde dieses Mädchen heiraten.«

»Sie scheinen Ihrer Sache recht sicher zu sein, Mister

Kamin, aber da gibt es ein höchst wesentliches Fragezeichen.«

»Es gibt kein Fragezeichen. Ich will Ihre Tochter.«

»Und wenn unsere Tochter nicht will? Was dann?«

Jetzt verstummte die Tischgesellschaft. Es wurde mäuschenstill im Raum, und alle Blicke richteten sich auf Malwa, die in ihrem ganzen Leben nie so schön war wie in diesem Augenblick. Sie ging auf Herschele zu und sagte: »Ich sollte dich ohrfeigen, du roter Tomahawk, weil du so selbstsicher bist und unverschämt. Wir begegnen uns heute erst zum zweiten Mal, doch schon plusterst du dich auf und willst mich besitzen. Woher weißt du, was *ich* im Sinn habe?«

»Ich weiß es, weil du mir geschrieben hast, du Pfauenauge. Heute bekam ich deine Zeilen. Vor einer Stunde.«

»Einen Zettel habe ich unter deine Türe geschoben, das stimmt, aber darauf stand nur ein einziges Wort.«

Da platzte dem Hoffotografen der Kragen und er krähte: »Du korrespondierst mit fremden Männern, Malwa? Hinter dem Rücken deines Vaters, wenn ich recht verstehe, und ohne Wissen deiner Mutter? Was stand auf diesem Zettel?«

»Ich bin volljährig, Papa, und ich schreibe, wem ich will und was mir Spaß macht.«

»Was auf dem Zettel stand, will ich hören«, zeterte Leo, außer sich vor Wut.

»Ich kann es dir sagen, großer Häuptling«, entgegnete der Amerikaner an Malwas Stelle. »Auf dem Zettel stand tatsächlich nur *ein* Wort: Hilfe! Darunter die Unterschrift des Schmetterlings sowie das Datum und die Stunde.«

»Ich bat dich um Hilfe, das stimmt, aber das war alles.«

»Das war nicht alles. Ich bin nämlich gekommen und habe dir geholfen.«

»Auch das ist die Wahrheit, aber mit welchem Recht stellst du dir vor, daß du mich haben wirst?«
Da sprang der Amerikaner auf den Tisch. Er schloß geheimnisvoll die Augen und flüsterte mit ausgebreiteten Armen: »Ich Medizinmann. Ich alles wissen. Ich durchschauen Pfauenauge bis zu Zwölffingerdarm. Pfauenauge verliebt wie besoffener Affe.«
»Hör auf mit den Faxen«, rief Malwa, der das Theater langsam unheimlich wurde, »komm runter vom Tisch! Wir sind hier nicht bei den Indianern!«
»Roter Tomahawk schlottern mit den Knochen und klappern mit den Zähnen. Roter Tomahawk ebenfalls verliebt wie brünstiger Bär.«
»Du sollst runterkommen, unverzüglich!«
»Warum?« fragte jetzt Herschele mit veränderter Stimme. »Warum soll ich runterkommen, du wilde Rose?«
»Weil ich dich so nicht küssen kann...«

19.

Am 28. Juni des Jahres 1914 entschied sich das weitere Geschick der Menschheit im allgemeinen und dasjenige Onkel Henners im besonderen. Er hinkte nämlich – in Begleitung seines Sohnes – der österreichischen Grenze entgegen und hatte im Sinn, nun endlich die Verwirklichung seiner Träume in Angriff zu nehmen. Die zwei Pilger sahen verwahrlost aus. Unrasiert, in Lumpen gehüllt und verschwitzt erklommen sie einen Hügel, auf dessen Gipfel ein Wegweiser anzeigte, daß die Heimat nur noch vier Meilen entfernt war. Ein Gefühl beklommener Glückseligkeit ergriff die beiden, die nichts besaßen außer einem Kreuz, einer Geige und der quälenden Ungewißheit, was sie an der Grenze erwarten mochte. Henner stellte sich einen begeisterten Empfang vor. Nathan war nüchterner und befürchtete Komplikationen, denn seinerzeit waren sie mit einem gestohlenen Diamanten ins Ausland geflüchtet. Jahre waren verflossen, aber wer konnte wissen, ob der damalige Fehltritt bereits verjährt war. Henner blickte vertrauensvoll zum Himmel und sagte, der Sachverhalt habe sich grundlegend verändert. Als gottverfluchte Juden sei man gegangen, als geläuterte und vom Papst gesegnete Christen kehre man zurück. Was den Nachkommen Abrahams verwehrt werde, verzeihe man den Kindern Jesu, und ohne Bange dürfe man jetzt in die Zukunft blicken. Das faselte Henner an jenem Tage, als, fast gleichzeitig, in Sarajewo der österreichische Thronfolger von einer serbischen Kugel durchbohrt wurde. Aber Henner kümmerte sich nicht um die Weltpolitik, sondern beendete seine Ermunterungen mit den folgenden Worten: »Kopf hoch, mein Sohn! Diesmal gehen wir zum Kaiser persönlich. Er muß uns eine Audienz gewähren, da wir jetzt zum gleichen Gott beten wie er. Während du ihm vorspielst, erkläre ich ihm die Erfindung des Jahrhunderts. Durch meine Farbfotografie gewinnt Österreich den entscheidenden Vorsprung vor seinen Feinden. Unser Vater im Himmel wird uns beistehen.«

Es war ein schwüler Sommertag. In der Ferne schlängelte sich der Isonzo durchs Tal. Am anderen Ufer begann die Heimat mit ihren grünen Wäldern und saftigen Wiesen, wobei gesagt werden muß, daß die Wälder diesseits des Flusses nicht weniger grün und die Wiesen nicht weniger saftig waren. Hier und dort blühten Pelzanemonen und Wiesensalbei, Arnika und Habichtskraut. Süße Düfte stiegen aus den Feldern, die von Stacheldrahtverhauen und grauen Befestigungsanlagen durchsetzt waren. Wer es nicht wußte, hätte nie geglaubt, daß dieses Tal in zwei Hälften geteilt war; daß hier eine Grenze klaffte, an der bald Hekatomben von jungen Männern für ihre Vaterländer verrecken würden. Ahnungslos humpelten die zwei Pilger über die Brücke von Gradisca – dem häßlichsten Zollhaus zwischen Österreich und Italien entgegen.

In der Amtsstube stank es, wie in allen Amtsstuben der alten Welt, nach Karbol und menschlichen Ausdünstungen. Trotz mittäglicher Hitze waren die Fenster verriegelt. Vor der Hinterwand hingen lange Seidenfäden von der Decke. Daran baumelten Silbermünzen verschiedenster Provenienz. Vor einem hochlehnigen Stuhl stand Major Pawlik, Kommandant der Grenzstation, und übte sich in der edlen Kunst des Pistolenschießens. Sein Adjutant hockte am Schreibtisch. Er ließ sich nicht aus der Ruhe bringen und verfaßte trotz

der unaufhörlichen Knallerei den Rapport des Vortages. Der Major drückte ab. Ein Silberrubel plumpste aufs Linoleum, und Pawlik brummte vergnügt: »Jeder Schuß ein Ruß – es lebe Österreich!«
Der Adjutant tauchte verträumt seine Feder ins Tintenfaß. Dann räusperte er sich und fragte: »Was munkelt man im Kasino, Herr Major? Gibt es Krieg oder nicht?«
Pawlik lud seine Waffe erneut und durchschoß jetzt einen Seidenfaden, an dem ein französischer Goldfranken blitzte. Pawlik strahlte: »Jeder Stoß ein Franzos – wenn wir a Glück ham, gibts Krieg.«
Der Adjutant kritzelte weiter an seinem Bericht und bemerkte unvermittelt: »Aber die Serben sind Hinterfotzen im Quadrat.«
Der Major hob die Pistole ans Licht und starrte in den Lauf hinein: »Was nicht bedeutet, daß sie schlechte Schützen sind. Schießen könnens, das muß man ihnen lassen.«
Der Schreiber schien etwas verwirrt, weil den Untermenschen ein professionelles Lob zugesprochen wurde. Er maulte leise vor sich hin: »Den Kronprinz habens uns massakriert, die Schweine. Jetzt sind wir am Zug. Serbien muß sterbien!«
Pawlik feuerte zum dritten Mal, und ein englisches Pfund kollerte über den Fußboden. Er murmelte grimmig: »Ein jeder Knall, Englands Fall. Aber wenn wir a Pech ham, entschuldigen sich die Serben, und ausm Krieg wird wieder nichts. Wir verschimmeln noch auf diesem Scheißposten.«
Der Adjutant entdeckte nun ein Härchen in seiner Feder und machte verzweifelte Anstrengungen, es wegzuzupfen. Dabei philosophierte er schwermütig: »Wanns diesmal nicht losgeht, gehts überhaupt nimmer los. Außer wir lassen uns was einfalln an diesem

Dreckfluß. In Wien sitzen Zivilisten und beten für den Frieden ...«
Jetzt knallte Pawlik zum vierten Mal. Zum vierten Mal hatte er einen Faden getroffen, und eine Silberlire fiel zu Boden. Mitten in der Hochstimmung ging die Türe auf. Ein Grenzbeamter trat ein, schlug die Hacken zusammen und bellte: »Melde gehorsamst, Herr Major. Diese Bagasch wurde beim Grenzübertritt festgenommen und macht sich verdächtig durch ihre Kleidung.«
Pawlik schien überhaupt nicht hinzuhören. Pedantisch schraubte er seine Schußwaffe auseinander, pinselte den Pulverstaub aus dem Lauf und erkundigte sich ganz nebenbei, ob die Arrestanten aus Belgrad kämen. Henner las keine Zeitungen. Er ahnte nicht, wie hinterhältig die Frage war, und erwiderte: »Wir kommen aus Rom, Herr Kommandant. Aus der heiligen Stadt am Tiber.«
»So ein Gesindel kommt nicht aus Rom, sondern aus Belgrad.«
»Womit verdienen wir die Schmähung, Herr Major?«
»Das weiß er so gut wie ich. Weil die Serben unsern Thronfolger ermordet ham.«
»Das tut mir ausgesprochen leid, daß dem Herrn Thronfolger ein Malheur passiert ist. Aber ich höre davon zum ersten Mal.«
»Leid tut es ihm, so? Abschlachten tut man unsern Erzherzog und dann sagt man, es tut einem leid. Aber ihr werdet dafür büßen, ihr verdammten Serben.«
»Es ist mir ein Anliegen, Herr Kommandant, etwas richtigzustellen. Ich bin kein Serbe, sondern ein treuer Untertan unseres Staatsoberhauptes Franz Joseph von Österreich, den Gott uns erhalten und beschützen möge!«
Angewidert verzog der Major das Gesicht und setzte sein Schießeisen wieder zusammen, indem er zischte:

»So sieht er aus. Ein treuer Untertan unseres Staatsoberhauptes – und vagabundiert barfuß über die Grenze. Wofür hält er uns eigentlich?«
»Ich bin ein christlicher Pilger, Herr Major, und bete für den Bestand unserer Monarchie.«
»Ein christlicher Pilger. Da muß ja ein Roß lachen. Ein Jud ist er, das sieht auch ein Blinder. Wie heißt er denn zum Beispiel?«
»Henner Rosenbach ist mein Name, und das ist mein Sohn Nathan.«
Ein sarkastisches Grinsen zuckte jetzt um den Mund des Scharfschützen: »Ach, das ist natürlich ganz was anderes. Henner Rosenbach heißt er und ist wahrscheinlich Erzbischof von Galizien. Er kommt schnurstracks vom Heiligen Stuhl – nehme ich an – und bringt uns eine geheime Botschaft...«
»Nicht schnurstracks, Herr Kommandant, aber ich war in der Tat bei Papst Pius dem Zehnten, der mir dieses Kreuz gesegnet und uns getauft hat.«
Pawlik nahm eine Patrone aus der Munitionstasche. Er steckte sie liebevoll ins Magazin, wobei er hartnäckig an Henner vorbeischaute und in seinem Verhör fortfuhr: »Einen Beruf hat er nicht, stell ich mir vor.«
»Ich bin Erfinder, Herr Major. Das ist kein Beruf, sondern eine Berufung.«
Der Kommandant drehte sich zum Adjutanten und höhnte: »Schreibens das auf, Wachtmeister. Das ist interessant. Rosenbach Henner. Jüdischer Pilger aus Rom mit dem Segen des Heiligen Vaters. Strolcht barfuß nach Österreich und will... Was will er eigentlich?«
»Ich habe die Absicht, vom Kaiser empfangen zu werden, und zwar so bald als möglich.«
Pawlik blieb die Spucke im Hals stecken. Böser Spott flackerte in seinen Augen, und er schrie: »Er hat die

Absicht, vom Kaiser empfangen zu werden. So bald als möglich. Das ist ja famos. Auf diesen Menschen haben wir gewartet!«

»Ich habe eine Erfindung gemacht, welche die Welt erschüttern wird, und bitte darum den Kaiser um eine Audienz.«

»Die Welt will er erschüttern. Äußerst famos ist das. Aus den Angeln heben, mit anderen Worten. Eine explosive Erfindung. Versteh ich ihn recht?«

»Äußerst explosiv, Herr Major.«

»Und diese äußerst explosive Erfindung will er dem Kaiser...«

»...Demonstrieren! Jawohl, Herr Kommandant.«

Pawlik hob jetzt bedrohlich die Pistole und diktierte dem Schreiber folgenden Text: »Der Festgenommene spricht ein akzentfreies Deutsch, was an sich schon verdächtig ist, weil serbische Agenten im besonderen und ausländische Spione im allgemeinen über eine erstaunliche Sprachbegabung verfügen, mit der sie sich vor unserer Abwehr zu tarnen wissen. Nur Geheimagenten beherrschen unsere Sprache so einwandfrei, daß man versucht ist, keinen Verdacht zu schöpfen. Punkt. Außerdem gibt er zu, daß er beabsichtigt, unseren Kaiser zu massakrieren.«

»Ich erhebe Einspruch, Herr Major. Ich sagte nicht massakrieren, sondern demonstrieren. Meine Erfindung demonstrieren.«

»Ich weiß besser, was er gsagt hat und was nicht. Er ist ein Spion und kommt vors Kriegsgericht, was er noch bereuen wird. Punkt. Und jetzt weg mit dem Pack. Abführn!«

20.

Wien, 1. Juli 1914

Heute beginnt die zweite Hälfte meines Lebens. Seit heute nachmittag, 3 Uhr 55 Minuten, bin ich eine Frau. Was ich mir zehn Jahre lang undeutlich ausgemalt habe, ist nun wirklich geschehen, und zwar auf die allermerkwürdigste Art und Weise. Ich stieg nämlich kühn und unverschämt in seine Mansarde hinauf. Ich wußte, daß Papa geschäftlich in Sankt Pölten weilt und erst morgen zurückkehrt. Mama verbringt eine zweiwöchige Kur in Baden bei Wien. Ich hatte mir einen Vorwand ausgedacht. Keinen besonders schlauen, aber immerhin einen Vorwand. Da die Hitzewelle in den letzten Tagen verheerende Formen annahm, beschloß ich, meinem Liebsten eine Karaffe Zitronenwasser zu bringen. Ich fragte durch die Tür, ob er Durst habe. Er antwortete mit gekünstelter Sachlichkeit, er könne mich nicht verstehen, ich solle eintreten. Das tat ich auch, doch als ich die Schwelle übertrat, fiel mir die Flasche aus der Hand und ging in Trümmer... Scherben sollen Glück bringen, heißt es, und sie brachten mir Glück. Henryk B. Kamin, diese Wolke in Hosen, der Engel meiner Träume, lag nackt auf dem Bett und las ein dickes Buch, das er unverzüglich über sein Gesicht stülpte. Ich brachte vor Schrecken keinen Laut hervor. Er aber schien hervorragend gelaunt und fragte, ob mir der Anblick seiner unbekleideten Nase die Sprache verschlagen habe. Normalerweise hätte ich über einen solchen Scherz gelacht, doch diesmal verließ mich mein Sinn für Humor. Ich blickte nicht auf seine unbekleidete Nase, die er schamhaft verdeckt hielt, sondern auf den eigentümlichen Schwengel, der sich zwischen seinen Schenkeln zu regen begann und wie ein Pilz aus seinem Leib hervorwuchs. Ich war buchstäblich hypnotisiert. Mein Anstand gebot mir davonzulaufen. Mein Instinkt hingegen hieß mich dazubleiben und von der verbotenen Frucht zu kosten. In meiner Verlegenheit gab ich vor, die Scherben der unglückseligen Karaffe einsammeln zu müssen, was mich in die unmittelbare Nähe des Geliebten brachte. Henryk hielt immer noch sein Antlitz unter seinem Schmöker versteckt und fragte, ob mir nicht heiß sei. Darauf fand ich endlich meine Sprache wieder und gab zur Antwort – meine Stimme muß gescheppert haben wie ein verstimmtes Klavier –, in diesem Haus sei die Hitze vollkommen unerträglich, im Dachstock noch unerträglicher als unten, und ich müsse wohl in meine Wohnung zurückkehren. Mein Abgott sagte darauf, er würde es durchaus verstehen, wenn ich mich ebenfalls meiner Kleider entledigte. Es gebe keinen Grund, sich zu schämen, da er ja ebenfalls nackt sei und außerdem wegen des dicken Buchs über seinem Kopf gar nichts sehen könne. Er mußte mir versprechen, daß er wegschauen würde, und ich streifte die Kleider vom Leibe, wobei mir ein süßer Schauer durch die Eingeweide rieselte. Als ich ihn fragte, wo ich mich hinsetzen dürfe, um einen Augenblick zu verschnaufen – wie ich das alles jetzt aufschreibe, sehe ich, wie maßlos blöd ich mich verhielt –, ergriff er meine Hand und zog mich behutsam auf sein Bett. Ich schreibe, als hätte ich einen vergnüglichen oder, besser gesagt, einen ganz gewöhnlichen Sommernachmittag verbracht. In Wirklichkeit bebte ich von den Haarwurzeln bis zur großen Zehe. Meine Gedanken verwickelten sich zu einem wirren Knäuel, und die Worte erstarben mir auf der Zunge, denn ich wußte, daß es sich nun ereignen mußte. Ich wollte es unbedingt. Um jeden Preis, und wenn ich dabei sterben müßte. Ich hatte mich jahrelang nach diesem Augenblick gesehnt. Ich hatte von Henner geträumt, von Baltyr und Daschynski, sogar von unserem Rabbiner, aber ich wollte mich aufsparen für den Auserwählten, für den wahren Liebhaber, der kommen würde, um das große Feuerwerk in meinem Körper zu entzünden. Ich hatte gelesen, daß die Entjungferung eine furchtbare Pein sei, ein erniedrigender Gewaltakt gegen die Selbstbestimmung der Frau. Das ist ein lächerlicher Humbug, eine dumme Lüge. Ich habe nicht geweint, sondern gelacht. Er auch. Zuerst streichelte er ganz sachte meinen Bauch und meine Hüften. Dann nahm er einen Pinsel vom Nachttisch, tauchte ihn in ein Farbtöpfchen und fing an, meinen Leib zu bemalen. Auf die beiden Brüste zwei lustige Vögel. Um den Nabel herum eine riesige Sonnenblume und zuletzt je einen Wegweiser auf meine Schenkel. Auf den einen schrieb er: Zur Grotte der Kalypso, 15 Zentimeter. Auf der anderen hingegen: Zum Garten der Lüste, 15 Minuten. Als ich ihn fragte, warum denn so lange, entgegnete er, das alles sei so unheimlich genußvoll, daß man nichts übereilen dürfe. Ich gab ihm zu verstehen, daß ich keine Geduld hätte, eine halbe Ewigkeit zu warten. Da sagte er, fünfzehn Minuten seien keine halbe, sondern eine viertel Ewigkeit. Dabei drückte er mir einen Pinsel in die Hand und forderte mich auf, nun meinerseits *ihn* zu betünchen. Da mir nichts Originelles einfiel, schlug er vor, ich solle seinen Pfeil mit den Farben der französischen Revolution verzieren, was ich mit zitternder Hand auch versuchte. Dabei mußte ich das sonderbare Ding mit den Fingern anfassen und dabei geriet ich in die wunderbarste Erregung. Es fühlte sich an wie eine Herkuleskeule im Laubwald, wie eine Kreuzung zwischen einer seidigen Blindschleiche und einem kratzigen Stalaktiten. Ich konnte es kaum erwarten, von dieser Waffe durchbohrt zu werden. Henryk munterte mich auf, seinen Dorn ganz sanft und sorgsam in meinen Kelch gleiten zu lassen und ihn auf den Mund zu küssen. Ich tat alles, was er sagte. Ich drückte meine Lippen innig auf die seinen. Ich küßte seine Augen und seinen Hals. Ich spürte, daß ein Wasserfall meine Lenden durchschäumte. Feuergarben schossen durchs Rückenmark, und ich schrie vor Lust und süßem Schmerz, denn eine jahrelange Sehnsucht erfüllte sich endlich. Er drückte mich an seinen Körper, daß ich fast das Bewußtsein verlor, und dann war mir plötzlich, als ergieße sich seine Seele warm und übermütig in meinen Leib. Das war der sechste Tag der Schöpfung, die Morgendämmerung meines Lebens. Alles Bisherige war dagegen nur Spielerei gewesen. Erst heute erfuhr ich das wirkliche Ideal. In den Armen des zärtlichsten und schönsten Mannes der Erde erlebte ich die Lust des Fleisches. Ich liebe diesen Menschen über alles, diesen Wahnsinnigen mit dem dreifarbigen Schlüssel der französischen Revolution. Er hat mich geöffnet. Aufgeschlossen für die Wonnen der Glückseligkeit: vive le son, du canon!

21.

Villach ist eine Kreisstadt, ein Provinznest, um es gelinde auszudrücken. Es liegt in Kärnten und ist bekannt für seine gotische Pfarrkirche, seine radioaktive Thermalquelle und die häßliche Festung, die jahrhundertelang Zankapfel zwischen Germanen und Slawen war. Wer damals in die Festung Villach gesperrt wurde, kehrte nur ausnahmsweise nach Hause zurück. Als Onkel Henner dort eingeliefert wurde, soll man ihn gefragt haben, was er lieber möchte: den Galgen oder das Schafott. Darauf soll er geantwortet haben: »Weder das eine noch das andere, meine Herren, aber wenns etwas sein muß, dann lecken Sie mich gefälligst am Arsch!«

Von da an war er sauer und lehnte es ab, irgendwelche Auskünfte zu erteilen. Tagelang stand er stocksteif in seiner Zelle. Er glotzte durchs Gitterfenster in den Hof hinunter, wo sich außer der viermaligen Wachablösung und sporadischen Hinrichtungen kaum je etwas Bemerkenswertes abspielte. An einem schönen Julitag aber passierte etwas. Henner stellte fest, daß eine fiebrige Geschäftigkeit die Besatzung ergriffen hatte. Offiziere erteilten Marschkommandos, Militärmusik schmetterte aus allen Himmelsrichtungen und Befehle knatterten über den Hof. Henner mutmaßte, der Kaiser sei eingetroffen, um ihn persönlich nach Wien zu geleiten. Gegen Mittag wurde die Türe aufgerissen. Ein Feldwebel trat ein und brüllte mit hysterisch sich überschlagender Stimme: »Jetzt habts ihr, was ihr verdient, ihr slawischen Drecksäue. Krieg hamma euch erklärt. Die Eier werma euch ausreißen. Kein Scheißhaus wird stehnbleim von eurem Königreich. Zusammenschießn werma euch wie aufa Hasnhatz und aus dir machama Knödlsuppn, du falscher Kreuzer, du schiefer Turm von Pisa, du serbischer Erzspion. Aufhängn werma di an der Dachrinnen, du ausgschamter Falschmünzer. Mit fremden Federn putzt er sich, und wir österreichischen Deppn solln glaubn, daß er zu uns ghört... Baumln wirst, darauf kannst Gift nehmen, und wir...«

Das war zuviel, und Onkel Henner geruhte, sein beleidigtes Schweigen folgendermaßen zu durchbrechen: »Ich habe hochgestellte Freunde in Wien. Wenn einer von uns baumelt, sind es Sie!«

Diese Drohung traf ins Schwarze, denn in der Doppelmonarchie gab es kaum etwas Beeindruckenderes als hochgestellte Freunde. Deshalb entgegnete der Feldwebel etwas versöhnlicher: »Die kennama auswendig, diese Sippschaft. Agenten seids ihr. Wühlmäuse des Königs von Serbien. Ein Ungeziefer von Terroristen und Bombenlegern.«

Bei dieser neuerlichen Schmähung riß der Erfinder unvermittelt sein Hemd auf und entblößte den habsburgischen Doppeladler, den er sich in einer schwachen Stunde auf die Brust hatte tätowieren lassen: »Und was ist das, Sie subalterner Lakai?«

»Unser Hoheitszeichen«, gab der Feldwebel zurück und schlug mechanisch die Hacken zusammen. »Aber der Adler ist eins und deine Sippschaft was andres. Wer seins denn, deine hochgestellten Freunderl?«

»Mein leiblicher Bruder ist Hoffotograf Seiner königlichen Majestät von Bayern.«

»Wenn du lügst, wirst du gevierteilt.«

»Das werd ich so oder so, Sie Dummkopf. Drum kann ich sagen, was mir paßt.«

»Und wo wohnt er, dieser angebliche Hoffotograf?«

»Nicht in Ihrem Bezirk, Sie Esel. Das wäre ihm zu pöbelhaft.«
»Ich frag, wo er wohnt.«
»In Wien wohnt er. In Floridsdorf. An der Freytaggasse Nummer drei.«
»Meinst du, er wird bürgen für dich?«
»Das müssen Sie *ihn* fragen, nicht mich.«
»Und gradstehn für die Wahrhaftigkeit von die Aussagn. Wird er das?«
»Vielleicht ja, vielleicht nein. Und wenn er nicht gradsteht, Sie namenloses Nichts? Was geschieht dann?«
»Dann wirst du abgekrakelt, verstehst? Aufghängt mitm Dez nach unten...«

22.

Es ist haarsträubend, aber wahr. Mein Großvater mütterlicherseits wurde auf seine alten Tage zum Kriegsgewinnler. Lebenslang war er ein Schlemihl gewesen. Die meiste Zeit haute er über die Hutschnur und übte sich in der Kunst, mehr auszugeben als einzunehmen. Oder genauer gesagt: Seine Frau übte sich in dieser Kunst und gab regelmäßig mehr aus, als Leo verdiente. Seit seiner Hochzeit träumte er davon, die unvergleichliche Jana mit Geschenken zu überhäufen und so ihre Zuneigung zu erschmeicheln. Leider war ihm das nie gelungen. Dann aber kam der denkwürdige Tag, als Kaiser Franz Joseph seinen Feinden den Krieg erklärte und Conrad von Hoetzendorff die Mobilmachung des Heeres anordnete. Das war auch für die Rosenbachs ein Augenblick großer Veränderungen. Hunderttausende mußten einrücken und Abschied nehmen. Riesenschlangen bildeten sich vor Standesämtern und fotografischen Ateliers. Die einen hatten Eile, noch schnell zu heiraten, bevor sie auf fremde Schlachtfelder getrieben wurden. Die anderen ließen sich auf Lichtbildern verewigen, weil sie spürten, daß ihr Weg in den Krieg eine Einbahnstraße war.

Bei Rosenbachs herrschte Hochbetrieb. Der Kundenstrom wollte nicht abreißen. Floridsdorf war ein Proletarierviertel, wo die voraussichtliche Gefallenenquote am höchsten war und das Bedürfnis, ein billiges Andenken zu hinterlassen, besonders stark. Seit jeher schickt man bekanntlich Habenichtse an die vorderste Front. Die herrschenden Klassen verfügen über genügend Mittel, ihren Nachwuchs im Hinterland zu plazieren.

Es waren also mehrheitlich Hungerleider, die sich beim Hoffotografen verewigen ließen. Mein Großvater wurde zum Erinnerungsgrossisten des einundzwanzigsten Bezirks. Er fabrizierte Andenken zu drei Kronen das Stück und dreißig Kronen das Dutzend, und es gab kaum einen Tag, an dem er weniger als hundert Kronen Reingewinn machte. Der Wohlstand brach aus an der Freytaggasse, und mit dem Wohlstand gab es Komplikationen, mit denen man nicht gerechnet hatte. Schon am ersten Kriegsmorgen war Leos Wartezimmer mit Soldaten überfüllt, die sich – meist in Anwesenheit ihrer Mütter, Freundinnen oder Verlobten – ein letztes Mal konterfeien ließen. Spät am Abend fragte der erschöpfte Leo durch die halboffene Tür seines Ateliers, ob noch jemand da sei. Es meldete sich ein ruppiger Fähnrich, an den sich ein zitterndes Mädchen klammerte, das unaufhörlich vor sich hinwimmerte:

»I kriag a Kind von dir, Toni. Wann du sterbst, hängi mi auf.«

Mein Großvater war kaisertreu bis in die Knochen, doch solche Szenen brachen ihm das Herz und trieben ihm das Gewissen in seinen Hals. Darum überspielte er sein Mitgefühl durch ein besonders amtliches Gebaren und knarrte: »Der Name, bitte schön.«

»Hawlitschek Anton«, erwiderte der Soldat, während das Mädchen weiterflennte: »A Kind erwarti, Toni. Du derfst net sterbn!«

Leo war selbst den Tränen nah, doch fragte er kühl: »Wohnhaft?«

»Am Spitz Nummer zwölf, a hundert Schritt von da.«

»Der Sohn des Roßmetzgers, nehme ich an?«

»Fragens net so viel! Es pressiert.«

»Sie fahrn an die Front, stell ich mir vor.«

»Wohin denn sonst? Morgn früh, wann Sie noch in die

Daunen furzn, um sechs Uhr fahrama. Die Bilder wern von dem Fräulein abgholt, was mei Braut is.«
Das Mädchen konnte sich nicht mehr halten und begann hemmungslos zu schluchzen: »Wannd net zruckkummst, Toni, springi ausm Fenster.«
Leo verdrückte sich diskret und rief den jungen Hawlitschek ins Atelier: »Ihr Vater kann stolz sein, junger Mann. Er gibt unserem Kaiser einen kerngesunden Soldat. Nehmen Sie Platz, bitte, und lächeln Sie!«
»Ich soll lächeln, Herr Rosenbach? *Ihr* sollts lächeln, weil ihr zhaus bleibt, hinterm Ofen, wos warm ist.«
Leo kroch verlegen unter das schwarze Tuch, so daß es ihm leichter fiel, seine Plattheiten loszuwerden: »Gott straft mich für meine Sünden, Herr Hawlitschek. Ich hab nur ein einziges Kind, und das ist leider eine Tochter.«
»Seins net verzagt, Herr Rosenbach! Sie wird Kinder gebären, und die wern krepian für a bschissene Sachn.«
»Finden Sie, daß unser Kaiser eine beschissene Sache ist, junger Mensch?«
»Gehns weg mitm Kaiser. Der is net besser als Sie und macht sein Gschäft mit die Soldatn, was auf die Schlachtbank müssn.«
Leo spürte, daß sein Gerede keinen Widerhall fand, und fragte unsicher, ob denn die heutige Jugend gegen Österreich sei.
»Gegen Österreich net, Herr Fotograf, aber gegen die Juden. Die steckn die Dreckfinger in unsere Jausn und fressen die Butter von unsern Semmeln. Wann ich ins Feld fahr, wird Ihr Fräulein Tochter vorm Spiegl sitzn und sich putzn.«
Jetzt stieg Leo die Wut in die Gurgel und er fauchte: »Paßt es Ihnen vielleicht nicht, von meiner Wenigkeit fotografiert zu werden?«

Darauf entgegnete der Fähnrich mit müder Geringschätzung: »Wanns die Bilder fertig sind, bini eh schon tot!«
Leo sah ein, daß jeder weitere Wortwechsel zwecklos war. Er nahm den Auslöser in die Hand, drückte ab und erklärte: »Mit Ihrer Einstellung, Herr Hawlitschek, werden wir den Krieg nicht gewinnen.«

Drei Tage nach der Kriegserklärung des senilen Kaisers Franz Joseph an den König von Serbien, zwei Tage nach der lärmigen Mobilmachung in Rußland, einen Tag nach dem deutschen Ultimatum an Frankreich wurde in Paris ein berühmter Friedenshetzer ermordet: der Sozialistenführer Jean Jaurès. Seit Jahren hatte er die Proletarier aller Länder aufgerufen, sich zu vereinigen und durch einen internationalen Generalstreik den Ausbruch des Weltkriegs zu verhindern. Sein Rezept war einfach. Wenn es befolgt worden wäre, sähe unser Planet heute anders aus. Aber es wurde nicht befolgt. Jaurès büßte dafür mit seinem Leben. Seine Stimme verstummte für immer. Die Proletarier aller Länder ließen sich verführen und zogen es vor, gegen ihre eigenen Interessen zu handeln. Wie die Besoffenen taumelten sie durch ihre jeweiligen Vaterländer. Sie forderten Krieg bis zum Endsieg. Krieg gegen ihre Brüder. Krieg bis zur Ausrottung der Gegenseite. Es wurde offenbar, daß jemandem ein Rechenfehler unterlaufen war. Die Theorie von Marx und Engels, der wissenschaftliche Sozialismus, lehrte doch, daß die Arbeiterklasse der fünf Kontinente eine unbesiegbare Macht darstellt, die bei Ausbruch eines Krieges die Gewehre gegen die eigenen Unterdrücker kehren wird, um endgültig das Steuer an sich zu reißen. Statt dessen schossen Proletarier auf Proletarier und befolgten die Befehle ihres Klassenfeinds. Was war geschehen? Wie war das alles möglich geworden?

Ein Liebespaar saß am Ufer des Donaukanals. Das Wasser war leichengrün. Es roch nach toten Fischen. Silberreiher kreisten am Himmel. Ein Güterzug ratterte über die Brücke. In der Ferne grollte die Millionenstadt. Über dem Leopoldsberg ballten sich gelbe Wolken zusammen. Ein Gewitter zog auf, doch die Luft stand noch still und flimmerte wie Silberstaub. Der Mann hielt das Mädchen umschlungen und streichelte behutsam ihr Haar: »Es ist schrecklich, Malwa.«

»Was?«

»Sie haben Jaurès erschossen. Das ist ein Signal.«

»Was für eines, Henryk?«

»Du willst es nicht wahrhaben, aber die Katastrophe hat begonnen. Es gibt eine Sturmflut ohnegleichen. Alle Dämme werden einstürzen, aber aus der Asche des Krieges wird eine neue Welt erblühen ...«

»Du redest um einen Brei herum, Henryk. Ich weiß nur nicht, um welchen.«

»Die Arbeiterklasse aller Länder steht unter Waffen. So eine Chance gibt es einmal in tausend Jahren.«

»Es zieht dich nach Rußland. Ich fühle es.«

»Seit den Sklavenaufständen im alten Rom gab es keine vergleichbare Gelegenheit mehr.«

»Du willst mich verlassen. Sag es ehrlich!«

»Soll ich abseits stehen, Malwa?«

»Ja, und mich lieben.«

»Du könntest an einen Mann glauben, der sein Leben einer großen Sache verschreibt, um dann, im entscheidenden Moment, davonzulaufen?«

»Natürlich könnte ich das. Weil ich dich liebe. Weil ich dich nicht verlieren will. Aber du liebst mich nicht. Du suchst den Heldentod. Für ein abstraktes Ideal, für eine dubiose Fahne, zu der du betest wie zu einem Götzenbild. Du bist nicht viel besser als die Dummköpfe vom Ostbahnhof, die an die Front fahren und blöde Lieder grölen.«

»Ich soll also Verrat üben an mir selber?«

»Wenn du mich verläßt, übst du Verrat. An dir und an mir. Ich pfeife auf deine einmaligen Gelegenheiten. Deine einmalige Gelegenheit bin ich.«

»Aber ich liebe dich doch. Wie kannst du zweifeln? Ich habe Sehnsucht nach deinen Augen, deinen Lippen, nach der Knospe deines Leibes, aber begreife, daß ich nicht aufhören will, ein Mann zu sein. Es gibt genügend Zwerge auf der Welt. Hermaphroditen und Kaltblütler, die sich unter Salatblättern verstecken. Sie ducken sich, verbergen ihre Köpfe in der Erde und ernähren sich von Regenwürmern. Sie beben und zittern um ihre Existenz. Ich verachte sie alle. Jetzt muß ich meine Pflicht erfüllen, sonst schäme ich mich, in den Spiegel zu schauen. Seit ich denken kann, schwimme ich gegen den Strom. Ich war vierzehn, als ich gegen die Kosaken schoß. Ich fuhr unerschrocken in die Bleigruben von Werchojansk. Ich stand unter dem Galgen der Warschauer Zitadelle und hatte keine Angst. Und jetzt soll ich mich ergeben? Im Moment, wo sich alles entscheidet? Wo wir entweder siegen oder auf Jahrhunderte, in Ketten liegend, stöhnen werden? Wo jeder wahrhaftige Mensch auf die Barrikaden steigt, um die Massen in die letzte Schlacht, in den heiligen Krieg gegen den Krieg zu führen. Jetzt soll ich mich in den blauen Mantel eines Troubadours hüllen und weinerliche Liebesgesänge gurren? Das kann ich nicht ...«

Malwa begriff, daß es keinen Zweck hatte, mit Henryk zu hadern. Ihr Paradiesvogel wollte davonfliegen, und nicht einmal sie konnte ihn daran hindern. Tränen rannen ihr übers Gesicht. Sanft löste sie sich aus der Umarmung und erhob sich aus dem Gras. Sie zögerte einen Augenblick. Dann eilte sie davon und wußte, daß alles zu Ende war. Jedenfalls glaubte sie das.

Sie irrte sich. Sie hatte keine Ahnung von den Zauberkniffen, mit deren Hilfe die Männer ihre gelegentlichen Kursänderungen zu verbrämen pflegen. Henryk hatte sich längst entschieden, den leichteren oder, sagen wir, vergnüglicheren Weg einzuschlagen. Er hatte zwischen den abstrakten Postulaten der Partei und den leidenschaftlichen Küssen eines Mädchens zu entscheiden – und zögerte keinen Moment. Aber er hatte ein sozialistisches Gewissen, dem er Tribut schuldete. Er war jetzt bald fünfundzwanzig. Die Hälfte seines bisherigen Lebens hatte er auf den Barrikaden des Klassenkampfs zugebracht. Er war stolz auf den roten Faden, der sich durch seine Jahre zog. Er hatte eine Linie, die er mit eiserner Hartnäckigkeit verfolgte. Er besaß ein Ideal, und als ihn Malwa bat, etwas in ihr Album zu schreiben, fiel ihm nichts Besseres ein als der berühmte Vierzeiler aus Heines »Winterreise«:

> »Ein neues Lied, ein besseres Lied
> oh Freunde, will ich euch dichten
> Wir wollen hier auf Erden schon
> das Himmelreich errichten.«

Wie dieses Himmelreich aussehen sollte, konnte sich Henryk nicht genau vorstellen. Jedenfalls – so meinte er wenigstens – hatte es eine Festung der Humanität zu sein. Eine Bastion der gegenseitigen Hilfe. Ein Paradies von freien und gleichen Menschen, für das es sich zu leben und eventuell auch zu sterben lohnte. In dieser

neuen Welt würden alle Menschheitsträume verwirklicht, und diesen Menschheitsträumen den Rücken zu kehren, wäre Verrat. Die perfekte Logik des angeblich wissenschaftlichen Sozialismus – man kann ja bekanntlich mit dem archimedischen Lehrsatz auch die Existenz von Gespenstern beweisen – gab Henryk die Kraft, lächelnd den Unbilden des Daseins zu trotzen und ohne Zuhilfenahme eines höheren Wesens den Ozean des Lebens zu überqueren. Jetzt aber stand er vor der schwersten aller Alternativen: Revolution oder Liebe. Ein Leben für die Menschheit oder ein Leben für »das wunderbarste Mädchen der Welt«.
In ihm tobte also der uralte Widerspruch zwischen Geist und Körper, zwischen Vernunft und Raserei, zwischen Hirn und Hoden. Da Henryk aber einer ungewöhnlich triebhaften Familie entstammte, siegten die Hoden, und das Problem bestand nur noch darin, die Wahl auf überzeugende Art zu rechtfertigen, den Spieß möglichst listig umzudrehen und dann die Hände in Unschuld zu waschen. Wie er sah, daß Malwa schluchzend das Flußufer entlangging, daß sie keine Anzeichen auch nur des geringsten Sinneswandels anzeigte, sprang er auf und eilte ihr nach. Als er sie erreicht hatte, schrie er, indem er sie an beiden Schultern packte: »Du willst mich loswerden!«
Malwa antwortete mit heiserer Stimme: »Nicht ich dich, sondern du mich.«
»Du willst also nicht mit mir leben, Malwa?«
»Wenn du nach Rußland gehst, will ich sterben.«
»Willst du mich, ja oder nein?«
»Wenn du hierbleibst, ja.«
»Eine Zwischenlösung siehst du nicht?«
Malwa brach erneut in Tränen aus. Sie brachte kein Wort hervor und Henryk fuhr fort, diesmal sanfter:

»Laß mich hinüberfahren! Nur einen Monat, um die wichtigsten Angelegenheiten in Ordnung zu bringen. Oder meinetwegen für drei Wochen, dann kehre ich zurück...«

»In einem Bleisarg, ich weiß. Es gibt keine Zwischenlösung. Entweder du bleibst, oder ich gehe ins Wasser. Sofort!«

Henryk warf sich vor ihr auf den Boden und umklammerte sie, doch Malwa entwand sich. Sie floh zur Böschung hinunter und kletterte geschickt über ein Abwasserrohr, das rostigrot in den Fluß ragte. Ihr Haar war aufgelöst und zersaust. Sie atmete schwer. Nur noch einen Augenblick, und sie würde springen. Da verlor der Mittelstürmer den Rest seiner Gelassenheit und brüllte: »Ich liebe dich, du Schlange. Komm zurück!«

»Entweder du bleibst, oder adieu.«

»Du läßt mir keine Wahl.«

»Das heißt?«

»Ich bleibe. Willst du mich heiraten?«

»Schwöre, daß du bleibst!«

»Ich schwöre es. Aber sag, ob du mich willst.«

»Natürlich, du Idiot!«

Herschele alias Henryk B. Kamin streckte die Waffen. So schien es zumindest. In Wirklichkeit hatte er gewonnen. Auf der ganzen Linie. Er desertierte aus den Reihen der Weltrevolution. Er verzichtete darauf, ins düstere Rußland zurückzukehren, und blieb in Wien. Er folgte seinen Sinnen, nicht den Direktiven der Partei, aber er konnte sagen – vor sich und der Nachwelt –, daß er das Opfer einer Erpressung geworden war. Das beruhigte sein Gewissen.

Der Weltkrieg, von dem man sagt, er sei der erste, und von dem man weiß, daß er nicht der letzte war, dauerte bereits vier Monate. Schon weinten über hunderttausend Mütter um ihre Söhne. Ein Ende war nicht abzusehen, und die Geschäfte des Leo Rosenbach liefen auf Hochtouren. Er war zum glücklichen Inhaber eines Bankkontos geworden, durch das er in die Klasse der Privilegierten aufstieg und Transaktionen tätigte, von denen er sein Leben lang nicht gewußt hatte, daß es sie gab... Für ihn stand fest, daß ihn keine Macht der Welt daran hindern konnte, dem Baron Gutmann das fatale Darlehen zurückzuerstatten, das er im vergangenen Jahr mit Hilfe seiner immer noch hinreißenden Gattin aufgenommen hatte. Aber das Sprichwort sagt: Der Mensch denkt, und Gott lenkt, und Sprichwörter sind die Stoßseufzer einer vielerfahrenen Menschheit und wahrer, als man meint. Niemand hätte geahnt, daß am selben Tag, als die Russen ihre mörderische Offensive gegen Schlesien eröffneten und Papst Benedikt seine Enzyklika »Frieden für die Nationen« publizierte, ein Polizist im Hausflur meines Großvaters aufkreuzen und sich erkundigen würde, ob hier ein gewisser Leo Rosenbach wohnte. Der Angesprochene erbleichte und spürte einen Krampf in der Herzgegend: »Freilich, der bin ich. Darf man den Herrn Oberwachtmeister bitten, einzutreten und es sich bequem zu machen?«
Der Oberwachtmeister war in Wirklichkeit nur ein Untergefreiter, was man unschwer an seinen Schulterklappen ablesen konnte. Nichtsdestoweniger fühlte er sich durch den Titel geschmeichelt und ließ sich von Leo ins Wohnzimmer geleiten, wo er unverzüglich mit einem Verhör begann: »Seit wann wohnens denn in diesem Haus, Herr Rosenbach?«
Leo spürte, daß es ratsam war, wahrheitsgetreu, aber

möglichst unpräzise zu antworten. Darum sagte er: »Seit meiner Übersiedelung nach Wien, Herr Oberwachtmeister. Darf ich Ihnen etwas anbieten? Einen Sliwowitz oder einen Cognac? Und wollen Sie uns nicht die Ehre erweisen, sich zu setzen?«
Der Gendarm legte Wert auf Distanz, weshalb er stehenblieb und sich bedeutungsvoll räusperte: »Hem, Sie waren doch seinerzeit, hem, anderswo domiziliert, oder täuschen wir uns?«
Leo begann innerlich zu beben. Er glaubte, der Ordnungshüter spielte auf seine unglückliche Karriere in Stanislau an. Vielleicht auch auf die Duellforderung der hochwohlgeborenen Zwillinge und auf die jämmerliche Flucht aus Galizien. Was wollte dieser Mensch von ihm? Konnte man auch in Wien seiner Haut nicht mehr sicher sein? Er war doch jetzt ein wohlhabender Mann, ein Mitglied der guten Gesellschaft, das sich durch Staatstreue und monarchistische Gesinnung auszeichnete. Leo erwiderte unsicher: »Ich war in der Tat anderswo domiziliert, Herr Oberwachtmeister. Zwanzig Jahre lang logierte ich auf Schloß Neuschwanstein und am Münchener Hof.«
»Bei Ludwig dem Zweiten, wie es heißt. Oder täuschen wir uns?«
»Sie täuschen sich nicht, Herr Oberwachtmeister. Ich war Hoffotograf bei Seiner königlichen Majestät, dem unvergleichlichen Mäzen der Künste und persönlichen Freund Richard Wagners!«
»Man informierte uns, daß Sie mit Seiner Majestät intimen Umgang gepflegt haben.«
»Das kann man schon sagen. Aber dieser große, dieser beispiellose Mensch ist tot«, und Leo seufzte tief, da er noch immer nicht erraten konnte, welchem Ziel der undurchsichtige Besucher entgegensteuerte. Dann

fügte er vorsichtig hinzu, daß die Umstände des königlichen Ablebens nach wie vor ungeklärt und die wildesten Spekulationen darüber im Umlauf seien, denen man aber keinen Glauben schenken solle ...
Der Untergefreite wurde ungeduldig und beschloß, den Verhörten zum Hauptstrang der Befragung zurückzupfeifen: »Trotz Ihrer mosaischen Abkunft, Herr Rosenbach, sollen Sie sich hochgestellter Verbindungen erfreuen, oder täuschen wir uns?«
Leo wußte nicht, ob das ein Lob war oder ein Tadel. Er entgegnete darum unverbindlich: »Sie scheinen ja viel über mich zu wissen, Herr Oberwachtmeister.«
»Wir wissen alles, Herr Hoffotograf. Jeder Untertan unseres Kaisers wird genau beobachtet und registriert.«
Meinem Großvater behagte die Unterhaltung immer weniger: »Das ist ja auch vollkommen legitim, Herr Oberwachtmeister. Wir leben immer gefährlicher. Wir sind von Feinden umzingelt. Es geht um Sein oder Nichtsein unserer Monarchie. Dieser Meinung bist du doch auch, Jana, oder nicht?«
Jana war von der Dienstfertigkeit ihres Gatten angewidert und sagte stolz: »Nein, Leo, dieser Meinung bin ich ganz und gar nicht. Wenn wirklich jeder Untertan beobachtet und registriert wird, wenn man uns alle verdächtigt und subversiver Überzeugungen bezichtigt, wenn der Kaiser so wenig Vertrauen in sein Volk hat, dann wehe uns! Dann können wir diesen Krieg nicht gewinnen.«
Dem Untergefreiten mißfielen Janas Gedankengänge, obwohl er sie nicht ganz verstehen konnte. Die Frau war äußerst attraktiv und zudem noch schlagfertig, was den Polizisten aus dem Gleichgewicht brachte. Darum zog er es vor, einer Polemik aus dem Weg zu gehen und nur zu fragen, ob Jana eine geborene Wertheimer aus

Stanislau sei. An ihrer Stelle – aus Angst wahrscheinlich, sie könnte noch mehr Porzellan zerschlagen – erwiderte Leo, das treffe zu und übrigens habe seine reizende Gemahlin die kapriziöse Gewohnheit, stets das Gegenteil dessen zu behaupten, was ihr Herr Gemahl zu sagen pflege. Der Polizist musterte Jana voll mißbilligenden Argwohns und beschloß, ihre weiteren Bemerkungen mit geschärfter Wachsamkeit zu prüfen. Nach einer peinlichen Pause ging er zum eigentlichen Thema seines Kommens über und fragte betont beiläufig: »Da soll es, hem, noch einen Bruder geben. Henner sei sein Vorname, oder täuschen wir uns?«
Jana zuckte zusammen, und Leos Stimme versagte für einige Sekunden. Dann sprach er so verlegen, als sei die Rede von einem ungehörigen Gegenstand: »Ich habe tatsächlich einen Bruder, wenn man so sagen darf, und sein Name ist Henner. Doch haben wir uns seit geraumer Zeit nicht gesehen, was wir keineswegs bedauern. Ich meine, ich und meine Gemahlin ...«
»Sprich in deinem eigenen Namen, Leo! Ich gäbe ein Vermögen, um zu wissen, wo er sich jetzt befindet und wie es ihm geht.«
Ein vieldeutiges Grinsen zerfloß in den Mundwinkeln des Gendarmen, der sich vor Jana verbeugte: »Dann geben Sie mir bittschön Ihr Vermögen, gnädige Frau, denn ich kann Ihnen mitteilen, daß Ihr Herr Schwager fünf Jahre lang in England weilte, von dort wegen krimineller Handlungen ausgewiesen wurde, über Frankreich nach Italien reiste und heute ...«
Leo ahnte das Schlimmste. Deshalb unterbrach er den Untergefreiten, um rechtzeitig festzuhalten, daß er mit dem mißratenen Bruder längst nichts mehr zu tun habe: »Ich verlor meinen Bruder unter den denkbar skandalösesten Umständen, Herr Oberwachtmeister.«

Darauf entgegnete der Polizist: »Was Ihren Bruder betrifft, sind alle Umstände skandalös. Er versichert zum Beispiel, er sei Erfinder ...«

Jana schoß das Blut in den Kopf. Jetzt reichte es ihr, und sie fragte mit unverhülltem Mißmut: »Was ist denn so skandalös, daß jemand ein Erfinder ist? Edison ist ein Erfinder, die Gebrüder Wright sind Erfinder, Marconi ist ein Erfinder. Ohne die Erfinder würden wir noch auf den Bäumen hausen. Ist das neuerdings ein Skandal, wenn ein Mensch versucht, diese Welt zu verbessern? Oder findet ihr die Welt so vollkommen, daß es nichts mehr zu verbessern gibt?«

Der Gendarm spürte Mißklänge in Janas Verteidigungsrede, Untertöne einer Unbotmäßigkeit, die er nicht ganz zu durchschauen vermochte. Darum entschloß er sich, seine Bombe vorzeitig zu zünden, und erklärte kalt: »Henner Rosenbach, angeblicher Erfinder aus Stanislau in Galizien, ebenfalls mosaischer Abkunft, steht unter dem dringenden Verdacht, ein Attentat zu beabsichtigen, und zwar gegen Seine Majestät Franz Joseph, Kaiser von Österreich. Es unterliegt keinem Zweifel, daß der Festgenommene im Auftrag der serbischen Regierung steht! Was sagen Sie jetzt, Madame?«

»Kurz und bündig, Herr Oberwachtmeister. Wer so etwas behauptet, ist ein Hornochs.«

Leo war konsterniert. Nicht wegen der Anschuldigung gegen seinen Bruder. Nein, wegen der totalen Respektlosigkeit seiner Frau gegenüber einem uniformierten Beamten. So rief er aus: »Jana, du bist verrückt. Du beleidigst einen Oberwachtmeister und in seiner Person den österreichischen Staat, der in einem Kampf auf Leben und Tod steht. Entschuldige dich auf der Stelle!«

»Ich denk nicht daran, mich zu entschuldigen. Ich habe

niemanden beleidigt. Weder den Polizisten noch den österreichischen Staat. Ich sage nur, daß, wer meinen Schwager beschuldigt, ein Attentat zu beabsichtigen – auf den Kaiser oder den Thronfolger oder sonst jemanden –, ein hundsgewöhnliches Rindvieh ist. Henner hat möglicherweise alle Fehler der Welt, aber ein Attentäter ist er nicht. Behauptest du das Gegenteil, Leo?«
Mein Großvater benötigte eine Denkpause, um auf die Frage der schönen Jana zu antworten. Schließlich ließ er sich in einen Fauteuil sinken, wischte sich den Schweiß von der Nase und flüsterte: »Ein Terrorist ist er nicht. So wahr wir Brüder sind aus dem gleichen Fleisch und dem gleichen Blut. Mag sein, daß er stiehlt, daß er betrügt, hochstapelt und falsches Geld druckt. Aber ein Terrorist? Nein!«
Der Untergefreite hatte noch lange nicht alle Trümpfe ausgespielt. Er setzte jetzt zum großen Sprung an, doch vorher schüttete er einen Sliwowitz in sich hinein, den ihm der Hoffotograf eingeschenkt hatte. Dann sagte er: »Wenn Sie überzeugt sind von der Unschuld Ihres Herrn Bruders, sollten Sie auch bereit sein, für ihn zu bürgen, oder nicht?«
Leo blickte verzweifelt zu Jana hinüber und erwiderte: »Überzeugung ist eines, Herr Oberwachtmeister, und Bürgschaft etwas anderes. Das werden Sie doch verstehen ...«
Jana war außer sich über die Kleinlichkeit ihres Mannes und kreischte: »Wo ist mein Schwager? Ich will es wissen!«
Darauf schüttete der Untergefreite ein zweites Glas Sliwowitz hinter die Binde und mauschelte, während er sich den Schnurrbart abwischte: »Entweder Sie bürgen für ihn, oder er wird erschossen.«
Leo zitterte nun am ganzen Körper. Mit ratheischen-

dem Blick flehte er seine Frau um Hilfe an und stotterte: »Un-sere Ge-geschäfte ent-entwickeln sich Go-Gott-sei-Dank günstig. Wir ver-verfügen über ge-gewisse Ersparnisse, aber bi-bis Ende dieses Jah-Jahres ...«
»Schwatz nicht soviel, Leo!« rief Jana mit blitzenden Augen, »sondern entscheide dich!«
»Wir ha-ha-haben Schulden, mein Kind. Unsere Ehre steht auf dem Spiel. Du weißt, wovon ich rede ... Und übrigens wissen wir noch gar nicht, wie hoch die Bürgschaft sein müßte.«
Dem Polizisten schien der Schnaps zu schmecken. Er kippte ein drittes Glas und antwortete: »Auf Ihrem Konto haben Sie die erkleckliche Summe von vierzehntausend Kronen, Herr Rosenbach. Wir wissen alles, wie ich Ihnen bereits mitgeteilt habe. Sie hinterlegen also eine Kaution von vierzehntausend Kronen, die verfallen würden, wenn sich unser Verdacht als richtig erweisen sollte.«
An Leos Stelle antwortete Jana: »Wann brauchen Sie das Geld, Herr Oberwachtmeister?«
»Die Vollstreckung des Urteils ist aufgeschoben, gnädige Frau. Bis Mitte nächster Woche.«
Leo griff nach der Lehne seines Sessels. Sein Herz klopfte so stark, daß man fürchten mußte, er würde in Ohnmacht fallen. Fast unhörbar murmelte er: »Das werd ich nicht überleben.«
Jana schien unbeeindruckt. Sie ging auf Leo zu und sagte kalt: »Du willst, daß man ihn erschießt, wenn ich dich recht verstehe?«
Leo war am Ende seiner Kräfte. Tränen strömten jetzt über seine Wangen, und er stöhnte: »Ich soll meine Schulden zahlen. Ich soll meine Tochter verheiraten. Zu Tode soll ich mich schinden und ...«
Da unterbrach ihn Jana frostig: »Hör auf mit dem

Theater, Leo! Da hast du eine Feder. Stell endlich den Wechsel aus! Wir haben schon Schlimmeres überstanden.«

Man schrieb den 30. Dezember des Kriegsjahres 1914. Um zwölf Uhr mittags lief der Termin ab, zu dem Jana das Darlehen zurückerstatten sollte, das ihr vor achtzehn Monaten gewährt worden war. Die Bedingung hatte gelautet: Geld oder Ehre. Da aber das Geld fehlte – es war weggeschmolzen, weil man für Henner hatte bürgen müssen –, sah sich die schöne Frau Rosenbach gezwungen, ihre Ehre zu opfern, und diese besaß an jenem denkwürdigen Tag einen Wert von sechstausend Kronen.

Der untersetzte Sekretär des Barons von Gutmann stand vor dem goldverzierten Wandspiegel seines Büros und zwirbelte die Spitzen seines Schnurrbarts zum Himmel. Er musterte sich verdrossen, denn er wußte um seine Häßlichkeit, um seine Glatze, um die angefaulten Schneidezähne in der Mitte seines Gesichts. Auch das Kölnische Wasser, mit dem er sich bespritzte, half nicht, den Eindruck fader Bedeutungslosigkeit wettzumachen. Mitten in diese Selbstbetrachtung platzte der Hausdiener und meldete vieldeutig, die fesche Person sei eingetroffen. Der Sekretär drehte sich um, richtete die Krawatte und fistelte: »Sie möge hereinkommen!«

Jana hatte ihre Ehre in ein tiefausgeschnittenes, schwarzes Satinkleid verpackt. Um den Hals trug sie eine Goldkette, an der ein geheimnisvoller Achat baumelte. Sie hatte ein Paar safianlederne Handschuhe an, und auf ihrem Kopf prangte ein Hut, der ihr fürstliches Aussehen verlieh. Den Mantel hatte sie absichtlich in der Garderobe abgegeben, um Schulter, Hals und Arme

zur Geltung zu bringen. Sie betrat das Büro des Sekretärs, als begäbe sie sich zu einem intimen Stelldichein, was ja auch der Fall war. In der Türe blieb sie stehen und sagte, indem sie hochmütig den Raum überblickte: »Wir haben den dreißigsten Dezember, Herr Oppenheim. Es ist zwölf Uhr mittags, wie verabredet.«
»Man kann sich auf Sie verlassen, Frau Rosenbach. Ich fühle mich geehrt, von Ihnen aufgesucht zu werden.« Und nach einer bleiernen Pause fügte er hinzu: »Auch bin ich ungeduldig zu erfahren, was Sie mir mitbringen.«
Jana streifte die Handschuhe ab und erwiderte so sachlich wie möglich: »Das Geld nicht, Herr Oppenheim. Es tut mir leid, aber widrige Umstände durchkreuzten meine Absicht, Ihnen die Schuld zurückzuzahlen.«
Oppenheim ging zur Tür, verschloß sie und steckte den Schlüssel in die Schublade des Schreibtisches. Dabei gurrte er: »Das war vorauszusehen, Sie entzückende Person.«
»Nein, Herr Oppenheim. Das war nicht vorauszusehen. Der Krieg hat alles auf den Kopf gestellt, auch unser Bankkonto, weshalb ich Sie bitte, den Baron von Gutmann zu ersuchen, mir einen sechsmonatigen Aufschub zu gewähren.«
Jetzt setzte sich der kleine Mensch in einen Armstuhl, zündete eine Zigarette an und sagte: »Ich bin bereit, Ihnen die Summe auszulegen, Sie schwarzer Engel. Der Herr Baron kennt keinen Spaß in finanziellen Angelegenheiten, und Aufschübe erteilt er nie.«
Jana erbleichte und fragte: »Was soll das bedeuten, mein Herr?«
»Daß Sie sich ausziehen sollen, Madame.«
Es ist anzunehmen, daß Jana dies vorausgeahnt hatte.

Mehr noch. Sie mußte darauf gefaßt sein. Durch ihre Kleidung, die Düfte, mit denen sie sich umgab, und die Art ihres Auftretens hatte sie die Verwegenheit des Sekretärs geradezu herausgefordert. Es fragt sich nur, ob sie tatsächlich beabsichtigt hatte, sich für die Ehrenschuld ihres Mannes auf den Rücken zu legen. Ich glaube das nicht. Auf keinen Fall. Ich habe sie niemals gekannt, und trotzdem gehört ihr meine uneingeschränkte Zuneigung. Noch lebende Zeugen behaupten, Jana habe sich von diesem Menschen nicht einmal berühren lassen. Ich bin bereit, ihnen zu vertrauen. Wenn sie Leo geliebt hätte, wäre wohl manches anders gekommen, denn aus Liebe darf man alles, Liebe hebt die Gesetze auf. Sie ist hemmungslos und im wahrsten Sinne des Wortes unmoralisch. Die Liebe steht über der Moral oder, könnte man auch sagen, ist die Quintessenz jeglicher Moral, und was ihr dient, ist erlaubt. Aber Jana liebte Leo nicht. Für Geld hätte sie ihren Körper keinesfalls hingegeben. Auch nicht für sechstausend Kronen. Darum schwöre ich, daß meine unvergleichliche Großmutter keinen Augenblick daran gedacht hatte, mit dem widerwärtigen Herrn Oppenheim ins Bett zu steigen. Warum aber dann dieser Putz, die verblüffende Aufmachung, das Zierwerk, mit dem sie in die Höhle des Lüstlings stieg? Die Antwort liegt auf der Hand: Weil sie spürte, daß er ein Möchter war und kein Könner. Mit dem sicheren Instinkt der Frau hatte sie gespürt, daß sie dieses Büro unversehrt verlassen würde, wenn sie den Mann aufs äußerste provozierte, wenn sie ihn absurderweise wie einen Zuchthengst behandelte und ihm Kräfte unterstellte, die er gar nicht besaß.

Darum erwiderte Jana mit kurtisanenhafter Keckheit, sie wolle sich gerne vor ihm ausziehen, wenn er seiner-

seits dasselbe täte. Gleichzeitig knöpfte sie ihr Kleid auf, genußvoll und gemächlich, und flüsterte dabei Dinge, die das schwabbelige Weichtier aufs höchste verwirrten: »Entblöße dich ebenfalls, du geheimnisvoller Herkules! Zeige mir deine starken Arme, deine eisernen Schenkel, deine harte Gerte, die emporschnellt wie das Zünglein einer Schlange, wenn deine Augen meinen Leib betasten, meinen Hals, die Wölbung meiner Brüste, meines Bauchs, meiner Backen. Ich will mich enthüllen vor dir und mich öffnen wie die Seerose im Morgenlicht. Warum bleibst du so weit von mir entfernt? Was verhüllst du dich so hartnäckig vor mir? Willst du nicht eintauchen in meinen Sesam? Hast du Angst vor meiner Muschel, vor dem Honig meiner Blüte? Ich bin neugierig auf deinen Marmorleib, auf deine straffe Haut. Ich stehe nackt vor dir. Ich warte. Ich will von dir genommen werden. Jetzt. Sofort. Was zögerst du?«
Jana erreichte, was sie erreichen wollte. Wenn sie sich gewehrt, wenn sie Widerstand geleistet oder um Gnade gefleht hätte, wäre Oppenheim zum Mann geworden. Er hatte eine Sklavin erwartet. An ihrer Stelle stand eine Königin, und der Sekretär brach zusammen. Zitternd erhob er sich von seinem Fauteuil und sagte leise: »Ziehen Sie sich wieder an, Frau Rosenbach!«

Seit wir in Erdlöchern und auf Bäumen gehaust haben, sind ein paar tausend Jahre verflossen. Im Vergleich mit den Jahrmillionen der Prähistorie ist das eine Kleinigkeit. Die kannibalischen Triebe in uns sind noch immer erheblich gewaltiger als die ethischen Bremsen, die uns Moses mit seinen Geboten und Verboten einzupflanzen versuchte. Wir sind, daran läßt sich nicht rütteln, eine

Horde von Menschenfressern, und dennoch schmeicheln wir uns, die Spitzen der Entwicklung erreicht zu haben. Die Philosophen des vorletzten Jahrhunderts jubelten, das Zeitalter der Aufklärung sei angebrochen. Die Wissenschaftler des letzten Jahrhunderts trompeteten, sie seien daran, die letzten Geheimnisse der Natur zu enträtseln. Die Weltverbesserer unserer Epoche verkündeten sogar den Anbruch einer klassenlosen Gesellschaft, einer Ära des friedlichen Zusammenlebens der Völker. Daß solche Hoffnungen infantil sind, merken heute schon die Dümmsten, doch um so fanatischer verhalten sich die Anhänger des Fortschritts. Je aussichtsloser ihre Illusionen, desto rechthaberischer proklamieren sie deren Triumph, was allerdings nicht bedeutet, daß sie insgeheim keine Zweifel haben. Im Gegenteil. Sie werden von Bedenken gefoltert, da sie meist recht intelligente Individuen sind und den Widerspruch wahrnehmen, der zwischen ihren Formeln und der Wirklichkeit klafft. Je hämischer sie über Gott und die Ewigkeit lachen, desto stärker fasziniert sie das Irrationale. Je abfälliger sie sich über Gespenster mokieren, über Parapsychologie und Wunder aller Art, um so anfälliger sind sie für die fragwürdigsten Orakel und Prophezeiungen.

Die modernen Heiden, die in den ersten Januartagen des Jahres 1915 die Hochzeit der Malwa Rosenbach und des Henryk B. Kamin feierten, gaben sich die eifrigste Mühe, jenem Ereignis einen zukunftsweisenden Charakter zu geben. Als Rationalisten hätten sie zwar wissen müssen, daß die Zukunft weder in den Sternen noch in geheimnisvollen Zeichen geschrieben steht, nichtsdestoweniger interpretierten sie aber alles, was an jenem Tage geschah, als bedeutungsschwanger, und es begaben sich tatsächlich einige bemerkenswerte Dinge.

Gleich zu Anfang der Zeremonie riß ein heftiger Schneesturm das Küchenfenster auf. Ein Windstoß raste durch die Wohnung, und die sieben Lichter der Menorah wurden ausgeblasen. Der Rabbiner reagierte gereizt. Er unterbrach seine Andacht und biß sich in die Unterlippe. Die Hochzeitsgäste erbleichten. Leo fragte, wie man den merkwürdigen Vorfall auslegen solle. Der Bräutigam setzte sich für einen Augenblick, um Luft zu schnappen, doch als ihn Jana ansprach, wie er das Menetekel erkläre, antwortete er pikiert: »Als Marxist und Anhänger der exakten Wissenschaften kann ich sagen, daß eine Wechselwirkung besteht zwischen dem winterlichen Klima und einem daraus resultierenden Durchzug, der das Erlöschen der sieben Kerzen bewirkt hat. Andere Zusammenhänge gibt es nicht.«

Die Kerzen des siebenarmigen Leuchters wurden nochmals entzündet, und die Hochzeit kam langsam wieder in Schwung. Der Rabbiner wies darauf hin, daß er von Amts wegen dem jungen Paar seinen Segen erteilen müsse, obwohl er genau wisse, wie ungeliebt Jehowa in diesem Hause sei. Er gewahre zwar einen schillernden Glanz in den Augen des Brautpaars, doch sei das wohl eher ein Flackern der Begierde als ein Schimmern des Glaubens, der von allen Herrlichkeiten, die der Allmächtige uns beschert hat, am notwendigsten sei. Da ereignete sich ein zweiter Zwischenfall, der die Feier noch peinlicher zu erschüttern drohte. Mitten in der Ansprache des Rabbiners besprang der Wellensittich das ihm angetraute Weibchen mit ungestümer Leidenschaft, doch zur Verblüffung aller verweigerte sich das Weibchen. Bis zum heutigen Tag hatte es beispiellose Verliebtheit gezeigt, wenn es vom Gefährten bewedelt wurde. Jetzt jedoch legte es feindselige Kälte an den

Tag, und der goldbemalte Käfig auf dem Klavier wurde zum symbolträchtigen Zentrum der Veranstaltung. Die Hochzeitsgäste – unter denen sich auch Malwas Vettern und Basen befanden, lauter Flüchtlinge aus den Kampfgebieten im Osten – tauschten vielsagende Blicke aus. Die aberkluge Steffi spielte wie immer ihre Rolle als Schwarzseherin der Familie. Stirnrunzelnd verfolgte sie das merkwürdige Spektakel und verkündete dann mit der Stimme einer griesgrämigen Kassandra: »Die Vögel geraten sich in die Haare – das heißt vier kinderlose Jahre.«

Zufällig sollte sie recht behalten. Es mußten tatsächlich vier Lenze verfließen, bis ich das Licht der Welt erblickte. Aber dem Rabbiner mißfiel, daß ihm jemand ins Handwerk pfuschte. Er war der Ansicht, die göttliche Vorsehung sei undurchschaubar, und wenn jemand berechtigt sei, sie zu ergründen, dann höchstens *er* und sonst niemand. Darum betrachtete er streng seine Fingernägel und schulmeisterte noch gereizter als vor dem Intermezzo: »Im alten Rom gab es Götzendiener, die man Haruspices nannte. Sie waren so vermessen, aus dem Verhalten der Vögel das Schicksal der Menschen zu deuten. Hätten sie Jehowa gekannt, würden sie gewußt haben, daß er nicht wünscht, enträtselt zu werden. Die Zukunft läßt sich nicht prophezeien, denn der Himmel beschließt jedesmal neu, was zu geschehen hat. Jehowa ist groß und launisch. Er steht über allen Regeln und Gesetzen. *Er* und nicht ein seelenloses Federvieh entscheidet, ob dieses junge Paar Kinder haben wird und wann. Wer prophezeit, versündigt sich wider den Herrn. Darum will ich nicht weissagen. Ich kann euch nur meine Wünsche mitgeben. Ob sie sich erfüllen, hängt von *Ihm* ab und von euch selbst. Ich bete zu unserem Vater, daß er euch

schenke seine Gnade, daß er euch vereine in Liebe und daß Eintracht herrsche zwischen euren Herzen. In der Sprache unserer Vorfahren rufe ich euch zu: Schalom alejchem. Friede sei mit euch! Ich hoffe, daß ...«
Er konnte seine Ansprache nicht beenden, denn die Hausglocke schrillte auf. Die Hochzeit wurde zum dritten Mal unterbrochen, und niemand zeigte Lust, in den kalten Flur hinauszutreten. So war es wieder einmal am Herrn des Hauses, die widrige Pflicht zu erfüllen. Er ahnte und mit ihm alle Hochzeitsgäste, daß der dritte und unheilvollste Zwischenfall vor der Türe stand. So war es: Der Metzgermeister Hawlitschek, fast doppelt so groß wie Leo, war gekommen und mit ihm seine uneheliche Schwiegertochter, die in schwarze Trauerkleider gehüllt war und nicht zu schluchzen aufhörte. Bis zu diesem Moment war die Hochzeit eindeutig schlecht verlaufen. Die zwei Störenfriede waren darum das letzte, was der Hoffotograf brauchte. Er fragte unwirsch: »Was wollen die Herrschaften von mir?«
Der Metzgermeister stand da wie ein Gespenst, unbeweglich und starr: »Das Bild, das Sie gmacht haben von meinem Tony.«
Leo schoß das Blut in die Schläfen, und er schrie: »Was fällt Ihnen ein, Herr Hawlitschek? Es ist Samstagnachmittag ...«
Der bedrohliche Fleischer sprach jetzt so leise, daß den Hochzeitsgästen die Gänsehaut über den Rücken lief: »Es ist Krieg, und im Krieg gibts weder Samstag noch Sonntag ...«
Meinem Großvater platzte die Galle und er brüllte: »Sie sehen doch, daß ich meine Tochter verheirate, oder? Das passiert nicht jeden Tag!«
Hawlitschek trat ganz nahe an Leo heran und schnaub-

te schweratmend: »Und ich begrab meinen einzigen Sohn. Das passiert auch nicht jeden Tag. Er ist nämlich gefallen, Herr Rosenbach. Fürn Kaiser hat er ins Gras beißen müssen, und uns bleibt nur noch das Bild, was sie gmacht haben.«
Bei diesen Worten begann die Schwiegertochter erstickt zu winseln. Mit dem Trauerflor wischte sie heiße Tränen aus den Augen. Jetzt war die Stimmung endgültig zum Teufel. Die meisten Gäste verabschiedeten sich. Henryk war verstört und sagte zu Malwa: »Du kennst mich. Du weißt, daß ich weder an Gott glaube noch an den Teufel, aber die Lust am Heiraten ist mir vergangen.«

Leo Rosenbach, mein Großvater, starb an gebrochenem Herzen. Weil seine Frau ihn nicht liebte. Weil ihn sein Bruder ruinierte. Und weil seine Tochter – so schien es ihm nach der mißlungenen Hochzeit – ins Unglück stürzte. Lieber Gott! Wer stürzt schon ins Glück, wenn er heiratet? Leo hätte das wissen müssen, dann hätte er sich nicht zu Tode gegrämt. Aber er wußte es nicht.
Als seine Stunde schlug, standen zwei Menschen an seinem Sterbebett. Jana zitterte, als stünde sie vor ihrem Richter. Sie hielt Leos Hand in der ihren und flehte: »Verzeih mir! Geh nicht weg von uns!«
Leo sprach mit mürber Stimme, eine Lungenentzündung verzehrte seine Brust. Seine Augen fieberten: »Ich hab dich immer geliebt, Jana. Vom ersten Tag bis zum letzten.«
Jana fühlte sich schuldig und bat: »Bleibe noch ein wenig! Was sollen wir tun ohne dich?«
Leo antwortete nicht. Er blickte zu Malwa, die ver-

zweifelt an ihrem Ring drehte und flüsterte: »Du mußt deine Studien beenden, Kind. Das ist mein letzter Wille.«
Malwa schluchzte. Die Endgültigkeit dieser Worte schien ihr unerträglich: »Ich erlaube nicht, daß du so sprichst, Papa. Du wirst weiterleben. Sag, daß du leben wirst!«
Leo hörte nicht mehr, was man zu ihm sprach. Er starrte in die Ferne und wisperte mit letzten Kräften: »Mein Verdienstkreuz, Jana. Drüben auf der Kommode!«
Jana schöpfte neue Hoffnung, ihr Mann könnte die Krise überwinden. Darum erwiderte sie lächelnd: »Verdienstkreuze legt man nur Sterbenden auf die Brust. Du aber wirst leben, Leo.«
»Hörst du mich, Jana? Das Kreuz. Auf meine Brust!«
Jana gehorchte, doch sagte sie beschwörend: »Es ist noch nicht Zeit, Leo. Ich bitte dich.«
Leo hob den Zeigefinger seiner rechten Hand und deutete auf die Fotokamera, die immer, aufs Stativ geschraubt, bereitstand für historische Augenblicke: »Ein Bild, Jana. Ich und Malwa...«
Jana tat, was ihr befohlen wurde. Sie richtete das Stativ und flüsterte: »Es ist dunkel hier, Leo.«
Da erwachten die Lebensgeister im Hoffotografen, und er kommandierte: »Blende fünf komma sechs. Belichtungszeit eine Sechzehntelsekunde. Mach den Vorhang auf!«
Jana zog den Vorhang auf, stellte die Kamera ein und stöhnte plötzlich: »Ich kann nicht!«
Aber Leos letzte Sorge galt nun den technischen Einzelheiten und er wiederholte: »Fünf komma sechs und eine Sechzehntelsekunde! Malwa soll beten für mich.«
»Was soll ich beten, Papa?«

»Daß Gott mir verzeihe. Weil ich sparsam war mit der Kohle. Es war kalt in unserem Haus.«
Jetzt gab es keinen Zweifel mehr: es ging zu Ende. Die Frauen schluchzten. Jana nahm den Auslöser zur Hand und sagte mit erstickter Stimme: »Gott wird uns verzeihen, Leo.«
Da hob der Hoffotograf zum letzten Mal den Kopf und lallte, kaum vernehmlich: »Und beten für den Kaiser ... Daß er den Krieg ...«
Jana drückte ab. Leos Stimme versagte mitten im Satz. Er ließ das Kinn fallen und sank ins Kissen zurück. Ein kleines Licht, das ein Leben lang auf halber Flamme geflackert hatte, war erloschen.

20. November 1915
Seit Juli des vergangenen Jahres habe ich dieses Tagebuch nicht aufgeschlagen. Inzwischen bin ich eine Frau geworden und trage einen neuen Namen. Der Krieg auch, denn er wurde zum Weltkrieg. Papa ist gestorben. Eines natürlichen Todes, Gott sei Dank, und die deutschen Truppen haben an der Westfront Gelbkreuzgas eingesetzt. Es ist so entsetzlich, daß ich mich schäme, in den Spiegel zu schauen. Das sind unsere Verbündeten. Der Giftdampf wird in Stahlfässern gelagert. Bei günstigem Wind – so nennt man das, ohne zu erröten – öffnen die Deutschen die Gashähne. Um fünf Uhr früh, wenn die Hähne krähen. Dichter gelber Rauch steigt aus unseren Schützengräben. Ich schreibe »unsere« Schützengräben, denn ich gehöre auch dazu. Ich bin mitschuldig. Ich habe nichts getan, um das zu verhindern. Der dichte gelbe Rauch nähert sich den französischen Stellungen. Der Nordostwind trägt dazu bei, daß sich die Wolke wie ein Teppich über dem Boden

verbreitet. Die Wirkung auf der anderen Seite ist verheerend: Bei den meisten Soldaten tritt der Tod sofort ein. Einige können flüchten, aber auch sie haben die Dämpfe eingeatmet. Nach wenigen Minuten werden sie schwarz im Gesicht. Sie husten Blut und krepieren. Wir vertilgen die Franzosen, als wären sie Ungeziefer. Weil wir ein Kulturvolk sind – heißt es – und die anderen Barbaren. Wir haben ja auch die Kathedrale von Reims unter Feuer genommen. Im Namen der Kultur! Mit unserem Zeppelin haben wir Paris bombardiert. Zur Rettung der germanischen Moral gegen die südländische Sittenlosigkeit! Die Vorsehung steht auf unserer Seite. Das Recht ebenfalls, denn die Franzosen postulieren Freiheit, Gleichheit und Brüderlichkeit: eine Verhöhnung des monarchischen Prinzips. Das muß bestraft werden. Mit Kanonen, Brandbomben und Giftgas. Jeder Schuß ein Ruß! Es lebe die Kultur! Jeder Stoß ein Franzos! Henryk hat recht. Wir sind schuld, weil wir mitmachen. Heute begreife ich die Vorzeichen unseres Hochzeitstages. Der Himmel verabscheut uns, weil wir blind sind. Gott züchtigt uns, weil wir Feste feiern, statt unsere Menschenpflicht zu erfüllen. Wir stehen auf der Spitze des Berges Ararat. Die Sintflut tobt um uns herum. Die Welt ersäuft, aber wir heiraten. Wir tanzen und lachen, als lebten wir im tiefsten Frieden. Dieser Krieg ist verloren, die Menschheit hat ihn verloren. Über die Donaubrücke knattern endlose Züge. Sie kommen von der Ostfront. Von der Weichsel, aus den Masuren, vom Bug, wo wir – so schreiben es wenigstens die Zeitungen – einen Sieg nach dem anderen erringen. In den Waggons liegen, sitzen und stehen Tausende von Verstümmelten. Ihre Köpfe sind einbandagiert. Nur die Augen starren hervor und verfluchen uns, weil wir nicht wissen, was wir tun. Wir fressen, saufen und vermehren uns, während senfbraune Schwaden von Giftgas Hekatomben von Söhnen, Brüdern und Geliebten vernichten ... Wir können uns nicht herausreden. Wir sitzen in der Loge und schauen zu. Ich trage eine besondere Schuld. Ich habe Henryk daran gehindert, sich gegen den Strom zu stellen. Ich habe ihn zurückgehalten, als er seinem Gewissen folgen und hinüberfahren wollte. Jetzt habe ich ihn ganz für mich, aber er ist nicht mehr der, den ich erwählt habe. Er vertrödelt seine Tage an der Universität und seine Nächte in meinem Bett. Jeden Montag muß er sich bei der Polizei melden. Er darf froh sein, daß man ihn nicht interniert. Als potentiellen Spion, als feindlichen Ausländer, als Untertan des Zaren von Rußland. Er darf frei herumlaufen, weil er beweisen konnte, daß er ein Revolutionär ist. In Abwesenheit zum Tode verurteilt, ein Verbündeter Österreichs gegen den Gewaltherrscher von Petersburg. Was für eine Ehre! Ein Verbündeter des Kaisers Franz Joseph, des Kaisers Wilhelm, des Sultans von Konstantinopel und der Stahlfässer mit dem Gelbkreuzgas. Er wollte sich dem Kriegstaumel widersetzen, aber ich drohte, ins Wasser zu springen ... Ich habe ihn erpreßt, und aus Liebe ist er geblieben. Ich liebe ihn ja so sehr, aber ich hasse ihn, weil er sich von mir erpressen ließ. Er ist nicht mehr der Gott, zu dem ich betete. Ich vergötterte in ihm den unbeugsamen Baltyr, den mutigen Daschynski, den wahnsinnigen Henner. Er war für mich die Verkörperung aller Ideale, doch was ist aus ihm geworden? Ich liebe ihn wie am ersten Tag, als er vor unserer Türe stand und sagte, er sei eine Wolke in Hosen. Ich liebe ihn wie an jenem Sommernachmittag, als er meinen Bauch bepinselte und mich in den Garten der Lüste entführte. Aber inzwischen kam unsere

Hochzeit mit all ihren Mißtönen. Es kam die Sache mit dem Gelbkreuzgas, und das Lächeln ist mir vergangen. Ich muß etwas unternehmen, sonst geht unsere Leidenschaft vor die Hunde. Aber was?

Im Sommer 1916 geriet der österreichische Generalstabschef, Conrad von Hoetzendorff, in arge Bedrängnis. Er forderte deutsche Truppen für den Kampf gegen die Russen in Wolhynien und Galizien an, da er keine Reserven mehr hatte, um den Vormarsch des Moskauer Haudegens Alexej Brussilow aufzuhalten. Österreich stand am Rande der Katastrophe. Italien und Rumänien hatten wortbrüchig – so hieß es in den offiziellen Mitteilungen – ihre bisherige Neutralität aufgegeben und sich auf die Seite der Westmächte geschlagen. Deutschland eilte – treu bis in den Tod – zu Hilfe, doch verlangte es als Gegenleistung, daß die gesamte Ostfront dem deutschen Befehl unterstellt würde. General Ludendorff schrieb in jenen Tagen einen seiner schlaksigen Briefe, in dem es hieß: »Die Schweinerei mit den Österreichern hört nicht auf. Ihre Truppen bröckeln auseinander, wie es die himmeltraurigen Ereignisse der letzten Tage wieder einmal bewiesen haben. Da richtet sich mein Auge ganz unwillkürlich auf die Polen. Der Pole ist ein guter Soldat. Versagt Österreich, so müssen wir uns eben andere Kräfte verschaffen. Bilden wir doch ein Großfürstentum Polen« – eine andere Staatsform fiel ihm nicht ein – »und dann eine polnische Armee unter deutscher Führung!«
Das war das verblüffende Konzept eines preußischen Militärkopfs: polnisches Kanonenfutter für die gelichteten Reihen der deutsch-österreichischen Koalition. Im Austausch für das Polenblut sollte also ein polni-

scher Staat entstehen. Zumindest ein polnisches Großfürstentum, aber unter deutscher Oberherrschaft. Über hundert Jahre lang hatte man Polen ausgelöscht, aufgeteilt zwischen Preußen, Österreich und Rußland. Dieses Land gab es weder auf der Landkarte noch im offiziellen Sprachgebrauch. Die Polacken, wie man sie freundlicherweise zu nennen pflegte, wurden zwangsgermanisiert oder zwangsrussifiziert, aber siehe da! Plötzlich richtete sich das zärtliche Auge des preußischen Heerführers auf Polen, denn – so geruhte er sich auszudrücken – der Pole ist ein guter Soldat. Verschwiegen blieb, daß Deutschland allein im Jahre 1915 an der Westfront 881922 Männer verloren hatte. Trotz des Einsatzes von Gelbkreuzgas, trotz der Beschießung der Kathedrale von Reims, trotz der Bombardierung von Paris. Offenbar hörte auch die »Schweinerei« mit den *deutschen* Soldaten nicht auf. Sie starben unverschämt im Feuer der französischen und englischen Gegenangriffe, und so brauchte man eine Bluttransfusion. Man versprach den Polen ein Großfürstentum von Preußens Gnaden – eine »kleine Freiheit«, wie man das in Warschau nannte –, und zum Dank sollten sie sich abschlachten lassen. Für Ludendorff, Hoetzendorff und alle die blaublütigen Herrenmenschen aus Berlin und Wien, die nie etwas anderes gelernt hatten, als ihre Rechnungen ohne den Wirt zu machen. Die deutsche Führung wußte zwar, daß die Polen gute Soldaten sind, vergaß aber – und das ist bei strategischen Überlegungen wichtig –, daß sie nur unter ganz bestimmten Bedingungen Lust haben, ihr Leben aufs Spiel zu setzen. In den vergangenen hundert Jahren hatten sie sechs Revolutionen gemacht. Sechsmal wurden sie zu Zehntausenden niedergeschossen, aufgehängt, an die Wand gestellt, aber nicht, weil sie Lust hatten zu sterben. Im Gegenteil. Weil sie Lust hatten zu leben, und zwar als Polen. Als freie Menschen in einem unabhängigen Vaterland.

Aus eben diesem Anlaß versammelten sich damals etliche polnische Politiker in Wien – insgeheim, wie man sich vorstellen kann–, um zu beraten, wie die Pläne Ludendorffs und seiner Konsorten zu durchkreuzen wären. So traf es sich, daß eines kühlen Herbstmorgens Malwa auf der Ringstraße einem Mann begegnete, der ihr bekannt vorkam. Auch der Mann schien sie zu erkennen. Beide blieben stehen, starrten sich verdutzt an und warteten, daß jemand etwas sagen würde. Plötzlich flüsterte der Mann: »Wir kennen uns, oder nicht?«

Darauf antwortete Malwa, ebenfalls leise, wobei ihr das Blut in den Kopf schoß: »Meine Mutter hat noch ein Pfand von Ihnen, wenn ich mich nicht irre. Ein Amulett.«

»Fräulein Rosenbach, habe ich recht?«

»Ich bin verheiratet und heiße jetzt anders. Ich habe nie aufgehört, an Sie zu denken...«

Eine verlegene Pause trat ein. Dann fragte Daschynski unvermittelt: »Und Ihre Mutter? Denkt Sie auch noch an mich?«

Malwa lächelte vieldeutig: »Sie ist älter geworden, die Arme. Mein Vater ist gestorben. Ich bin aus dem Haus gezogen, und sie ist allein...«

Der Mann blickte nervös um sich, als hätte er Angst, von jemandem beschattet zu werden. Dann wisperte er: »In drei Stunden verreise ich. Darf ich Sie zu einem Tee einladen?«

Seit ihrer Hochzeit wohnten Malwa und Henryk in einem möblierten Zimmer in der Nähe der Universität. Es roch darin nach Sauerkohl und Naphthalin und taugte zu nichts außer zur Liebe. Tagsüber arbeitete Malwa als Praktikantin in der Mohrenapotheke an der Wipplingerstraße. Henryk studierte und verdiente sein Brot mit Englischunterricht.

Als er an jenem Abend nach Hause kam, war ihm, als habe sich seine Frau verändert. Etwas überdreht teilte sie ihm mit, daß sie Ende des Monats nach Galizien fahren müsse. Auf Henryks Frage, ob sie verrückt sei, ins unmittelbare Frontgebiet zu reisen, und was sie überhaupt in Galizien zu erledigen habe, erwiderte sie geheimnisvoll, sie habe einen Auftrag und würde nach ein paar Tagen zurück sein. Henryk glaubte, falsch verstanden zu haben, und wollte wissen, um was für einen Auftrag es sich handle und – was noch wichtiger sei – wer dahinter stecke. Zuerst wollte Malwa nicht antworten. Dann mußte ihr Henryk versprechen, die Sache für sich zu behalten: Ein gewisser Daschynski hätte sie gebeten, 20000 Flugblätter in die Gegend von Tarnow zu bringen, in ein Dorf namens Iwonicz, um sie dort einer Vertrauensperson auszuhändigen. Henryk traute seinen Ohren nicht und fragte nun schon recht unwirsch: »Wer ist Daschynski?«

»Ein Sozialistenführer aus Stanislau.«

»Das weiß ich auch. Woher kennst du ihn?«

»Ich kenne ihn und Schluß.«

»Hast du etwas mit ihm zu tun?«

»Frag nicht soviel. Das ist ohne Bedeutung.«

Henryk witterte Gefahr und zischte: »Als *ich* verreisen wollte – auch mit einem Auftrag – drohtest du, dich umzubringen!«

Malwa genoß die Situation. Sie spielte ihr Spiel vergnügt weiter und spürte zum ersten Mal, daß ihr Geliebter unsicher wurde. Also war sie auf dem richtigen Weg und antwortete mit einem mysteriösen Augenaufschlag: »Seither sind zwei Jahre verflossen. Wir beide haben uns verändert. Du ganz besonders ...«

Das war ein Tiefschlag, perfide und gezielt. Henryk fühlte sich durchschaut. Mehr als durchschaut, unmittelbar bedroht. Darum versuchte er, die Auseinandersetzung auf ein anderes Geleis zu schieben: »Ich will wissen, wer dieser Daschynski ist.«

»Ich sagte es schon. Ein polnischer Sozialist.«

»Das ist bekannt. Ein Volksverführer ist er. Aus der Pilsudzkigruppe. Ein Nationalist, dem das Vaterland wichtiger ist als die Befreiung des Proletariats.«

»Mir ist das eine so wichtig wie das andere.«

»Mit der Lüge vom Vaterland verhetzt man die Völker. Zwei Millionen Gefallene verfaulen auf den Schlachtfeldern Europas. In den masurischen Sümpfen, vor Verdun, in den Ruinen belgischer Städte, an den Ufern des Isonzo.«

»Du willst also kein freies Polen, Henryk?«

»Ich will eine freie Welt, kannst du das nicht begreifen? Ich glaube an die Internationale der Arbeiterklasse. Ich verabscheue die verfluchten Fahnen, für die man die Dummköpfe aller Länder in den Tod jagt!«

»Und was ist dir lieber: ein freies Polen oder ein versklavtes?«

»Du schwatzt wie Daschynski. Wer ist er eigentlich in deinem Leben? Hast du mit ihm geschlafen?«

»Und wie schwatzt denn *du*? Eine freie Welt willst du angeblich. Was tust du dafür?«

»Zu wenig, weil ich in deinem Käfig sitze. Weil ich wie ein Affe nach deiner Geige tanze. Als ich etwas tun wollte, hast du mich erpreßt.«

»Du hast dich gerne erpressen lassen, Henryk. Du bist harmlos geworden. Merkst du das nicht? Ein zahnloser Tiger ...«

Das war der erste Ehekrach der zwei Verliebten. Scheinbar ging es um Daschynski, aber es ging um mehr, und Henryk spürte das. Malwa hatte ins Schwarze getroffen, seine Eitelkeit verletzt, die Ernsthaftigkeit seiner Überzeugungen in Frage gestellt. Dabei war sie zu weit gegangen. Ihre letzten Worte waren keine Kritik mehr, sondern eine Erniedrigung. Henryk reagierte wie ein angeschossenes Tier. Seine Pupillen wurden klein und gelb, seine Lippen dünn und krumm. Er hielt sich noch zurück, doch schnaubte er und röchelte. Er preßte die Fäuste gegeneinander, knirschte mit den Zähnen, sog die Luft ein und dann schoß er wie eine Wildkatze auf sie los. Mit der Linken packte er sie beim Schopf und riß ihr den Kopf nach hinten. Mit der Rechten schlug er sie ins Gesicht. Immer wieder, bis sie plötzlich zusammensackte und kraftlos zu Boden sank. Mit der Schläfe schlug sie auf einen Emaillekrug und Blut quoll ihr aus der Stirne. Da erwachte Henryk aus seiner Tobsucht. Ein Schleier fiel ihm von den Augen, und mit Entsetzen sah er, was er angerichtet hatte. Er warf sich auf die Knie, legte die Hand auf Malwas Haar und begann zu weinen. Zuerst wimmerte er in sich hinein, dann löste sich ein Krampf in seiner Brust. Der Bolschewik aus Stahl, der Athlet und Mittelstürmer, der Klassenkämpfer ohne Gott und Vaterland brach in Tränen aus. Er senkte sich über das marmorweiße Gesicht seiner Frau, bedeckte es mit Küssen und flehte immer wieder: »Verzeihe mir, Malwa, ich bitte dich!« Er hob seine Augen zum Himmel, und seiner Brust entrangen sich Wörter, die aus der fernen Kindheit emporstiegen: »Got, greißer

Got, lo mir dawenen!« Auf jiddisch sprach er zum Herrgott, den er zwanzig Jahre lang verspottet hatte: »Gott, großer Gott, lasse mich beten!« Da geschah das Wunder. Malwa öffnete die Augen, dann den Mund. Sie schien zu lächeln, und Henryk dankte dem Allmächtigen mit einem Ruf, den er längst vergessen zu haben glaubte: »Adenoj, hu hoelehim.«

20. Oktober 1917
Er hat mich geschlagen. Ins Gesicht. Ich müßte ihn verlassen, weil ich mir gelobt habe, keine Erniedrigung zu ertragen. Ich habe geschworen, daß ich mich nie von einem Mann schlagen lassen würde. Jetzt ist es geschehen, und ich kann nicht weggehen von ihm. Ich habe ihn provoziert. Ich habe ihm vorgeworfen, daß er harmlos geworden sei, ein Tiger ohne Zähne. Dabei bin ich selber schuld. Ich war es, die ihn zurückhielt. Ich drohte ihm, mich umzubringen, wenn er nach Rußland ginge. Und jetzt bin ich enttäuscht. Muß er denn ein Held sein, ein Baltyr, ein Bogrow, der beim Morgengrauen erschossen wird? Das waren Mädchenträume. Das Leben ist anders. Es besteht aus Kompromissen, auch wenn Kompromisse zur Hölle führen. Wäre ich prinzipientreu, würde ich meine Koffer packen und gehen. Aber ich liebe ihn. Er ist mir wichtiger als meine Prinzipien.

Malwa war eine der ersten Studentinnen an der Wiener Universität und die erste Pharmaziepraktikantin Österreichs. Der Krieg machte es möglich, daß Frauen – angesichts des akuten Männermangels – zu akademischen Berufen zugelassen wurden.

Ich glaube kaum, daß Doktor Korwill ein Verfechter der Frauenemanzipation war. Im Gegenteil. Er war nur ein gerissener Kaufmann und berechnete, daß eine charmante Verkäuferin zum Köder seines Geschäfts werden könnte, was sich auch umgehend bestätigte. Die Mohrenapotheke an der Wipplingerstraße erhöhte im Verlauf des dritten Kriegsjahres ihren Umsatz um das Fünffache. Die Konkurrenz kochte vor Neid. Immer häufiger las man Annoncen in der Fachpresse, in denen junge Pharmazeutinnen gesucht wurden. Es war aber unmöglich, solche zu finden, weil man damals noch dem Vorurteil huldigte, daß die Frau von einer inferioren Intellektualität, die weibliche Hirnmasse um zwanzig Prozent geringer und ein Mädchen dazu bestimmt sei, Mutter, Köchin oder im Glücksfall Kurtisane zu werden. Darum verhinderte man mit fast allen Mitteln die Immatrikulation von Studentinnen an den Hochschulen, die lange Zeit Hochburgen männlicher Eitelkeit blieben.
In den Hörsälen herrschte eine zackige Kasernenmentalität. Die Sprache unter den Kommilitonen war vorwiegend zotig, und die Abwesenheit von Frauen förderte noch die Atmosphäre schlüpfriger Zweideutigkeit, auch bei den Professoren. Bezeichnenderweise ging aber die Frauenfeindlichkeit Hand in Hand mit einer hochgezüchteten Galanterie, und man konnte fast sicher sein, daß die eifrigsten Schürzenjäger – die man anerkennend »Poussierstengel« nannte – in der Mensa oder auf der Latrine als grimmige Antifeministen auftraten. Hinter diesem Doppelspiel verbarg sich ein primitiver Brotneid und eine unausgesprochene Angst vor der sexuellen Überlegenheit der Frau. Ganz gewöhnliche Potenzangst bestimmte also das Verhalten der Herren der Schöpfung. Wenn Dr. Korwill die

entzückende Malwa engagierte, waren seine Absichten rein materieller Natur. Außerdem war er ganz einfach hinter ihr her, und er verpaßte keine Gelegenheit, sie in anzügliche Gespräche zu verwickeln.
Eines Nachmittags stand Malwa am Rezepturtisch. Sie bereitete ein Medikament vor und merkte nicht, daß sich ihr der Chef näherte. Plötzlich spürte sie seinen Atem im Nacken und hörte, wie er fragte: »Für wen ist denn dieses Rezept, Fräulein Rosenbach?«
»Sie wissen doch, daß ich verheiratet bin und den Namen meines Mannes trage.«
Der Apotheker ignorierte die Worte seiner Praktikantin und fuhr fort: »Gehe ich richtig in der Annahme, daß die Verordnung für unseren Herrn Hofrat ist?«
»Für Ihren Herrn Hofrat, nicht für meinen.«
»Adonis vernalis wie immer, oder nicht?«
Malwa lächelte geringschätzig und erwiderte: »Der Herr Hofrat hats nicht im Kopf, sondern weiter unten.«
»Und das bedeutet, Fräulein Rosenbach?«
»Cortex Frangulae, Herr Doktor. Er ist chronisch verstopft.«
»Sie haben etwas gegen ihn, hab ich den Eindruck.«
»Ich bereite seine Arznei vor. Mehr kann ich nicht tun für diesen Menschen.«
»Er hat sich beklagt, weil Sie so schroff sind zu ihm.«
»Was er braucht, Herr Doktor, sind Anthrachinonderivate.«
»Der Herr Hofrat wünscht standesgemäß bedient zu werden.«
»Dann soll er sich standesgemäß benehmen. Er hat die pöbelhafte Gewohnheit, sich zu vergreifen.«
»Aber Fräulein Rosenbach. Sie sind doch keine Ordensschwester, oder?«

»Ich heiße Frau Kaminski, und es mißfällt mir, vom Herrn Hofrat betätschelt zu werden.« Malwa schaute dem Vorgesetzten in die Augen und fügte hinzu: »Er könnte mein Großvater sein.«
Dr. Korwill verstand die Anspielung. Er blickte flüchtig in den Wandspiegel und zwirbelte angriffslustig seinen Schnurrbart. Dann zirpte er so verführerisch wie möglich: »Finden Sie, daß man mir meine Jahre ansieht?«
Malwa arbeitete weiter und erwiderte trocken: »Es ist mir völlig gleichgültig, wie alt Sie sind, Herr Doktor.«
»Wollen Sie damit sagen, ich meine, finden Sie mich gewissermaßen attraktiv?«
»Ihr Sohn ist soeben dagewesen. Er bittet mich, Ihnen mitzuteilen, daß er zum Schneider muß.«
Die ausweichenden Antworten der jungen Frau konnte man so oder so interpretieren. Wenn sie sagte, es mißfalle ihr, vom Hofrat betätschelt zu werden, hieß das möglicherweise – so dachte der Apotheker –, daß ihr die Anzüglichkeiten eines anderen Bewerbers Spaß bereiten könnten. Sie erklärte auch, daß ihr das Alter des Prinzipals gleichgültig sei. Das hieß vielleicht, daß seine Jahre sie nicht störten. Sei es, wie es wolle. Doktor Korwill deutete die Worte der Praktikantin zu seinen Gunsten. Er trat nun so nahe an sie heran, daß an ein Entrinnen nicht mehr zu denken war, und raunte ihr ins Ohr: »Ich glaub, wir gehn heute abend aus miteinander.«
Malwa ließ sich nicht aus dem Gleichgewicht bringen. Vorsichtig goß sie zwei Flüssigkeiten in ein Glas, das sie über der Flamme eines Bunsenbrenners schüttelte, und entgegnete spöttisch: »So, ihr geht aus miteinander. Wohin denn?«
Jetzt legte ihr der Chef die Hand um die Hüfte und

gurrte: »Sie mißverstehen mich, Fräulein Rosenbach. Wir zwei gehn heut abend aus miteinander.«

»Das glaube ich kaum, Herr Doktor.«

»Warum denn, Sie süßes Kind?«

»Weil Ihre Frau Gemahlin das nicht goutieren würde.«

Dem Apotheker war das zuviel. Er ging zum Sturmangriff über. Er packte Malwa und versuchte, sie an sich zu reißen. Es mißlang ihm jedoch, weil Malwa instinktiv wußte, wie man brünstige Vorgesetzte zur Vernunft bringt. Im Moment der größten Gefahr ließ sie das Glas zu Boden fallen, wo es in tausend Splitter zersprang. Eine gelbe Flüssigkeit ergoß sich über den Parkettboden und verbreitete einen ätzenden Geruch im Raum. Das Eigentum war dem Herrn Doktor wichtiger als die Begierde – er ließ die Arme sinken und flötete: »Verschonen Sie mein Inventar! Und seien Sie lieb zu Ihrem Chef!«

Darauf entgegnete Malwa höhnisch: »Frau Doktor Korwill wäre dagegen.«

»Was kümmert uns Frau Doktor Korwill? Der Teufel soll sie holen.«

Die Praktikantin griff zum Wandtelefon und fragte mutwillig: »Soll ich ihr das ausrichten?«

Der Apotheker war überzeugt, daß Malwa nicht so weit gehen würde, und sagte gelassen: »Aber selbstverständlich. Rufen Sie nur an!«

Das ließ sich Malwa nicht zweimal sagen. Sie stellte die Nummer ein und sprach langsam und deutlich: »Hier Malwa Kaminski. Spreche ich mit Frau Doktor Korwill? Ja? Ihr Mann bittet mich, Ihnen ...«

Jetzt verlor der Prinzipal seine Geduld. Er entriß der Praktikantin den Hörer, hängte ihn auf und keuchte: »Fräulein Rosenbach, Sie können gehn!«

Mit diesen Worten ging er zum Kleiderständer, nahm

seinen Mantel und eilte davon. Er war schon bei der Tür, als ihm Malwa nachrief: »Und mein Gehalt? Sie schulden mir drei Monate!«
»Die können Sie sich an den Hut stecken. Sie sind fristlos entlassen. Adieu!«

15. November 1917
Es ist nicht wahr, daß Lügen kurze Beine haben. Lügen sind langlebig. Mythen erst recht. Je älter sie werden, desto länger sind ihre Beine, und desto wahrscheinlicher ist es, daß sie unwidersprochen in die Geschichte eingehen. Unsere Reise nach Iwonicz ist so ein Mythos. Alle wissen, wie es wirklich war, aber niemand hält es für angezeigt, die Dinge beim Namen zu nennen. Henryk sagt, die Partei habe uns geschickt. Er sei, ohne zu zögern, einfach gefahren, obwohl er gewußt habe, was wir riskierten. Es war, berichtet er, ein halsbrecherisches Unterfangen. Mitten im Krieg nach Galizien zu reisen, in die unmittelbare Kampfzone – das war eine Tollkühnheit. Iwonicz lag zwölf Meilen von der Front entfernt – erzählt er, obwohl es dreißig Meilen waren –, man hörte das Einschlagen der Artilleriegeschosse, und Feuersäulen erleuchteten den Horizont. Wir rollten durch einen Ozean zerstörter Dörfer, niedergebrannter Gehöfte und verwesender Leichen. Schneematsch und Morast, so weit das Auge reichte. Was Henryk erzählt, entspricht in diesem Punkt ausnahmsweise der Wahrheit. Wir hockten tatsächlich zusammengekauert auf dem Roßkarren. Lahm vor Kälte und durchnäßt bis auf die Knochen rumpelten wir durch die Hölle einer zusammenkrachenden Welt. In den Wäldern heulten die Wölfe. Über verkohlten Ruinen kreisten Schwärme von Raben, und Henryk behauptet, ohne den Partei-

auftrag, die fünfzigtausend Flugblätter nach Iwonicz zu bringen – es waren nicht fünfzig-, sondern zwanzigtausend Flugblätter, und außerdem gingen wir sehr privaten Geschäften nach –, wären wir nach Wien zurückgefahren. Das ist gelogen, doch er macht sich nichts daraus und mogelt weiter, an ein Kneifen sei nicht zu denken gewesen. Wir seien durch die unmittelbare Kampfzone gerollt und hätten uns mit den Flugblättern durch Dutzende von Polizeisperren geschlagen. In Wirklichkeit waren es drei Polizeisperren, und zugestoßen ist uns gar nichts. Henryk übertreibt in allem. Weder er noch ich hielten die Flugblätter versteckt. Der Kutscher saß darauf und wußte es nicht. Wir setzten also ein fremdes Leben aufs Spiel. Das war eine Niedertracht, aber Henryk läßt das kalt. Er erzählt, was der Kutscher für ein Haudegen war, der lachend über seine Selbstmordfahrten durch die Frontlinien sprach. Ein typischer Pole sei er gewesen, der weder Tod noch Teufel fürchtete. Ein namenloser Held, ein herrlicher Mensch, mit dem man eine neue Welt aufbauen könne. Natürlich war er *kein* herrlicher Mensch, sondern ein abstoßender Trunkenbold. Dreckig und verlaust. Ein hoffnungsloser Idiot, der nie nüchtern war, aber Henryk imponierte, weil er so proletarisch fluchen konnte und ewig nach Schnaps stank. Daraus zog mein Phantast den Schluß, der Mann sei ein Sozialist. Daß ich nicht lache! Eine Null war er und genauso bestechlich wie alle Polen. Für eine Flasche Alkohol kutschierte er uns durch die Minenfelder des deutsch-russischen Kampfgebiets. Wir hatten zehn Liter Spiritus dabei, denn in Galizien hatte jegliches Geld seinen Wert verloren. Als die Russen da waren, zahlte man in Rubeln. Dann waren die Deutschen gekommen, und man zahlte in Reichsmark. Bald aber wechselten die

Verhältnisse so häufig, daß man nur noch in Alkohol rechnete, denn aus Alkohol macht man bekanntlich Schnaps, und für Schnaps gibt der Pole alles her – was Henryk abstreitet. Trotzdem hatte er mir befohlen, dem alten Korwill zehn Liter Alkohol wegzufilzen. Für den ausstehenden Lohn. Und dann waren wir losgefahren. Henryk war die ganze Zeit argwöhnisch und meinte, ich hätte in Galizien einen Liebhaber. Lächerlich, ich will keinen Liebhaber. Henryk genügt mir. Er schwindelt zwar wie ein Türke, er flunkert unser Leben zurecht und macht daraus ein Heldenepos. In Wirklichkeit war die Reise nach Iwonicz eine Hamsterfahrt. Nebenbei brachten wir zwar auch die Flugblätter hin, aber wir betrieben ganz gewöhnlichen Schwarzhandel. Daran ist nichts Böses, doch sollte man den Mut haben, sich dazu zu bekennen. Schließlich hungern wir in Wien. Hundertfünfzig Gramm Fleisch gibt es in der Woche. Und hundert Gramm Fett, das meistens ranzig ist, und man muß froh sein, wenn man es überhaupt bekommt. Stundenlang muß man anstehen, um die Zuteilung einzulösen. Ohne Ellbogen geht man leer aus, und jeder muß einen Kniff finden, um zu überleben. Jeder muß jemanden suchen, der ihm für die entsprechende Gegenleistung einen Gefallen tut. Jeder lernt zu schmieren, zu drehen und zu schummeln. Das ganze Volk betreibt die Kunst des Schiebens, und wer nicht mitmacht, wird erdrückt. Also: Wir reisten mit zehn Litern Alkohol nach Iwonicz und kehrten mit einem halben Schwein nach Hause zurück. Alle profitierten davon. Alle aßen sich wieder einmal satt. Einen Monat lang gab es bei uns Schinken, Würste, Pökelfleisch und Pasteten. Sogar die Großmutter spielte mit, obwohl sie eine fromme Jüdin ist und noch nie im Leben Schweinefleisch in den Mund genommen hat. So ist die Wirklichkeit, aber Henryk besteht auf seiner Darstellung. Er erzählt alles so farbig und mit solchen Einzelheiten, daß ich selber schon anfange, an sein Märchen zu glauben. Es stimmt ja, daß wir zwanzigtausend Flugblätter an ihren Bestimmungsort brachten. Es ist auch wahr, daß wir einen Parteiauftrag hatten; aber die Sozialisten Daschynskis und die Bolschewiken des Henryk B. Kamin waren so verschieden wie Tag und Nacht. Für mich ist das ohne Bedeutung. Politische Nuancen interessieren mich nicht. Hauptsache, wir haben zu essen – denn mit der Lebensmittelversorgung steht es schlecht und schlechter.

Am 15. Dezember des Jahres 1917 schritt Onkel Henner, gefolgt von seinem Sohn Nathan, aus dem Eisentor der Festung Villach hinaus. Er schlug die Augen zum Himmel und flüsterte: »Gelobt sei Jesus Christus!« Seine Freilassung verdankte er der göttlichen Vorsehung sowie der großherzigen Unterstützung seines Bruders Leo. Allerdings gab es noch einen dritten, der hier die Hand im Spiel hatte. Er hieß Uljanow und hatte soeben in Petersburg – unter dem Namen Wladimir Iljitsch Lenin – die Macht an sich gerissen. Davon aber hatte Henner keine Ahnung, da er bekanntlich keine Zeitungen las. Er wußte auch nicht, daß Leo sein ganzes Vermögen auf den Tisch gelegt hatte – nicht ganz freiwillig, wie wir wissen–, um für ihn zu bürgen. Lenin wiederum hatte Frieden mit Rußlands Feinden geschlossen, also auch mit Österreich, dessen erschöpfter Kaiser sich darüber so freute, daß er gleich die Hälfte aller Häftlinge aus den Gefängnissen entließ. Henner war einer der ersten, die von der Amnestie betroffen waren. Da er kein Verbrechen begangen hatte und zu seinen Gunsten eine Kaution von vielen tausend Kronen hinterlegt war, ließ man ihn laufen – indem man den Paragraphen der allgemeinen kaiserlichen Begnadigung anwandte. Darum verfiel die Kaution und wurde Eigentum der Doppelmonarchie. Alle konnten zufrieden sein: Henner bekam die Freiheit, der Kaiser das Lösegeld und Lenin die Macht über ganz Rußland. Die Weltgeschichte nahm ihren weiteren Verlauf, und Henner konnte, nach dreijähriger Unterbrechung, seine Pilgerfahrt dort fortsetzen, wo er sie am ersten Kriegstag hatte abbrechen müssen. Die zwei Männer machten sich auf den Weg nach Wien. Ihre Habe bestand aus einer Geige, einem schwarzen Holzkreuz und dem Glauben, von der Heiligen Jungfrau beschützt zu werden.

Am 18. Dezember kurz vor Mittag schwenkten die beiden in die Freytaggasse ein. Eine Minute später klingelten sie an der Haustür, auf der nun geschrieben stand: Jana Rosenbach – Witwe des Hoffotografen Leo Rosenbach. Die Witwe des Hoffotografen öffnete und traute ihren Augen nicht: »Ich halluziniere!«
Henner verbeugte sich tief und sprach mit verklärtem Bariton: »Du bist so schön wie vor zehn Jahren, Jana. Du hast dich nicht verändert.«
»Woher kommt ihr, um Gottes willen, und warum erst jetzt?«
»Wir haben drei Jahre lang im Kerker geschmachtet, tausend Tage. Von uns blieb nurmehr die Seele. Der Körper ist zerfallen.«
»Was ist los? Wollt ihr nicht eintreten?«
»Tausend Tage lang dachte ich an deine Augen, Jana. Ich zitterte, sie könnten ihren Glanz verlieren ...«

Die zwei Männer traten in die Wohnung, blickten verlegen um sich und brachten kein Wort hervor. Alles war anders geworden. Schließlich durchbrach Jana das Schweigen und sagte traurig: »Wie ihr seht, bin ich eine alte Frau.«

»Ich fürchtete, deine Lippen würden verwelken.«

»Leo ist gestorben, Henner. Dein Bruder lebt nicht mehr. Er hat mich verlassen. Auf immer und ewig, weil ich nicht gut war zu ihm.«

»Aber du bist jung geblieben, Jana. Du bist noch immer die Frau meiner Träume.«

»Malwa hat geheiratet. Auch sie hat mich verlassen und wohnt in der Stadt. Unser Haus ist leer.«

»Ich weiß, daß du mir vertraust. Du hast mir immer vertraut. Ich bin unschuldig, Jana.«

»Reden wir nicht mehr davon, Henner!«

»Sie wollten aus mir einen Spion machen, die Dummköpfe. Dabei beten wir jeden Tag für Österreich. Jeden Morgen, wenn wir erwachen. Jeden Abend, bevor wir einschlafen.«

»Du gehst barfuß, Henner. Warum trägst du keine Schuhe? Und was soll dieses Kreuz in deiner Hand?«

»Ich stand bereits unterm Galgen, mein Kind. Sie hatten mir schon die Schlinge um den Hals gelegt. Ich sagte das Vaterunser und nahm Abschied von meinem Sohn, aber das Kreuz hat mich behütet. Im allerletzten Augenblick.«

»Leo hat für dich gebürgt, Henner. Weißt du das? Zum ersten Mal seit unserer Hochzeit war Geld im Haus. Er hat es weggegeben. Für dich. Den letzten Groschen hat er hingelegt. Weil wir an dich glaubten.«

»*Du* glaubst an mich, Jana. Das weiß ich. Das spüre ich. Unter dem Galgen fühlte ich es. Aber Leo nicht. Leo hat mich verachtet. Immer. Und außerdem war er

eifersüchtig, weil du nicht ihn liebst, sondern mich.«
»Schweig, Henner! Die Toten hören uns.«
»Was ich sage, ist die Wahrheit.«
»Warum trägst du diese garstigen Lumpen, Henner?«
Der Erfinder hob das Kreuz über seinen Kopf, und dicke Tränen flossen über seine Wangen: »Ich tue Buße, Jana. Ich muß büßen, weil ich mein Herz mit Schuld beladen habe... Ich war bei Seiner Heiligkeit, dem Papst in Rom. Jetzt komme ich nach Wien, um mit dem Kaiser zu sprechen.«
Ein Wetterleuchten flackerte in Janas Augen auf: »Ach ja? Mit dem Kaiser willst du reden. Das trifft sich gut. Sag ihm, daß wir genug haben von seinem Krieg. Er dauert schon vier Jahre, und ein Ende läßt sich nicht absehen. Wenn nicht er Schluß macht, werden *wir* Schluß machen, und es kommt bei uns wie in Rußland.«
»Meine Unterredung mit Seiner Majestät betrifft andere Probleme.«
»Es gibt keine anderen Probleme. Die ganze Welt ertrinkt im Blut. Das darf nicht weitergehen!«
»Meine Erfindung ist wichtig für unsere Gesamtstrategie. Ausschlaggebend für die Aufklärung aus der Luft. Mit Hilfe der Farbfotografie erkennen wir jeden Mistkäfer hinter den feindlichen Linien. Wenn mir der Kaiser die Konzession gibt und das nötige Geld, ist der Krieg in ein paar Wochen zu Ende.«
»Sag mir die Wahrheit, Henner! Nur ein einziges Mal in deinem Leben. Bist du schon soweit oder spintisierst du noch immer?«
»Ich spintisiere nicht, du mein Herz. Ich habe nie spintisiert. Was mir fehlt, ist nur das Geld. Sonst nichts. Wir kommen aus den Verliesen von Villach. Wir haben nicht einmal die Mittel, um uns ein Stück Brot zu verschaffen. Seit drei Tagen haben wir nichts gegessen.«

»Mir geht es auch nicht viel besser. Was willst du von mir?«
»Überhaupt nichts. Ich brauche nur die kaiserliche Konzession. Alles andere ist fertig. In meinem Kopf.«
»In diesem Aufzug gehst du nach Schönbrunn?«
»Ich bin einer der größten Erfinder dieses Jahrhunderts.«
»Das weißt *du,* Henner. Der Kaiser weiß es nicht. Wenn du in diesem Aufzug in Schönbrunn erscheinst, wirst du verhaftet.«
»Lächerlich. Der Kaiser braucht mich mehr als ich ihn. Und außerdem bin ich Opfer eines Justizverbrechens. Ich habe unschuldig tausend Tage meines Lebens verloren. Dafür verdiene ich eine Wiedergutmachung.«
»Und wo logiert ihr jetzt?«
»Bis ich die Konzession bekomme, am Westbahnhof. Wartesaal dritter Klasse.«
Jetzt wurde Jana von Mitleid gepackt. Die alte Leidenschaft erwachte in ihrem Herzen, und sie sagte: »Dann bleibt halt hier, in Gottes Namen! Zu essen wird sich etwas finden. Was die Kleider betrifft: Leos Schrank ist unberührt. Schließlich war er dein Bruder. Was sein ist, ist dein. Oder nicht?«
Henner stürzte auf die Schwägerin zu und schloß sie in seine Arme. Er zitterte am ganzen Körper und wisperte ihr ins Ohr: »Du wirst es nicht bereuen, mein Engel. Ich stehe einen Schritt vor der Vollendung. Es ist eine Frage von Tagen. Was sage ich? Von Stunden. Der Sohn Gottes wird uns beistehen, ich schwöre es dir. Wir werden reich sein wie noch nie.«
»Gebe der Himmel, daß du recht hast, Henner. Ich glaube an dich, ob du die Wahrheit sprichst oder schwindelst. Ich habe immer an dich geglaubt. Aber nicht aus Klugheit, sondern aus Liebe ...«

Seit der Reise nach Iwonicz redete sich Henryk ein, er stehe wieder mitten in der Weltgeschichte. Er umgab sich neuerdings – wie früher – mit dem Nimbus des unbeugsamen Kämpfers. Er mimte wieder den kompromißlosen Haudegen, dessen Leben einzig und allein dem Sozialismus gewidmet war. Er spielte so gut, daß sogar Malwa anfing daran zu glauben, obwohl sie merken mußte, daß er Phrasen drosch und echten Auseinandersetzungen aus dem Wege ging. Sie stellte fest, daß ihr Mann eine Kehrtwendung vollzog, aber sie wurde das Gefühl nicht los, sein Umschwung hätte *vor* der Revolution stattfinden sollen. Henryk erinnerte sich seiner bolschewistischen Vergangenheit, aber erst, als in Rußland bereits die Arbeiter- und Soldatenräte am Ruder waren und es aussichtsreich scheinen konnte, noch rechtzeitig auf den fahrenden Zug zu springen, um sich der siegreichen Fraktion anzuschließen. Solche Gedanken kreisten Malwa im Kopf herum, doch wagte sie nicht, sie auszusprechen. Sie beobachtete nur mit Beklemmung, daß Henryk merkwürdige Scharmützel vom Zaun brach, gymnasiastenhafte Streiche, als sammelte er Beweisstücke für seine Unerschrockenheit, als benötigte er Zeugnisse seiner revolutionären Aktivität. Er baute seine eigenen Barrikaden und führte Privatschlachten gegen selbstgewählte Exponenten der untergehenden Welt. Er entwickelte eine skurrile Betriebsamkeit, und eines kalten Februarmorgens trat er in die Mohrenapotheke an der Wipplingerstraße, wo er dem diensthabenden Provisor sagte, er müsse mit Doktor Korwill sprechen.

Der Inhaber erschien und fragte, womit er dienen könne. Henryk gab sich leidend und antwortete: »Ein Strophanthinpräparat, bitte.«

Darauf erwiderte Dr. Korwill mit dem Ausdruck tiefen

Bedauerns: »Sie müssen wissen, daß Strophanthinpräparate toxische Nebenwirkungen haben. Darum sind sie rezeptpflichtig.«
»Ich bin selbst Mediziner«, entgegnete Henryk, mühsam lächelnd, »und weiß Bescheid. Es handelt sich aber ...«
»Ich verstehe«, antwortete der Apotheker mit einem komplizenhaften Augenzwinkern, »wir sind Kollegen.«
Henryk griff sich theatralisch ans Herz und flüsterte: »Das Medikament ist für mich. Ich komme aus Rußland.«
»Herrjemine! Wie habens *das* fertiggebracht?«
Henryk setzte sich auf einen Hocker in der Ecke und blickte verzweifelt in die Ferne, als versuchte er, sich zu erinnern: »Ich konnte flüchten. Unter Lebensgefahr. Jetzt bin ich in Wien und sehe mit Grauen, daß auch Österreich mit Lenin paktiert.«
»Österreich kämpft bis zum Endsieg«, knarrte Dr. Korwill, »wer kapituliert, wird erschossen.«
»Dieses Land wimmelt von Kapitulanten.«
»Wir werden den Krieg gewinnen. Punkt.«
»Die zivilisierte Welt hat ihn bereits verloren.«
»Ich bin ein österreichischer Offizier, mein Herr. Zügeln Sie Ihre Zunge!«
»Kennen Sie die Nachrichten?«
»Die Nachrichten sind gut.«
»Und Sie wissen, was in Rußland passiert?«
»Rußland ist weit von hier. Es geht mich nichts an.«
»Geben Sie acht, Herr Doktor. Es wird sich in Österreich wiederholen.«
»Meinen Sie?«
»Ich weiß es. Der Bolschewismus ist eine Seuche, gegen die kein Kraut gewachsen ist.«

Der Inhaber begann zu kochen: »Sie bekommen kein Strophanthinpräparat, und damit basta!«
»Die Fabriken hat er enteignet.«
»Wer?«
»Lenin. Und den Boden an den Pöbel verteilt. Die Kirchen in die Luft gesprengt, aber *Sie* sagen, die Nachrichten sind gut.«
»Wir werden die Feinde zerschmettern. Die Bolschewiken auch.«
»Oder umgekehrt, wenn Sie nicht aufpassen.«
»Noch ein paar Tage, und sie ersaufen in ihrem Dreck.«
»Vorläufig werden sie von euch unterstützt, soviel ich weiß.«
»Was fällt Ihnen ein, mein Herr?« keuchte der Apotheker, dem jetzt die Augen aus den Höhlen quollen. Das Blut schoß ihm in die Schläfen und er schrie: »Schweigen Sie, oder ich schmeiß Sie raus!«
Henryk stand auf und ging zur Tür, doch da rief ihn Dr. Korwill zurück: »Wer unterstützt diese Banditen?«
»Österreich und Deutschland. Offiziell und ohne sich zu schämen. Ihr führt Krieg gegen England und Frankreich, aber mit diesen Wegelagerern, mit diesem Auswurf der Unterklassen schließt ihr Frieden.«
»An wieviel Fronten sollen wir uns denn schlagen? Sind wir doch froh, daß man uns wenigstens im Osten in Ruhe läßt.«
»So, man läßt euch in Ruhe? Man enteignet euch. Man nimmt euch Hab und Gut. Alles wird verstaatlicht, was nicht niet- und nagelfest ist. Die Eisenbahnen, die Weiber, die Dampfbäder ... Was ist los mit Ihnen, Herr Doktor?«
Der Inhaber war kreidebleich geworden. Er klammerte sich an die Theke und fragte mit dünner Stimme: »Und die Apotheken?«

»Selbstverständlich auch.«
Jetzt krächzte der Apotheker mit der Stimme einer Schleiereule: »Bei uns nie! Bei uns ist das nicht möglich!«
»Hüten Sie sich vor Ihren Angestellten! Die warten ja nur auf die Revanche. Auch Ihre Apotheke wird verstaatlicht, Sie werden sehen.«
»Ich hatte so ein Weibsbild ... aber die hab ich rausgeschmissen!«
»Um so schlimmer, Herr Doktor. Sie wird zurückkommen und sich rächen.«
Der Apotheker atmete schwer und japste: »Was wollen Sie von mir, Sie Unmensch?«
»Ein Strophanthinpräparat fürs Herz.«
»Das brauch ich selbst«, keuchte Dr. Korwill und taumelte in den Rezepturraum, wo er zusammensackte und leblos liegenblieb. Henryk eilte ihm nach, untersuchte ihn kurz und diagnostizierte für die Angestellten, die herbeigeeilt kamen: »Koronarsklerose, meine Herren, mit Bildung eines Blutpfropfs in einem Herzgefäß ...«

An einem Aprilabend des Jahres 1918 beschloß Onkel Henner, mit seinem toten Bruder Leo in parapsychologische Verbindung zu treten. Er wußte nicht mehr ein noch aus. Die Geschäfte gingen schlechter denn je. Nathan spielte zwar immer noch das Ave Maria am Westbahnhof, aber die Leute gaben ihm kein Geld mehr, weil sie selbst keines hatten. Wien hungerte. Die Versorgung der Hauptstadt war zusammengebrochen. Österreichs Vorräte reichten nur noch für drei Wochen. Kaiser Karl hatte keine Zeit, den Erfinder der Farbfotografie in Schönbrunn zu empfangen, woraus die Rosenbachs folgerten, eine Rettung sei nur noch im Jenseits zu suchen.

Die Familie versammelte sich: Malwa und Henryk, die jetzt ein möbliertes Zimmer an der Florianigasse bewohnten, die beiden Kusinen Helli und Steffi, die Großmutter und natürlich Jana, die Henner bei seinen Vorbereitungen hilfreich zur Seite stand. Es galt, mit allen Mitteln jene Stimmung zu erzeugen, in der eine Befragung des Verstorbenen stattfinden konnte. Obwohl die anwesenden Personen eine eher skeptische Haltung zu übersinnlichen Phänomenen einnahmen, zweifelte niemand daran, daß man eine spiritistische Sitzung in schwarzer Kleidung zelebrieren mußte. Auch war es selbstverständlich, daß das Wohnzimmer für die Anrufung des Toten entsprechend geschmückt wurde. Triviale Gegenstände – die Wellensittiche zum Beispiel – waren zu entfernen. Unschickliche Bücher wurden hinausgetragen.

Henner hängte das aus Rom mitgebrachte Kreuz an die Wand. Zu diesem Zweck hämmerte er zwei Stahlstifte in die Mauer und prüfte mit einer Wasserwaage, ob sie in horizontaler Lage zueinander standen. Das alles spielte sich in einer Atmosphäre obligater Ergriffenheit ab, die in solchen Fällen zum Ritual gehört. Niemand wagte zu sprechen, bis plötzlich Malwa den Bann durchbrach und flüsterte: »Wozu dient eigentlich dein Kreuz, Onkel Henner? Papa war doch Jude.«

Darauf antwortete der Erfinder mit grimmigem Sarkasmus: »Christus war ebenfalls Jude und ließ sich trotzdem ans Kreuz schlagen.«

Diese Antwort war so verwegen, daß den Anwesenden die Spucke wegblieb. Helli bügelte stumm ihre schwarzseidene Bluse. Steffi schien verdrossener als sonst und schnürte ihre Stiefel, ohne Henner eines

Blickes zu würdigen. Der Held des Abends versuchte, die Seitenarme des Kreuzes auf die zwei Stahlstifte zu heben, und Jana musterte sich im Wandspiegel, um, wie sie bereits angedeutet hatte, anständig auszusehen, wenn Leo erscheinen würde. Sie hegte aber gewisse Zweifel am Erfolg des Experiments und murmelte ununterbrochen: »Matko boska, zlituj się nad nami!« Warum sie plötzlich die Heilige Jungfrau anrief und dazu noch auf Polnisch, bleibt ein Rätsel, und dies um so mehr, als sie unvermittelt zu schreien begann: »Bildet euch nicht ein, ihr könnt über euern Schatten springen! Ihr alle seid Juden, ob es euch paßt oder nicht. Jehowa hat uns das Leben gegeben und wirds zurücknehmen, wenn die Zeit kommt.«
Diese Worte waren für Henner bestimmt, doch sie brachten ihn nicht aus dem Gleichgewicht. Er trat einige Schritte zurück, kniff prüfend die Augen zusammen und erklärte: »Das Kreuz ionisiert nämlich die Luft, wenn es richtig hängt. Aber es muß richtig hängen. Das ist unabdingbare Voraussetzung!«
Henryk schaute dem Treiben amüsiert zu. Plötzlich biß ihn der Teufel und er fragte Steffi, warum sie so ekliger Laune sei. Man wisse doch, daß Gespenster vor bösen Weibern davonliefen – worauf Steffi hochmütig entgegnete: »Vor bösen Weibern und dummen Marxisten.«
Helli bügelte noch immer ihre Bluse und fragte unvermittelt: »Was sollen wir denn sagen, wenn er kommt?«
Darauf antwortete Jana, die sich die Nase puderte: »Nicht wir werden etwas sagen, sondern Henner. Er hat sich diese Sitzung ausgedacht, denn er muß wissen, was weiter geschehen soll. Es geht um Sein oder Nichtsein der Erfindung. Wenn ihr dummes Zeug faselt, wird Papa beleidigt sein und wieder verschwinden.«

Dazu bemerkte Henryk: »Es wird ihm schwerfallen, zu verschwinden, weil er noch gar nicht aufgetaucht ist.«
Jana erwiderte pikiert: »Und es wird ihm schwerfallen, aufzutauchen, wenn man blöde Witze reißt.«
Helli schien überhaupt nicht zu hören, was gesprochen wurde, und platzte heraus: »Ich werde ihn fragen, wie lange dieser Krieg noch dauern soll.«
»Das wirst du ihn nicht fragen«, zischte Jana, »du wirst schweigen, wenn Leo erscheint.«
»Ich werde tun, was mir beliebt. Der Krieg ist wichtiger als alles andere. Wichtiger als die lächerliche Farbfotografie, die uns allen schon zum Hals heraushängt.«
Jana warf die Puderquaste auf den Schminktisch und schrie: »Schweig, Helli, oder verlaß das Zimmer!«
Malwa spürte, daß sie die Spannung lösen mußte und fragte: »Was soll das heißen, Onkel Henner: das Kreuz ionisiert?«
»Daß es nach Opium duftet«, höhnte Henryk, »nach Opium für das Volk.«
»Nein, meine liebe Malwa«, sagte Henner, der seine Arbeit beendet hatte und sich nun die Hände wusch, »das Kreuz erzeugt an seinen äußersten Spitzen ein magnetisches Feld, verstehst du? Eine Zusammenballung von statischer Energie, und darin wird sich Leos Geist materialisieren. Das ist doch ganz einfach, aber wie gesagt: Es muß richtig hängen, sonst mißlingt unser Versuch.«
Henryk hatte Henners Geschwätz achselzuckend angehört und sagte mit einem sarkastischen Lächeln: »Woher wissen Sie, daß unser Phantom die Fragen richtig beantwortet, wo es doch keine Ahnung von der Farbfotografie hat? Es weiß ja nicht einmal, ob sie nicht längst schon erfunden wurde.«
Henner trocknete sich pedantisch die Finger und gab

zurück: »Unser Phantom, das heißt, mein seliger Bruder, befindet sich im Himmel. Im Gegensatz zu Ihnen, Herr Kamin, zweifelt er nicht, sondern weiß. Er weiß alles, denn er gehört zu den himmlischen Heerscharen. Wir rufen ihn an, und er kommt ... Wir fragen ihn, und er antwortet.«

Aber Henryk provozierte weiter: »Und wenn er sich blamiert? Auch Gespenster können sich irren, oder nicht? Das wäre *noch* eine Pleite Ihres Lebens.«

Da warf die Großmutter ihr Strickzeug auf den Boden. Sie hatte bislang schweigend zugehört, doch jetzt wurde es ihr zu bunt. Sie mischte sich ins Gespräch: »Die Toten blamieren sich nie. Sie haben sich ausblamiert. Leo war ein ernsthafter Mensch, und wenn ihr ihn schon anruft – es ist eine Sünde, und man sollte es gar nicht tun –, dann benehmt euch anständig, sonst geschieht ein Unglück!«

Steffi fühlte sich angesprochen und schoß wie eine Wespe auf die Großmutter los: »Was heißt das, anständig benehmen? Ihr wollt meinen toten Onkel befragen, was Henner unternehmen muß, um endlich reich zu werden. Ausgerechnet mein Onkel Leo, der es nie auf einen grünen Zweig gebracht hat. Der hat doch keinen blauen Dunst von Geschäften, und im Himmel konnte er nichts dazulernen, weil sie dort kein Geld brauchen.«

Henner hatte nicht im Sinn, sich mit Steffi auf theoretische Zänkereien einzulassen. Er nahm eine Kerze von der Kommode und zündete sie an. Dann löschte er das elektrische Licht und sprach feierlich: »Im Namen des Vaters, des Sohnes und des Heiligen Geistes ...«

Jetzt wurde es unheimlich im Zimmer, und Jana flüsterte: »Mir scheint, ich spüre etwas.«

»Was?« fragte Malwa.

»Die Luft ionisiert sich, und ich stehe mitten im magnetischen Feld. Setzt euch um den Tisch herum und macht euch bereit! Wir müssen uns konzentrieren. Ganz intensiv konzentrieren. Wir sehen ein Leuchten. Ein fahles Licht schimmert über dem Tisch...«
Jana lief eine Gänsehaut über den Körper. Sie übertrug sich auf die anderen, sogar auf Henryk, und Helli stotterte nervös: »Mich fröstelt, ich habe Angst.«
Henner bekreuzigte sich und übernahm die Führung der Operation: »Wir schließen die Augen und berühren mit den Fingerspitzen den oberen Rand der Tischplatte. Das Leuchten wird heller. Wir hören deutlich das Pochen unserer Herzen. Wir heben alle Finger außer dem Daumen...«
Die Anwesenden gehorchten, denn trotz ihrer Zweifel hofften sie, wenigstens einen Augenblick lang in die andere Welt hinüberzuschauen. Plötzlich fand die Großmutter, man verleite sie zu einem gottlosen Unterfangen und murmelte: »Leo wird sich kränken wegen dem Kreuz, ich warne euch.«
Darauf erwiderte Steffi verdrossen: »Der sich kränken? Er war doch selbst ein halber Heide.«
Aber Jana war anderer Meinung: »Fromm war er nicht, aber im allgemeinen befolgte er die Gebote.«
Henner spürte, daß der Kontakt mit dem Jenseits gleich abbrechen mußte, wenn das Gefasel weiterging, und so rief er mit hohler Stimme: »Alle Anwesenden berühren mit der Spitze ihres Daumens den oberen Rand der Tischplatte. Es wird still wie in den Ewigkeiten des Makrokosmos. Wir durcheilen die Endlosigkeit der Galaxis. Und jetzt... bitten wir den seligen Leo Rosenbach... sich zu nähern. Im Namen des Vaters, des Sohnes und des Heiligen Geistes...«
Nichts geschah. Eine beklemmende Pause trat ein.

Dann rief Henner zum zweiten Mal, diesmal mit einer bebenden und beschwörenden Stimme: »Leo, mein einziger Bruder. Verzeihe mir alle die Sünden, die ich an dir begangen habe. Bestohlen habe ich dich und betrogen, aber wir sind vom gleichen Blut. Gib mir ein Zeichen, ob du mich hörst oder nicht...«
Da schreckte ein schauerlicher Lärm die sieben Personen aus ihrer Andacht. Etwas war zu Boden gestürzt. Henryk sprang auf und drehte das Licht an. Alle saßen geblendet, und Helli schrie: »Das Kreuz. Es ist kaputt. Zersprungen in drei Teile!«
Jana stand auf und sprach mit theatralisch ausgestreckten Händen: »Das ist ein Zeichen, mein lieber Henner. Leo ist böse auf dich.«
Henryk war ebenfalls beeindruckt von dem sonderbaren Ereignis, doch spottete er: »Natürlich ist er böse, aber auf euch alle, weil ihr diesen Mumpitz glaubt.«
Henner senkte die Augen. Er überhörte Henryks Bemerkung und erwiderte leise: »Leo war immer böse auf mich. Böse und neidisch, weil ich sehen kann in der Finsternis, und er nicht. Ich höre den Gesang der Engel, und er nicht. Er ist eifersüchtig auf mich. Bis über das Grab hinaus.«
Jetzt ging Jana auf Henner zu. Alle Hoffart war von ihr abgefallen. Sie legte tröstend die Hand auf seine Schulter: »Er ist böse oder vielmehr traurig, weil du leugnest, ein Jude zu sein.«
Da stand auch die Großmutter vom Tisch auf. Sie ging zur Tür und sagte streng: »Auf mich hört hier niemand. Aber ich hab euch gewarnt!«

Die Zeitungen der österreichisch-ungarischen Monarchie waren bis zur Unkenntlichkeit zensiert. Es war ausgeschlossen, sich aus ihnen über die Kriegslage zu informieren. Seit Anfang des Krieges las man nichts als Siegesmeldungen. Man hörte immer nur von Vormarsch, von Rückzug war nie die Rede. Theoretisch standen die Armeen des Kaisers bereits in Polynesien. Wer sich die Mühe gemacht hätte, die Gefallenen der Gegenseite zusammenzuzählen – diejenigen also, die in den Heeresberichten des österreichischen Generalstabs als Tote angeführt wurden –, wäre zur Überzeugung gekommen, daß Rußland, Serbien, Italien und Rumänien längst entvölkert und von der Landkarte verschwunden wären. Ernsthafte Leute verzichteten darum auf die Lektüre einheimischer Presseerzeugnisse und beschafften sich Zeitungen des neutralen Auslandes. Diese waren natürlich verboten, doch wurden sie auf dem Schwarzmarkt gehandelt und kosteten fast soviel wie ein Paar Lederstiefel.

Eines Tages gelang es Henryk, ein Exemplar der Neuen Zürcher Zeitung zu ergattern. Er brachte es nach Hause und studierte es vom ersten bis zum letzten Buchstaben. Dabei erfuhr er unter anderem, daß die österreichische Regierung – durch Vermittlung der Schweiz – nach Möglichkeiten eines separaten Waffenstillstands Ausschau hielt. Er konnte auch lesen, daß in Wiener Neustadt ein Massenstreik ausgebrochen sei, der sich nach Brünn, Budapest, Graz und Prag ausdehnte und den sofortigen Friedensschluß ohne Annexionen forderte. Da stand auch, daß allein im letzten Kriegsjahr eine Million achtundfünfzigtausend vierhundertsiebenundsechzig deutsche Soldaten gefallen seien ... und daß ein gewisser Doktor Hablützel, Pharmazeut in Zürich, für seinen im Grenzdienst stehenden Hauptapotheker eine Aushilfe suchte. Diese Nachricht elektrisierte sowohl Henryk wie Malwa.

Hier bot sich endlich eine Gelegenheit, der Schatten einer Chance oder zumindest der Abglanz eines Hoffnungsschimmers, dem drohenden Weltuntergang zu entrinnen und sich aufs trockene abzusetzen. Die Aussicht bot sich zwar nicht beiden, aber immerhin der schönen Malwa, falls sie Glück hatte.

Sie verfaßten ein geschicktes Stellengesuch und waren so schlau, eine Fotografie beizulegen, die Malwa von ihrer bezauberndsten Seite zeigte. Daß sie ein Kind erwartete, unterschlugen sie. Denn erstens waren sie noch gar nicht sicher und zweitens wollten sie um jeden Preis ihr Ziel erreichen. Das Lichtbild wirkte Wunder. Sechs Wochen später standen die zwei Eheleute auf einem Bahnsteig des Wiener Westbahnhofs und nahmen Abschied voneinander. Sie lachten und scherzten, denn sie fürchteten sich vor den Tränen. Henryk putzte seine Brillengläser und sagte beiläufig: »In der Schweiz soll es mehr Kühe geben als Menschen.«

»Ich werde dir schreiben«, antwortete Malwa. »Jeden Tag bekommst du einen Brief von mir.«

»Und auf jede Kuh kommen angeblich tausend Bienen. Du fährst ins Paradies, Malwa.«

»Wie soll ich nur leben ohne dich, Henryk?«

»Du wirst dich daran gewöhnen. In jeder Küche gibt es zwei Röhren. Aus der einen fließt Milch, aus der anderen Honig.«

»Was wird aus unserem Kind, Henryk?«

»Ein Trompeter, selbstverständlich. Unser Kind wird ein Sohn, und Trompeter ist ein Männerberuf.«

»Nicht ein Sohn, Henryk, sondern eine Tochter. In meiner Familie mütterlicherseits gibt es nur Mädchen.«

»Mein Vater hat elf Söhne.«

»Du bist ein Kindskopf, Henryk. Warum soll unser Kind ein Trompeter werden?«

»Er wird auf dem Mount Everest stehen und warten, bis die Weltrevolution ausbricht.«
»Und dann?«
»Bläst er die Internationale.«
»Und was macht er, wenn sie nicht ausbricht?«
»Dann verlegt er sich auf ein anderes Instrument.«
»Wovon wird er leben?«
»Von Luft und Liebe, wie seine Eltern. Ist das so schlimm?«
Jetzt blickte Malwa nervös auf die Bahnhofsuhr. Es blieben nur noch wenige Minuten bis zur Abfahrt des Zuges, und sie seufzte: »Wir werden uns lange nicht sehen. Soll ich bleiben?«
Henryk spürte, daß ihm der Mund trocken wurde, und wechselte das Thema: »Wenn du mich betrügst, bekommst du einen Kropf.«
»Ich werde dich nie betrügen.«
»Wehe, wenn du lügst. Ich bringe dich um.«
»Wir sind wahnsinnig. Beide. Ich fahre heute nach Zürich, du morgen nach Warschau. Muß das so sein?«
»Dreißig Millionen Polen warten auf mich.«
»Ich weiß. Davon sind fünfzehn Millionen Frauen. Sag mir doch, ich soll bleiben!«
»Auf der Warschauer Zitadelle, dort, wo man mich hinrichten wollte, werde ich die rote Fahne hissen.«
»Bist du sicher, daß sie dich erwarten? Vielleicht haben sie dich vergessen. Oder brauchen dich gar nicht.«
»Du bist schön, Malwa. Du bist so schön, daß mir die Knie zittern, wenn ich nur an dich denke.« Er küßte sie auf den Hals, auf die Stirn und die Lippen, doch dann fügte er hinzu: »Aber fliegen kannst du nicht.«
»Ich war mit dir in Iwonicz, Henryk. Ich sah ein paar von deinen dreißig Millionen Polen. Was meinst du, was sie wirklich wollen?«

»Flügel wollen sie. Um sich loszulösen von der Erde. Um ganze Städte von Luftschlössern zu bauen...«
»Und sich vollzusaufen auf Kosten der proletarischen Revolution. Du wirst deine Wunder erleben.«
»Der Krieg geht zu Ende. Ein neues Polen wird erblühen, und ihr kommt zu mir nach Warschau.«
»Oder du zu uns, nach Zürich.«
»Eine Militärkapelle wird euch begrüßen. Dich und deinen Sohn.«
»Es wird eine Tochter.«
»Es wird ein Sohn, und er wird fliegen wie sein Vater.«
»Auf die Nase. Genau wie sein Vater, der spinnt und Grillen fängt. Und ohne den ich nicht leben kann...«
Da krächzte eine Stimme dazwischen – amtlich und gefühllos –, die den beiden quer durchs Herz schnitt: »Einsteigen, meine Herrschaften. Abfahrt des Schnellzuges nach Salzburg, Innsbruck, Feldkirch und Zürich!«
Jetzt war es soweit. Die Gnadenfrist war abgelaufen. Henryk druckste einen letzten Satz hervor. Er sollte Trost bringen, doch klang er dünn und hölzern: »Wenn der Junge zur Welt kommt, ist der Krieg vorbei!«
Wenn er zur Welt kommt... Und wenn nicht? Das war zuviel für Malwa. Die Komödie hatte zu lange gedauert. Seit Tagen hatten sie beide versucht, ihre Ängste zu überspielen, tapfer zu sein, sich einzureden, dort drüben am anderen Ufer wachse der Strohhalm, an dem sie sich festklammern könnten. Aber jetzt mußten sie sich trennen, und nur Gott wußte, ob sie sich je wieder in die Arme schließen würden. Malwa barst auseinander. Sie schluchzte verzweifelt und hemmungslos. Mit allen zehn Fingern krallte sie sich in die Schultern des Geliebten, und zum ersten Mal entrangen sich ihr die Worte, die sie so lange unterdrückt hatte: »Ich will

nicht fahren, Henryk. Ich will lieber hier verhungern. Warum hältst du mich nicht zurück?«
Warum eigentlich? Wollte er sie loswerden? Wollte er sich in neue Abenteuer stürzen? Die Revolution? Geheimnisvolle Frauen? Zurück nach Amerika? Fest steht nur, daß Malwa schließlich doch noch einstieg, von Tränen geschüttelt und verzweifelt. Sie blickte sich noch einmal um. Dort stand er und versuchte zu lächeln. Seine Lippen zuckten, die Augen waren feucht. Der Zug setzte sich in Bewegung, und Henryk verbarg das Gesicht in beiden Händen. Warum? Ist Weinen eine Schande? Offenbar ja. Für einen Bolschewiken ziemt es sich nicht, Tränen zu vergießen. Tränen sind ein Ausdruck der Schwäche, und Bolschewiken müssen stark sein. So lautet der Ehrenkodex der proletarischen Revolution. Ein Mann, der weint, hat Gefühle, und ein Mann mit Gefühlen ist ein Hemmschuh im Klassenkampf, eine Gefahr für die Partei. Der ideale Soldat hat weder Hirn noch Herz. Sein Antlitz ist aus Stein, seine Augen sind aus Stahl. Mit dem Marxismus-Leninismus ist ein Prototyp des »neuen Menschen« entstanden: der Mann aus Marmor, der mit verkniffenen Mundwinkeln in die Zukunft blickt. Der grimmig entschlossene Held der Arbeit, der ungerührt bleibt, auch wenn über ihm die Welt zusammenkracht. Er kennt weder Hochgefühle noch Depressionen und sieht aus wie ein Kriegerdenkmal. Er ist weder sympathisch noch antipathisch, sondern ein Kaltblütler, ein Fossil der aussterbenden Spezies Mensch, ein Roboter der auf uns zukommenden Eiszeit. So ein Roboter stand jetzt auf dem Bahnsteig. Von Tränen geschüttelt, versuchte er vorzutäuschen, der Abschied falle ihm leicht. Malwa stand am Fenster und durchschaute ihren Mann. Der Zug rumpelte aus dem Bahnhof. Henryk wurde immer kleiner,

doch seine Tränen blitzten in der Morgensonne. Sie waren ein Trost für Malwa, denn hinter den Händen weinte ein Mensch.

Dem armen Onkel Henner blieb nur noch ein einziger Ausweg. Schweren Herzens entschloß er sich, den Oberrabbiner von Wien aufzusuchen, der bezeichnenderweise Schreckmann hieß. Der Mann des Schreckens hauste in einer leeren Wohnung unter dem Dach einer Mietskaserne, die nach Katzendreck und Naphtalin roch. Kahle Eisengeländer umzäunten die Treppen, und Henner hatte das beklemmende Gefühl, ins Jenseits zu klettern. Er gewahrte graue Gespenster, die durch die Gänge huschten, fahle Gestalten, die wie Irrlichter auftauchten, um sogleich wieder zu verschwinden. Überall schienen sich Türspalten zu öffnen, und kreidige Fratzen spähten heraus. Sie musterten ihn argwöhnisch, und mehrmals wollte er umkehren, aber wohin? Wohin sollte er flüchten, da es keinen Rückzug mehr gab? Er hatte ja alle Brücken hinter sich abgerissen. Absichtlich? Unabsichtlich? Er wußte es selber nicht. Endlich kam er an. Sein Atem ging schwer. Nach bangem Zögern zog er die Klingel, doch dauerte es eine Ewigkeit, bis jemand herbeilatschte und aufsperrte. Ein Mann mit wächsernen Gesichtszügen. Streng und abweisend, hochmütig wie Torquemada, der Großinquisitor von Kastilien. Ein Würgeengel mit spinnenhaft langen Fingern und dünnen Lippen. Sein Bart war rostgelb. Seine Stimme klang hohl, und er fragte, als setzte er ein Gespräch fort, das er soeben unterbrochen hatte: »Und, mein Freund? Was weiter?«
Die zwei Männer kannten sich nicht. Sie waren sich nie begegnet, doch der Kerl schien zu wissen, woran

Henner krankte. Daß er alle Hoffnung verloren hatte. Daß ihn eine bleierne Bedrängnis würgte. Daß ihm niemand mehr glaubte, nicht einmal er selbst.
Der Oberrabbiner las aus Henners Augen und hatte schon alles erraten. Er seufzte: »Und, mein Freund? Was weiter?«
Genau das war Henners Qual. Daß er nicht wußte, was kommen sollte. Schreckmann bedeutete ihm einzutreten. In seine Wohnung, in der nur zwei Stühle standen und ein Kleiderständer. Henner gehorchte. Nach einer betretenen Pause befahl ihm der Sonderling: »Setz dich, mein Freund, und sprich die Wahrheit!«
Woher wußte er nur, daß Henner ein Lügner war? Daß er in seinem ganzen Leben noch nie ein wahres Wort gesprochen hatte? Schreckmann setzte sich ihm gegenüber. Er blickte durch Henner hindurch, bis dieser spürte, daß ihm eine eisige Gänsehaut über den Rücken rieselte: »Was trägst du in diesem Futteral, du unglücklicher Mensch?«
»Nichts Besonderes... Eigentlich gar nichts.«
»Du sollst nicht lügen, du törichtes Geschöpf!«
»Ich schäme mich...«
»Gott sei gelobt. Wenn du dich schämst, bist du gerettet. Also. Was hast du mir mitgebracht? Raus mit der Wahrheit!«
»Die Überreste meiner Sünde...«
»Nenne die Sünde beim Namen! Ohne Umschweife. Grade heraus, wie es unsere Urahnen taten.«
»Es ist... Ich kann es nicht aussprechen... Es ist ein Kreuz.«
Der Würgeengel wurde bleich: »Mit einem Kreuz kommst du zum Oberrabbiner von Wien? Was soll das bedeuten?«
»Ich habe den Geist meines toten Bruders gerufen. Da

fiel das Kreuz von der Wand und ging in Stücke.«
»Wie hast du ihn gerufen? Mit welchen Worten?«
»Einfach so. Wie man die Toten eben zu rufen pflegt.«
»Ich frage dich, mit welchen Worten du ihn gerufen hast.«
»Ich kann mich nicht erinnern, Herr Schreckmann.«
»Noch eine Lüge, und ich schmeiß dich hinaus. Sag mir die Worte!«
»Im Namen des Vaters, hab ich gerufen, des Sohnes und des Heiligen Geistes. Das ist alles.«
»So, das ist alles? Eine Kleinigkeit. Und was suchst du in meinem Haus?«
»Die Gnade Gottes, wenn das möglich ist. Ich will zurück, Herr Schreckmann. Zurück.«
»Was verstehst du darunter, mein Freund? Zu uns oder zu den anderen?«
»Zu Jehowa, Herr Oberrabbiner. Zum lebendigen Gott, daß er mir ein neues Herz gebe und einen reinen Verstand...«
Schreckmann stand auf und schritt zum Fenster. Feierlich und steif. Er starrte hinaus und flüsterte: »Alles ist möglich. Auch die Rückkehr zum Allmächtigen, aber ich rate dir ab. Du hast neunundneunzig Fehler begangen. Den hundertsten laß beiseite!«
»Das sagen Sie? Der Oberrabbiner von Wien?«
»Der Herr selber würde dir abraten, du Dummkopf, denn er liebt dich. Er liebt alle seine Kinder und die Mißratenen am meisten.«
»Darum habe ich ja Sehnsucht nach ihm, Herr Schreckmann.«
»Weißt du, mein Freund, was das mit sich bringt? Weißt du, was es kostet, zum auserwählten Volk zu gehören?«
»Ich will es nicht wissen. Ich will heim zum Gott der Juden. Mehr will ich nicht.«

Jetzt drehte Schreckmann sich um, und mit den Augen schoß er glühende Pfeile auf den zerknirschten Henner. Er hob die Hände zum Himmel und donnerte: »Es ist eine Auszeichnung, sich zu Jehowa zu bekennen. Nicht jedem ist es gegeben, sein Knecht zu sein. Aber Gott zeichnet uns aus, indem er uns züchtigt.«
»Ich bin bereit, Herr Schreckmann.«
»Im Buch Hiob steht geschrieben: Glückselig ist der Mensch, den Gott straft. Verwirf nicht die Züchtigung des Allmächtigen, denn er schlägt Wunden und verbindet. Er peitscht, und seine Hände heilen. In Hungersnot erlöst er dich vor dem Tode und im Krieg vor der Gewalt des Schmerzes, und du wirst dich nicht fürchten vor der Verwüstung, wenn sie kommt.«
»Ich fürchte mich nicht, Herr Oberrabbiner.«
»Das ehrt dich, mein Freund. Aber wenn du ein gescheiter Jude bist, bleibst du ein Christ. Es ist besser für deine Gesundheit.«
»Das Kreuz ist heruntergefallen von der Mauer. Das ist ein Zeichen. Gott will, daß ich umkehre.«
Schreckmann grinste boshaft: »Gott mischt sich nicht in deine Angelegenheiten. Gott will überhaupt nichts. Wenn du die Nägel besser in die Wand gehauen hättest, wäre das Kreuz noch an seinem Ort.«
Henner fühlte sich gekränkt. Vorsichtig versuchte er, einen Trumpf auszuspielen: »Ich bin, wie man so sagt, ein Erfinder. Ich stehe am Vorabend eines historischen Durchbruchs.«
»Aber Nägel einschlagen kannst du nicht.«
»Ich will meinen Erfolg auf den Altar Jehowas legen.«
»Bring ihn zur Konkurrenz, mein Freund! Sie zahlt besser, und das Risiko ist geringer.«
Jetzt warf sich Henner auf die Knie und flehte händeringend: »Warum verhöhnen Sie mich, Herr Oberrab-

biner? Ich verlange ja nichts Böses. Ich träume von einem Dach, das mich schützt. Ich will zurück in den Schoß meines Volkes.«

»Es ist töricht, was du begehrst. Du weißt nicht, was dich erwartet.«

»Alle Hoffnung ist töricht, Herr Schreckmann. Es war auch töricht, aus Ägypten auszuziehen, denn keiner wußte, was ihn erwartete. Aber jenseits der Wüste lag das Gelobte Land...«

Der Oberrabbiner spürte, daß Henner aus der Tiefe seines Herzens sprach. Er legte ihm die Hände aufs Haar, schloß die Augen und sagte: »Ich werde Schrekken über euch bestellen, sprach Jehowa zu den Juden, Schwindsucht und Fieberglut.«

»Ich freue mich darauf.«

»Die Augen werden euch erlöschen und die Seele verschmachten.«

»Ich habe es verdient.«

»Vergeblich werdet ihr eueren Samen säen, denn die Feinde werden ihn verzehren.«

»Ich habe gesündigt und muß büßen dafür.«

»Ihr werdet geschlagen werden und gepeinigt. Eure Hasser werden über euch herrschen, und ihr werdet fliehen, wenn niemand euch jagt.«

»Ich bin ein Sohn Israels. Ein Abtrünniger, aber Fleisch aus seinem Fleisch. Ich will teilen sein Schicksal.«

Schreckmann glaubte nun an die Worte seines Bittstellers. Er setzte sich und gebot Henner, dasselbe zu tun. Seine Züge entspannten sich zum ersten Mal. Ein Lächeln huschte über sein Gesicht, und er sagte jetzt beinahe versöhnlich: »Wenn es sein *muß*, kann ich nichts dagegen tun, mein Freund. Aber beschneiden kann ich dich nicht, weil du schon beschnitten bist. Ich kann dich auch nicht zum Juden machen, weil du als

Jude zur Welt kamst. Ich kann dich nur warnen, mein Freund, und das habe ich getan.«

Im Herbst des Jahres 1918 dauerte die Zugreise von Wien nach Warschau ungefähr fünf Tage und ebensoviele Nächte. Dabei war es ungewiß, ob man das Ziel erreichen würde. Die Fenster waren mit Brettern vernagelt, die Abteile überfüllt mit österreichischen Soldaten und polnischen Schwarzhändlern. Vorbei waren die Zeiten, als eine Eisenbahnreise noch erquickliche Erlebnisse verhieß. Die hungernden Passagiere hockten stumm auf ihrem armseligen Gepäck. Ein stechender Gestank von Karbol und Urin, Fußschweiß und Machorka machte die Fahrt zur Höllenqual. Gesprächen ging man aus dem Wege, und wenn sich jemand einmal umblickte, dann höchstens, um sich zu vergewissern, ob noch alles da war. Manchmal blieb der Zug auf freiem Felde stehen, dann wieder auf einer lausigen Provinzstation. Das war die Gelegenheit, sich zu entleeren, eine Flasche mit Wasser zu füllen oder einfach um festzustellen, wo man sich befand.
Henryk dämmerte vor sich hin, da hielt der Zug. Von draußen kamen polnische Laute, kein Zweifel, man war in Polen, wo das Elend noch bedrückender war als anderswo in Europa. Was Henryk aufrechthielt, war die Perspektive, nach Warschau zu fahren und dabei weder den Galgen zu riskieren noch die Verbannung. Warschau, Warszawa: Schauplatz seiner ersten Abenteuer, jugendlicher Bravourstücke und hirnverbrannter Draufgängerei... Jetzt, da er nach Jahren wieder die Muttersprache vernahm, packte ihn Ergriffenheit. Ihm war, als zöge ihn eine geheimnisvolle Kraft zum Geburtshaus, zur Familie, zu den Freunden, zur Quelle

seines Glücks. Henryk verabscheute zwar die Heimatsduselei in all ihren Erscheinungsformen, doch jetzt hatte er Heimweh. Er erinnerte sich an damals, wie er vom Dreikreuzplatz über den Nowy Swiat zur Krakauer Vorstadt bummelte. Er sah sich auf dem Schloßplatz, vor der Säule des Königs Sigismund. Er blickte hinunter zum grünen Ufer der Weichsel und hinüber zu den schwarzen Schloten von Praga. Wie hieß doch jenes Lied? A jego kolor jest czerwony. Schüsse pfiffen an ihm vorbei, Pferdegetrampel erdröhnte. Blut floß übers Pflaster, und er hißte die Fahne über den Dächern der Piwnagasse, bo na nim robotnicza krew. Denn ihre Farbe, die ist rot, vom Blut der Proletarier. Drüben steht ein Mädchen. Sie ist schlank wie ein Schilfrohr. Ihre Augen sind grün. Sie rührt die Trommel zum Angriff. Wanda, die strohblonde Wanda aus dem Arbeiterviertel Wola. Wo bist du? Ich habe Sehnsucht nach dir. Gib mir die Hand, und wir streifen weiter. Zur Johanniskathedrale. Ins Herz der Stadt, wo einmal eine Weinstube war. »Bei Fugger« hat sie geheißen und heißt noch immer so, wenn sie nicht zerstört wurde. »Bei Fugger« soll ich Anka treffen. Am 15. Oktober um zwölf Uhr mittags. Das ist Wahnsinn. Wie kann man sich so verabreden? Die Welt sinkt in Trümmer. Im Osten tobt der Bürgerkrieg. Trotzki erobert Kasan. Dora Kaplan schießt auf Lenin. Die Sozialrevolutionäre erheben sich gegen die Sowjetmacht. Im Westen bricht die deutsche Front zusammen. Der Kaiser bombardiert Paris. Ypern fällt in die Hände der Amerikaner, aber Henryk verabredet sich mit seiner jüngsten Schwester. »Bei Fugger« zu Kaffee und Kuchen ... Sie ist die Lieblingsschwester. Die Vertraute der elf Brüder, die mit dem Alten alle Beziehungen abgebrochen haben. Weil er sie damals nicht freikaufte, der alte Geizhals.

Weil er zuließ, daß man sie nach Sibirien verschickte. In die Bleigruben von Werchojansk, aus denen noch keiner zurückkehrte. Er zittert, wenn er daran denkt. Darum hat er nicht dem Vater gekabelt, sondern Anka: »Treffen uns Montag um zwölf bei Fugger. Umarme dich, Herschele.«
Henryk dachte, träumte, halluzinierte. Im Wagen war es finster. Da ging die Türe auf, Licht fiel herein, und der Schaffner erschien. Er wandte sich zu Henryk und sprach mit betont Wienerischem Akzent: »Wanns nach Warschau wolln, Herr Baron, müssens in Kattowitz umsteign!«
Henryk erwachte aus seinem Halbschlaf: »In Kattowitz, sagen Sie? Das steht aber nicht im Fahrplan.«
Der Schaffner schüttelte sich vor Lachen: »Der Krieg steht auch nicht im Fahrplan, Herr Baron, und wird trotzdem abghaltn. Wann Sie wüßten, was alles passiert, wo net im Fahrplan steht. Sie würdn sich blau ärgern.«
Da mischte sich ein Mann ins Gespräch, der bisher keinem aufgefallen war. Er trug einen grauen Offiziersmantel und eine Blindenbrille, die ihm unnahbare Würde verlieh: »Sie sind noch grün und töricht. An Ihrer Stelle würde ich auf den Mond fahren. Auf das Siebengestirn, wenn es sein muß, aber nicht nach Warschau!«
Henryk fühlte sich verunsichert, weil dieser Mensch seine eigenen Befürchtungen aussprach. Er antwortete zögernd: »Seit Jahren träume ich von der Rückkehr in ein freies Polen. Warum soll ich nicht nach Warschau reisen?«
Der Unbekannte verzog den Mund zu einem müden Lächeln: »Weil Sie dort nicht finden werden, was Sie suchen. Sie machen sich falsche Vorstellungen, junger Mann.«

»Woher wissen Sie, was ich suche?« entgegnete Henryk mißmutig.
Der Blinde ging auf diese Worte gar nicht ein: »Hören Sie auf meinen Rat und fahren Sie nach Palästina!«
Henryk erwiderte gereizt: »Warum fahren nicht Sie nach Palästina?«
Der Blinde stopfte sich ungeschickt eine Pfeife und sagte nach einer Pause: »Weil ich kein Jude bin. Wenn ich einer wäre, würde ich hinfahren, und zwar sofort.«
Eine feindselige Stille trat ein. Der geheimnisvolle Mensch unterstellte Henryk, ein Jude zu sein, obwohl dieser doch ein untadeliges Deutsch sprach und das Äußere eines Amerikaners zur Schau stellte. Da sagte der Schaffner mit einem bösen Unterton: »Wenns die Polacken könnten, würden sie alle Juden totschlagen. Hab ich net recht?«
Henryk wurde es heiß: »Sie wissen ja sehr genau, was die Polen wollen! Sind Sie selber einer?«
An Stelle des Schaffners entgegnete ein Kerl, der mit halbgeschlossenen Augen bei der Türe saß und in sich hineinstarrte. Er trug eine Pelzjacke sowie Kulakenstiefel, die ihm bis zu den Knien reichten: »Ja jestem Polak, prosze panstwo. Ich kann bestätigen, was der Kondukteur gesagt hat. Wenn uns etwas zusammenhält, ist es der Haß gegen die Juden.«
Der Blinde versuchte die Spannung zu entladen und sagte: »Es gibt wahrscheinlich solche Polen und andere, oder nicht?«
Henryk ging zum Gegenangriff über: »Es gibt nicht solche Polen und andere. Es gibt Spekulanten und Habenichtse. Ausbeuter und Hungerleider, ganz gleich, ob sie Juden sind oder Christen. Und vor allem gibt es Schurken, welche die Schwachen gegeneinander hetzen, um sie besser zu beherrschen.«

Darauf sagte der Mann mit der blauen Brille: »Ich höre, daß Sie an Lenin glauben. Es ist jetzt Mode, zu ihm zu beten. Aber hüten Sie sich, junger Mann! Sogar Lenin muß dem Pöbel nach dem Maul reden, und eines Tages wird auch er die Juden erschießen...«
Henryk beherrschte sich und fragte: »Wie kommen Sie darauf, daß ich an Lenin glaube? Sie spielen sich auf, als wären Sie ein Hellseher.«
Der Blinde zündete sich die Pfeife an und pfaffte vor sich hin: »Ich habe am Isonzo meine Augen verloren. In diesem heiligen Krieg für Gott, Kaiser und Vaterland. Ich bin zwar kein Hellseher, aber ich sehe jetzt heller als früher.«
Henryk schämte sich seiner vorwitzigen Frage. Er zog eine Schnapsflasche aus der Westentasche, schraubte sie auf, füllte den Aluminiumdeckel und reichte ihn dem seltsamen Mitreisenden: »Es tut mir leid, mein Herr. Trinken Sie einen Schluck und vergessen Sie, was ich gesagt habe!«
Der Blinde stürzte den Schnaps hinunter und erwiderte: »Ich bin Ihnen nicht böse, junger Mann. Ich rate Ihnen nur, umzukehren, denn hier wartet niemand auf Sie. Fahren Sie in der umgekehrten Richtung! Suchen Sie einen Bahnhof, an dem man auf Sie wartet!«
Henryk wollte etwas sagen, doch der Mann mit den Kulakenstiefeln fiel ihm ins Wort: »Wierzysz w Lenina, prawda? Du glaubst an Lenin und sein ganzes Judengesindel. Sag endlich, ob du ein Jud bist. Wenn ja, mach dich dünn und hau ab, sonst schmeißen wir dich raus.«
Henryk schoß das Blut ins Gesicht und er konterte: »Falls Sie noch nie von einem Juden verdroschen worden sind, dann kommen Sie her! Ich bin schon mit anderen fertig geworden.«
Der Kerl war um einen halben Kopf größer als Henryk,

doch jetzt bekam er es mit der Angst zu tun. Er war noch nie einem Juden begegnet, der so furchtlos eine Rauferei riskierte, und darum maulte er: »Mit mir wirst du vielleicht fertig, koszerna swinio, du koschere Sau. Aber nimms doch mal mit uns allen auf!«

Henryks Stimme überschlug sich: »Mit uns allen, sagen Sie? Reden Sie im Namen des ganzen Zugabteils?«

»Jawohl. Ich rede im Namen von 30 Millionen Polen. Im Namen des ganzen katholischen Volkes, wenn du überhaupt weißt, was das ist.«

Jetzt setzte Henryk seine Weltanschauung aufs Spiel, seinen Glauben an die Vernunft, sein jugendliches Vertrauen zu den Menschen: »Ich nehme an, daß Sie mit Ihrem Blödsinn hier allein sind. Oder irre ich mich?«

Im Waggon wurde es totenstill. Man hörte nur das Rattern der Räder. Niemand wollte sich äußern, weder die Polen noch die Österreicher. Da begriff Henryk, daß seine Ideale Seifenblasen waren. Daß er auf niemanden zählen konnte. Er war allein. Da durchbrach der Schaffner das Schweigen und sagte leutselig: »Bis Kattowitz ist noch a Stund, Herr Baron. Mir scheint, Sie sollten jetzt abspringn, wann Ihnen das Leben lieb ist.«

Die Blicke der Mitreisenden ließen Henryk verstehen, daß es keine andere Lösung gab. Er stand auf, nahm das Gepäck in beide Hände und verließ, begleitet vom Schaffner, das Abteil. Er entriegelte die Waggontüre und flüsterte ein Wort, das er seit seiner Kindheit nicht mehr ausgesprochen hatte: »Owinu sche baschanaim!« Er rief Gott an! Nicht aus Angst, sondern aus Verzweiflung. Er sprang, stürzte zur Erde, überschlug sich einige Male und blieb mitten in einem Brachfeld liegen. Owinu sche baschanaim! Er spürte alle Knochen, doch bald raffte sich Henryk zusammen. Stöhnend stand er auf und machte sich auf den Weg. Gegen Abend kam er in einem Provinzkaff an. Dort begab er sich aufs Postamt, um nach Warschau zu telegrafieren: »Besuch auf unbestimmte Zeit verschoben. Brief folgt. Herschele.«

23.

1. November 1918

Ich bin in der Schweiz. Wäre Henryk bei mir, würde ich jubeln, aber er ist am anderen Ende der Welt. Hier ist es so unbeschreiblich schön, daß mir das Herz schmerzt. Über dem See hängt ein wehmütiger Dunst, durch den man die Alpen errät, die silbernen Spitzen der Schneeberge. Trauerweiden hängen ins Wasser. Am Ufer schwimmen perlmutterweiße Schwäne. Ich sitze auf einer Bank, schreibe in mein Tagebuch und sehne mich nach ihm. Dort drüben steht ein alter Mann und füttert Tauben. Ich weiß nicht, ob ich lebe oder tot bin. Das ist der Garten Eden. Ein sanftes Jenseits der Ruhe und des Friedens. Mein Zug kam pünktlich im Züricher Hauptbahnhof an. Ich stieg aus und fragte mich, was ich als erstes sehen würde, ein Orakel gewissermaßen. Es war ein Kerl, der Würstchen mit Semmeln und Senf verkaufte. Im Innern seines Wägelchens hatte er Schokolade verstaut und Orangen. Ich glaubte zu träumen. Solche Köstlichkeiten gibt es doch längst nicht mehr. Und dann ging ich ins Hotel. Es heißt Victoria – ein häßlicher Name – und steht unmittelbar hinter dem Bahnhof. Es sieht aus wie eine riesige Himbeertorte. Beim Empfang wurde ich respektvoll begrüßt, und der Inhaber nannte mich »gnädige Frau«. Man führte mich in ein elegantes Zimmer mit seidenen Tapeten, Blumen auf dem Tisch und einem Korb voll bunter Früchte. Ich habe ein Doppelbett mit frischer Wäsche. Die Tränen sind mir gekommen, weil ich hier allein schlafen muß. Gott, wenn er nur wüßte, wie schwer mir ist ohne ihn. Als ich bei Buchs über die Grenze fuhr, regte sich etwas in meinem Bauch. Zum ersten Mal ganz deutlich. Unser Kind, das allein mit seiner Mutter durch die Welt irrt. Die Bäume sind gelb, manche sogar rostrot. Wo mag er jetzt sein, mein einziger Geliebter? Ich kann mich nicht freuen, obwohl ich hier alles haben kann, wonach mein Herz begehrt. Nach dem Waschen verließ ich das Hotel und fieberte durch die Bahnhofstraße, die Herzader von Zürich. Hier sind alle Banken, alle Juweliere, alle Luxusläden der Stadt. Alles schien mir unwirklich. In den Schaufenstern prunkten Herrlichkeiten, von denen ich nicht einmal wußte, daß es sie gibt. Ich komme ja nicht aus der Provinz, sondern aus Wien, aus einer Weltstadt. Aber Wien ist am Ende. Der Krieg hat ganze Länder aufgefressen und ganze Völker. Die Schweiz ist eine Insel. Ein Museum für die Überlebenden des Weltuntergangs. Sie werden hierher pilgern. Mit hölzernen Krücken und klappernden Prothesen. Um zu bestaunen, was es einmal gab auf dieser Erde: alle die Wunder, die sie verloren haben. Aus eigenem Verschulden. Dieser Erdteil ist verblutet und verbrannt. Die Soldaten haben sich zu Tode gesiegt. Aber hier, eingekeilt zwischen den Erbfeinden, lebt eine Zwergnation und spielt Frieden. Sie reden vier verschiedene Sprachen und töten sich nicht. Es ist Sonntag. Alle Geschäfte sind geschlossen. Morgen früh werde ich anfangen. Ich habe Lampenfieber. Ich zittere, man könnte mir ansehen, daß ich ein Kind erwarte. Im Hotel habe ich mich ausgezogen und mich nackt vor den Spiegel gestellt. Wenn man nichts weiß, sieht alles normal aus. Aber ich sehe, daß mein Becken breiter und meine Brüste praller sind als gewöhnlich. Jetzt bin ich neugierig, ob er etwas merkt, der Apotheker. Ob er wohl so trocken ist wie sein Brief? Und so verschnörkelt wie seine Handschrift? Ich war bereits am Rennweg und habe mir den Laden angeschaut. Von außen natürlich, weil heute alles verriegelt ist. Etwas hat mich erstaunt. An der Tür stand ein anderer Name. Obermüller. Von dem habe ich nichts gehört. Wer weiß, was das zu bedeuten hat? Wir werden ja sehen. Das alles ist unwichtig. Nur eines zählt in meinem Leben. Er. Immer nur er. Ist er noch in Warschau oder zurück in Wien? Was ist mit den dreißig Millionen Polen, die auf ihn warten? Wie haben sie ihn empfangen? Ich hoffe, schlecht. Ich bete zum Himmel, daß er bald seine Illusionen loswird und zu mir kommt. Oder, besser gesagt, zu uns, denn es bewegt sich immer häufiger unter meinem Herzen. Wo bin ich nur, frage ich mich immer wieder? In einem Kaninchenwald. Der Alltag scheint total unheroisch. Die Schweizer haben brave Nasen und stets staunende Äuglein. Ich könnte wetten, daß hier niemand für ein Ideal sterben möchte. Henryk wäre angewidert, aber mir gefällt es. Die Leute leben ihr kleines Leben und füttern Tauben am Seeufer. Es fragt sich, ob das der Zweck des Daseins ist. Ob es nicht faszinierender wäre, den Himmel zu erklimmen und eine neue Welt zu erschaffen. Aber immer öfter stelle ich mir die Frage, ob es überhaupt einen höheren Zweck gibt. Wenn ich wenigstens an Gott glauben könnte, aber ich kann nicht. Gott hat Schiffbruch erlitten, sonst würde er nicht zulassen, daß seine Welt untergeht und sich die Menschen gegenseitig ausrotten. Alle großen Ziele erleiden Schiffbruch. Eines nach dem anderen. Ohne höhere Ziele wäre kein einziger Soldat in den Krieg gezogen, aber jetzt hängen sie im Stacheldraht, Franzosen, Engländer, Deutsche, Russen und Italiener. Alle vermodern auf Trümmerfeldern, und mit ihnen die Ideale, für die sie ausgezogen sind. Ich verabscheue die großen Ziele. Henryk wird mir antworten, daß *seine* Ideale besser sind. Daß sie die Quintessenz der Menschheitsträume, der Sehnsüchte aller Völker und Epochen sind, daß sie längst keine Ideale mehr sind, sondern Wirklichkeit auf einem Sechstel des Erdballs, in Rußland, wo die Schwerkraft aufgehoben und das Unmögliche möglich wurde. Henryk ist ein rasender Roland. Ich möchte ihm glauben, aber in mir flüstert eine Stimme, daß auch die russischen Bäume nicht in den Himmel wachsen. Was wird aus uns werden, du mein einziger Geliebter? Ich kann ihm doch nicht zumuten, daß er am See sitzt und Tauben füttert. Aber es gibt noch andere Lösungen, irgendwo in der Mitte zwischen den hohen Idealen und dem Leben eines Maulwurfs. Für mich gibt es einen erreichbaren Traum: die Liebe. Ich spüre Henryk neben mir. In meinen Armen. Seele an Seele. Haut an Haut. Tief in meinem Körper. Ist das zu wenig für ihn? Ich bin müde. Morgen schreibe ich weiter...

24.

Jankl Kaminski war jetzt über siebzig und immer noch der sture Bock von dazumal. Er war ein reicher Mann, besaß zahlreiche Häuser, einige Textilfabriken und das berühmte Theater in der Warschauer Innenstadt. Seine Frau wurde nach wie vor bejubelt, wenn sie die Bühne betrat. Seine fünf Töchter machten Furore, weil sie gescheit waren und außerordentlich witzig. Aber der Patriarch blies Trübsal. Nichts erheiterte sein Gemüt, denn er war ohne Nachricht von seinen Söhnen. Er hatte sie verstoßen und erzählte überall, daß er keine männliche Nachkommenschaft habe. Er verbot strengstens, daß man ihre Namen erwähnte oder auf irgendeine Art an sie erinnerte. Mit seinem besten Kollegen Hersch Blumentopf hatte er alle Beziehungen abgebrochen, weil er seinen Vornamen nicht hören wollte. Er war der würdige Erzeuger von elf unwürdigen Söhnen, die ihn mit derselben Unerbittlichkeit verleugneten wie er sie. Jankl wartete auf ein Lebenszeichen, aber vergeblich. Gerüchte kursierten über ihr Schicksal, über ihre Erfolge und Mißerfolge, aber mit Gewißheit wußte er nichts und hätte auch diesmal nichts gewußt, wenn nicht Anka gewesen wäre, seine jüngste Tochter, die mit den elf Brüdern in geheimer Verbindung stand und bereits anfing, deren politische Aktivitäten weiterzuführen.

An jenem Novembertag geschah etwas Ungeheuerliches. Chaim Lewin, Jankls getreuer Prokurist, weckte den Prinzipal aus seinem Mittagsschlaf, was theoretisch einem Kapitalverbrechen gleichkam. Lewin wußte, daß höchstens eine Naturkatastrophe oder der Ausbruch

einer Revolution ein solches Delikt rechtfertigen würden. Darum trug er beide Schuhe in den Händen, schlich in Socken zum Allerheiligsten und klopfte so behutsam, daß der Alte zunächst friedlich weiterschnarchte. Lewin wiederholte seine Straftat. Immer von neuem und jedesmal etwas mutiger, bis schließlich das ganze Haus wackelte und die blumenhafte Rahel erschrocken von ihrem Sofa sprang. Da erwachte Jankl und brüllte: »Was geschieht sich, do jasnej cholery?«
Aus dem Vorzimmer flüsterte eine zerknirschte Stimme: »A Telegramm, panie Kaminski.«
Der Alte stürzte atemlos in seine Hosen und schrie durch die Türe hindurch: »Lewin, ich werde dich zerhacken!«
Aber der Prokurist ließ sich heute nicht einschüchtern, denn er wußte, wie umwälzend seine Nachricht war. Er wisperte jetzt so laut, daß der Kettenhund im Nachbarhaus zu bellen anfing: »A Telegramm vom Herrn Herschele, panie Kaminski, oder, genauer gesagt, zwei...«
Jankl spürte, daß der Fußboden unter seinen Füßen wankte. Ein Telegramm von Herschele, seinem Lieblingssohn. Einerseits platzte Jankls Herz vor Glückseligkeit, andererseits durfte er es niemandem zeigen. Und drittens erlaubte sich dieser Lewin Freiheiten, für die man in Friedenszeiten an die Wand gestellt wurde. Darum kreischte Jankl: »Wo ist das Telegramm, du Schmock? Gib es mir und verschwinde, sonst reiß ich dich in Stücke!«
»Ich hab nich ka Telegramm, panie Kaminski, und weil ichs nich hab, kann ichs Ihnen nich geben.«
Der Patriarch war einer Ohnmacht nahe. Das war zuviel für einen siebzigjährigen Juden. Er riß die Flügel seiner Schlafzimmertür auseinander und packte den

Prokuristen an beiden Schultern. Er schüttelte ihn wie einen Apfelbaum und zeterte: »Wo glaubst du, daß wir sind, du Chamer? In Rußland, oder was? Der Untergebene chappt seinen Vorgesetzten aus dem Schlaf und stellt die Welt auf den Kopf wie die Bolschewiken. A Telegramm sei gekommen, sagst du? A Depesche, was du nicht hast und von a Mensch, was ich nicht kenn. Wie willst du wissen, von wem sie ist, wenn es sie gar nicht gibt?«

Chaim Lewin kratzte sich verlegen am Hals. Die Rechnung schien wirklich nicht aufzugehen, und er sprach mit gesenktem Kopf: »Es gibt a Depesche, panie Kaminski. Es gibt sogar zwei Depeschen. Sie sind angekommen, aber nich bei uns ...«

»Sondern?«

»Bei einer von Ihren Töchtern, mit Verlaub zu sagen. Und ohne Angabe des Datums.«

»Du warst also bei einer von meinen Töchtern?«

Der alte Lewin errötete und erwiderte unterwürfig: »Gott behüte, panie Kaminski. Ich weiß es von Ihrer Dienstmagd, von der Fela, was hat aufgeräumt bei Fräulein Anka. Und bei dieser Gelegenheit ...«

»Faß dich kurz, Chaim Lewin! Was steht in den zwei Depeschen?«

»In der einen steht, daß Herr Herschele wird kommen nach Warschau ...«

»Und in der anderen?«

»Daß er wird nich kommen nach Warschau.«

»Also was? Du willst mich foltern!«

»Der Allmächtige weiß es, panie Kaminski. Es gibt nich ka Datum auf der Depesche, und so kann ich nich wissen, was sein wird. Vielleicht kommt er. Vielleicht kommt er nich.«

»Das weiß ich auch, du Lejmech. Und übrigens kenn

ich keinen Herschele. Wenn er wünscht, mich zu sehen, soll er kommen und sich entschuldigen.«
»Wofür, panie Kaminski?«
»Noch eine Frage, und ich schlag dich tot.«
»Das is nich ka Frage, Herr Prinzipal. Das is nur der Ausdruck von mein Erstaunen. Man hat ihn verschickt nach Sibir. Seine Brüder auch. Wo is da a Verbrechen?«
»Ich sage: zum letzten Mal. Wenn er mich sehen will, soll er sich entschuldigen.«
Die schöne Rahel hatte sich einen Schal umgeworfen und verfolgte amüsiert das Wortgefecht der beiden Männer. Nun ging sie auf Jankl zu und sagte lächelnd: »Er will dich gar nicht sehen, mein Teurer. Sonst hätte er nicht seiner Schwester telegrafiert, sondern dir.«
Jankl drehte sich zum Fenster, denn jetzt stiegen ihm Tränen in die Kehle, und er antwortete heiser: »Und *wie* er mich sehen will, der Dummkopf!«

25.

Es war ein trüber Novembertag. Die Welt lag in Trümmern, aber Zürich stand unerschüttert wie vor tausend Jahren. Es glich einer Märchenbühne. Unwirklich, pastellfarben und klein. Über den Häusern hingen Nebelschwaden. Türme und Brücken spiegelten sich im ölgrünen Wasser. Eine neue Woche hatte begonnen, betriebsam und mißmutig. Die Stadt roch nach Moder, fauligem Tang und frisch gestrichenen Geländern.

Malwa war fiebrig und aufgedreht. Sie trug ihre gelbe Pelerine und einen schwarzen Filzhut mit breiter Krempe, der ihr Herzklopfen beruhigte und ihr Sicherheit gab. Schon um halb acht Uhr hatte sie das Hotel verlassen. Sie eilte zur Apotheke. Doch plötzlich besann sie sich eines Besseren und verlangsamte ihre Schritte, um nicht vorzeitig am neuen Arbeitsplatz zu erscheinen. Niemand sollte merken, wie erregt sie war und wieviel Hoffnung sie mit der neuen Stelle verknüpfte. So schlenderte sie am Wasser entlang, über die Schipfe zum Lindenhof hinauf. Von dort konnte sie das Lebkuchenparadies in seiner ganzen Ausdehnung betrachten. Hier wollte sie bleiben – das war ihr fester Entschluß –; und hier würde sie ihr Kind zur Welt bringen. Nach Osten zog es sie überhaupt nicht. Auch nicht zu irgendwelchen Idealen. Nur behaupten wollte sie sich und erfolgreich sein in ihrem Beruf. Hier wollte sie ein normales, unheroisches Leben führen. Für sie war Zürich mehr als nur eine Stadt in Europa. Es war eine Alternative, ein greifbarer Spatz in der Hand gegen all die irrealen Tauben auf dem Dach. Malwa machte sich keine Illusionen: dieser Spatz war alles andere als

ein Singvogel. Sie begriff, daß es hier stickig war und eng. Aber immerhin suchten hier Tausende Zuflucht und fanden sie. Die Besten kamen nach Zürich, die Elite der alten Welt, denn hier durften sie denken, was sie wollten, schreiben, malen, komponieren, was ihnen Spaß machte, und keine uniformierte Null durfte sie daran hindern. Das waren Tatsachen, und dennoch wußte sie, daß es schwer sein würde, Henryk hierher zu locken. Wie sollte sie ihm diese Miniaturstadt schmackhaft machen? Mit welchen Argumenten, wo er doch für eine bessere Welt leben und nötigenfalls auch sterben wollte. Die Schweiz war keine bessere Welt. Sie war wohlgenährt, selbstgefällig und sauber, aber besser war sie nicht. Alles war kleinformatig: ein Spielzeugstaat für geschäftstüchtige Liliputaner, die habgierig und fromm hinter dem goldenen Kalb herliefen. Das war nicht zu verbergen. Henryk würde eines Tages kommen – weil er Malwa liebte und neugierig auf das Kind war. Aber bald würde er ihr vorwerfen, ihm die Flügel gestutzt zu haben. Oder täuschte sie sich? Vielleicht war er gar nicht der hochtrabende Don Quichotte, für den er sich ausgab. Wer weiß, wie es heute in ihm aussah?
Solche und ähnliche Gedanken schwirrten ihr durch den Kopf, als sie am Ziel ankam. Da stand es in großen Buchstaben: RENNWEGAPOTHEKE. Das war der goldene Strohhalm, an dem sie sich ans Ufer ziehen wollte, die Pharmazie des Doktor Hablützel, der einen Pharmazeuten brauchte und unzählige Paragraphen umgangen hatte, um Malwa aus dem untergehenden Österreich in die kriegsverschonte Schweiz zu holen. Die Holzläden von gestern waren entfernt. Man konnte nun unbehindert ins Innere blicken, wo zwei graumelierte Herren die ersten Kunden bedienten. Malwa stand gut eine Minute in Gedanken versunken da, doch

plötzlich erwachte sie. Sie biß die Zähne aufeinander und trat ein. Es war kurz nach acht, aber die Apotheke war bereits voll von Menschen, die artig darauf warteten, abgefertigt zu werden. Die Apotheker trugen weiße Kittel. Der eine hatte eine Narbe quer übers Gesicht, der andere einen Wappenring am Finger. Sie bedienten das Publikum mit Zurückhaltung und herablassender Höflichkeit. Darum konnten sie nicht sehen, daß Malwa erschienen war, aber sie spürten wohl, daß jenseits der Theke etwas geschah. Ein Naturereignis. Da stand sie also: eine Scheherezade im gelbseidenen Mantel, mit pulsierenden Augen und blauschwarzem Haar. Niemand wagte, ihr direkt ins Antlitz zu blicken, aber alle waren verhext. Malwa stand bei der Tür und irisierte den Raum. Es war offensichtlich, daß sie nichts kaufen wollte. Sie wartete, und es wurde immer unmöglicher, sie zu übersehen. Ein betörender Duft ging von ihr aus. Zwischen ihren Lippen funkelten perlweiße Zähne, und aus ihren Augen sprühte honigfarbener Blütenstaub. Sie sprach kein Wort, drängte sich auch nicht vor, aber sie war so ungeheuer gegenwärtig, daß der Apotheker seine Grundsätze vergaß und sie außer der Reihe ansprach: »Guete Morge, was wünscht das Frölein?«
»Ich möchte Doktor Hablützel sprechen.«
»Das ischt leider unmöglich. Aber *ich* schtehe zu Ihrer Verfügung.«
»Ist der Herr Doktor abwesend?«
»Ja, und zwar endgültig. Er ischt geschtorben. An der schpanischen Grippe. Die halbe Schweiz liegt noch im Bett und die andere Hälfte schon im Grab, wie Sie sicher gehört haben.«
Malwa glaubte, der Boden versinke unter ihren Füßen. Sie wurde kreidebleich und stammelte: »Was soll

ich … nun anfangen? Doktor Hablützel ließ mich in die Schweiz kommen.«
»Der wußte, was hübsch ist, der alte Casanova.«
»Er suchte einen Pharmazeuten.«
»Wer sucht keinen, in solchen Zeiten? Kennen Sie einen?«
Malwa hüstelte verlegen: »Darf ich mich vorstellen? Malwa Kaminski.«
»Und ich heiße Obermüller Oskar. Der Mann dort drüben ischt mein Bruder Emil. Wir sind die Nachfolger vom Doktor Hablützel.«
»Sie suchen ebenfalls einen Pharmazeuten, wenn ich richtig verstehe?«
»Dringend.«
»Zu welchen Bedingungen?«
»Das kommt darauf an, wer sich meldet.«
»Ich sagte Ihnen bereits, *ich* melde mich.«
Dem Narbengesicht blieb der Mund offen: »Sie? Ein Mädchen aus Milch und Honig? Machen Sie keine Witze!«
»Ich habe meine Studien abgeschlossen.«
»Jetzt machen Sie aber einen Punkt! Der erschte April ischt vorbei, und für die Fasnacht ischt es noch zu früh.«
Malwa beherrschte sich: »Ich bin diplomierte Apothekerin. Das ist mein Zeugnis.« Bei diesen Worten legte sie eine Kartonrolle auf den Tisch und zog ein Pergament hervor, doch das Narbengesicht krauste die Nase: »Danke, Ihr Diplom interessiert mich nicht.«
Nun mischte sich der Bruder ins Gespräch, der Mann mit dem Wappenring am Finger, und sagte weltmännisch: »Aber *mich* interessiert es, denn Sie gefallen mir. Ich schtelle Sie ins Schaufenschter, als Attraktion für die Herrenkundschaft.«

Die Idee eines so reizvollen Köders entzündete nun auch das Narbengesicht: »Sie müssen entschuldigen, aber das kennen wir halt nicht. Wir sind eher altmodisch in sottigen Sachen.«

Malwa antwortete verächtlich: »In was für Sachen? Schaufensterpuppen?«

»Ich meine ... schtudierte Frauen. Bei uns schtudieren nur die Männer.«

»Das ist aber merkwürdig. Warum denn?« höhnte Malwa und packte ihr Diplom wieder ein.

Die Frage überrumpelte die beiden. Der Wappenring entgegnete, indem er versuchte, die Zustimmung der ungeduldig werdenden Kundschaft zu gewinnen: »Weil die exakten Wissenschaften exakte Köpfe erfordern, darum!«

»Und Sie besitzen exakte Köpfe, meine Herren?«

»Ja, wir besitzen äußerst exakte Köpfe, was Sie zu bezweifeln scheinen. Zeigen Sie einmal Ihr Zeugnis!«

»Sie sagten, es interessiere Sie nicht, weil ich eine Frau bin.«

»Sind Sie alleinstehend?«

»Geht Sie das etwas an, Herr Obermüller?«

Jetzt war sie etwas weit gegangen, und das Narbengesicht gab zurück: »Unsere Frauen sind zwar nicht schtudiert, aber sie können sich benehmen.«

Darauf parierte Malwa, die anfing nervös zu werden: »Bei euren Männern ist das umgekehrt, habe ich den Eindruck. Sie sind studiert, aber benehmen können sie sich nicht.«

Dem Wappenring war so eine Unverfrorenheit noch nicht vorgekommen, und er rief: »Wir legen nämlich Wert auf gute Manieren. Wenigschtens hier in Zürich.«

»Wir auch. Ich komme aus Wien.«

»Warum sind Sie nicht dort geblieben?«

Malwa fand, daß das Maß jetzt voll war. Aus den Worten der zwei Apotheker konnte sie schlußfolgern, daß sie in Zürich ohne Schwierigkeiten Arbeit finden würde. Deshalb sagte sie kühl: »Ich werde Ihre kostbare Zeit nicht weiter strapazieren, meine Herren. Die Kundschaft möchte bedient werden.«
Die exakten Köpfe waren überfordert. Der Wappenring versuchte einzurenken und fragte versöhnlich: »Wieviel möchte die Dame denn verdienen, wenn man fragen darf?«
»Genausoviel wie ein Kollege mit den gleichen Qualifikationen. Aber nicht im Schaufenster, sondern am Rezepturtisch.«
»Ja, was schtellen Sie sich eigentlich vor? Wir sind doch nicht in Rußland.«
»Keinen Franken mehr und keinen weniger. Es geht um Gerechtigkeit.«
Der Wappenring merkte, daß mit dieser Frau nichts auszurichten war, und fragte nun mit verwandelter Stimme: »Sagen Sie mir eines, Sie sonderbare Person! Habt ihr nicht lächeln gelernt an der Wiener Universität?«
»Doch«, lächelte Malwa auf den Stockzähnen, »aber im Nebenfach.«
Damit war das Eis gebrochen. Das Narbengesicht bot Malwa die rechte Hand und brummte: »Sehn Sie, man muß nur reden miteinander.«
»Dann sagen Sie mir, wann ich hier anfangen soll.«
»Jetzt!«

26.

Da man nicht ausmachen konnte, welche der beiden Depeschen gültig war – sie waren, wie gesagt, undatiert –, ob Henryk nach Warschau kommen würde oder nicht, und welche Aussichten bestanden, daß er den Patriarchen aufzusuchen bereit sei, ließ Jankl seinen Stolz wenigstens teilweise fallen und fuhr am erwähnten Montag zum Schlesischen Bahnhof, um, wie er sich ausdrückte, eine Kiste Zigarren und eine Zeitung zu kaufen. Er hätte nie zugegeben, daß er seinen Lieblingssohn abholte, da er doch seit dreizehn Jahren herumschimpfte, er habe keine Söhne und wolle auch keine haben. Er bat seine junge Frau, ihn zu begleiten, und befahl Lewin, eine Droschke vorfahren zu lassen. Das ganze Haus war informiert und die halbe Stadt. Die Spatzen pfiffen es von den Dächern: Ein verlorener Sohn sollte ankommen, und der alte Narr von einem Vater ging hin, um ihn in die Arme zu schließen. Es gab – das versteht sich von selbst – niemanden, oder fast niemanden, der gewagt hätte, die Dinge beim Namen zu nennen, denn noch war Jankl unangefochtener Alleinherrscher in seinem Reich. Wer ihn erzürnte, mußte gefaßt sein, von ihm zermalmt zu werden.

Der Schnellzug von Kattowitz sollte um elf Uhr morgens eintreffen, doch schon um halb zehn rüttelte Pieczynski an der Haustür. Er war der ruppigste Droschkenkutscher im Revier und grölte durchs Treppenhaus: »Der Wagen steht vor dem Haus, panie Kaminski.«

Jankl stand schon seit zwanzig Minuten im Flur. Er wartete ungeduldig auf Rahel, die sich wie immer

verspätete. Als sie schließlich erschien, sagte sie schmunzelnd: »Du scheinst nervös, Jankele. Was ist?«
Jankl gab zurück, während er sie zur Droschke führte: »Ich nervös? Warum soll ich nervös sein? Ich warte auf niemanden.«
Rahel schien mehr zu wissen als er und erwiderte: »Ich weiß, daß du auf niemanden wartest. Aber warum liegt dir daran, daß ich mitkomme? Muß ich dir helfen, und wenn ja, was?«
Der Patriarch spürte, daß ihn seine Frau verspottete, und antwortete verlegen: »Wenn ich zum Bahnhof fahre, will ich nicht allein sein, sonst werde ich melancholisch. Es gibt nichts, was mich so bedrückt wie die Eisenbahn.«
Rahel fuhr weiter in ihrem Spiel und sagte hinterlistig: »Auch ich kann die Eisenbahn nicht leiden, mein lieber Mann, aber warum kaufst du die Zigarren ausgerechnet am Bahnhof, und dazu noch am Schlesischen, der noch trostloser ist als irgendein Bahnhof der Welt?«
Der Kutscher begriff nicht, warum man so lange um den Brei herum redete. Darum drehte er sich um und sagte: »Es geht mich eigentlich einen Dreck an, gnädige Frau, aber jedermann weiß, daß Ihr Mann zum Bahnhof fährt, um seinen Sohn abzuholen und nicht eine Kiste Zigarren!«
»Bring mich, wohin ich befehle, und kümmre dich um die eigenen Flöhe!«
Pieczynski hatte nicht im Sinn, sich einschüchtern zu lassen und provozierte weiter: »Der junge pan Kaminski kommt aus Wien, und sein Alter zerspringt vor Ungeduld, ihn zu sehen.«
»Du sollst schweigen, du Flegel!«
»Es plagt ihn das Gewissen, weil er ihn verstoßen hat und verraten.«

»Halte dein Maul, oder ich schlag dir die Zähne ein!«
»Den jungen pan Herschele hat er verkauft und die zehn anderen auch. Oder stimmt es nicht, was ich sage?«
»Ich hau dich windelweich, du Schweinszitze, und zwar gleich hier auf der Straße.«
»Zu geizig war er, das Lösegeld zu zahlen. Er überließ ihn den Ruski, die ihn nach Sibirien schickten. In die Bleigruben von Werchojansk.«
»Du sprichst die Wahrheit, du Wanze. Ich habe ihm eigenhändig den Arsch versohlt, weil er Revolution machte, der Rotzbengel, statt Schulaufgaben. Und dir zieh ich die Haut vom Leib, wenn du noch ein einziges Wort sagst!«
Jetzt griff Rahel ein und beschwichtigte den Potentaten, der daran war, endgültig den Verstand zu verlieren: »Reg dich nicht auf, Jankele! Er ist inzwischen ein Arzt geworden. Doktoriert hat er. An der Wiener Universität. Und er ist doppelt so gescheit wie wir beide zusammengenommen. Du wirst ihn nicht wiedererkennen.«
»Woher willst du wissen, was ich wiedererkenne und was nicht? Wie kommst du dazu, do jasnej cholery, mehr zu wissen als ich, und was er geworden ist, und daß er gescheiter ist als ...«
»Weil ich mich beherrschen kann und nicht so brülle wie du. Mir sagt man Dinge, die man dir nie sagen würde.«
»Eine bessere Welt wollte er. Jetzt hat er sie. Die Bolschewiken stehen am Bug, zweihundert Werst von hier.«
»Bis nach Warschau werden sie nicht kommen, Jankele.«
»Sie werden kommen bis nach Honolulu, sag ich dir.

Die ganze Welt werden sie beglücken, und meine ehemaligen Söhne, hörst du, meine gewesenen Söhne marschieren in der vordersten Reihe.«
»Dein Lieblingssohn sitzt zufrieden in Wien und wartet, bis der Krieg zu Ende ist. Er hat eine hübsche Frau, Pantoffeln an den Füßen und ein Doktordiplom in der Tasche.«
»Aber was macht er, der Lejmech? Nach Warschau muß er kommen, zu bescheren uns den Kommunismus. Der Schlag soll ihn treffen aus blitzblankem Himmel.«
»Versündige dich nicht! In zehn Minuten kommt er an, und du wirst weich werden wie eine gelbe Birne.«
Der Patriarch wollte weiter raunzen, aber da rumpelten sie schon dem Bahnhof entgegen. Der Kutscher hielt an und fragte boshaft: »Soll man warten, panie Kaminski, oder tragen Sie die Zigarren selber nach Hause?«
Jankl überlegte, ob er dem Rüpel zu Leibe rücken sollte, kam aber zum Schluß, daß er sich damit lächerlich machen würde. Darum sagte er gar nichts, knurrte etwas in sich hinein und führte seine Frau zur Halle. Jetzt erreichte seine Spannung den Höhepunkt. Er rannte zum Bahnhofsvorstand und fragte, ob der Zug aus Wien pünktlich eintreffen würde. Der Bahnhofsvorstand antwortete, die diesbezügliche Auskunft koste drei Zloty fünfzig Groschen. Jankl bezahlte zwanzig Zloty und hörte, was er mit eigenen Augen hätte feststellen können. Denn der Wiener Expreß fuhr gerade ein, und ihm entstiegen ein paar Dutzend Reisende, unter denen sich kein Herschele Kaminski befand.
Es ist schwer zu erraten, was sich im alten Starrkopf in diesem Augenblick abspielte. Fest steht nur, daß er zum Kiosk eilte, eine Kiste Zigarren kaufte und mit Rahel

zur Droschke zurückkehrte. Es heißt, es sollen in jenem Moment zwei Tränen in seinen Augen aufgeblitzt sein. Er habe dem Kutscher eine schallende Ohrfeige verpaßt und dann ruhig gesagt: »Mich, meine Zigarren und diese hochwohlgeborene Dame bringst du nach Hause, rozumiesz, und wenn du noch einmal deinen Senf dazugibst, bring ich dich um.«

Die Spanische Grippe war am Verklingen. Sie hatte mehr als zwanzigtausend Tote gefordert und den Apothekern fabelhafte Gewinne eingebracht, obwohl damals wie auch heute kein Kraut gegen diese heimtückische Krankheit gewachsen war. Der Alltag war eingekehrt. Die Zürcher Pharmazeuten mußten sich wieder mit normalen Profiten abfinden, doch in der Rennwegapotheke ging der Ausnahmezustand weiter. Jeden Tag war der Laden mit Menschen überfüllt, die zwar nicht immer leidend, dafür aber begierig waren, die dunkeläugige Najade aus der Nähe zu bestaunen. Malwa legte eine überraschende Kompetenz an den Tag. Sie war liebenswürdig, flink und in jeder Hinsicht mustergültig. Die Herren Obermüller hatten sich mit ihr einen Schlager eingehandelt, eine Zugnummer, die das Geschäft noch mehr belebte als die ansteckende Infektionskrankheit. Natürlich bemühten sie sich, der attraktiven Apothekerin zu verheimlichen, wie rentabel sie war, doch Malwa durchschaute den Sachverhalt. Nicht, daß sie versucht hätte, ihren Erfolg auszunützen – dazu war sie zu anständig –, aber sie legte eine Ungezwungenheit an den Tag, die sich die männlichen Kollegen kaum erlauben konnten.
An einem Novembermorgen wurde sie Zeugin eines Gesprächs zwischen dem Narbengesicht und dem

bekannten Professor Rottmeister, das ihr Selbstbewußtsein noch stärkte. Der Professor blickte fasziniert zu Malwa hinüber und sprach gezielt so laut, daß es jedermann hören konnte: »Bei euch ist ja allerhand los in letzter Zeit.«

Der Apotheker zwinkerte dem prominenten Kunden zu und antwortete bescheiden: »Unser Laden läuft nicht schlecht, Gott sei Dank, und ist schon immer gut gelaufen.«

Der Professor hatte sich in den Kopf gesetzt, Malwa zu schmeicheln, und gab zurück: »Ich frequentiere dieses Geschäft seit über zehn Jahren, aber einen solchen Andrang habe ich noch nie erlebt.«

Das Narbengesicht fürchtete, die neue Angestellte könnte mithören, und bagatellisierte die Situation, indem er seufzte: »Ja, diese Grippe! Man schafft und schuftet, aber fertig wird man nie.«

Der Professor war besser informiert und korrigierte, die Grippe sei glücklicherweise schon abgeflaut. Im letzten Monat habe man nur noch ein paar Dutzend frische Fälle verzeichnet, und wenn die Apotheke nach wie vor so voll sei, dann selbstverständlich wegen der schwarzäugigen Melusine: »Sie haben sich da einen Goldfisch geangelt, Herr Obermüller. Dazu kann ich Ihnen gratulieren, denn es braucht Mut dazu, in dieser Philisterstadt eine Frau zu engagieren.«

Der Wappenring lächelte und sagte leise: »Wir danken höflich für das Kompliment, Herr Professor.«

War der Schmeichler bisher geräuschvoll gewesen, so wurde er jetzt lärmend und polterte: »Ich darf Ihnen im Vertrauen verraten, daß bereits einige Ihrer Standesgenossen neidisch sind und beabsichtigen, Ihren Paradiesvogel abzuwerben.«

Malwa hatte alles gehört, doch ging sie ihrer Arbeit

nach, als hätte sie nichts mitbekommen. Das beruhigte die Gebrüder Obermüller, aber sie waren gewarnt und wurden vorsichtig. Kurz danach mußte Malwa eine Gruppe ausländischer Diplomaten bedienen und unterhielt sich mit ihnen in deren Muttersprache. Das steigerte noch die Bewunderung der Kundschaft, doch bewirkte es eine erhöhte Gereiztheit der beiden Inhaber, die darauf lauerten, der brillanten Angestellten eins auszuwischen. Die Gelegenheit bot sich kurz vor Mittag, als ein fremdländischer Mensch eintrat und sich, von allen unbemerkt, im Geschäft umschaute. Er bewunderte die alten Mörser, die den Glasschrank hinter der Kasse zierten, und verfolgte das Geschehen, das ihn offensichtlich zu amüsieren schien. Malwa war gerade damit beschäftigt, ein unleserliches Rezept zu entziffern. Die zwei Besitzer schlichen herbei und boten ihr Hilfe an, doch keiner von beiden konnte seinen Scharfsinn unter Beweis stellen. Malwa wurde nervös und blickte hilfesuchend im Kreis herum. Da räusperte sich der Fremdling und sagte: »Geben Sie mir das Rezept! Ich entziffere alles, wenn nötig, auch ägyptische Hieroglyphen.«

Das war ein Erdbeben. Eine Fieberphantasie. Jetzt hatte es auch Malwa gepackt: die Spanische Grippe mit ihren typischen Erscheinungsformen, mit Trugbildern, Sinnestäuschungen, Halluzinationen. Sie hielt sich an der Theke fest und meinte, gleich umfallen zu müssen. In der Ecke der Apotheke sah sie Henryk, von dem sie mit Sicherheit wußte, daß er sich in Warschau aufhielt, und der ihr seit Wochen keine Nachricht zukommen ließ. Sie sah ihn hier, und er war dort. Das widersprach den Grundgesetzen der Logik: Ein Gegenstand kann nicht gleichzeitig an verschiedenen Orten sein. Was der Logik widerspricht, ist eine Illusion, und Illusionen sind

Auswüchse von Geistesverwirrung. Das war der Beweis: Malwa war krank, das letzte Opfer der Epidemie. Sie starrte entsetzt auf den Menschen, der sich anerboten hatte, das Rezept zu entziffern. Der Kerl schmunzelte, und als sie ihn fragte, wer er sei, antwortete er: »Keine Angst, Madame! Eine Wolke in Hosen.«

Sie traute ihren Ohren nicht. Das konnte nur *er* sein. Das hatte doch er gesagt, als er zum ersten Mal in ihr Leben trat. Aber ein Beweis war das keineswegs. Vielleicht hörte sie Stimmen wie die Heilige Johanna. Es gab ja auch Wahnvorstellungen akustischer Art. Sie mußte sich vergewissern. Darum ging sie auf ihn zu, berührte seinen Hals, sein Gesicht, seine Hand und fragte ihn zum zweiten Mal: »Wer sind Sie? Kennen wir uns?«

Darauf erwiderte die Wahnvorstellung: »Mein Name ist Kaminski. Soviel ich weiß, sind Sie meine Frau. Ich liebe Sie.«

Auch das war noch kein Beweis, aber Malwa kümmerte sich jetzt einen Pfifferling um die Gesetze der Logik. Im schlimmsten Fall waren das Fiebervisionen oder sonstige parapsychologische Erscheinungen – was ihr im Moment völlig unwesentlich schien. Auch die Kundschaft war ihr gleichgültig, und sie warf sich dem Gespenst an den Hals. Sie schluchzte, sie lachte und wisperte die unsinnigsten Wörter durcheinander: »Du mein geliebtes Trugbild, du Vorspiegelung falscher Tatsachen. Ich weiß, daß ich nur träume, aber es ist so wunderbar. Wie bist du nur hergeflogen? Auf welcher Wolke? Auf welchem Wirbelwind?«

Henryk streichelte sie zärtlich übers Haar und sagte: »Mit der drahtlosen Telegrafie des Herrn Marconi. Ich ließ mich einfach übermitteln. Durch die Luft, wie eine Depesche...«

Malwa wunderte sich nicht über die Verrücktheiten ihres Phantoms und fragte mit Tränen in der Stimme: »Was machen die dreißig Millionen Polen?«
Henryk zog es vor, diesem Problem aus dem Weg zu gehen. Darum drückte er Malwa an sich, küßte sie auf den Mund und flüsterte: »Ich habe dir Küsse mitgebracht. Dreißig Millionen Stück. Für jeden Polen einen.«
»Und die Revolution?«
»Ich kann nicht schnaufen ohne dich, Malwa. Du bist so schön.«
Jetzt umarmten sich die beiden, als wären sie allein auf der Welt, und der Wappenring fand, daß es Zeit zum Eingreifen sei: »Hier ist kein Jahrmarkt, Frau Kaminski. Wir sind in der Schweiz.«
Malwa war viel zu glücklich, um dem Prinzipal auch nur die geringste Aufmerksamkeit zu schenken, und fragte Henryk: »Jetzt bleibst du bei ... bei uns, oder nicht?«
Henryk warf einen flüchtigen Blick auf ihren Bauch und flüsterte ihr ins Ohr: »Wie lang noch?«
Malwa fürchtete, ertappt zu werden. Bisher hatte sie die Schwangerschaft verheimlicht. Sie hoffte, ihre Stelle halten zu können und Geld zu verdienen, solange wie nur möglich. Darum antwortete sie nicht, sondern hob verstohlen vier Finger ihrer Hand. Darauf küßte Henryk sie auf beide Augen und fragte unvermittelt: »Gibt es hier ein Verbot, sich zu küssen?«
Der Apotheker fühlte sich angesprochen und entgegnete wütend: »Was hier verboten ist und erlaubt, bestimmen die Gebrüder Obermüller. Wer sind Sie?«
Henryk verbeugte sich, legte eine Visitenkarte auf die Theke und antwortete: »Doktor Kaminski. Ich bin der Gemahl Ihrer Angestellten und besitze die standesamt-

liche Bewilligung, diese Dame zu küssen, wann und wo es mir gerade einfällt.«

Am 11. November des Jahres 1918 ging für die Menschheit der Erste Weltkrieg zu Ende – und für Onkel Henner die Illusion seines Lebens. Was an jenem Tag geschah, hatte sämtliche Attribute eines grausamen Schabernacks. Der Bruder meines Großvaters erlebte eine so groteske Pleite, daß man seinen Zusammenbruch fast nicht ernstnehmen konnte.
Henner hatte – wie jeden Morgen – seinen Sohn Nathan zum Westbahnhof begleitet, wo dieser das »Ave Maria« von Schubert zum besten geben sollte. Als jedoch die Zeitungsverkäufer auftauchten und die Nachricht verbreiteten, daß der Frieden ausgebrochen sei, befahl Henner seinem Sohn, das »Lied an die Freude« von Beethoven zu spielen. Nathan war zwar bereits über dreißig und längst kein Wunderkind mehr, doch sein Spiel hatte nun eine Abgeklärtheit erreicht, die allen Zuhörern zu Herzen ging. Die Idee mit dem »Lied an die Freude« war ein kaufmännisches Meisterstück und brachte beispiellosen Erfolg. Da es an jenem Novembermorgen ungewöhnlich kalt war, hatte Henner einen riesigen Filzhut des verstorbenen Bruders aufgesetzt. In diesem Filzhut sammelte er die Almosen ein, die von der glückseligen Menge gespendet wurden. Die Einnahmen übertrafen die höchstfliegenden Erwartungen. Gegen Mittag hatten die zwei Männer über tausend Kronen eingenommen. Das war mehr als in den vielen vergangenen Jahren zusammengenommen, das war im wahrsten Sinn des Wortes ein Vermögen. Für dieses Geld konnte man ein Haus kaufen oder – wenn man Lust hatte – eine Weltreise antreten. Der arme Onkel

wollte weder das eine noch das andere. Er war nicht von dieser Welt. Von Politik hatte er keine Ahnung. Er begriff nur undeutlich, daß zwischen dem Kriegsende, der rasenden Menge, dem »Lied an die Freude« und den unerhörten Einnahmen ein Zusammenhang bestand, aber er konnte sich nicht erklären, welcher. So kaufte er zum ersten Mal im Leben eine Zeitung, denn er wollte erfahren, wie die Landkarte fortan aussehen würde. Da er stets nur die Siegesmeldungen mitbekommen hatte, lebte er in der Illusion, Österreich habe den Krieg gewonnen, die Feinde seien an allen Fronten zerschmettert und der Kaiser beherrsche wieder den ganzen Erdkreis. Henners Sohn war noch ahnungsloser als sein Vater. Er blickte schwermütig in das johlende Volk und wollte nicht begreifen, warum die Leute plötzlich so glücklich waren.

Jedenfalls beschlossen die beiden Traumwandler, sich eine Heimfahrt nach Floridsdorf zu leisten. Sie verstauten ihr Vermögen in Nathans Geigenfutteral und bestiegen die Stadtbahn, wo sie zwei Sitzplätze am Fenster einnahmen. Sie genossen es, reich zu sein, und der meschuggene Onkel warf den Blick in die Kronenzeitung, die er für die Kleinigkeit von fünf Kreuzern erstanden hatte. Mit unbeschreiblicher Verblüffung las er gleich auf der ersten Seite, daß der österreichisch-ungarische Doppeladler am Boden lag, daß der Kaiser abgedankt hatte und die Welt nie mehr sein würde, was sie einmal gewesen war. Der Krieg verloren, die Monarchie zerschlagen, Europa ein Irrenhaus: draußen tanzte der Pöbel durch die Straßen und tobte. Aufs Schlimmste gefaßt, blätterte Henner weiter und stellte fest, daß diese Zeitung voll von Hiobsbotschaften war. Schon wollte er sie wegwerfen, als sein Blick auf der Rubrik »Technik« haften blieb. Er hoffte, wenigstens hier eine erfreuliche Nachricht zu finden, doch statt dessen zog er die Brauen in die Höhe. Seine Pupillen weiteten sich, er wurde kreidebleich, und unvermittelt stieß er einen Schrei aus, ein schreckliches Gezeter von animalischer Verzweiflung. Dann sackte er zusammen und fiel leblos auf den Fußboden.

Zwei Stunden später – die Großmutter, Jana sowie die beiden Kusinen Helli und Steffi saßen beim Mittagstisch –, klingelte die Glocke. Zwei Männer trugen eine Bahre ins Wohnzimmer. Darauf lag der arme Onkel. Und neben ihr stand sein Sohn Nathan und weinte.

»Meine lieben Leidtragenden. Verehrter Sohn des Dahingegangenen. Sie sind die kleinste Trauergemeinde, zu der ich je sprechen mußte, aber gewiß nicht die geringste. Fünf Kinder Gottes, heißt es im Talmud, sind die Menschheit, und fünf Tränen eines reinen Herzens sind der Ozean. Nicht auf die Zahl kommt es an, sondern auf den Kummer. Henner Rosenbach war ein Steppenwolf. Ein einsamer Phantast. Ein flackerndes Irrlicht im Moor unserer Zeit. Er pilgerte durch die Wüste und besaß einen einzigen Weggenossen. Seinen wortkargen, aber begnadeten Sohn Nathan, der ihn bis zur Endstation begleitet hat. Hier trauern wir nun und fragen uns, wer er war, dieser Mensch. Er sagte von sich, er sei ein Erfinder. Das war er auch im übertragenen Sinn. Er wollte finden, doch hat er nicht gefunden. Er suchte. Er war ein lebenslänglicher Sucher, ein wahrhaftiger Sohn des Volkes Israel. Kaum je in seinem siebzigjährigen Leben war er in der Synagoge. Er schämte sich seiner Herkunft, die auf ihm lastete wie ein erbliches Gebrechen. Er ließ sich sogar taufen, in der Hoffnung, endlich zu finden, was er suchte, doch auch das half ihm nichts. Kurz vor seinem Tod ist er zu mir gekommen, weil er sich zurücksehnte zu seinem Gott. Ich tat meine Pflicht. Ich versuchte ihn umzustimmen und abzuhalten von einem Schritt, der nichts als Qualen mit sich bringt und immer wiederkehrende Heimsuchung. Aber er ließ sich nicht abschrecken. Er bestand darauf, ein Jude zu werden, und ich hatte alle Mühe, ihm zu erklären, daß man kein Jude werden kann, wenn man bereits einer ist. Wer als Gottessucher zur Welt kommt, kehrt als Gottessucher in die Ewigkeit zurück ... Und es stellt sich die weitere Frage: Was hat er gesucht, dieser unglückselige Mensch? Er sagte, er suche die Zauberformel, mit der er die Palette des Schöpfers würde nachahmen können: die Farbfotografie. Eine fragwürdige Suche, in der Tat. Es ist schon vermessen, die Formen des Allmächtigen imitieren zu wollen; aber die Farben nachzuahmen, das innerste Geheimnis der Gegenstände, die eigentliche Seele der Welt – das ist eine Sünde. Mehr als das. Das ist *die* Sünde. Eine echt jüdische Arroganz, sich hinwegzusetzen über die Gebote und schamlos zu kosten vom Baum der Erkenntnis. Jawohl, meine fünf Hinterlassenen. Wir sind ein kleines, aber anmaßendes Volk von Sündern, neugierig, wissenssüchtig und darauf versessen, alles zu hinterfragen. Wir forschen nach dem Unerforschlichen. Wir enträtseln die letzten Rätsel Gottes, doch was tut er, der Unendliche? Er verzeiht uns. Er macht uns sogar zu seinem auserwählten Volk, denn wir vereinen in uns sämtliche Fehler des Menschengeschlechts und sind deshalb mehr als nur Juden. Wir sind Menschen schlechthin. Er hat uns auserwählt für unseren Hochmut, für unsere Maßlosigkeit, für unsere Missetaten, denn er liebt uns dafür, daß wir ihn suchen. Henner Rosenbach war so ein ursündiger, so ein todsündiger Jude, der Gott suchte, indem er trachtete, gottähnlich zu werden. Daran ging er zugrunde. Daran verbrannte sein Herz. Er wollte der erste sein, der Gottes Geheimnis lüftete, und mußte erfahren – vorgestern, am ersten Tage des Friedens –, daß ihm einer zuvorgekommen war. Henner Rosenbach saß in der Stadtbahn und las in der Zeitung, daß ein Franzose, ein Katholik namens Lumière, schon längst die Farbfotografie erfunden hatte. Ein Franzose, ein Christ, der auch noch Lumière hieß. Das bedeutet Licht. Wer sonst sollte dem Licht auf die Schliche kommen, wenn nicht einer, der Lumière hieß? Henner Rosenbach ist am Neid gestorben, an der niedrigen Eifersucht, und wir stellen uns die dritte Frage: Wird der Herr ihm verzeihen? Jawohl, liebe Trauergemeinde. Er wird ihm verzeihen, denn trotz aller Sünden suchte er Gott und nicht den Teufel ...«

Auf dem Heimweg vom jüdischen Friedhof nahm Jana den gebrochenen Nathan beiseite und fragte ihn, was er jetzt zu tun gedenke.

Nathan brachte kein Wort hervor, denn er schluchzte. Er schwamm in Tränen, seit Henner das Zeitliche gesegnet hatte. Jana legte ihm tröstend den Arm um den Hals und sagte sanft: »Gott sei Dank hast du deine Geige. Dir kann nichts passieren.«

Nathan seufzte und flüsterte: »Ich habe sie nicht.«

Jana schöpfte Verdacht und fragte außer sich: »Wo ist sie denn, um Gottes willen?«

»Ich habe sie verloren, nein, liegengelassen. Mitsamt dem Futteral, und darin waren mehr als tausend Kronen.«

»Wie konnte das passieren, du armes Kind?«

»In der Stadtbahn. Als mein Vater starb. Da bin auch ich gestorben, und alles ist mir egal.«
Jana griff sich an die Schläfen. Ihr wurde schwarz vor den Augen. Alles drehte sich um sie herum, und sie schrie, indem sie sich an Nathan klammerte: »Aber du lebst doch, Kind. Du mußt von etwas leben. Was wirst du machen ohne deinen Vater?«
Nathan trocknete die Tränen mit einem großen Taschentuch und sagte: »Schreckmann hat mich erleuchtet. Ich kehre zurück zu meinen Brüdern. Ich werde mich durchbetteln ins Heilige Land.«

Nach allem, was wir bisher gehört haben, wird es niemanden erstaunen, daß Malwas und Henryks Kind das Licht der Welt unter Qualen erblickte. Diese Qualen waren so heftig, daß sich der diensthabende Geburtshelfer – er hieß bezeichnenderweise König – zu einem Kaiserschnitt entschloß. Es war also eine kaiserlich-königliche Entbindung, ein wahrhaft achtunggebietendes Ereignis, das insgesamt drei Tage dauerte und drei Nächte. Charakteristisch ist auch, daß der letzte Akt des Dramas unter Narkose stattfand, da in den zwei beteiligten Dynastien, den Rosenbachs und den Kaminskis, kaum je eine Begebenheit bei vollem Bewußtsein über die Bretter ging.
Auf besonderen Wunsch der Mutter zog man Henryk als Assistenten bei, was in der Zürcher Frauenklinik ein Novum darstellte. Die nüchternen Schweizer wußten nämlich aus Erfahrung, wie schwer junge Väter die Geburt ihres ersten Kindes überstehen. In diesem konkreten Fall erwies sich das Vorurteil als gerechtfertigt. Als die Operation ihren Höhepunkt erreichte und man einem gesunden Knaben die Nabelschnur durch-

schnitt, ließ Henryk den Instrumentenkorb zu Boden stürzen und sank in Ohnmacht. Jehowa wollte aber, daß Vater und Kind den konvulsiven Tag überlebten. Es war der 15. Januar. Auf den Straßen lag weißer Pulverschnee, die Sonne glitzerte über den Dächern. In Deutschland wurden an jenem Tage Rosa Luxemburg und Karl Liebknecht ermordet. Im Spiegelsaal des Schlosses von Versailles bereitete man den berüchtigten Friedensvertrag vor. Lord Rutherford verwandelte mit radioaktiver Strahlung ein Stickstoff- in ein Sauerstoffatom. Adolf Hitler schrieb sich als fünftes Mitglied in die Nazipartei ein, und im Horoskop des 15. Januar stand geschrieben: »Knaben, die an diesem Tag das Licht der Welt erblicken, werden Gaukler, Vaganten, Spaßmacher oder Schwarzkünstler. Sie fabulieren sich durchs Leben als ewige Opfer des eigenen Geflunkers, doch am Ende ihres Weges finden sie die Wahrheit.«

Eine Stunde nach der Niederkunft erwachte Malwa aus der Betäubung. Ihre erste Frage galt nicht dem Kind, sondern dem Vater: »Wie geht es meinem Mann?«
Neben dem Bett stand Doktor König und strahlte übers ganze Gesicht: »Alle Beteiligten sind gesund. Sogar der Vatter ischt noch am Leben.«
»Und das Mädchen?«
»Ischt ein Bub und hat ein Rekordgewicht von acht Pfund.«
Malwa fühlte sich so leicht, als segelte sie durch die Luft. Gleichzeitig war sie unsäglich müde. Ihre Glieder schienen aus Blei, und es fiel ihr schwer, die Gedanken zu sammeln. Schließlich brachte sie hervor: »Ich meinte, ich müßte sterben.«
»Allerdings. Der Lausbub wollte einfach nicht heraus.

Dem hats halt gefallen in Ihrem Bauch. Wir mußten ihn buchstäblich herauspickeln.«
Herauspickeln. Malwa wurde schwach bei diesen Worten und sie fragte mit Tränen in den Augen: »Ist etwas verkehrt gelaufen?«
Der Arzt machte sich einen Spaß daraus, die schöne Wöchnerin zappeln zu lassen, und antwortete beiläufig: »Nichts Schlimmes, gute Frau. Er hat, wie man so sagt, einen Geburtsfehler.«
»Sie verheimlichen mir etwas, Herr Doktor. Ich will es wissen. Ohne Umschweife!«
Jetzt zog der Geburtshelfer ein violettes Stück Leben aus dem danebenstehenden Bettchen. Er hob es am Köpflein hoch und zeigte es Malwa: »Der Kerl ischt beschnitten zur Welt gekommen. Das ischt, wissenschaftlich genommen, abnormal.«
Malwa lächelte selig und sagte erleichtert: »Das ist mir gleich, Herr Doktor ...«
Doktor König legte das Menschlein in die Wiege zurück und dozierte: »Ich habe schon allerhand Merkwürdigkeiten aus Frauen hervorgeholt, aber das ischt ein Phänomen. Eine totale Abweichung von der Norm.«
Malwa war aufs Schrecklichste gefaßt gewesen. Jetzt hätte sie jauchzen mögen: »Sie wollen mich auf den Arm nehmen, aber es wird Ihnen nicht gelingen. Ich bin wunschlos glücklich ...«
Der kauzige Gynäkologe spielte jedoch sein Spiel weiter und schulmeisterte pedantisch: »So etwas passiert einmal auf drei Millionen. Die Schweiz hat eine Bevölkerung von zirka 4 Millionen. Davon sind die Hälfte Frauen, welche sowieso nicht beschnitten zur Welt kommen können, auch wenn sie es möchten. Daraus geht hervor, daß dieser Knabe ein Unikum ischt. Er gehört ins Museum.«

Noch einmal regte sich Argwohn in der jungen Mutter, und sie fragte unsicher: »Sagen Sie mir die Wahrheit! Kann das Folgen haben?«

»Was?«

»Der Geburtsfehler.«

Doktor König ging zur Tür, drehte sich noch einmal um und entgegnete dann jovial: »Die Fachliteratur schweigt sich aus zu diesem Thema, aber ich nehme an, der Bub wird Rabbiner werden mit dieser Mißbildung.«

Malwa schloß bekümmert die Augen und stöhnte: »Dann schon lieber ins Museum!« Doch plötzlich erwachte sie aus dem Alptraum und rief: »Wo ist mein Mann?«

Doktor König beschwichtigte sie vergnügt: »Ich gab ihm eine Kaffeetasse voll Schnaps. Das hat ihn dann wachgerüttelt.«

»Und?«

»Dann ischt er auf die Hauptposcht gegangen. Zum Telegrafieren.«

27.

»Panie Kaminski, a sensazie.«
»Was passiert sich, do jasnej cholery?«
»Fräulein Anka hat bekommen a Telegramm.«
»Chajm Lewin, ich schlafe.«
»A Telegramm aus Zürich.«
»Ich hab dich gewarnt, Chajm Lewin.«
»Von Ihrem Sohn Herschele.«
»Erstens hab ich keinen Sohn, du Schmock...«
»...und zweitens, panie Kaminski, is er geworden Tatte von a beschnittenen Jid.«
»Auch mir a Kunststück!«
»Nich a Kunststück, panie Kaminski, aber a Rekord. Das Kind wiegt vier Kilogramm oder acht Pfund...«
Jankl konnte seine Erregung nicht länger verbergen. Er sprang auf, zog seinen Hausrock an und begann herumzuschreien: »A beschnittener Jid. Wie kann er sein beschnitten? A Mensch kommt zur Welt als a Mensch, und später wird er beschnitten, zu wern a Jid. Aber von Anfang an beschnitten, ist nicht möglich. Hörst du, Rahel? Dein Mann is geworden a Großvater. Zweiundsiebzig Jahre und kann noch haben an Enkel...«
Die Frau Gemahlin war eine berühmte Schauspielerin. Sie wußte seit Stunden, was passiert war, doch spielte sie die Ahnungslose: »Du hast einen Enkel, Jankele? In deinem Alter? Das ist wirklich eine Sensation. Dein Lieblingssohn, den du nicht hast, ist Vater geworden und du Großvater. Jetzt solltet ihr euch aussöhnen, scheint mir. Es wäre höchste Zeit, oder nicht?«
»Ich mich aussöhnen? Ich werd mich nicht aussöhnen mit ihm, und wenn mich der Schlag trifft!«

»Sondern was?«
»*Er* ist schließlich Vater geworden. *Er* soll sich aussöhnen, wenn er will, aber nicht ich. Warum ich, do jasnej cholery?«
»Einer muß klüger sein, Jankele. Übrigens, wie soll es denn heißen, das Kind?«
»Wie soll ich wissen, wie es heißt? Anka hat bekommen das Telegramm, nicht ich. Lewin hat es gelesen, nicht ich. Dem alten Kaminski sagt man kein Wort, weil er ist ein Ziegendreck im eigenen Haus. Chajm Lewin, sag mir den Namen meines Enkels, sonst fliegst du durchs Fenster!«
Der Prokurist bebte wie ein Pudding und flüsterte: »Das Kind heißt ... Ich trau mich nicht, panie Kaminski.«
»Was traust du dich nicht, du Potz? Sag mir wörtlich, was im Telegramm steht!«
»Es steht im Telegramm, daß ...«
»Was?«
»Daß zu Ehren der proletarischen Revolution ... Ich kann nicht weiter.«
»Du kannst, do jasnej cholery!«
»Daß zu Ehren der proletarischen Revolution soll heißen das Kind ...«
»Chajm Lewin, red weiter!«
»Wladimir Iljitsch, wie der Führer der kommunistischen Weltbewegung.«
Jankl schnappte nach Luft und kreischte: »Das werde ich verhindern.«
Die berühmte Schauspielerin spürte, daß gleich etwas Unerhörtes passieren würde, und fragte beschwichtigend: »Was wirst du verhindern, Jankele?«
»Daß mich mein Sohn zum zweiten Mal ruiniert, dieser Hultaj. Das Geschäft will er mir zerhacken. Mein Enkel

soll heißen wie dieser Ganef? Wladimir Iljitsch, wie der rote Barabantschik, was die Welt auf den Kopf stellt. Oj Herschele, Herschele. Ich reiß dir die Eier aus, du Kolbejnik, du treifenes Chaser, du ...«

»Jankele, mein lieber Mann, bist du meschugge?«

»Jawohl, Rahel. Ich bin meschugge!«

Jankl raste zum Wandschrank, riß die Türen auf, holte seinen Wintermantel hervor, seine Pelzmütze sowie das heilige Scheckbuch, ohne das er nicht schnaufen konnte, und brüllte: »In einem Monat bin ich zurück. Oder auch früher. Mein Enkel wird heißen, wie er will, wenn es sein muß, auch Jesus Christus, aber nicht Wladimir Iljitsch. Ich werde, wenn es nötig ist ...«

»Panie Kaminski!«

»Du hast nichts zu sagen, Chajm Lewin. In meiner Abwesenheit wirst du mich vertreten, und zwar mit Gewinn, sonst ...«

Die Beschneidung findet bei den Juden am achten Tag nach der Geburt statt und hat den Sinn, die Söhne Israels von den Philistern zu unterscheiden und den Gottlosen überhaupt. Durch die Entfernung der Vorhaut wird der neue Erdenbürger an sein Bündnis mit Jehowa erinnert: Er soll an seiner empfindlichsten Stelle stets spüren, daß er anders, daß er auserwählt ist, die Prüfungen Jehowas standhaft zu bestehen. Da aber der Sohn Malwas und Henryks beschnitten zur Welt kam, konnte die Beschneidung schon aus technischen Gründen nicht stattfinden, was eine etwas zwielichtige Situation schuf. Entweder bedeutete dies, daß der Neuankömmling nicht geeignet war, dem Bündnis mit dem Allmächtigen beizutreten, oder daß die Vorsehung beschlossen hatte, ihn von Anfang an mit dem Markenzeichen Gottes unter die Menschen zu schicken. Dem Knaben war es also bestimmt, ein Heide zu bleiben, weil er auf das Ritual der Beschneidung verzichten mußte – oder aber umgekehrt ein Messias zu werden, ein Gesalbter des Herrn, da ihm die Auserwähltheit gleichsam mitgegeben war. Mit dieser Doppeldeutigkeit trat der Knabe ins Leben. Sie sollte sein Schicksal werden.

Mit der Beschneidung ist im allgemeinen auch die Namensgebung verknüpft, und diese erfüllt ja bekanntlich eine besonders magische Aufgabe. Durch den Namen drücken die Eltern ihre Erwartungen aus, ihre geheimen Wünsche, ihr Erziehungsprogramm. Wer seine Tochter Eva nennt, will aus ihr ein Urweib werden lassen, eine Verführerin und Königin der Liebe. Wer seinen Sohn Benjamin ruft, was »Sohn der rechten Hand« oder, im übertragenen Sinn, »Glückskind« bedeutet, wünscht ihm Erfolg bei den Frauen, Glück im Spiel, im Geschäft, im Zweikampf und Sieg über alle seine Widersacher. Henryk und Malwa wählten den Namen Wladimir, also Beherrscher der Welt, und sie dachten in ihrer Bescheidenheit an Wladimir Iljitsch Lenin, der im Verlauf einer einzigen Revolutionsnacht zum Alleinherrscher über Rußland geworden war, zum Diktator über ein Sechstel der Erde, zum Caesar zwischen dem Baltikum und dem japanischen Meer.

Da, wie gesagt, eine Beschneidung nicht in Frage kam, wurde beschlossen, nur ein bescheidenes Fest der Namensgebung abzuhalten. Selbstverständlich fehlten die räumlichen und finanziellen Voraussetzungen für eine entsprechende Feier, weshalb die Eheleute aus der Not eine Tugend machten und die Veranstaltung in der Mansardenwohnung abhielten, die sie in der Zürcher Altstadt bewohnten. Auf der Einladung stand geschrie-

ben, daß zu Ehren des proletarischen Erbfolgers bei Brot und Wein eine feierliche Namensgebung stattfinde, und daß geplant sei, den neuen Menschen Wladimir Iljitsch zu nennen. Etwa dreißig Personen sollten an dem Anlaß teilnehmen: Die fünf Schwestern aus Warschau und die zehn Brüder aus New York, außerdem Malwas Großmutter, Jana und die Kusinen aus Wien sowie einige ungewaschene Intellektuelle aus allen Himmelsrichtungen, die durch ihre Stoppelbärte und Drahtbrillen zu erkennen gaben, daß sie der gleichen Sekte verschrieben waren wie der Gastgeber selbst.
Nur einer war nicht eingeladen worden: der Patriarch. Als das Essen hereingetragen und die Gläser zum Wohl des Kindes erhoben wurden, gedachte man der Abwesenden, doch Jankl erwähnte man nicht. Schließlich eröffnete Henryk die Zeremonie und hielt eine kleine Ansprache, doch auch er gedachte nicht des Stammvaters: »Meine lieben Weg- und Kampfgenossen. Ihr seid von weither gekommen, um einen neuen Soldaten in die Reihen der Revolution aufzunehmen. Er wird es leichter haben als wir, aber auch schwerer. Leichter, weil unsere roten Fahnen heute über einem Sechstel des Erdballs flattern, weil wir nicht mehr die ewig Geschlagenen und Besiegten sind. Weil uns die russischen Genossen gezeigt haben, wie man auch die mächtigsten Feinde in die Knie zwingt. Er wird es aber auch schwerer haben als wir, weil an Stelle abstrakter Träume ein konkreter Alltag getreten ist. Für uns war der Kommunismus immer nur das schöne Ende eines häßlichen Weges. Für ihn wird er der häßliche Anfang eines qualvollen Weges sein, der zu einem glücklichen Ende führt. Für diesen Dornenweg müssen wir ihn wappnen. Für den langen Weg durch die Finsternis braucht er ein Licht, das ihm voranleuchtet, und dieses Licht heißt

Lenin. Seinen Namen soll unser Kind tragen, denn für diesen Namen wird es geliebt werden von den Menschen und verabscheut von den Barbaren. Es soll also heißen: Wladimir Iljitsch Kaminski!«
Nach herzlichem Beifall ergriff Henryks ältester Bruder, Ber, das Wort. Er war inzwischen Herausgeber einer sozialistischen Tageszeitung geworden, die sich »New York Daily Worker« nannte, und er sprach bedeutend weniger pathetisch als der Vorredner: »Ich wende mich vor allem an dich, Herschele, denn sieben Jahre sind verflossen, seit wir uns im Hafen von New York verabschiedeten. Wir haben uns seither aus den Augen verloren und – so scheint es mir wenigstens – auseinanderentwickelt. Wir sind nicht mehr die Männer, die wir waren. Die Welt hat sich bis zur Unkenntlichkeit verändert. Nur du, mein extravaganter Bruder, bist noch fast der gleiche, was ich zutiefst bedauere. Du freust dich darüber, daß die rote Fahne über einem Sechstel des Erdballs flattert. Auch wir finden das erfreulich, aber wir wissen, daß die Fahne der Macht – sei es auch die Fahne des Kommunismus – nicht mehr rot sein kann. Unsere himmelstürmenden Ideen sind Staatsideen geworden, und zwar vom finnischen Meerbusen bis zur chinesischen Grenze. Du müßtest eigentlich wissen, daß Staatsideen engbrüstig sind und phantasielos. Du willst deinen Sohn zum Soldaten der Revolution machen, Herschele. Welche Revolution meinst du? Diejenige des Volkes, der Arbeiterklasse, oder die der Parteiführer? Das sind nämlich verschiedene Dinge geworden. Das Volk will die Revolution weiterführen, aber die Führer wollen sie abwürgen, denn *sie* haben jetzt, was sie wollten. Sie haben die Macht. Für sie ist die Revolution Vergangenheit und gehört ins Museum ...«

Die Worte des Bruders verbreiteten Mißbehagen im Raum, und niemand wußte, worauf Ber eigentlich hinauswollte. Henryk war entschlossen, Krach zu schlagen, richtigzustellen und zu protestieren, aber Ber war der Älteste, dem niemand zu widersprechen wagte. So fuhr er fort in seiner Rede: »Dieser kleine Mensch soll den Namen Lenins tragen. Bitte schön, denn schließlich hat Lenin die alte Welt aus den Angeln gehoben. Lenin führte die Proletarier aller Länder in den Kampf für ein neues Leben. Er ist der Inbegriff der Befreiung von allen möglichen Ketten. Okay. Das ist unbestreitbar, und unbestreitbar ist auch, daß der Name Lenins geehrt werden soll. Aber, Herschele! Hast du diesen Säugling auch gefragt, ob er Lust hat, den Namen Lenins zu tragen? Das wäre eigentlich ratsam, denn der Name Lenins ist ein Kainsmal, und du weißt genau, daß, wer so heißt, keine Wahl mehr hat. Er muß – ob er es wünscht oder nicht – ein Kommunist werden. Ein Rebell. Ein Außenseiter der Gesellschaft. Mehr noch. Ein Ausgestoßener, ein ewig Gehetzter, ein Geächteter und Verfemter. Wenn er das will, ist es gut. Das ist seine Sache. Was aber wird sein, wenn er nicht will? Seit wann zwingt man Menschen zu ihrem Glück? Schau durchs Fenster deiner Wohnung! Du siehst die runde Kuppel der Universität und den spitzen Turm einer Kirche. Du hast die Wahl zwischen der Vernunft und dem Glauben, zwischen der Wissenschaft und dem Mystizismus. Du entscheidest dich frei zwischen zwei Welten, und das ist dein Glück. Das ist die Chance, die dir die Schweiz bietet. Aber dein Sohn soll diese Chance nicht haben. Er muß den Weg beschreiten, den du ihm aufzwingst. Sind das die Früchte der großen Umwälzung, daß man die Arbeiter zu Zwangsarbeitern macht und die Kinder zu Zwangsrekruten der Revolution?

Das kann doch nicht deine Absicht sein, denn ...«
»Deine Redezeit ist abgelaufen«, unterbrach Henryk seinen Bruder und begann, selber zu dozieren: »Niemand wählt seinen Namen selber. Das gibt es nicht und hat es nie gegeben. Jeder heißt so, wie ihn seine Eltern getauft haben. Du heißt Ber, weil es dein meschuggener Vater so wollte. Ich heiße Hersch, weil es mein meschuggener Vater so wollte, und mein Sohn wird Wladimir Iljitsch heißen. Daran wird niemand etwas ändern ...«
Während sich der Gastgeber so aufplusterte, öffnete sich die Wohnungstür. Ein Männlein trat ein, Pelzmütze auf dem Kopf, Wintermantel über dem Arm und Galoschen an den Stiefeln. Es ging geradewegs auf die Wiege zu, um fasziniert den kleinen Wurm zu betrachten, der den Gegenstand der Feier und des gereizten Wortwechsels bildete. Nach einem langen Augenblick beugte sich der Alte zu Malwa hinunter und fragte sie ins Ohr: »Wem gehört dieser Mensch?«
Malwa ahnte, wer der Störenfried war, und flüsterte zurück: »Wer sind Sie?«
»Wem dieser Mensch gehört, hab ich gefragt.«
»Mir gehört er. Warum?«
»Weil ich der Großvater bin und wissen will, wie er heißt.«
Es war mäuschenstill geworden. Alle Blicke waren auf den Eindringling gerichtet. Man spürte, daß sich ein Gewitter zusammenzog, ein dreifacher Skandal, denn das Männlein war niemand anders als der Rabenvater, der Rohling, der seine elf Söhne dem Henker ausgeliefert oder jedenfalls abgelehnt hatte, sein Geschäft für sie zu ruinieren. Jankl Kaminski war so dreist, in die Höhle des Löwen zu treten und sich in Angelegenheiten zu

mischen, die ihn nichts angingen. Dazu hatte er sich den denkbar ungünstigsten Augenblick ausgesucht. Sein Ältester, Ber, und sein Lieblingssohn, Herschele, waren sich in die Haare geraten, und zwar über das heikelste Thema des Jahrhunderts: die russische Revolution. Wenn jemand nicht wissen sollte, daß sich seine Söhne in dieser Sache stritten, dann war es er. Die Dachwohnung an der Trittligasse glich einem Pulverfaß. Eine gehässige Irritation knisterte durch die Räume: der selbstherrliche Alte gegen die kompromißlosen Söhne, die zehn Rationalisten aus New York gegen den Blindgläubigen aus Zürich, die versöhnlicheren Frauen gegen die rechthaberischen Männer.

Es genügte ein Funke, um das Familienfest in die Luft fliegen zu lassen, doch da geschah ein Wunder. Einer der ungewaschenen Freunde griff zur Gitarre, die er glücklicherweise mitgebracht hatte. Er schlug einen Akkord an und sang ein altes Volkslied:

»Und wann der Rebe lacht
und wann der Rebe lacht
lachen doch alle Chassidimlach
lachen doch alle Chassidimlach.«

Worauf alle den Refrain sangen:

»Ha ha, ha ha, ha haa
ha ha, ha ha, ha haa
lachen doch alle Chassidimlach.«

Jankl Kaminski hielt sich selbstverständlich für den Rebe der illustren Gesellschaft und stimmte die zweite Strophe des Liedes an. Dabei hob er Malwa von ihrem Stuhl und schwang sie ausgelassen um sich herum:

»Und wann der Rebe tanzt
und wann der Rebe tanzt
tanzen doch alle Chassidimlach
tanzen doch alle Chassidimlach.«

Humor und gute Laune waren mit einem Schlag in die Dachwohnung zurückgekehrt, und die dreißig Gäste johlten jetzt im Chor:

»Hop hop, hop hop, hop hoop
hop hop, hop hop, hop hoop
tanzen doch alle Chassidimlach.«

Die Gäste tanzten mit, sogar die zahnlose Großmutter aus Wien, die sich seit vielen Jahren zum ersten Mal wieder vergnügte. Man sang, klatschte in die Hände und wirbelte im Kreis, bis das Lied zu Ende war und verlegene Stille eintrat. In diese Stille hinein plumpste Jankl mit der Frage, die ihn am meisten beschäftigte:
»Wie soll er denn heißen, möchte ich wissen?«
Darauf erwiderte Malwa, indem sie den Alten anblinzelte: »Und ich möchte wissen, wer *Sie* sind. Sie kommen in meine Wohnung. Sie nehmen den Hut nicht ab. Sie tanzen mit mir, als wären Sie mein Bräutigam, aber vorgestellt haben Sie sich nicht.«
»Ich bin dein Schwiegervater, du Nachtigall. Aber ich bin gekommen, um zu erfahren, wie mein Enkel heißen wird.«
Jetzt entgegnete Henryk mit dämmeriger Stimme, die nicht erkennen ließ, ob noch Krieg herrschte oder schon Waffenstillstand: »Dein Enkel wird heißen Wladimir Iljitsch Kaminski.«
»Ich red mit einer Dame, nicht mit dir.«
Malwa warf Henryk ein beschwichtigendes Lächeln zu und sagte sanft: »Mein Sohn soll so heißen, wie es sein Vater wünscht.«
»Und was wünscht seine Mutter? Hat sie nichts zu sagen in diesem Haus?«
Malwa verstand die Herausforderung und wehrte ab: »Ich wünsche, daß er gesund bleibt und daß ihn die Leute gern haben...«

»Mit diesem Namen?« ereiferte sich Jankl. »Die Leute werden ihre Häuser zusperren, wenn er kommt.«
Henryk sah, daß es Zeit war zu handeln, wenn er nicht sein Gesicht verlieren wollte. Darum ging er auf Jankl zu, nahm ihn beim Kragen und schrie: »*Wir* bestimmen, wie unser Sohn heißen wird, und nicht irgendwelche Kapitalisten aus Warschau.«
»Der Erbe einer Millionenfirma, mein Enkel, heißt nicht Wladimir Iljitsch! Das wirst du nie begreifen, aber deine Frau ist Gott sei Dank sympathischer als du ...«
Bei diesen Worten zog er sein Scheckbuch aus der Tasche, klappte es auf und kritzelte etwas hinein. Indem er es Malwa reichte, sagte er: »Als Anfangskapital für die Erziehung meines Enkels. Dreißigtausend sollten genügen.«
Malwa erbleichte. Soviel Geld hatte sie noch nie gesehen. Sie blickte unsicher zu Henryk hinüber. Dann wieder zu Jankl: »Ich verstehe nicht ...«
»Für deinen Sohn und meinen Enkel Andrzej Kaminski.«
Malwa reichte den Scheck ihrem Mann, der ihn mit theatralischer Geste und sichtbar für alle Anwesenden zerriß, indem er brüllte: »Ich kenne keinen Andrzej Kaminski, und kaufen laß ich mich auf keinen Fall. Nimm deine lumpigen Dreißigtausend und laß uns in Frieden!«
Jankl zuckte bedauernd mit den Achseln. Er holte zum zweiten Mal sein Büchlein hervor und sagte: »Ich begreife. Dreißigtausend sind zu wenig. Bitte schön«, und er kritzelte von neuem in sein Scheckheft: »Fünfzigtausend werden sicher genügen für meinen Enkel namens Andrzej. Das ist mein letztes Angebot!«
Schon wollte Henryk den Dickschädel zur Türe hinausbugsieren, da nahm ihn Malwa bei der Hand, strei-

chelte seine Schultern und flüsterte ihm ins Ohr: »Henryk, du mein Liebster. Willst du dich versündigen gegen den eigenen Vater? Wegen ein paar schmutziger Schweizerfranken? Wegen eines Namens, der nur ein Name ist. Aufs Herz kommt es an, nicht auf den Titel!«
Henryk blickte sich um, als erwachte er aus einem vierzehnjährigen Traum. Seine Brüder lächelten ihn an, als wollten sie ihn ermutigen, das Natürliche zu tun. Seine Schwestern ebenfalls. Da ging er auf den Alten zu. Er umarmte den meschuggenen Patriarchen, küßte ihn auf beide Wangen und sagte mit Tränen in der Stimme: »Du elender Abschaum, du Wucherer. Du vergewaltigst mich zum hundertsten Mal. Du wirst untergehen mit deiner gottverdammten Klasse, mit deinen Wechseln und Schecks und Banknoten ...«
»Und?« lächelte Jankl.
»Nichts. Ich hab dich lieb.«

28.

Das ist nun, hartnäckiger Leser, das Ende meiner Geschichte, und Sie werden mich fragen: Ist denn das alles auch wahr? Es fällt mir schwer, Ihnen darauf eine schlüssige Antwort zu geben, denn ich bin ja nicht dabeigewesen. Das alles ist vor meiner Geburt geschehen. Was ich weiß, weiß ich vom Hörensagen. Ich forschte jahrelang nach den Komponenten meiner Erbsubstanz. Da ich maßlos neugierig bin, wollte ich herausfinden, was für Leute zur Palette meiner Chromosomen ihren Beitrag geleistet haben. Ich erkundigte mich bei den Überlebenden – bei Onkeln, Tanten, näheren und ferneren Angehörigen meiner über den ganzen Erdball verstreuten Sippe –, wie es zur Verbindung der Familien Rosenbach und Kaminski gekommen war. Dabei ergab es sich, daß das Durchschnittsalter meiner Informanten rund einundneunzig Jahre betrug. Ihr Gedächtnis war dementsprechend zuverlässig. Außerdem zeigten sich die Befragten von einer geradezu überwältigenden Eitelkeit. Sie verpaßten keine Gelegenheit, ihre Rolle in der Familienchronik gehörig aufzuwerten und diejenige der Gegenspieler möglichst unter den Tisch zu wischen. Angesichts dessen sind fast alle Angaben dieses Buches mit Vorbehalt zu behandeln. Ich würde es bedauern, wenn sich ernsthafte Zeitgenossen in irgendeiner Form auf meine Geschichte berufen sollten. Für historische Daten, Ortsbezeichnungen und biographische Details übernehme ich keinerlei Verantwortung. Schon auf der ersten Seite dieses Buches zitierte ich ja die Inschrift auf dem Grabstein des längst dahingegangenen Rabbi

Schloime Rosenbach aus Tschernowitz. Erinnern Sie sich? »Die Wahrheit ist das kostbarste aller Güter und soll gehandhabt werden mit Sparsamkeit und Zurückhaltung.« Wie ich andeutete, bemühen sich seine Nachfahren – ich bin einer von ihnen –, jenem Epigramm getreulich nachzuleben. Wir sprechen und schreiben die Wahrheit nur, wenn uns nichts anderes übrigbleibt. Traktieren Sie also meine Aufzeichnungen als ein Hirngespinst, ein verrücktes Lügengewebe, und wenn Sie trotzdem da oder dort ein Fünkchen Wahrheit entdecken, ist das reiner Zufall. Ich bitte Sie, mir daraus keinen Strick zu drehen. Damit schließe ich und wünsche Ihnen, wie es die Juden beim Abschied zu tun pflegen: Nächstes Jahr in Jerusalem!

ANDRÉ KAMINSKI
DIE GÄRTEN DES MULAY ABDALLAH
Neun wahre Geschichten aus Afrika

suhrkamp taschenbuch 930
150 Seiten

»Jede dieser Geschichten handelt in der einen oder anderen Form vom Einbruch des Irrationalen in westlich-rationale Denkgewohnheit oder, anders ausgedrückt, vom Sieg des Herzens über den Verstand. Diese Erfahrungen müssen Kaminski tief geprägt haben. Das geht bis in die Art und Weise, wie er diese Geschichten erzählt: so lebendig, so spontan und leidenschaftlich, daß man sich beim Lesen mehr und mehr in die Welt orientalischer Erzähltradition versetzt fühlt – bei all der dürren Prosa, mit der wir hierzulande nur allzu häufig abgespeist werden, ein wahrer Genuß.«

Klara Obermüller, Die Weltwoche

»Mindestens eine dieser Geschichten hätte es verdient, in die Schullesebücher aufgenommen zu werden. Sie lehren, was es heißt, Europäer zu sein, und daß es für ihn kein Entrinnen aus Europa gibt.«

Jens Jessen, Frankfurter Allgemeine Zeitung

ANDRÉ KAMINSKI
HERZFLATTERN
Neun wilde Geschichten

suhrkamp taschenbuch 1080
194 Seiten

»Keine der neun Erzählungen in ›Herzflattern‹ ist stur, trocken oder gar – was immer das Schlimmste ist – langweilig. Das mag daran liegen, daß André Kaminski Liebe und Lust einen hohen Stellenwert beimißt. Er berichtet von begehrenswerten Frauen, nach denen er schmachtet oder in deren Arme er taumelt. Er nimmt dabei kein Blatt vor den Mund, sondern durchlebt seine Faszinationen und Sensationen schreibend erneut, doch exhibitioniert er sich nie. Er behält eine durchaus männliche Optik bei, aber die begehrenswerten und geheimnisvollen Geliebten und Angebeteten werden nicht auf eine Objektebene reduziert, auch wenn er nicht verschweigt, was sie in ihm an Lust auszulösen vermögen, welches ›Herzflattern‹ sie hervorrufen.«

Hansruedi Fritschi, Tages-Anzeiger, Zürich

»André Kaminski ist ein begnadeter Geschichtenerzähler. Die ›neuen wilden Geschichten‹ stammen aus seiner Jugend im ›roten Zürich‹ und versetzen einen mit ihrer unakademischen Frische an einen Stammtisch von altgewordenen Linken.« *André Gunz, Basler AZ*